Monika Feth • Der Scherbensammler

DIE AUTORIN

Monika Feth wurde 1951 in Hagen geboren, arbeitete nach ihrem literaturwissenschaftlichen Studium zunächst als Journalistin und begann dann, Bücher zu verfassen. Heute lebt sie in der Nähe von Köln, wo sie vielfach ausgezeichnete Bücher für Leser aller Altersgruppen schreibt. Der sensationelle Erfolg der »Erdbeerpflücker«-Thriller machte sie weit über die Grenzen des Jugendbuchs hinaus bekannt. Ihre Bücher wurden in über 20 Sprachen übersetzt.

Mehr über die Autorin unter www.monikafeth-thriller.de

Weitere lieferbare Titel bei cbt:

Der Erdbeerpflücker (30258)
Der Mädchenmaler (30193)
Der Schattengänger (30393)
Der Sommerfänger (30721)
Teufelsengel (30752)
Das blaue Mädchen (30207)
Fee – Schwestern bleiben wir immer (30010)
Nele oder Das zweite Gesicht (30045)

Monika Feth • Der Scherbensammler

Monika Feth

Der Scherbensammler

Thriller

cbt ist der Jugendbuchverlag
in der Verlagsgruppe Random House

Verlagsgruppe Random House FSC-DEU-0100
Das für dieses Buch verwendete
FSC®-zertifizierte Papier *Lux Cream*
liefert Stora Enso, Finnland.

1. Auflage
Sonderausgabe Juni 2012
Gesetzt nach den Regeln der Rechtschreibreform
© 2007 cbt, München
Alle Rechte vorbehalten
Umschlagfoto und -konzeption: init.büro für
Gestaltung, Bielefeld
st · Herstellung: CZ
Satz: Buch-Werkstatt GmbH, Bad Aibling
Druck und Bindung: Kösel, Krugzell
ISBN: 978-3-570-30814-1
Printed in Germany

www.cbj-verlag.de

Alles geschieht nur einmal,
aber dieses eine Mal für immer.
Henry Miller

Aus: Henry Miller, Land der Erinnerung

I

Es war, als hätte sie sich in ihrem Innern ein Nest gebaut. Als säße sie darin versteckt, sicher und geborgen, während draußen ihr Körper weiter funktionierte. Dunkel war es hier drinnen. Warm. Weich. Sie hatte keinen Hunger und keinen Durst, empfand keine Schmerzen und keine Traurigkeit.

Irgendwer hatte die Kontrolle übernommen. Das war beruhigend. Irgendwer fühlte sich immer verantwortlich. Sie ließen sie nicht im Stich. Zusammengekauert in ihrer Höhle, schloss sie die Augen und horchte auf die Stille. Für eine Weile war alles gut.

*

»Bis morgen dann!« Tilo Baumgart sah von den Unterlagen auf und verabschiedete seine Sekretärin mit einem zerstreuten Lächeln. Er war damit beschäftigt, die Notizen der letzten Sitzung zu vervollständigen. Der Patient hatte ihn erregt angebrüllt und die Sitzung vorzeitig abgebrochen. Beim Hinausgehen hatte er mit voller Wucht die Tür hinter sich zugeschlagen.

Der erste Schritt. Er hatte so viel Vertrauen gefasst, dass er loslassen und Gefühle zeigen konnte. Tilo war zufrieden. Er hatte schon gar nicht mehr darauf zu hoffen gewagt.

»Viel Spaß!«, rief er Ruth hinterher, weil ihm eingefallen war, dass sie ja ihre Tochter zu Besuch haben würde. Das Mädchen lebte beim Vater. Ruth holte sie an jedem zweiten Wochenende zu sich und manchmal auch für ein paar Stunden zwischendurch.

Anscheinend hatte Ruth ihn nicht mehr gehört, denn sie antwortete nicht. Ihre Absätze klackerten über den Flur, dann war es ruhig. So ruhig, dass Tilo sich zum ersten Mal an diesem Tag entspannte.

Gähnend schaute er auf die Uhr. Seltsam. Eigentlich müsste Mina längst hier sein. Mit achtzehn Jahren war sie die jüngste seiner Patientinnen. Seit Beginn der Therapie vor zwei Jahren hatte sie keinen Termin versäumt und sich nie verspätet. Verwundert schob er die Papiere in den Hefter, trug ihn ins Nebenzimmer und ordnete ihn in die Kartei ein. Dabei fiel sein Blick auf Ruths Schreibtisch.

Er war ein Spiegel ihrer Persönlichkeit. Der üppige Blumenstrauß in der Vase. Das Foto ihrer kleinen Tochter. Der rote Stein, den sie als Briefbeschwerer verwendete. Die Ansichtskarte aus Irland, die an der Schreibtischlampe lehnte. All das war Ruth. Ein freundliches Durcheinander (Ruth nannte es *kreatives Nebeneinander*) von Dingen.

Tilo kehrte in sein Zimmer zurück, setzte sich auf seinen Stuhl, legte die Füße auf den Schreibtisch und schloss die Augen. Er liebte die Augenblicke, die ihm ganz allein gehörten, die wenigen Minuten zwischen den Terminen. Träge sah er sich um.

Er nannte seine Räume nicht gern *Praxis*. So wie er die Menschen, die ihn hier aufsuchten, nicht gern *Patienten* nannte. Er hatte sich oft andere Begriffe überlegt, doch auch die hatten nicht standgehalten. Die Menschen, die er therapierte, waren in ihrer Vielschichtigkeit unmöglich über einen Kamm zu scheren. Sie waren ihm fast immer lieber als die angeblich Gesunden draußen, ehrlicher, offener, selbst wenn sie sich versteckten. Sie waren zutiefst aufrichtig in ihrem Bemühen, der Welt mit all ihren Ängsten zu begegnen, ohne sich vollends der Panik zu überlassen.

»Du liebst jeden von ihnen«, hatte Imke neulich zu ihm gesagt. »Und ab und zu liebst du den einen oder andern noch ein bisschen mehr.«

Als Schriftstellerin konnte sie gar nicht anders, als genau zu beobachten. Manchmal merkte Tilo, dass er ihr gegenüber vorsichtig wurde. Menschen, Dinge und Situationen waren für Imke oft hauptsächlich Material für ihre Bücher. Er hatte nicht vor, zu einer ihrer Figuren zu werden. Und noch weniger wollte er, dass einer seiner Patienten es wurde. Nach einem letzten Blick auf die Uhr griff er nach dem Telefon. Mina würde nicht mehr kommen. Er hatte Imkes Nummer eingespeichert. An erster Stelle. Die Taste war schon abgegriffen, die Beschriftung verblasst.

»Thalheim.«

Sie meldete sich immer mit einem leise fragenden Unterton in der Stimme. Als wartete sie auf irgendwas. Oder irgendwen? Er lächelte. Das fehlte noch, dass er auf einmal anfing, eifersüchtig zu werden.

»Ich habe gerade an dich gedacht«, sagte er.

»Wie schön.«

Ihre Stimme hatte sich augenblicklich verwandelt, war zärtlich geworden und ein klein wenig atemlos.

»Soll ich dich heute zu einem fulminanten Abendessen ausführen?«, fragte er.

»Wenn du Frauen mit fulminanten Pfunden begehrenswert findest.« Sie lachte leise. Ihre Figur war einwandfrei. Sie konnte es sich leisten, damit zu kokettieren.

»Ich liebe jedes Pfund an dir«, sagte er, und das stimmte. Diese Frau hatte sein Leben auf den Kopf gestellt. Morgens beim Abschied freute er sich schon aufs Wiedersehen. Die meisten Abende und Nächte verbrachte er inzwischen bei ihr. Nur manchmal zog es ihn noch in seine Wohnung. Ab und zu brauchte er ein paar Stunden des Alleinseins, um sich daran zu erinnern, dass es auch abseits von Imke Thalheim noch ein Leben gab.

»Bist du fertig für heute?«, fragte sie.

»Ja. Mein letzter Termin ist geplatzt.« Er klemmte das Telefon zwischen Schulter und Ohr und fing an, seine Tasche zu packen. »Ich mache mich gleich auf den Weg.«

»Ich freu mich auf dich«, sagte sie und beendete das Gespräch.

Immer hatte sie das letzte Wort. Doch auch das liebte er an ihr. Er öffnete das Fenster und sah hinaus. Draußen verglühte der Sommer. Eine schwarze Katze räkelte sich auf den warmen Steinen am Brunnen. Das Wasser plätscherte. Plötzlich hatte Tilo große Lust, sich Imke zu schnappen und für ein paar Tage ans Meer zu fahren. Einfach so. Spontan, unvernünftig und abenteuerlich. Aber da war der Terminkalender. Da waren seine Patienten. Und außerdem war Imke nicht die Frau, die sich schnappen und ans Meer entführen ließ. Seufzend machte er das Fenster zu und griff nach seiner Tasche. Er hatte jetzt zwei Jahre nonstop durchgearbeitet. Vielleicht sollte er das Abendessen nutzen, um Imke einen ersten gemeinsamen Urlaub schmackhaft zu machen. Der Gedanke beflügelte ihn. Pfeifend schloss er die Praxis ab und durchquerte beschwingt den langen, angenehm kühlen Flur.

*

Überall war Blut. Auf dem Boden. An der Wand. An ihren Schuhen. Ihren Kleidern. Entsetzt starrte sie ihre Hände an.

Rot. Klebrig.

Es ließ sich nicht abreiben. Trotzdem fuhr sie wieder und wieder über ihre Jeans. Bis ihr die Hände brannten.

Ein Fenster. Sie musste ein Fenster öffnen! Mühsam rappelte sie sich auf. Jeder Knochen im Leib tat ihr weh. Tief atmen. Sauerstoff in die Lungen schaffen. Kraft sammeln.

Und Mut.

Sie hatte keine Ahnung, wo sie war und warum sie in diesem Zimmer auf dem Boden gekauert hatte. Vor allem aber wusste sie nicht, woher das Blut kam. All das rote, glitschige Blut.

Ihr wurde schwindlig. Sie stützte sich an der Wand ab, bemerkte entsetzt, dass sie schwache rote Abdrücke auf der weißen Tapete hinterließ. Stöhnend setzte sie einen Fuß vor den andern und folgte dem Licht, das sie zu einem Fenster führen musste.

Vielleicht war das ein Traum. Und sie steckte darin fest. In einem seltsam eindrücklichen Traum, der ihr vorgaukelte, dies hier sei die Wirklichkeit. Sie konnte fühlen, hören, Farben sehen. Waren Träume farbig? Oder nur schwarzweiß?

Hastig riss sie das Fenster auf. Nahm wahr, dass eine Pflanze zu Boden fiel und der Übertopf mit einem Knall in Scherben ging. Und dann lehnte sie sich hinaus und sog gierig die frische Luft ein.

*

Ich hatte das Geschirr in die Spülmaschine geräumt und mir einen Eimer Seifenwasser geholt, um die Tische abzuwischen. Alles, was mit Küche und Speisesaal zu tun hatte, roch für mich gleich und erinnerte mich an Krankenhaus.

Es war ein muffiger, abgestandener Geruch, der hartnäckig an jedem Gegenstand zu haften schien, erst recht an dem warmen, feuchten Putzlappen. Wenn ich mit dem Dienst fertig war, hatte sich dieser Geruch auch in meinen Kleidern verfangen und in meinem Haar. Er lag sogar auf meiner Haut. Ich konnte abends nicht schnell genug unter die Dusche kommen.

Die Tische waren immer völlig versaut. Die meisten alten Leute waren nicht mehr in der Lage, die Hände ruhig zu halten. Manche mussten gefüttert werden. Ab und zu verschluckten sie sich und spuckten beim Husten das Essen umher. Sie warfen ihr Glas oder ihre Tasse um. Zogen eine Kleckerspur, wenn sie sich Gemüse oder Kartoffeln nahmen.

Heute hatte es zum Abendessen Brot mit Aufschnitt und Käse gegeben. Dazu Tomatensalat. Und Tee in allen Variationen. Besonders beliebt waren Kamille, Fenchel und Pfefferminz. Und schwarzer Tee. Doch der war am Abend nicht mehr erlaubt.

Ich arbeitete gern hier. Schon vor dem Abi hatte ich mich um eine Stelle bemüht. Mir war immer klar gewesen, dass ich ein freiwilliges soziales Jahr machen wollte. Und ich hatte immer gewusst, dass ich mich am liebsten um alte Menschen kümmern würde.

Meine Großmutter behauptet, das sei mein Helfersyndrom. Sie ist ein großartiger Mensch, fit und vital und mit einer dermaßen spitzen Zunge ausgestattet, dass sie glatt ein zu Boden segelndes, hauchfeines Seidentuch damit spalten könnte.

Das mit dem Helfersyndrom ist natürlich Quatsch. Es ist einfach spannend, sich ein Jahr lang auszuprobieren. Außerdem mag ich alte Leute. Keine Ahnung, warum. Es war schon immer so.

Vielleicht ist ein Heim für Demenzkranke nicht jedermanns Geschmack, aber ich hatte es auf Anhieb sympathisch gefunden. Das *St. Marien* war klein und familiär. Dreiundfünfzig Bewohner, von denen fünfzehn an Alzheimer litten, der Rest an anderen Formen von Demenz. Der älteste Bewohner war achtundneunzig, die mit Abstand jüngste Bewohnerin, eine krasse, traurige Ausnahme, siebenundvierzig Jahre alt.

Es war eine neue Welt für mich, und die Erfahrungen, die ich hier sammelte, taten mir gut.

Das hatte sogar meine Mutter inzwischen eingesehen, nachdem sie lange versucht hatte, mich von diesem Job abzuhalten.

»Du bist jung. Freu dich deines Lebens«, hatte sie gesagt. »Hast du in letzter Zeit nicht genug durchgemacht?«

Das hatte ich allerdings, doch ich hatte auch großes Glück gehabt. Zweimal war ich in Todesgefahr geraten und beide Male hatte ich überlebt. Ich hatte das Gefühl, von diesem Glück einen Teil abgeben zu müssen.

Der leere Speisesaal strahlte etwas Trauriges aus. Das Stimmengemurmel und die Geräusche waren verstummt. Die Bewohner hatten sich zurückgezogen. Die meisten gingen früh ins Bett. Viele von ihnen würden später, wenn alles schlief, durch das Haus geistern. Sie waren wie Katzen, verdösten die Tage und wurden in der Nacht lebendig.

Hinter mir hörte ich leise Schritte. Ich drehte mich um und sah Frau Sternberg zwischen den Tischen umherwandern. Sie wirkte ängstlich und schaute immer wieder über die Schulter zur Tür.

»Kann ich Ihnen helfen, Frau Sternberg?«

Ich legte das Putztuch beiseite und trat langsam auf sie zu. Sie kannte mich mittlerweile gut genug, um nicht schon beim Klang meiner Stimme in Panik zu geraten, trotzdem hob sie die Hand, um mich zu stoppen. Sie konnte körperliche Nähe nicht ertragen.

»Da draußen.« Sie blickte beunruhigt zum Fenster. »Es wird bald dunkel.«

»Soll ich Sie nach oben bringen?«, fragte ich. »Wir machen das Licht an. Dann ist es in Ihrem Zimmer schön hell.«

Sie hörte mich nicht. »Die Nacht ist gefährlich«, flüsterte sie. »Vor allem bei diesem vielen Schnee.«

Dabei neigte sich der August gerade erst seinem Ende zu. Der Sommer schien noch einmal sämtliche Kräfte zu bündeln. Es war in den vergangenen Tagen so heiß gewesen, dass man bei der kleinsten Bewegung in Schweiß ausgebrochen war.

»Kommen Sie, Frau Sternberg.« Ich nahm behutsam ihren Arm. Sie wehrte sich nicht und überließ sich meiner Führung.

Es gab hier überall gemütliche Nischen, in die sich die Bewohner zurückziehen konnten. Sie waren mit alten Möbeln ausgestattet, die Wände mit alten, gerahmten Fotos geschmückt. Auf den Tischen lagen ausgeblichene Klöppeldecken. Hier stand eine vorsintflutliche Nähmaschine, da ein hölzernes Schaukelpferd von früher.

All diese Dinge waren aus einem bestimmten Grund angeschafft worden. Demenzkranke haben die Fähigkeit verloren, sich in der Wirklichkeit zurechtzufinden. Sie kennen sich auch in ihrem Leben nicht mehr aus, vergessen die

Namen ihrer Angehörigen, können die Wochentage, die Monate und Jahre nicht unterscheiden und fürchten sich vor ihrem eigenen Spiegelbild.

Aber sie erinnern sich an die Zeit ihrer Kindheit. An einen Zustand des Geborgenseins. Und hier im Heim versuchte man, diese Kindheit mit Möbeln, Bildern und antiquarischen Büchern wieder heraufzubeschwören.

Die Heimbewohner blieben selten in ihren Zimmern. Meistens kamen sie herunter und kuschelten sich in einen der altmodischen Plüschsessel, hörten die Musik von früher und fühlten sich für einige kostbare Momente sicher.

»Ich muss nach Hause«, sagte Frau Sternberg. »Mein Mann wartet aufs Essen.« Aber sie wehrte sich nicht gegen meine Hand, die ihren Arm hielt und sie zum Fahrstuhl lenkte. »Er hätte längst eine Beförderung verdient. Er ist so fleißig.«

Ich nickte. Das Erste, was man hier lernte, waren ein paar wichtige Umgangsregeln. Zum Beispiel durfte man die Bewohner nicht dadurch verwirren, dass man sie in die Gegenwart zu zerren versuchte. Man musste dort auf sie zugehen, wo sie sich gerade befanden, an irgendeinem Punkt in ihrer Vergangenheit.

»Bestimmt«, sagte Frau Sternberg, »wird er noch mal Bundeskanzler. Oder Papst.«

Herr Sternberg war Mitte achtzig. Er besuchte seine Frau, sooft es ihm möglich war. Sie erkannte ihn längst nicht mehr. Der Ehemann, an den sie sich in seltenen Momenten erinnerte, war jung. Sternbergs hatten drei Kinder, die sich hier nie blicken ließen. Sie kamen im Leben ihrer Mutter nicht mehr vor und das hielten sie nicht aus.

Frau Sternberg hasste den Fahrstuhl. Aber die Treppe war für sie unüberwindlich. Während wir nach oben fuhren, bewegten sich ihre Lippen wie bei einem stummen Gebet. Sobald sich die Tür öffnete, drängte sie hinaus.

»Als wär man lebendig begraben.«

Jetzt schaute sie mich direkt an, was sie nur ganz selten tat. Meistens wich sie dem Blick ihres Gegenübers aus. Ihre Augen waren überraschend blau. Ich konnte mir plötzlich vorstellen, wie sie als junges Mädchen ausgesehen haben musste.

Neben den Zimmertüren waren Körbe an den Wänden angebracht. In ihnen befanden sich Kuscheltiere, Massagebälle, Wollknäuel, Stifte. Demenzkranke stöbern gern. Sie öffnen fremde Türen, betreten fremde Zimmer, durchwühlen Schränke und Schubladen. Die Körbe sollten das verhindern. In ihnen durften sie nach Herzenslust kramen. Herausnehmen, was sie wollten. Es gehörte zu meinen Aufgaben, die später überall herumliegenden Sachen wieder in den Körben zu verstauen.

In ihrem Zimmer setzte Frau Sternberg sich in

den Sessel und band sich die Schuhe auf. »Mama hat mich ins Bett geschickt«, flüsterte sie, »weil ich ein böses Mädchen war.« Ihre Mundwinkel bebten. Gleich würde sie anfangen zu weinen.

Ich hockte mich neben sie und nahm ihre Hand. Sie war lang und knochig. Zwischen den dicken blauen Adern lag die Haut wie fleckiges Pergament. Ein Hauch von Kölnisch Wasser stieg mir in die Nase.

»Alles ist wieder gut«, sagte ich leise. »Alles ist gut.«

Sie entspannte sich allmählich, lehnte sich zurück und schloss die Augen. Kurz darauf war sie eingeschlafen. Ich deckte sie mit einer Wolldecke zu und verließ auf Zehenspitzen das Zimmer, um in den Speisesaal zurückzukehren. Ich musste mich beeilen, wenn ich rechtzeitig zu Hause sein wollte. Merle und ich hatten einen Filmabend geplant. Sie hatte versprochen, ein paar schöne DVDs auszuleihen und sich ums Essen zu kümmern. Seit ich diesen Job hatte, verbrachten wir viel zu wenig Zeit miteinander.

»Das werden wir ändern«, murmelte ich und legte mich ins Zeug. Wenn ich so weitermachte, würde ich mit meinem Tempo beim Tischabwischen irgendwann ins Guinnessbuch der Rekorde kommen. Ich grinste vor mich hin und freute mich auf den Feierabend.

*

Sie kannte diese Wohnung nicht. Sie hatte keine Ahnung, wie sie hergekommen war. Sie drehte sich um.

Eine Küche. Dampfschwaden hingen in der Luft. Auf dem Herd stand ein Kessel mit kochendem Wasser. Anscheinend schon eine ganze Weile. Nicht mehr lange und er würde anbrennen und mit der Herdplatte verschmelzen. War denn niemand hier?

Sie ging hin und drehte den Schalter. Er klackte leise und sie zuckte bei dem Geräusch zusammen.

»Ruhig«, flüsterte sie. »Ganz ruhig.«

Es nützte nichts. Ihre Nerven lagen bloß. Sie musste hier raus. Sie konnte nicht in all dem Blut hocken bleiben und abwarten, was geschehen würde.

Schritt für Schritt näherte sie sich der Tür. Ihre Nackenhaare sträubten sich. Die Härchen an ihren Unterarmen stellten sich auf. Sie spürte die Gänsehaut, die sie überrieselte, sogar im Gesicht. Es kostete sie alle Kraft, sich vorzubeugen und einen Blick in den Flur zu werfen.

Ein hellgrauer Teppichboden, weiße Wände. Und der Geruch von Blut. Fast meinte sie, das Blut schmecken zu können. Es schien in ihre Nasenlöcher eingedrungen zu sein und sich von da aus in ihrem ganzen Körper auszubreiten.

Rote Abdrücke auf den Wänden. Rote Fußspuren auf dem Teppichboden.

Drei Türen. Alle standen offen. An allen musste sie vorbei. Um rauszukommen. Raus. Nur raus.

Sie schluckte. Trocken. Schmerzhaft. Versuchte, sich zu räuspern, um sich mit ihrer Stimme Mut zu machen. Aber kein Laut kam aus ihrer Kehle.

Und dann tat sie den ersten Schritt.

*

Merle ließ Wasser in eine Glasschüssel laufen, um die Trauben darin zu waschen. Erst gestern hatte sie gelesen, wie stark Trauben mit Pestiziden belastet waren. Vielleicht sollten sie ganz aufhören, Trauben zu essen. Vielleicht. Vielleicht sollten sie irgendwann überhaupt anfangen mit dem Vernünftigsein.

Donna und Julchen strichen ihr maunzend um die Beine. Sie hatten ihr Trockenfutter nicht angerührt. Warum auch, wenn sie nur ein bisschen zu betteln brauchten, um Fleisch zu bekommen. Angewidert füllte Merle Dosenfutter in zwei Schalen. Als Tierschützerin würde sie niemals das Fleisch von Tieren essen, aber bis jetzt war es ihr noch nicht gelungen, auch die Katzen zu Vegetariern zu erziehen (oder wenigstens einen Versuch in diese Richtung zu unternehmen). So etwas kostete Nerven und Zeit. Von beidem hatte sie gerade mal genug, um ihr Leben in den Griff zu kriegen.

Merle hatte nach dem Abi beschlossen, ein Jahr lang zu jobben. Wenn sie nicht gerade mal wieder Beziehungsstress hatten, half sie Claudio in seinem Pizzaservice aus. Sie engagierte sich mehr als zuvor in ihrer Tierschutzgruppe, organisierte Aktionen und nahm selbst daran teil. Sie brachte die aus den Versuchslaboren befreiten Tiere bei privaten Pflegestellen unter, koordinierte ihre weitere Vermittlung und die Betreuung der Pflegefamilien und übernahm zusätzliche Dienste im Bröhler Tierheim.

»Und ihr liegt den ganzen Tag auf der faulen Haut.« Sie stellte die Futterschalen auf den Boden und sah zu, wie Donna und Julchen sich darüber hermachten.

Sie liebte die Katzen und konnte sich ein Leben ohne sie gar nicht mehr vorstellen. Gäbe es die Tierschutzgruppe nicht, wären Donna und Julchen wahrscheinlich längst tot. Merle konnte sich noch gut daran erinnern, wie ausgemergelt und heruntergekommen die beiden gewesen waren, als man sie aus einem Labor geholt hatte. Nur Haut und Knochen, die Augen glanzlos, das Fell struppig und stumpf.

Inzwischen waren sie richtige Schönheiten geworden. Und selbstbewusste Persönlichkeiten. Die Erinnerung an das Elend, das sie erlebt hatten, zeigte sich nur noch in ihrer extremen Scheu fremden Menschen gegenüber.

Merle warf einen Blick auf die Uhr. Noch eine

Stunde, dann würde Jette nach Hause kommen. Zeit genug, den Abend in aller Ruhe vorzubereiten. Sie stellte den Rotwein in den Kühlschrank, obwohl er da zu kalt werden würde. Sie mochten ihn gern so. Zum Teufel mit den Gepflogenheiten der feinen Küche.

Sie deckte den Tisch mit Kerzen und Servietten und stellte den Strauß kleiner Sonnenblumen, den sie unterwegs gekauft hatte, in die Mitte. Sie machte einen Salat und ordnete den Käse auf einem großen Pizzateller an. Sie schnitt das Baguette und legte die Scheiben in den Brotkorb.

Als alles fertig war, setzte sie sich hin und las noch einmal in Ruhe den Brief von Ilka und Mike.

Wenn euch mein verlassenes Zimmer nervt, schrieb Mike, *vermietet es ruhig, solange wir weg sind. Bringt euch immerhin ein bisschen Geld und das könnt ihr ja bestimmt gut brauchen.*

»Ach was, vermieten«, murmelte Merle. »Wer weiß, wen wir uns da ins Haus holen würden.«

Mike und Ilka hatten die Messlatte verdammt hoch gelegt. Niemand konnte ihnen das Wasser reichen.

Brasilien ist faszinierend, schrieb Ilka. *Ich habe sogar wieder angefangen zu malen. Wenn wir zurückkommen, bringe ich meine Zeichnungen und Bilder mit. Dann werdet ihr es mit eigenen Augen sehen.*

Merle nickte. Hoffentlich begriff Ilka in diesem Jahr Auszeit, dass sie ihr Wahnsinnstalent nicht vergeuden durfte. Man brauchte sich ja bloß das Wandgemälde in Mikes Zimmer anzugucken, um zu wissen, dass Ilka auf die Kunstakademie gehörte.

Sie hatte Mike dieses Bild zum Einzug geschenkt. Ein Haus in einem Sonnenblumenfeld. Ein Ort zum Träumen. Wenig später war Ilka selbst Teil der Wohngemeinschaft geworden, sozusagen Dauergast.

»Wenn wir mal ein bisschen mehr Geld haben«, sagte Merle zu den Katzen, »dann sollten wir nach einer größeren Wohnung suchen. Oder nach einem kleinen Haus. Vielleicht gibt es ja auch hier in der Nähe Sonnenblumenfelder.«

Julchen sprang auf einen der Stühle. Sie sah Merle in die Augen, als wollte sie sagen: Okay, ich werd drüber nachdenken. Dann fing sie an, sich zu putzen.

Der einzige Wermutstropfen, schrieb Mike, *ist die Trennung von euch. Wir vermissen euch jeden Tag. Warum seid ihr bloß nicht mitgekommen? Love. Mike.*

Unter den Brief hatte Ilka Porträts von Mike und sich selbst gezeichnet. *Damit ihr uns nicht vergesst,* hatte sie daruntergeschrieben. *Küsschen! Ilka.*

Merle war gerührt. Sie blinzelte das Nasse

aus den Augen, faltete den Brief zusammen und lehnte ihn gegen die Vase. So würde Jette ihn beim Betreten der Küche sofort entdecken. Sie holte die DVDs aus ihrer Tasche und legte sie auf den Tisch.

Es würde ein schöner Abend werden. Nur sie beide. Niemand sonst. Schon lange hatten sie sich nicht mehr richtig Zeit füreinander genommen. Sie fing an, laut zu singen. Erschrocken schoss Julchen davon.

*

Er lag da. Seltsam verdreht. Und vollkommen still.

So konnte nur einer liegen, der tot war. Einer, der sich nicht freiwillig zum Sterben hingelegt hatte. Seine Augen standen offen. Sein Gesicht war bleich. Sein Kopf lag in einer Blutlache.

Irgendwo blitzte eine Erinnerung an dieses Gesicht in ihr auf. An etwas sehr Vertrautes. Und verlosch gleich wieder.

Sie stand zitternd an der Wand und traute sich nicht weiter. Vier, fünf große Schritte und sie hätte die Haustür erreicht. Vier, fünf Schritte und sie wäre in Sicherheit.

Doch dazu musste sie an ihm vorbei. Sie wandte den Kopf ab, streckte die Arme aus und tastete sich vorwärts. Immer an der Wand entlang, von der er am weitesten entfernt war. Dann, endlich, fühlten ihre Finger das Holz der

Haustür. Sie riss sie auf und stürzte hinaus. Ins Freie. Ans Licht.

Das Blut pulsierte in ihren Schläfen. Ihr Schädel schien zu zerspringen. Sie lehnte sich gegen die Hausmauer und rang nach Atem. Schloss die Augen. Spürte die Sonne auf dem Gesicht und den leichten Wind. Die Mauersteine hatten die Wärme des Tages gespeichert. Sie presste den Rücken dagegen. Fühlte, wie sich ihre Muskeln entspannten.

Was hatte sie hier zu suchen? Sie kannte die Gegend nicht.

Ihr wurde kalt vor Angst, als sie merkte, dass es ihr wieder passiert war – sie hatte *Zeit verloren*. Wie viele Stunden fehlten in ihrer Erinnerung? Sie wusste nicht, wie sie hierhergekommen war. Hatte keine Ahnung, wie sie nach Hause zurückfinden sollte. War nicht einmal sicher, ob sie überhaupt ein Zuhause besaß.

Ihr Blick fiel auf ihre Hände. Nein. Sie würde sich nicht einreden können, dies sei ein Traum.

Sie sah sich um. Eine verlassene Gegend. Nur dieses Haus, einsam, hoch und still, umgeben von Bäumen, Wiesen und wenigen flachen Gebäuden. Nichts kam ihr bekannt vor.

»Lieber Gott, hilf mir«, flüsterte sie.

Langsam setzte sie sich in Bewegung. Dann wurden ihre Schritte schneller. Schließlich rannte sie über die staubigen Wege, die die mageren Wiesen zerteilten. An einem schmalen

Bach kniete sie sich hin, wollte sich die Hände waschen, wimmernd vor Angst. Doch sofort sprang sie wieder auf und lief weiter.

Sie wusste nicht, wohin. Sie wusste nur, dass sie hier nicht bleiben konnte.

»Du siehst müde aus.« Imke umarmte Tilo und drückte die Lippen auf seinen Hals. Ganz schwach konnte sie sein Aftershave riechen. *Mexx.* Sie hatte es ihm zum Geburtstag geschenkt. Wie sie diesen Duft mochte. Er passte zu Tilo. Und machte ihr weiche Knie.

»Bin ich auch. Hundemüde.« Tilo küsste ihren Nacken.

Es überrieselte sie heiß und kalt. »Anstrengende Patienten?« Sie schloss die Haustür, nahm ihm die Tasche ab, legte sie auf einen Sessel in der Eingangshalle und ging voran in die Küche.

»Nicht anstrengender als sonst. Vielleicht bin ich ein bisschen ausgepowert.« Tilo setzte sich an den Tisch und rieb sich übers Gesicht. Er hatte eine Rasur nötig. Wangen und Kinn waren dunkel von den nachwachsenden Stoppeln.

»Möchtest du was trinken?«

»Gern. Ein Glas Wasser. Ein großes.«

Sie stellte ihm die Wasserflasche hin und ein großes Glas. Setzte sich ihm gegenüber. Wie ein altes Ehepaar, dachte sie amüsiert. Der Mann kommt von der Mühsal des Tages heim. Sein Weib empfängt ihn froh mit Speis und Trank.

»Hunger?«, fragte sie.

»Nach einem guten Steak«, sagte er. »Und nach dir.« Er griff über den Tisch nach ihrer Hand.

»Interessante Reihenfolge.« Imke lachte und merkte, wie kühl sich seine Finger anfühlten. Er arbeitete zu viel. Noch mehr als sie. Er war ein richtiger Workaholic.

»Steaks machen stark.« Tilo warf ihr einen dieser Blicke zu, denen sie nicht widerstehen konnte. Kein altes Ehepaar, dachte sie. Wir sind noch himmelweit davon entfernt.

»Dann nichts wie los.« Sie stand auf, um ihre Tasche zu holen. Nach kurzem Überlegen beschloss sie, ihren Mantel mitzunehmen. So warm es tagsüber auch noch war, abends wurde es doch schon empfindlich kalt.

Tilo verschwand im Bad und kam kurz darauf, frisch gekämmt und in eine Wolke von *Mexx* gehüllt, wieder heraus. Im Wagen erzählte er von seinen Patienten, ohne dabei jedoch etwas auszuplaudern, was der Schweigepflicht unterlag. So war er, verantwortungsbewusst und diskret, und Imke liebte ihn dafür.

»Wie war dein Tag?«, fragte er, als sie im *Silberstreif* saßen und ihre Bestellung aufgegeben hatten. Es war ihr Lieblingslokal, weit genug von Tilos Praxis entfernt, um nicht alle naselang

Leuten zu begegnen, die ihn kannten. Die Tische standen in ausreichendem Abstand voneinander, sodass man sich in angenehmer Lautstärke unterhalten konnte. Man wurde nicht von Musik berieselt, hörte bloß diffuses Stimmengewirr ringsum.

»Ein Telefongespräch nach dem andern«, beklagte sich Imke. »Ich bin kaum zum Schreiben gekommen.« Tatsächlich hatte sie nur eine Seite geschafft. Die ganze übrige Zeit war für Dinge draufgegangen, die am Ende eines Tages vor ihrem kritischen Blick zu nichts zusammenschrumpften.

»Schaff dir eine Sekretärin an«, schlug Tilo vor.

Imke schüttelte den Kopf. »Bis ich der erklärt habe, was sie tun soll, hab ich es auch selbst gemacht. Schriftsteller sind eine eigene Spezies. Nicht ganz unkompliziert.«

»Wem sagst du das?« Tilo grinste sie breit an.

Die Kellnerin brachte den Wein. Er funkelte dunkelrot in den Gläsern und sah aus, als entstammte er einem Märchen. Imke trank den ersten Schluck und sehnte sich nach einem Land, das sie nicht kannte, das aber irgendwo auf sie wartete. Blaugrüne Buchten, weiße Strände und weit und breit nur sie und Tilo, niemand sonst. Lächelnd griff sie nach ihrem Handy.

»Noch nicht genug telefoniert?«

»Ich will nur schnell Jette bitten, die Katzen

ins Haus zu lassen. Auf mich haben sie vorhin nicht gehört. Du weißt ja, wie sie sind. Da kannst du rufen, so viel du willst. Sie ignorieren dich einfach. Es sind wieder Tierfänger unterwegs, da sollten sie um diese Zeit nicht draußen sein.«

Jette war schon auf dem Weg nach Bröhl. Sie war nicht begeistert von der Idee, einen Umweg zu fahren, aber sie wusste, dass mit Tierfängern nicht zu spaßen war.

»Danke, liebste aller Töchter.« Imke wandte sich wieder Tilo zu. Sie war entschlossen, dieses Essen zu genießen, Katzen hin, Jette her.

*

Niemand da. Keiner, der ihr helfen konnte. Und alles so fremd. Das Haus, in dem er wohnte, hatte sie wie von selbst gefunden. Wie von Zauberhand gelenkt. Und jetzt war er nicht da. Der Einzige, mit dem sie hätte sprechen können. Der Einzige, der ihr zuhörte. Nicht da.

Aber würde er sie auch verstehen? Oder würde er die Polizei rufen? Sie hatte etwas Schlimmes getan. Sie war schlecht. Schlecht und verdorben.

Und wenn er ihr doch nicht zuhörte, sich sogar von ihr abwandte? Vielleicht hatte er allmählich begriffen, dass sie es nicht wert war, sich überhaupt mit ihr abzugeben. Vielleicht hatte sie nun auch ihn enttäuscht.

Du bist Abschaum. Ein Fehler der Natur. Du verdienst nichts als Verachtung.

Es war nur eine Frage der Zeit gewesen, bis auch er sie so sehen würde. Wie hatte sie sich einreden können, bei ihm wäre es anders? Wie hatte sie ihm vertrauen können?

»Weil er an mich glaubt«, flüsterte sie. »Weil er es gesagt hat. Und weil er nicht lügt. Er hat mich noch nie angelogen.«

Schlampe!, schimpfte jemand in ihrem Kopf. *Miststück! Wer sollte schon an dich glauben?*

Sie hielt sich die Ohren zu. Obwohl das nichts half, denn gegen die Stimmen in ihrem Kopf war sie machtlos. Tränen liefen ihr übers Gesicht. Ihre Augen brannten. Und plötzlich war das Haus ein düsterer Scherenschnitt gegen den rötlichen Himmel. Die Dämmerung streckte ihre langen Finger aus. Weit und breit nichts als dunkelnde Wiesen und Weiden und krumme Zäune.

Rasch schlüpfte sie hinter einen Strauch und kauerte sich ins Gras. Von Weitem hörte sie das Blöken von Schafen. Es beruhigte sie ein wenig. Aber der Aufruhr in ihrem Innern ebbte nur ganz allmählich ab. Was blieb, war die Angst. Eine schreckliche, lähmende Angst.

*

Mein knurrender Magen würde sich gedulden müssen, ebenso wie Merle. Ich hatte ihr eine

SMS geschickt und dann den Umweg zur Mühle eingeschlagen. Wenn es um ihre Katzen ging, stellte meine Mutter sich an wie die Urmutter persönlich. Manchmal hatte ich den Eindruck, sie überschüttete Edgar und Molly mit all der Liebe, die sich in ihr staute, seit ich mein eigenes Leben lebte.

Postwendend war eine SMS von Merle zurückgekommen. Sie wusste nur zu gut, was mit den Katzen passierte, die von Tierfängern aufgegriffen wurden. Sie wusste auch, dass diese Kriminellen hauptsächlich in der Dämmerung und bei Nacht aktiv waren. Es störte sie nicht, dass ich mich ein bisschen verspäten würde.

Ich machte das Radio an und merkte, wie die Musik meinen Ärger über die ständigen Extrawünsche meiner Mutter Stück für Stück dahinschmelzen ließ.

Molly saß wartend vor der Terrassentür. Sie begrüßte mich, indem sie sich gegen mein Bein drückte und zärtlich gurrte. Ich sah mich nach Edgar um und wollte gerade nach ihm rufen, als er unter einer Gruppe von Sträuchern hervorkam. Steifbeinig, den Schwanz steil aufgerichtet, stakste er auf mich zu. So bewegte er sich immer dann, wenn er nervös war.

Die Tierfänger? Ich spähte aufmerksam in alle Richtungen, ohne etwas zu entdecken. Inzwischen waren die Katzen ins Haus gelaufen. Wahrscheinlich hatte etwas ganz anderes den

Kater aufgeregt, eine Maus oder ein Marder oder was sonst auf dem Land so kreuchte und fleuchte. Ich folgte den Katzen in die Küche und versorgte sie mit Futter und frischem Wasser.

Sie fraßen ein paar Happen und sausten wieder zur Terrassentür. Irgendetwas stimmte nicht. Kaninchen in Gelee verschmähten sie nicht ohne Grund. Ich ging durch alle Räume, guckte durch sämtliche Fenster. Die Katzen vergaßen mich völlig, starrten nur hinaus in den Garten und schlugen erregt mit dem Schwanz.

»Also gut.« Seufzend griff ich nach dem Türhebel. »Dann seh ich mich draußen noch mal um. Aber ohne euch.«

Ich hatte noch nicht mal einen Fuß nach draußen gesetzt, als Edgar schon an mir vorbeizischte und wieder unter den Büschen verschwand, aus denen er kurz vorher aufgetaucht war. Ärgerlich lehnte ich die Tür hinter mir an und ging ihm nach. Ich hörte, wie Molly im Haus lautstark protestierte.

»Schluss jetzt, Eddie! Komm da raus! Ich muss los.«

Ich schob ein paar Zweige zur Seite und fuhr erschrocken zurück.

Da saß ein Mädchen mit angezogenen Beinen, das Gesicht halb hinter den Knien verborgen. Sie starrte mich aus aufgerissenen Augen an. Edgar hockte zu ihren Füßen und rieb vertrauensvoll den Kopf an ihrer Wade.

»Hi«, sagte ich, nachdem ich wieder in der Lage war zu sprechen.

Sie antwortete nicht, wich unmerklich zurück. Ihr Alter konnte ich schlecht schätzen, dazu war ihr Gesicht zu schmutzig. Aber sie war höchstens ein, zwei Jahre älter als ich. Wenn überhaupt. Was hatte sie im Garten meiner Mutter verloren?

»Ich bin Jette. Die Tochter von Imke Thalheim. Und wer bist du?«

Sie fing an zu zittern. Mir fiel auf, dass sie die Ärmel ihres T-Shirts über die Hände gezogen hatte. Als wäre ihr kalt. Edgar rollte sich auf ihren Füßen zusammen und blinzelte mich schmaläugig an. Vorsichtig ging ich in die Hocke.

»Das ist Edgar«, sagte ich leise.

Ich hatte keine Ahnung, ob sie meine Worte verstand. Sie hörte nicht auf zu zittern.

»Und dann gibt es noch Molly. Sie ist im Haus.«

Ich musste das Zauberwort finden. Aber wie?

»Edgar mag dich«, tastete ich mich weiter vor. »Das ist ungewöhnlich. Er schließt nicht schnell Freundschaft mit Fremden.«

Eine kleine, kindliche Hand stahl sich aus dem Ärmel des T-Shirts und legte sich sanft auf Edgars Nacken. Edgar fing an zu schnurren.

»Meine Mutter hat mich gebeten, die Katzen ins Haus zu holen. Es sind zurzeit wieder Tierfänger unterwegs. Sie fangen die Katzen ein und verkaufen sie an Labore.«

Himmel. Was plapperte ich da?

»Sie arbeiten mit den miesesten Tricks. Die Katzen haben keine Chance. Ich weiß das von meiner Freundin Merle. Die ist nämlich Tierschützerin und kennt die ganzen üblen Machenschaften dieser Typen.«

Ihre Hand war rot. Als hätte sie sie lange unter kaltem Wasser geputzt. Oder als hätte sie mit roter Kreide gearbeitet. Ihr Handgelenk war dünn wie das eines Kindes. Und ihre Ärmel ...

Meine Augen hatten sich allmählich an das Dämmerlicht zwischen den Sträuchern gewöhnt. Zuerst erkannte ich Flecken auf der Kleidung des Mädchens. Als Nächstes sah ich, dass sie nicht von Kaffee oder Kakao herrühren konnten. Ich weigerte mich hartnäckig, zu begreifen, was meine Augen mir längst verraten hatten – dass dieses Mädchen über und über beschmiert war. Mit Blut.

Mein Herzschlag setzte aus. Ich bekam keine Luft.

Es dauerte eine Weile, bis ich mich wieder gefangen hatte. Und wahrnahm, dass ihr Zittern unmerklich nachließ. Ein gutes Zeichen. War ich auf dem richtigen Weg? Mochte sie Katzen? Sollte ich da weitermachen? Ich beschloss, so zu tun, als hätte ich nichts bemerkt.

»Merle und ich wohnen zusammen in einer WG. Wir haben auch zwei Katzen. Donna und Julchen. Sie wurden aus einem Labor befreit.

Du hättest sie sehen sollen damals. So furchtbar dünn und ängstlich. Inzwischen sind sie wie umgewandelt. Fremden gegenüber sind sie allerdings immer noch sehr scheu. Solche grauenvollen Erfahrungen vergisst man wahrscheinlich nie.«

Hatte sie gestöhnt? Oder war das Edgar gewesen? Er gab manchmal die sonderbarsten Laute von sich.

»Schlimm …«

Der Hauch eines Flüsterns. Aber ich hatte es gehört.

»Ja.« Ich versuchte, meine Erregung zu unterdrücken. »Schlimm.«

Ihr Kinn kam hinter den Knien hervor. Endlich sah ich ihr vollständiges Gesicht. Sogar unter all dem Schmutz war es ziemlich hübsch. Was mir vor allem auffiel, war ihr Mund. Sie hatte volle, herzförmige Lippen, die so gar nicht zu dem schmalen Gesicht passen wollten.

Sie kraulte Edgar hinter den Ohren. An der Sicherheit ihrer Bewegungen erkannte ich, dass sie an den Umgang mit Katzen gewöhnt war. Edgar zerfloss vor Wollust.

Wir konnten nicht ewig hierbleiben. Es rumorte in meinem Magen. Merle wartete. Aber ich durfte dieses Mädchen nicht allein lassen. Sie hatte Angst. Und sie war verwirrt. Ich las es in ihren Augen.

»Verrätst du mir deinen Namen?«, fragte ich.

Sie sah mich an und gleichzeitig durch mich hindurch.

»Mina«, sagte sie so leise, dass ich es beinahe nicht verstanden hätte.

Jetzt musste ich ganz vorsichtig sein. Nichts äußern, was sie wieder verstummen ließe.

»Mina, wolltest du zu meiner Mutter?«

Wieder verging eine ganze Weile, bis sie kaum merklich den Kopf schüttelte. Nicht? Aber was tat sie dann im Garten meiner Mutter?

»Ich ... hab ... Angst.«

Der erste vollständige Satz. Und plötzlich wusste ich, was ich zu tun hatte. Langsam und vorsichtig erhob ich mich. Ich hatte so schief und verkrampft da gehockt, dass es in meinen Kniegelenken gefährlich knackte. Edgar rappelte sich ebenfalls auf, lief ein paar Schritte auf das Haus zu und schaute sich abwartend nach uns um.

»Ich bringe ihn nur schnell ins Haus«, sagte ich. »Wartest du auf mich?«

Keine Reaktion. Sie hatte die Arme vor der Brust gekreuzt und wiegte sich vor und zurück.

Ich beschloss, das Risiko einzugehen und sie für einen Moment allein zu lassen. Nachdem ich die Haustür abgeschlossen hatte, ging ich wieder in den Garten. Sie saß noch an derselben Stelle.

»Willst du mit mir kommen?«, fragte ich sie.

Ich beugte mich zu ihr hinunter und berührte leicht ihre Schulter.

»Mina?«

Sie hob den Kopf. Ungläubiges Erstaunen spiegelte sich auf ihrem Gesicht. Ich hielt ihr die Hand hin. Sie ergriff sie nicht, stand aber langsam auf.

»Komm«, sagte ich und wahrte vorsichtig Abstand. »Mein Wagen steht vorm Haus.«

*

Merle nutzte die Wartezeit, indem sie die Anrufe erledigte, die auf ihrer Liste standen. Sie hatte es übernommen, das nächste Treffen der Tierschützer zu organisieren. Diese Treffen fanden an immer wechselnden Orten statt, um es der Polizei nicht zu leicht zu machen, ihnen auf die Schliche zu kommen.

Doch dann war auch das letzte Telefongespräch geführt und allmählich gab es nichts mehr zu tun. Brauchte Jette wirklich so lange, um die Katzen ins Haus zu locken, oder war ihr etwas passiert?

»Blödsinn«, sagte Merle laut zu sich selbst. »Was soll ihr denn passiert sein?«

Aber sie wusste, dass sie sich nur zu beschwichtigen versuchte. Man war nicht sicher. Nie. Nirgends. Das hatten sie oft genug erfahren müssen.

Der Tisch war gedeckt. Ein Viertel der Trauben verspeist. Auch vom Baguette fehlten schon ein paar Scheiben. Merle hatte gerade beschlossen, eine SMS abzuschicken, da hörte sie Jettes Schlüssel im Schloss.

»Jette! Endlich! Musstest du einen Suchtrupp aufstellen, um die Katzen …«

Weiter kam sie nicht. Jette stand auf der Türschwelle, eine Hand erhoben, um Merle zum Schweigen zu bringen. Sie sprach leise auf ein Mädchen ein, das noch halb im Dämmerlicht des Treppenhauses verborgen war und den Anschein erweckte, als würde es beim geringsten Anlass die Flucht ergreifen.

»Das ist Merle. Du kannst ihr vertrauen.« Jette betrat den Flur und stellte ihre Tasche ab, ohne das Mädchen aus den Augen zu lassen. »Merle«, sagte sie, »das ist Mina.«

»Hallo, Mina.« Merle bewegte sich nicht. Sie hatte schon viele Tiere gesehen, die sich wie dieses Mädchen verhalten hatten. Zu Tode geängstigte Wesen mit allen Anzeichen eines heftigen Schocks.

»Komm rein«, sagte Jette, »dann stell ich dir Donna und Julchen vor. Ich hab dir doch von ihnen erzählt. Es gibt auch was zu essen. Hast du Hunger?«

Merle ging auf Zehenspitzen in die Küche. Sie hob das schlaftrunkene Julchen vom Sofa auf und trug es in den Flur. Julchen erblickte das fremde Mädchen und fing an zu zappeln.

»Nicht!« Das Mädchen hob die Hände. »Nicht festhalten!«

Merle setzte Julchen ab und die Katze verschwand mit einem Satz hinter dem Garderobenständer.

Mina wagte sich zögernd herein. Ihr Gesicht war schmutzig, die Wimperntusche auf ihren Wangen verlaufen. Ihre Hände waren rot verschmiert. Die Flecken auf Hose und T-Shirt bestanden eindeutig aus getrocknetem Blut.

Merle bemühte sich, nicht auf die Flecken zu starren. Auch nicht auf das schmutzige Gesicht und erst recht nicht auf die roten Hände. Wahrscheinlich war das ebenfalls Blut. Was war diesem Mädchen zugestoßen? Was hatte sie so in Panik versetzt?

»Ich hab einen Bärenhunger«, sagte Jette in Merles Gedanken hinein. »Du auch, Mina?«

Geschickt, dachte Merle. Sie äußert das ganz beiläufig. Die einzig richtige Art, das Mädchen anzusprechen.

Mina antwortete nicht. Sie sah sich in der Küche um, als müsse sie sich erst vergewissern, dass hier keine Gefahr lauerte.

Jette holte ein drittes Gedeck aus dem Schrank, Merle machte den Rotwein auf. Sie setzten sich an den Tisch und fingen an zu essen. Dabei unterhielten sie sich wie immer und taten so, als achteten sie nicht auf Mina, die wie eine fremde Katze durch den Raum strich.

Endlich setzte sie sich zu ihnen. Jette schenkte ihr Wein ein. Mina wollte nach dem Glas greifen und hielt mitten in der Bewegung inne. Sie starrte auf ihre Hände, ihr T-Shirt, die Hose, sprang auf und lief zur Tür.

»Mina!«, rief Jette. »Bleib hier!«

An der Wohnungstür holte sie das Mädchen ein. Sie redete ihr beruhigend zu, legte ihr den Arm um die Schultern und führte sie ins Badezimmer. Merle suchte in ihrem Schrank nach Klamotten, die Mina passen könnten, entschied sich für Jeans und ein T-Shirt und brachte die Sachen ins Bad.

Das Blut von Minas Händen färbte das Wasser rot. Es roch leicht metallisch, ein Geruch, der bei Merle Übelkeit verursachte, seit sie mit schwer misshandelten und verletzten Tieren zu tun hatte. Mina weinte und keuchte und schrubbte ihre Hände mit der Nagelbürste ab, dass es wehtat, ihr dabei zuzusehen.

Jette stand hilflos neben ihr. Sie hielt ein Handtuch bereit, aber Mina konnte nicht aufhören, ihre Hände zu malträtieren. Schließlich drehte Merle den Wasserhahn zu. Erschöpft ließ Mina die Schultern sinken.

Merle gab ihr die frischen Sachen, half ihr beim Umziehen und stopfte die blutbefleckten Kleidungsstücke in die Waschmaschine. Jette säuberte Minas Gesicht behutsam mit einem feuchten Waschlappen. Mina ließ es geschehen. Vielleicht merkte sie es nicht einmal.

Dann kehrten sie in die Küche zurück. Mina

starrte vor sich hin. Als hörte sie etwas, das nur für ihre Ohren bestimmt war. Ein Ausdruck von Erstaunen lag auf ihrem Gesicht.

Die Situation war gespenstisch. Da saßen sie mit einem fremden Mädchen am Tisch, das auf kaum etwas reagierte, nichts von sich preisgab und ganz offensichtlich an einem schweren Trauma litt. Dem etwas Unaussprechliches zugestoßen sein musste. Und sie hatten keine Ahnung, wie sie helfen konnten.

Schließlich füllte Merle eine Wärmflasche mit heißem Wasser und brachte Mina in Mikes Zimmer. Mina legte sich angezogen auf das Bett und rollte sich wie ein Fötus zusammen. Merle breitete eine Wolldecke über ihr aus und schob ihr die Wärmflasche darunter. Es gelang Mina gerade noch, die Wärmflasche an sich zu ziehen. Im nächsten Moment war sie eingeschlafen.

Mit angehaltenem Atem schlich Merle aus dem Zimmer. Die Tür ließ sie offen stehen. Sie ließ auch das Licht im Flur brennen. Das vertrieb nicht nur bei kleinen Kindern die bösen Geister.

»Da musst du mir aber einiges erklären«, sagte sie zu Jette, als sie wieder in die Küche kam.

Jette nickte und fing an zu erzählen.

*

Bevor sie einschlief, hörte sie die Stimmen in ihrem Kopf. Sie hatte sie schon so oft gehört.

Es waren immer andere. Als führten irgendwelche Leute in ihrem Kopf Gespräche. Meistens hörte sie nur Schnipsel davon, sodass sie nicht sagen konnte, worum es ging, aber sie konnte die Stimmen voneinander unterscheiden.

Sie machten ihr Angst. Wie Parasiten waren sie und es gab keine Medizin dagegen. Man musste sie auf andere Art bekämpfen. Da konnte nur einer helfen, der das studiert hatte. Einer wie Tilo Baumgart. Sie hatte große Hoffnungen in ihn gesetzt. Aber allmählich war sie sich nicht mehr sicher, ob er ihr wirklich helfen konnte. Vielleicht war sie doch einfach nur verrückt.

Nein. Er würde dich nicht belügen. Er ist ein guter Psychologe und ein guter Mensch. Fast schon ein Freund. Es ist ja nicht so, als ob du unter tausend Freunden die freie Auswahl hättest. Also hör auf mit deinen Zweifeln und vertraue ihm.

Das hasste und fürchtete sie am meisten – wenn eine der Stimmen sie direkt ansprach. Manchmal besetzten sie regelrecht ihr Gehirn. Manchmal wusste sie nicht mehr, wer da eigentlich dachte, sie selbst oder ein anderer in ihr.

Verpiss dich, dachte sie. Lass mich in Ruhe.

Lasst sie schlafen. Sie hat genug durchgemacht. Morgen ist auch noch ein Tag.

Ja, dachte sie. Schlafen. Und nicht mehr aufwachen. Niemals mehr. Sie fühlte sich so kraftlos, so ausgelaugt, dass sie die Augen nicht länger offen halten konnte.

So ist's gut, Kleines. Mach die Augen zu.

Von Weitem hörte sie, wie jemand ein Schlaflied sang. Es kreiselte sacht in ihrem Kopf und sank dann in ihr nieder wie in eine tiefe, dunkle Höhle.

Das Klingeln des Telefons riss ihn aus einem Albtraum. Die Verfolger waren immer näher gekommen. Durch ein kleines Loch in der Wand hatte Bert ihre Gesichter gesehen. Eines hatte er erkannt. Es war Margots Gesicht gewesen.

In sein Entsetzen hinein klingelte das Telefon.

»Melzig.«

Seine Stimme war vom Schlaf belegt. Sie klang unwirsch, das hörte er selbst. Es fiel ihm nicht leicht, den Traum abzuschütteln. Und zuzuhören. Sie waren an diesem Abend schon gegen neun ins Bett gegangen, um endlich einmal genug Schlaf zu bekommen. Blinzelnd schaute er auf den Wecker. Viertel nach zehn. Mehr als diese eine Stunde Schlaf würde ihm heute Nacht wohl nicht vergönnt sein.

»Ich bin in zwanzig Minuten da.«

Er drückte das Gespräch weg und setzte sich auf. Mondlicht floss ins Zimmer. Bettzeug raschelte. Margot wurde jedes Mal wach, obwohl er sich bemühte, leise zu sein.

»Musst du weg?«

»Schlaf weiter.«

Seine Antwort war beleidigend brüsk. Aber wie konnte er liebevoll mit einer Frau umgehen, die ihn gerade verraten hatte? Er glaubte an die Symbolkraft von Träumen. Er glaubte an sein Unterbewusstsein. Und er hatte schon lange das Gefühl, dass seine Ehe nicht mehr zu retten war.

»Willst du einen Kaffee?«

Seine Bedürfnisse waren ihr seit Jahren so gleichgültig, dass er ihre Frage geradezu absurd fand. Seit wann kümmerte es sie, ob er vor einem Nachteinsatz einen Kaffee brauchte oder nicht?

»Nee. Lass mal.«

Sie schlief augenblicklich wieder ein. Ihre regelmäßigen Atemzüge waren das einzige Geräusch im Zimmer.

Bert liebte die Dunkelheit. Im Dunkeln war alles klar und deutlich. Da belog man sich nicht. Da sah man seinen Fehlern ins Gesicht.

Und seinen Gespenstern. Es wurden mehr von Jahr zu Jahr.

Er schlüpfte in Hemd und Hose und schlich zur Tür. Erst im Bad zog er sich fertig an. Er trank ein Glas Wasser in der Küche, horchte auf die Stille und sammelte sich. Dann griff er nach seiner Jacke und verließ geräuschlos das Haus.

Eine Leiche in der Einliegerwohnung der alten Kleiderfabrik, hatten sie gesagt. Männlich. Anscheinend erschlagen. Und erstochen.

Erschlagen und erstochen? Zwei Arten von Verletzungen. Bert spürte, wie sein Magen sich zusammenzog. Wann würde er sich endlich daran gewöhnen? Würde es ihm jemals gelingen, sich gegen den Schock abzuschotten, der ihn beim Anblick eines ermordeten Menschen überfiel?

Manchmal kam ihm sein Leben ganz und gar unwirklich vor. Es wechselte zwischen Tag und Nacht, Aufregung und Routine, Hoffen und Wissen. Schwankte von einem Extrem zum andern. Es fand in einem Rhythmus statt, den andere vorgaben. Menschen, die eine Grenze überschritten hatten. Straftäter. Das deutsche Strafrecht, dachte Bert oft, hatte ein so distanziertes Vokabular, dass einem bei manchen Wörtern kalt wurde.

Um einen Mörder zu fassen, musste Bert die Gedanken eines Mörders nachvollziehen können. Um einem Psychopathen auf die Spur zu kommen, musste er sich der bizarren Logik eines Psychopathen nähern. Dass ihm das häufig mühelos gelang, bereitete ihm Sorgen.

»Weil du im Grunde selber einer bist«, hatte Margot ihm einmal vorgeworfen. Mit einem Lächeln auf den Lippen zwar, aber der Hieb hatte ihn getroffen. Vielleicht hatte Margot ja recht. Vielleicht war er zu kompliziert für ein Familienleben. Vielleicht war er fürs Alleinsein geschaffen und für die Einsamkeit.

Noch nie war er als Erster zu einem Tatort gekommen. Immer erwarteten ihn bereits die Kollegen von der Schutzpolizei. Die Scheinwerfer ihrer Wagen zerschnitten auch diesmal das Dunkel. Ihre Bewegungen und ihre Stimmen störten den späten Abend. Auch die Kollegen von der Spurensicherung waren bereits da. Und alle entwickelten eine rege Geschäftigkeit.

Sämtliche Fenster der Fabrik waren hell erleuchtet. Bert fühlte eine Gänsehaut auf den Armen. Hinter diesen Mauern erwartete ihn der Mord, der in den kommenden Tagen, Wochen, vielleicht sogar Monaten seinen Alltag beherrschen würde. Alles, was mit Berts Leben zu tun hatte, veränderte sich mit dem Auffinden eines ermordeten Menschen. Am meisten er selbst. Er atmete noch einmal tief ein und betrat das Haus.

Die Leiche lag auf der Schwelle zwischen Wohnzimmer und Flur. Grotesk verdreht. Wie eine übergroße Puppe, vom Kind eines Riesen achtlos beiseitegeworfen. Der Kopf wies eine schwere Verletzung auf. Der Blutverlust war so stark gewesen, dass sich eine breite Lache auf dem Boden gebildet hatte.

Bert trat näher heran. Der Tote trug eine schwarze Hose und ein Hemd, das einmal weiß gewesen war. Jetzt war es blutgetränkt. Und in Fetzen geschnitten. Bert beugte sich vor. Er gab es rasch auf, die Einstiche zählen zu wollen. Der Oberkörper des Mannes war übersät damit.

»Vierundzwanzig«, hörte er Doktor Haubrich hinter sich sagen. »Mit enormer Kraft zugefügt.« Die Stimme des Arztes klang beiläufig. Als gäbe es eigentlich Wichtigeres zu tun.

Bert richtete sich auf und drehte sich um. Der Arzt hatte seine Tasche schon wieder gepackt. Er war einer von der schnellen Truppe. Fuhr an einem Tatort vor, tat seine Arbeit und verschwand. Kein Wort, keine Geste zu viel. Aber Bert warf ihm die Nüchternheit nicht vor. Sie tat ihm sogar gut.

»Etwa zwischen zwölf und sechzehn Uhr. Die Wunde am Kopf stammt von einem massiven, stumpfen Gegenstand. Wahrscheinlich der Kerzenleuchter, den Sie im Wohnzimmer finden werden. Das Messer, das vermutlich verwendet wurde, ist unter die Heizung geschleudert worden. Ein Küchenmesser, sehr scharf. Mehr kann ich zum jetzigen Zeitpunkt nicht sagen. Noch Fragen?«

»Die Reihenfolge«, sagte Bert.

Der Arzt sah ihn mitleidig an. »Schlag auf den Kopf, um ihn außer Gefecht zu setzen, dann die Stiche. Was eigentlich logisch ist, nicht wahr? Sie haben es mit einem Täter zu tun, um den ich Sie nicht beneide. Dieser Mord zeugt von einer unheimlichen Wut.«

Bert nickte. Ihm war schlecht. Die Wut war überall spürbar. Sie schien im ganzen Haus zu vibrieren. Das Haus. Er würde sich jeden einzelnen Raum vornehmen müssen. An Schlaf war nicht mehr zu denken.

»Der Täter.« Bert tastete nach seinem Notizbuch. »Reden wir hier mit Sicherheit von einem Mann?«

»Oder von einer äußerst kräftigen Frau.«

»Im Sinne von umfangreich?«

»Im Sinne von stark.«

»Danke, Doktor.«

»Keine Ursache.«

Doktor Haubrich war schon an der Haustür, winkte Bert noch einmal zu und verschwand.

Bert blieb mit dem Toten zurück. Für eine Weile waren sie allein miteinander. Der stille Körper. Die riesige Wut. Das kalte große Haus. Das düstere Zimmer.

»Wer hat dich so gehasst, dass er dir das angetan hat?«, murmelte Bert. Er wunderte sich schon lange nicht mehr darüber, dass er die Angewohnheit hatte, Tote zu duzen. Es lag am Tod. Er stellte vom ersten Augenblick an eine intime Verbindung her zwischen Bert und dem Ermordeten.

Bert beugte sich wieder über den Toten und betrachtete sein Gesicht. Er mochte es nicht. Und er fühlte sich schuldig deswegen. Langsam wandte er sich ab, dem Schutzpolizisten zu, der sich schon zweimal dezent geräuspert hatte, um ihn auf sich aufmerksam zu machen.

»Ja?«

»Haben Sie jetzt Zeit für Herrn Gaspar? Das ist der Mann, der den Toten gefunden hat. Und dann ist auch noch einer von der Presse da.«

Bert folgte dem Beamten nach unten. Seine Arbeit hatte begonnen.

*

Ich konnte nicht schlafen. Mondlicht lag im Zimmer. Die Möbel standen so reglos, dass ich mir fast wünschte, sie würden sich bewegen. Ein leichter Wind ließ den Vorhang über den Boden schleifen. Ich beobachtete die Schatten an den Wänden, bis mir die Augen brannten, aber der Schlaf wollte nicht kommen.

Schließlich stand ich auf, zog meine Jogginghose an und ging in die Küche. Die Nacht hatte ihr alle Farbe genommen und sie fremd gemacht. Als betrachte man sie im Traum. Alles war da, doch nichts war wie sonst.

Ich stellte mich ans Fenster und sah auf die Straße hinunter. Kein Auto, kein Mensch, nicht mal ein Vogel, der über den Gehsteig hüpfte. Die Gedanken wirbelten mir im Kopf herum. Ich war so wach, als hätte ich eine Kanne Kaffee getrunken.

Etwas stimmte nicht mit unserem Gast. Etwas hatte Mina furchtbare Angst eingejagt. Sie brauchte Hilfe. Aber wie konnten wir ihr helfen?

»Wir sollten die Finger davon lassen«, hatte Merle gesagt. »Ich hab keinen Bock auf neue Schwierigkeiten.«

Ich hatte zu ihren Worten genickt.

»Wir sollten morgen früh gemütlich mit ihr frühstücken, und damit basta. Die Klamotten kann sie meinetwegen behalten, weil ihre ja noch nicht trocken sind. Aber das war's dann. Arrivederci. Adios. Bye-bye.«

Ich hatte immer weitergenickt.

»Was gehen uns ihre Probleme an? Mensch, wir sind doch nicht der Mülleimer für jeden x-Beliebigen!«

»Genau.«

»Verdammte Kacke! Es wäre vernünftig, Jette!«

Ich erwiderte ihren Blick, ohne mit der Wimper zu zucken. Sie sprach nur meine Gedanken aus. Wir hatten es verdient, ein bisschen zur Ruhe zu kommen. Was wir in den vergangenen Monaten durchgemacht hatten, erlebten andere in einem ganzen Leben nicht.

»Guck mich nicht so böse an«, sagte ich. »Du hast absolut recht.«

»Dann ist's ja gut«, knurrte sie.

»Andrerseits ... Seit wann sind wir vernünftig?«

Wir hatten das Thema gewechselt, obwohl es uns schwergefallen war. Manchmal ist ein gewisses Maß an Verdrängung absolut legitim. Einen Entschluss hatten wir am Abend nicht mehr gefasst.

Hinter mir hörte ich ein Rascheln. Ich drehte mich um und sah Mina an der Tür stehen. In den geliehenen Sachen hatte ich sie im ersten Augenblick für Merle gehalten.

»Kannst du auch nicht schlafen?«, fragte ich.

»Ich könnte schon«, sagte Mina. »Ich will nicht.«

Sie antwortete mir. Das war ein kleines Wunder.

»Du willst nicht? Warum?«

»Im Schlaf verliert man die Kontrolle.«

Nicht nur unsere Küche wirkte anders als am Tag, auch Mina kam mir völlig verändert vor. Sie hatte keinerlei Ähnlichkeit mehr mit dem verängstigten, panischen Mädchen, das ich im Garten meiner Mutter gefunden hatte. Nicht nur, dass sie auf einmal redete. Es war verblüffend, *wie* sie es tat.

»Das ist doch das Schöne am Schlafen.«

»Nein. Das ist das Gefährliche daran.«

Sie blieb bei der Tür stehen. Der ganze Raum lag zwischen uns und im Augenblick war ich froh darüber. Mir wurde schlagartig klar, dass dieses Mädchen eine Wildfremde für uns war.

»Möchtest du ein Glas Milch, Mina?«

Sie stieß sich von der Wand ab. »Woher kennst du diesen Namen?«

Überrascht starrte ich sie an, zumindest das, was ich im Mondlicht von ihr erkennen konnte.

»Woher?«

Sie kam auf mich zu. Ihre Frage klang vorwurfsvoll. Sogar drohend. Als dürfte ich ihren

Namen nicht kennen. Als hätte ich ihn unrechtmäßig in Erfahrung gebracht.

»Du hast ihn uns doch gesagt.«

»Uns?«

Allmählich wurde sie mir unheimlich. Machte sie sich über mich lustig oder hatte sie wirklich alles vergessen?

»Merle und mir. Hör mal, was ist los mit dir?«

Sie stand jetzt vor mir und starrte mich an. Als sähe sie mich zum ersten Mal. Mit zusammengekniffenen Augen studierte sie mein Gesicht. Mir wurde kalt.

»Nun bleib mal schön locker«, sagte sie gedehnt.

Locker! Ich wich einen Schritt zurück. Es gefiel mir nicht, wie sie mich mit ihren Blicken sezierte.

»Merle«, wiederholte sie nachdenklich.

Alle Panik war von ihr abgefallen. Sie hatte sich wieder gefangen. Hatten Merle und ich uns das nicht gestern Abend noch gewünscht? Aber nicht so, dachte ich. Nicht so, dass ihre Nähe mir unangenehm ist.

»Und wer bist du?«, fragte sie.

Sie erlaubte sich einen Scherz mit mir. Eine andere Erklärung gab es nicht. Ich war aber nicht zum Scherzen aufgelegt.

»Jette«, sagte ich und tastete nach dem Lichtschalter. »J.E.T.T.E. Okay? Und jetzt hör auf mit diesem Spielchen. Es ist mitten in der Nacht und ich hab keine Lust auf Rätselraten.«

Sie schnappte sich mein Handgelenk und hielt es fest. »Kein Licht!«

Ihr Griff war brutal und kräftig. Ich versuchte, mich ihm zu entwinden, aber es gelang mir nicht.

»Mina! Du tust mir weh!«

»Entschuldige.« Sie ließ mich los. »Ich ertrage nur in manchen Augenblicken kein Licht.«

»Magst du nun ein Glas Milch oder nicht?«

Das war immer das Allheilmittel meiner Mutter gewesen. Kalte Milch. Warme Milch. Milch mit Honig. Je nachdem. Diese Situation schrie nach kalter Milch. Wir hätten sie schnell runterschütten und wieder ins Bett krabbeln können.

Mina runzelte die Stirn. Wortlos drehte sie sich um und verließ die Küche. Ich hörte, wie sie die Tür von Mikes Zimmer hinter sich schloss, und holte erleichtert Luft. Mit zitternden Händen goss ich Milch in einen Topf und stellte ihn auf den Herd.

Wenig später saß ich mit einem dampfenden Becher in der Hand an meinem Schreibtisch und trank die Milch in kleinen Schlucken. Mir war immer noch entsetzlich kalt, und ich begriff nicht, was ich da eben erlebt hatte. Ich wusste nur eins – ich bereute es zutiefst, Mina mit in unsere Wohnung genommen zu haben.

*

Die Klamotten waren in Ordnung. Sie ließ sie an, obwohl sie sich nicht zum Schlafen eigneten. Auch das Zimmer war okay. Vor allem das riesige Wandgemälde gefiel ihr. Sie liebte Bilder, besonders großformatige. Solche Gemälde waren wie Musik. Sie füllten den Kopf mit Farben, Formen – und mit Ruhe. Es war wundervoll, Ruhe zu spüren.

Sie lag auf dem Bett, die Hände unterm Kopf verschränkt, und schloss die Augen. Die inzwischen nur noch lauwarme Wärmflasche hatte sie zur Seite geschoben, ebenso wie die Bettdecke. Man durfte den Körper nicht verzärteln, wenn man eine Kämpferin sein wollte. Und sie *war* eine Kämpferin, eine besonders gute sogar. Nicht umsonst hatte sie jahrelang hart dafür trainiert.

Geschmeidig kam sie hoch und glitt lautlos vom Bett. Wenn sie schon wach war, konnte sie gleich ein bisschen Tai Chi machen. Es gab keine bessere Möglichkeit, um Körper und Geist zu stärken. Anschließend würde sie nachdenken. Auf gar keinen Fall durfte sie der Panik erlauben, von ihr Besitz zu ergreifen.

»Ich bin Cleo«, flüsterte sie. »Die Kämpferin. Keiner kriegt mich klein.«

4

Der Name des Toten war Dietmar Kronmeyer. Die alte Kleiderfabrik, in deren Einliegerwohnung er gestorben war, gehörte seit etlichen Jahren einem religiösen Zirkel, der unter dem Namen *Wahre Anbeter Gottes* bekannt war.

Die Mitglieder dieser Vereinigung waren unbescholtene Bürger, die sich zusammengeschlossen hatten, um gemeinsam ihren Glauben zu leben. Es handelte sich bei ihnen nicht um Angehörige einer obskuren Sekte. Sie alle führten ihr privates, normales Leben in ihren privaten, normalen Wohnungen.

So jedenfalls hatte Max Gaspar es dargestellt. Sichtlich unter Schock stehend, hatte er Berts nächtliche Fragen beantwortet, während seine großen Hände eine graue Baseballkappe abwechselnd zerknautschten und wieder glatt strichen.

Dietmar Kronmeyer war der Kopf der *Wahren Anbeter Gottes* gewesen und Max Gaspar seine rechte Hand. Zumindest behauptete er das, und es erfüllte ihn offenbar mit Stolz, denn er wies während der Befragung mehrfach darauf hin.

Faktotum, hatte Bert in sein Notizbuch geschrieben. Das schien es eher zu treffen. Max Gaspar war Anfang dreißig. Er wirkte grobschlächtig und ungebildet, und es war etwas an ihm, wovon Bert sich abgestoßen fühlte. Etwas Widersprüchliches. Eine sanfte Brutalität, die man ahnte, jedoch nicht sah.

Nach der Befragung hatte Bert das Bedürfnis gehabt, sich die Hände zu waschen. Doch das hatte er sich verkneifen müssen, solange die Kollegen von der Spurensicherung mit ihrer Arbeit noch nicht fertig gewesen waren. Er hatte die Gummihandschuhe übergestreift und war in die Wohnung im ersten Stock zurückgekehrt. Und hatte sich ganz auf den Toten und den Tatort konzentriert.

»Dieses Haus ist keine Kirche«, erklärte Bert jetzt bei der morgendlichen Besprechung, zu der er unrasiert, aber pünktlich erschienen war, »sondern lediglich ein Ort der Zusammenkunft und gelegentlicher Gottesdienste. Bisher gab es keinen Grund, daran zu zweifeln. Das Gebäude wurde in der Vergangenheit mehrfach überprüft.«

Er rieb sich den schmerzenden Nacken. Nächtliche Einsätze steckte er nicht mehr so einfach weg. Sie fielen ihm immer schwerer.

»Sind diese Leute strafrechtlich schon in Erscheinung getreten?«, fragte der Chef und räkelte sich in seinem knarrenden Ledersessel.

Dass manche Menschen sich aber auch so gar keine Mühe gaben, Klischees zu vermeiden. Warum Leder? Wieso schwarz? Und weshalb musste es überhaupt so ein Riesenteil sein, das einen erwachsenen Mann beinah verschluckte? Selbst den Chef mit seinem beträchtlichen Körperumfang.

»Nein.« Bert setzte sich gerade hin. »Man munkelt, dass es bei dieser Gruppe wohl doch um mehr als den Zusammenschluss praktizierender Christen geht, aber wir konnten ihnen bisher nichts nachweisen. Nach außen hin handelt es sich um ehrbare Bürger, die pünktlich ihre Miete bezahlen, keine Steuern hinterziehen und ihre Kinder nicht misshandeln.«

»Sind ... Namen darunter?« Der Chef kniff die Augen zusammen. Sie verschwanden bis auf einen sehr schmalen Spalt zwischen Hängelidern und Tränensäcken. »Sie wissen schon.«

Die Frage erinnerte Bert an den Mord, der vor einigen Jahren in einem neu eröffneten Bordell am Stadtrand begangen worden war. Mehrere Mitglieder des Stadtrats hatten in jener Nacht ausgerechnet dort eine besondere Art von Weihnachtsfeier veranstaltet. Der Fall hatte dem Chef eine Reihe schlafloser Nächte beschert. Sie hatten damals viel Energie darauf verwandt, die Diskretion zu wahren und um den heißen Brei herumzuschleichen.

Das *Sie wissen schon* ärgerte Bert. Diese Art

von Vertrautheit wollte er mit dem Chef nicht teilen. Er gab sich begriffsstutzig, machte ein verdutztes Gesicht. »Namen?«

»Herrgott! Melzig! Stellen Sie sich doch nicht dümmer, als Sie sind!«

Wenn der Chef lospolterte, lief sein Gesicht gefährlich rot an. Dann ging man ihm besser aus dem Weg. Oder gab klein bei. In der Regel zog Bert die erste Variante vor. Doch heute überkam ihn die Lust, den Zorn des Chefs ein bisschen zu kitzeln.

»Ach – *Namen*«, sagte er und zog das Wort genüsslich in die Länge.

Die klobigen Finger des Chefs trommelten auf dem Tisch. Seine Augen wurden, wenn das überhaupt möglich war, noch schmaler. Seine Gesichtsfarbe verdunkelte sich. Aubergine. Alarmstufe zwei.

»Kann ich noch nicht sagen, Chef. Bisher kenne ich nur den des Toten und den des Mannes, der ihn gefunden hat.«

Das Handy des Chefs klingelte. Man konnte das Aufatmen der Kollegen beinah hören. Die Gefahr war vorüber. Der Chef ließ seinen Ärger an dem armen Anrufer aus. Dann stellte er die Mordkommission zusammen und beendete die Besprechung.

Bert schloss für einen Moment die Augen. Das Schlimmste stand ihm noch bevor. Er musste die Ehefrau Dietmar Kronmeyers aufsuchen und ihr die Nachricht vom Tod ihres Mannes überbringen.

»Es gibt Tage, da würde ich mich am liebsten ins Bett verkriechen«, sagte er zur Polizeipsychologin.

Sie nickte und sah ihn mitfühlend an. Legte ihm für zwei, drei Sekunden die Hand auf den Arm. Ganz leicht. Dann stand sie auf, raffte ihre Unterlagen zusammen und verließ das Besprechungszimmer. Ohne ein Wort. Ohne eine Psychologenweisheit von sich gegeben zu haben. Er war ihr dankbar dafür.

*

Der Hunger weckte sie auf. Sie hatte tatsächlich noch ein paar Stunden geschlafen. Und sogar geträumt. Wirres, unzusammenhängendes Zeug von sprechenden Bäumen, leeren Häusern und Menschen ohne Gesicht. Jetzt knurrte ihr der Magen. Sie konnte sich nicht daran erinnern, wann sie zum letzten Mal etwas Ordentliches zu sich genommen hatte.

Langsam stand sie auf und streckte sich. Ihr Blick fiel auf ein wunderschönes Wandgemälde.

Was für ein Glück, dachte sie, so etwas Kostbares zu besitzen. Nie würde ich von hier wegziehen, wenn dieses Bild mir gehörte.

Sonnenblumen. Ein wogendes Meer gelber Köpfe. Und mittendrin ein kleines Haus mit roten Fensterläden. Sie konnte sich die Zimmer darin gut vorstellen, gemütliche Räume mit Topfpflanzen auf den Fensterbänken und Teppichen auf Holzfußböden.

Sie musste an einen Film denken, den sie einmal gesehen hatte. Ein Film über das Leben Vincent van Goghs. Einer der wenigen Filme, die sie kannte. Sie erinnerte sich an fast alle Einstellungen, an die Stimmung, das Licht, die Farben – und natürlich an den Maler selbst.

Bei sengender Hitze unterwegs, den großen Strohhut auf dem Kopf. Einsam und stumm im Dunkel ländlicher Kneipen, die Pfeife im Mund. In atemloser Konzentration malend, am Rand sturmgepeitschter Getreidefelder. Und schließlich in absoluter Verzweiflung versunken, allein mit dem Chaos in seinem Innern.

Fernsehen? Teufelswerk! Anständige Menschen halten sich davon fern!

Seltsame Gedanken überfielen sie manchmal. Sie dachte an die Eltern. Sie wusste nicht, ob sie ihr fehlten. Sie wusste vieles nicht, das sie wissen sollte. Bruchstückhaft blitzten Bilder in ihr auf und verschwanden wieder. Aber das meiste blieb unter einem Schleier verborgen.

Die Sonne schien. Es würde ein schöner Tag werden. Ein Tag mit hohem blauem Himmel und der letzten Wärme des Sommers. Das machte sie traurig. Obwohl sie den Herbst mochte. Den Winter auch. Sie hatte es sogar gern, wenn es regnete.

Du bist ein komisches Mädchen.

Ein komisches, komisches, komisches Mädchen, echote es in ihr.

Sie sah an sich hinunter. Die Sachen, die sie trug, kannte sie nicht. Das erschreckte sie. Ihr wurde nun auch bewusst, dass dieses Zimmer ihr nicht vertraut war. Es schien ihr Schicksal zu sein, sich ständig in fremden Umgebungen wiederzufinden.

Etwas kratzte von außen an der Tür. Sie machte sie vorsichtig auf. Einen Spaltbreit nur, aber das reichte aus, um die Katze einzulassen.

Auch diese Katze hatte sie noch nie gesehen. Sie ließ sich auf die Knie nieder und hielt ihr die Hand hin. Die Katze beschnupperte kurz ihre Finger, rieb den Kopf daran und fing an zu schnurren. Dann verließ sie das Zimmer wieder, blieb jedoch draußen stehen und stieß lockende Laute aus.

Ein Blick in den Flur und die Erinnerung kehrte zurück. Blut an ihren Händen und an ihren Kleidern. Angst. Jette und Merle. Das Bett. Die Wärmflasche. Die Decke.

»Guten Morgen.« Merle stand am Tisch und lächelte ihr entgegen. »Ausgeschlafen?«

Mina nickte.

»Hoffentlich hast du Hunger. Jette holt gerade Brötchen. Es gibt ein Superduperfrühstück. Mit Ei, Orangensaft, Joghurt und Obst. First class. Du kannst auch Toast haben, wenn du willst.«

Mina zupfte an dem T-Shirt, das sie trug, und schaute Merle fragend an.

»Kannst du behalten. Nur die Jeans hätt ich gern zurück. Aber lass dir Zeit damit. Deine Sachen hab ich zum Trocknen aufgehängt. Sie sind noch klamm.«

Mina spielte mit ihren Fingern. Sie wusste nicht, was sie sagen sollte. Merle war so großzügig. Sie überlegte sich, ob sie Vertrauen zu ihr haben konnte. Es wäre ein Geschenk, endlich wieder jemandem vertrauen zu können.

»Setz dich. Was möchtest du trinken?«

»Tee«, sagte Mina leise.

»Schwarzen, grünen, roten? Alles da.«

»Schwarzen.«

Merle hatte ihr gerade einen Becher hingestellt, als Jette vom Einkaufen zurückkam.

»Hi, Mina. Gut geschlafen?«

Mina nickte wieder.

Jette schüttete die Brötchen in einen Brotkorb. Sie hatte schöne Hände, lang und schmal und nicht mit Blut beschmiert. »Alles in Ordnung mit dir?«

Dieses blöde Zittern! Nie kriegte sie es in den Griff! Sie zog die Hände vom Tisch. Zwang sich zu einem Lächeln. Sie musste dieses Frühstück überstehen und dann versuchen, unbemerkt aus der Wohnung zu kommen.

Die Mädchen waren so lieb zu ihr. Wenn sie länger bei ihnen bliebe, würde sie auf einmal noch Gefühle für sie entwickeln. Und das war das Letzte, was sie im Augenblick brauchen konnte.

*

Tilo versuchte, sich zu konzentrieren. Die Patientin machte eine schwierige Phase durch. Er konnte es sich nicht leisten, nur halbherzig zuzuhören. Wie schnell verpasste er etwas Wichtiges, das für die Therapie wesentlich war.

»Ich kann mich zu nichts aufraffen«, klagte sie. »Ich sitze in der Küche, und wenn ich auf die Uhr schaue, sind auf einmal drei Stunden vergangen.«

Sie litt unter manischen Depressionen, die kontinuierlich stärker wurden. Aber sie weigerte sich, eine Klinik aufzusuchen, obwohl er ihr immer wieder dazu riet.

Erneut schweiften seine Gedanken ab. War Mina etwas zugestoßen? Warum war sie, die ihre Verabredungen stets so zuverlässig einhielt, gestern nicht erschienen?

Er sorgte sich ernsthaft um sie. Hatte sie ihre Absicht wahr gemacht, ihre Eltern zu verlassen? Hatte ihr Vater versucht, sie daran zu hindern? Hatte es eine Auseinandersetzung gegeben?

»Ich habe das Gefühl, ständig zu versagen«, nahm er die Stimme der Patientin wahr. »Meiner Familie gegenüber, der Welt gegenüber und vor allem mir selbst gegenüber.«

Mach dir nichts vor, dachte Tilo. Die Welt interessiert sich nicht für dich. Und nicht vorhandene Erwartungen kann man nicht enttäuschen. Er rückte sich auf seinem Stuhl zurecht und tadelte sich selbst. Wie zynisch er war. Das hatte seine Patientin nicht verdient. Keiner seiner Patienten hatte das verdient.

Soweit er wusste, hatte Mina noch keine neue Bleibe. Er hatte angeboten, ihr Kontakte zu Leuten zu verschaffen, die ihr bei der Suche helfen konnten, doch dazu war es bisher nicht gekommen. Hatte sie ihr Elternhaus etwa trotzdem verlassen? Auf gut Glück? Und war irgendwo untergekrochen? Das konnte gefährlich werden. Wie sehr, das wagte er sich nicht auszumalen. Gefährlich für Mina, aber auch für andere.

»Im tiefsten Innern bin ich allein«, sagte die Patientin. »Nichts erreicht mich.«

»Wie war denn Ihr Wochenende?«, fragte Tilo. »Darauf hatten Sie sich doch so sehr gefreut.«

Während sie von der Geburtstagsfeier erzählte, streiften seine Gedanken wieder umher. Wenn er im Laufe des Tages nichts von Mina hörte, würde er sie anrufen. Sie war alles andere als stabil. Er durfte nichts riskieren.

Aber er musste sensibel vorgehen. Die Eltern begegneten ihrer Tochter mit großem Misstrauen. Ein falsches Wort und ihr Argwohn hätte neue Nahrung gefunden.

»Da sind genug Worte in meinem Kopf«, erklärte die Patientin, »aber ich krieg sie nicht raus. Und die Leute gucken mich an und wundern sich und dann kann ich erst recht nichts mehr sagen.«

Tilo schob die Gedanken an Mina weg. Es war unprofessionell, die Distanz zu den Patienten zu verlieren. Wenn er sich gefühlsmäßig zu stark engagierte, war er nicht mehr in der Lage, gute Arbeit zu leisten. Doch genau das erwarteten seine Patienten von ihm – gute Arbeit. Alles andere schadete seinem Ruf.

Er schenkte der Patientin ein aufmunterndes Lächeln. Und war wieder ganz bei der Sache. Wie es sich gehörte.

*

Mina verschränkte die Arme vor der Brust. Manchmal konnte sie das Zittern einfach wegdrücken. Sie hatte inzwischen Übung darin.

»Alles in Ordnung.«

Wie ängstlich ihre Stimme klang. Wie klein. Sie hörte es selbst. Und merkte, wie ihr die Tränen kamen.

Heulsuse! Musst du immer gleich losflennen?

Mina hätte am liebsten geschrien. Gegen die Stimmen angebrüllt. Stattdessen duckte sie sich. Als könnte sie sich damit unsichtbar machen.

Jette sah sie auf einmal so sonderbar an. Sie verschwieg ihr etwas. Mina war sich ganz sicher.

»Wirklich. Ich bin okay.«

Deine Stimme bebt! Reiß dich doch zusammen!

Wie ging das, sich zusammenreißen? Wie konnte man eine sichere Stimme behalten, wenn in einem drin alles in Scherben fiel?

Jettes Blick wanderte zu der Zeitung, die auf dem Sofa lag. Nur kurz, dann kehrte er zu Mina zurück.

»Prima«, sagte sie, und man merkte ihr an, dass sie mit den Gedanken ganz woanders war. Sie hielt ihr den Brotkorb hin. »Sesam oder Kürbiskern?«

Mina fischte ein Brötchen aus dem Korb und hob ihr Messer auf. Dann ließ sie beides sinken. Es war Zeit für Cleo, die Kämpferin. Die ließ sich nicht für dumm verkaufen. Die ging allem auf den Grund.

Cleo stand auf und holte sich die Zeitung. Sie setzte sich wieder an den Tisch. Wie gut sich das Papier unter den Fingern anfühlte! Trocken und sauber. Vertraut.

Brutaler Mord in der alten Kleiderfabrik

Gestern Abend wurde in der ehemaligen Kleiderfabrik die grausam zugerichtete Leiche eines Mannes gefunden. Der Tote, Dietmar Kronmeyer, war Oberhaupt einer religiösen Gemeinschaft, die sich Wahre Anbeter Gottes *nennt. Hauptkommissar Bert Melzig wollte sich zu den Begleitumständen der Tat noch nicht äußern. So ist auch noch völlig ungeklärt, ob der Mord religiöse Hintergründe hat.*

Das war es also, was Jette aus der Fassung gebracht hatte. Cleo faltete die Zeitung zusammen und legte sie beiseite, ohne weiterzulesen. Dieses Frühstück war wichtig. Sie brauchte Kraft für die kommenden Tage. Sie spürte, wie Jette sie anstarrte, und hob den Kopf. Jette sah aus, als hätte sie in der Nacht kein Auge zugemacht. Fast tat sie Cleo leid. Fast. Denn Mitleid schwächte und das konnte sie sich nicht leisten.

»Was ist denn los?« Merle schien eine Antenne für atmosphärische Schwingungen zu haben.

»In der alten Fabrik ist ein Mord passiert.« Jette schob Merle die Zeitung rüber.

Merle überflog den Artikel und sah Cleo fragend an.

Cleo schüttelte den Kopf. Ihr war übel. Das fehlte noch, dass sie jetzt schlappmachte! Sie atmete konzentriert gegen die Übelkeit an. Wie gern hätte sie sich den Mädchen anvertraut. Aber sie konnte sich solche Schnellschüsse nicht leisten. Dazu war sie schon zu oft enttäuscht worden.

»Ihr denkt ... Ist es wegen meiner Klamotten? Und dem Blut?« Sie zeigte auf die Zeitung. »Glaubt ihr etwa, ich hätte *damit* etwas zu tun?«

»Hast du?« Merle sah ihr aufmerksam ins Gesicht.

»Nein! Ich hatte einen Unfall. Und der Autofahrer hat sich einfach aus dem Staub gemacht, diese Ratte!«

»Ein Unfall?« Jette beugte sich alarmiert vor. »Und der Fahrer hat Fahrerflucht begangen? Das musst du der Polizei melden.«

»Ist doch nichts passiert.« Gott! Wann würden sie sie endlich in Frieden lassen? »Kein Grund, die Pferde scheu zu machen.«

»Puh!« Jette strahlte vor Erleichterung. »Ich guck mir wirklich zu viele Filme an. Das Blut, dein Zustand gestern und dann der Mord … Im ersten Moment hab ich befürchtet, der … Mörder hätte vielleicht versucht, auch dich … und du wärst ihm gerade noch so … du weißt schon.«

Auch Merle wirkte, als sei ihr ein Stein vom Herzen gefallen. »Wir wollen dich ja nicht nerven«, sagte sie. »Aber wenn du reden möchtest – wir hören zu.«

Doch Cleo war schon wieder abgetaucht und hatte Mina Platz gemacht, die still dasaß und am ganzen Körper zitterte. Schweißperlen standen auf ihrer Stirn und ihre Augen waren vor Entsetzen geweitet.

*

Ben Bischop sah das Auto auf den Hof fahren und wusste instinktiv, dass es der Wagen eines Polizisten war. Der Mann, der ausstieg, trug ein zerknautschtes Leinensakko. Er nahm die Sonnenbrille ab und schaute sich um.

Es hatte keinen Sinn, ihn zu ignorieren. Also wischte Ben sich die Hände an einem schmutzstarrenden Handtuch ab und trat aus der Werkstatt.

»Guten Morgen«, sagte der Polizist und kam auf ihn zu. »Bert Melzig. Kriminalpolizei. Ich suche Frau Kronmeyer.«

Er schien es nicht für nötig zu halten, sein Interesse zu erklären. Er zeigte auch keinen Ausweis vor. Aber musste er das überhaupt? Ben hatte noch nie mit der Polizei zu tun gehabt, und er hätte sich gewünscht, das wäre so geblieben.

»Sie ist da drin«, sagte er und machte eine Kopfbewegung zum Haus hin. Der Typ wirkte ganz sympathisch. Aber vielleicht war das Tarnung. Damit die Leute auf ihn reinfielen und die Wahrheit ausplauderten. Falls es so etwas gab wie die Wahrheit. Ben war sich da nicht so sicher.

»Danke.« Der Mann ging zur Tür und drückte auf die Klingel.

Es tat sich nichts.

»Wenn sie im Garten ist«, sagte Ben, »dann hört sie das Läuten nicht.«

Der Polizist schaute ihn abwartend an.

Ben seufzte. Er holte den Schlüsselbund aus der Werkstatt und schloss die Haustür auf.

»Und wer sind Sie?« Der Mann wirkte überrascht. Er schien nicht damit gerechnet zu haben, dass Ben einen Schlüssel zum Haus besaß. »Gehören Sie zur Familie?«

»Ja und nein. Schwer zu erklären.«

Ben ging durch den langen dunklen Flur voran. Er rief Marlenes Namen. Damit sie nicht erschrak, wenn er plötzlich mit einem Fremden vor ihr stand.

»Sie sind mir noch eine Antwort schuldig.«

Schuld war ein Wort, das Ben nicht mochte. Er hörte es zu oft. Es machte ihm immer wieder klar, dass er nicht zu den guten Menschen gehörte. Sosehr er sich auch darum bemühte. Es gelang ihm einfach nicht.

»Ben Bischop. Ich arbeite hier in der Möbelwerkstatt. Aber Kronmeyers sind wie Eltern zu mir.«

Die Tür, die in den Garten führte, stand einen Spaltbreit auf. Licht floss herein und ergoss sich über Wand und Fußboden.

»Marlene?«

Sie war damit beschäftigt, den Pflanzen Wasser zu geben. Es würde ein heißer, trockener Tag werden, und sie hatte es gern, wenn der Garten bereits am Morgen versorgt war.

»Marlene, hier ist ein Mann von der Polizei …«

Sie drehte sich um und ihr Gesicht wurde bleich.

»Bert Melzig. Kriminalpolizei. Kann ich Sie kurz sprechen, Frau Kronmeyer?«

Marlene nickte schweigend. Sie führte ihn ins Haus. Ben folgte ihnen ins Wohnzimmer und blieb bei der Tür stehen. Der Polizist setzte sich aufs Sofa. Marlene sank in einen Sessel. Mit der linken Hand fasste sie sich an den Hals. Mit der rechten umklammerte sie die Armlehne.

»Ich muss Ihnen leider eine schlechte Nachricht überbringen, Frau Kronmeyer.«

Marlene sackte zur Seite. Der Polizist fing sie auf, bevor Ben reagieren konnte.

»Könnten Sie ihr ein Glas Wasser holen?«, bat er.

Ben lief in die Küche. Als er das Glas unter den Wasserhahn hielt, zitterte sein Hand so heftig, dass das Wasser überschwappte. Auf dem Weg zum Wohnzimmer schickte er ein Stoßgebet zum Himmel. Doch etwas in ihm wusste absolut sicher, dass es nicht helfen würde.

Donna war Mina auf den Schoß gesprungen und hatte sie aus ihrer Erstarrung befreit. Zuerst hatten sich Minas Hände zu regen begonnen. Dann hatte sie die Katze angeguckt und die Lippen zu der Andeutung eines Lächelns verzogen. Und schließlich waren ihr ein paar Tränen über die Wangen gerollt. Sie hatte sie nicht weggewischt.

Wir saßen da und warteten. Darauf, dass Mina etwas sagte. Darauf, dass sie uns erklärte, was mit ihr los war. Wir warteten auf ein Zeichen. Auf etwas, das uns einen kleinen Schritt weiterbringen würde.

Donnas Schnurren war das einzige Geräusch im Zimmer.

Mina hob den Kopf und sah uns an. Sie war blass und wirkte angegriffen. Dabei konnte sie im nächsten Augenblick eine ganz andere Seite zeigen. Ich kam damit nicht zurecht. Aber es hatte keinen Sinn, sie zu drängen. Sie würde uns erst dann ins Vertrauen ziehen, wenn sie dazu bereit war.

Oder aber einfach verschwinden. Bei Mina war alles möglich.

»Ich habe Angst«, flüsterte sie.

»Wovor?«, fragte Merle. »Willst du es uns nicht sagen?«

»Ich ... kann nicht.«

Donna setzte sich auf. Sie hob eine Pfote und legte sie Mina auf die Brust. Ein Liebesbeweis. Ob Mina das zu schätzen wusste?

Mina senkte den Kopf. Ihre Tränen tropften auf Donnas Fell.

*

Auf dem Weg zurück ins Büro dachte Bert Melzig nach. Sein Wagen war ein guter Ort dafür. Manchmal fuhr er sogar extra Umwege, um einen Gedankenfluss nicht zu unterbrechen. Er liebte das Geräusch des Motors, den Blick auf die Straße, die Wiederholung der Handgriffe, die nötig waren.

Und heute war auch noch der Himmel blau. Fast konnte er sich einbilden, der Sommer ginge nicht zu Ende, sondern stünde eben erst vor der Tür. Wenn sich das Licht nicht über die Wochen hin unmerklich verändert hätte. Warm, leuchtend, beinah körperhaft lag es auf den Dächern und Mauern und ließ den Asphalt schimmern.

Er hatte einen großen Fehler gemacht, hatte Informationen über den Mord an die Presse weitergegeben, bevor er die Frau des Opfers aufgesucht hatte. Weil er diesen Gang nicht hatte delegieren wollen. Und vorher nicht dazu gekommen war.

Aber Marlene Kronmeyer hatte von nichts gewusst. Sie hatte die Zeitungsberichte nicht gelesen und seltsamerweise hatte ihr auch niemand davon erzählt. Sie hatte ihren Mann nicht einmal vermisst. Er war anscheinend häufiger unterwegs gewesen, hatte oftmals in der alten Fabrik übernachtet oder war erst im Morgengrauen von einem seiner Hausbesuche bei Mitgliedern der *Wahren Anbeter Gottes* zurückgekehrt.

Noch bevor sie erfahren hatte, um was es ging, war sie zusammengebrochen. Dieser Junge hatte ihr ein Glas Wasser gebracht, und dann hatte sie sich so weit gefasst, dass Bert ihr erzählen konnte, was vorgefallen war.

»Idiot!«

Bert trat auf das Bremspedal und kam mit quietschenden Reifen zum Stehen. Der Alte, der ihn beschimpft hatte, zeigte ihm den ausgestreckten Mittelfinger und schlurfte über die Straße, kopfschüttelnd und verärgert grummelnd.

Wie sich der Alltag veränderte. Noch vor Kurzem waren es die jungen Leute gewesen, die einen auf der Straße angepöbelt hatten, heute waren es ihre Großeltern. Bert verkniff sich den Fluch, der ihm auf den Lippen lag. Weit und breit kein Zebrastreifen und keine Ampelanlage.

Wieso glaubten eigentlich so viele Menschen, die Welt gehöre ihnen allein? Er fuhr an und konzentrierte sich wieder auf seine Gedanken.

Marlene. Ein schöner Name. Und eine schöne Frau. Eine von der sanften, stillen Art, wie sie auf den Gemälden der alten Meister zu finden sind.

Das war ihm zuerst aufgefallen. Dass sie vom Tod ihres Mannes erfahren – und gelächelt hatte. Sie hatte den Kopf gehoben und ihn angeschaut. Und mit Tränen in den Augen gelächelt.

Er hatte an Märtyrerinnen denken müssen und an die Muttergottes. Seine katholische Erziehung funkte ihm bei der Arbeit immer noch dazwischen. Selbst sein Austritt aus der Kirche hatte nichts daran ändern können. Wahrscheinlich würde er sich niemals ganz vom Geruch dieser strengen Riten und Gebräuche befreien können. Den streifte man nicht ab wie ein Paar Schuhe.

Der Junge war neben Marlene Kronmeyer in die Hocke gegangen, hatte ihre Hand genommen und sie an seine Wange gedrückt. Still hatten sie Bert zugehört.

Bert hatte die Einzelheiten vor ihnen ausgebreitet und das Lächeln auf dem Gesicht Marlene Kronmeyers war schwächer geworden. Aber es war nicht vollständig verschwunden.

»Darf ich ihn sehen?«, hatte sie gefragt.

Bert hatte ihr angeboten, sie in seinem Wagen mitzunehmen, doch der Junge hatte darauf bestanden, Frau Kronmeyer selbst zu fahren. In einem schmutzigen VW-Bus waren sie Bert gefolgt, der sie zur Pathologie gelotst hatte.

Das Gebäude zu betreten, war ihm schwergefallen, wie jedes Mal. Den Gang entlangzugehen. Dem Geräusch der Schritte zu lauschen. Den spezifischen Geruch nach Desinfektionsmitteln einzuatmen. Vor der mit einem grünen Tuch bedeckten Leiche zu stehen. Und hinzuschauen.

Marlene Kronmeyer sah still auf ihren toten Mann hinab. Sie hob die Hand und fuhr ihm mit dem Zeigefinger langsam über die Augenbrauen, dann über die Nasenflügel und das Kinn. Ihre Lippen bewegten sich stumm. Vielleicht zu einem Abschied. Oder einem Gebet. Ihr Daumen malte ein Kreuz auf die Stirn des Toten. Dann wandte sie sich ab.

Der Junge betrachtete die Leiche mit Entsetzen. Er war kalkweiß. Ein Schweißtropfen rollte ihm über die Schläfe. Sein ganzer Körper signalisierte Abwehr. Bert fühlte sich an die Verteidigungshaltung von Katern erinnert. Steifbeinig und mit krummem Buckel verharren sie in vollkommener Reglosigkeit. Um dann urplötzlich anzugreifen.

Als Marlene Kronmeyer sich umdrehte, kam Bewegung in den Jungen. Er nahm ihren Arm und führte sie aus dem Raum. Auf dem Flur wurden seine Schritte immer schneller. Marlene Kronmeyer hatte Mühe mitzuhalten.

Draußen dann keine feuchten Augen mehr. Kein Lächeln. Marlene Kronmeyer blickte durch Bert hindurch und schien seine Fragen nicht zu hören oder nicht zu begreifen.

»Sie braucht Ruhe«, sagte der Junge. »Darf ich sie nach Hause bringen?«

Bert hatte genickt. Er hatte sich in seinen Wagen gesetzt, um ins Büro zu fahren. Die Befragung konnte warten. Der Chef würde das anders sehen, aber das spielte keine Rolle. Der Chef sah die Dinge meistens anders.

Den Rest der Fahrt dachte Bert über diesen Jungen nach. Ben. Der Name passte zu ihm. Kurz und bündig. Keine Silbe zu viel. Ein wortkarger junger Mann. Achtzehn, neunzehn Jahre alt. Misstrauisch. Oder scheu. Manchmal konnte man das nicht unterscheiden.

Er schien eine innige Verbindung zu Marlene Kronmeyer zu haben. Vom ersten Moment an hatte er die Beschützerrolle übernommen. Sein junges, ernstes Gesicht. Seine Betroffenheit. Und wie es ihm nur mit Mühe gelungen war, die Situation zu überstehen.

Bert spürte, dass er den Jungen ins Herz geschlossen hatte. Vorsicht, dachte er. Du weißt doch, dass du nie deine Objektivität verlieren darfst.

»Objektivität«, murmelte er und wich einem

Fahrradfahrer aus. Manche Wörter schüchterten ihn geradezu ein.

Und wieder kam ihm dieser Ben in den Kopf. Der in seiner Beschützerrolle gesteckt hatte wie in zu großen Kleidern. Bert hatte das Bedürfnis, ihn zu trösten. Ihm eine Geschichte zu erzählen, um ihn zum Lachen zu bringen. Ihn und die stille Frau mit dem leisen Lächeln.

*

Ungläubig ließ Tilo die Zeitung sinken.

»Ist dir ein Geist erschienen?« Über den Rand ihrer Lesebrille hinweg sah Imke ihn an.

»Der Vater einer meiner Patientinnen ist tot.« Fassungslos erwiderte er ihren Blick. »Er wurde ermordet.«

»Ermordet?«

Imke faltete den Kulturteil, in dem sie gerade las, raschelnd zusammen. Obwohl sie sich als Krimiautorin tagtäglich mit Mord und Totschlag beschäftigte, erschütterte sie jeder Tod in ihrer unmittelbaren Umgebung heftig.

Tilo nickte »In der alten Fabrik.«

»Gehört die nicht irgend so einer Sekte?«

Imke legte Zeitung und Brille beiseite. Dabei liebte sie es, beim Frühstücken zu lesen. Für Tilo war es bereits das zweite Frühstück. Nach dem ersten Termin am frühen Morgen hatten gleich drei Patienten abgesagt. Da hatte er nicht nur Ruth nach Hause geschickt, sondern beschlossen, auch sich selbst einen freien Tag zu gönnen und Imke mit frischen Brötchen zu wecken.

»Einer religiösen Gemeinschaft. Jedenfalls offiziell. Für mein Gefühl läuft das bei denen aber nicht viel anders ab als bei einer Sekte. *Wahre Anbeter Gottes*. In den vergangenen Monaten habe ich mehr über sie erfahren, als ich wollte.«

»Ach ja.« Imke lächelte. »Deine kleine Lieblingspatientin.«

Tilo wehrte sich nicht gegen ihre Unterstellung. Imke hatte ja recht. Mina war etwas ganz Besonderes. Das hatte er von Anfang an gespürt.

»Hat sie nicht den Namen dieses Mädchens aus Bram Stokers *Dracula*?«

Typisch Imke. Zu allem und jedem fand sie einen literarischen Bezug. Er kannte weder Bram Stoker noch das Buch noch das Mädchen daraus. Aber vielleicht sagte die Wahl des Namens ja etwas über Minas Eltern aus.

»Wie ist Bram Stokers Mädchen denn so?«

»Mina? Sie ist schön. Intelligent. Und tief in ihr schlummern Facetten, von denen niemand etwas ahnt.«

Volltreffer, dachte Tilo. Doch er verwarf den Gedanken gleich wieder. Ein Säugling, der eben erst auf die Welt gekommen ist, kann noch nicht viel von seiner Persönlichkeit zeigen.

»Passt«, sagte er dennoch und zerbröselte ein Stück Eierschale zwischen den Fingern. »Mina«, murmelte er. Wie konnte man einem Neugeborenen einen Namen geben, der mit Dracula zu tun hatte?

»Ein bezaubernder Name.« Imke hatte es sich abgewöhnt, ihm tiefer gehende Fragen zu seinen Patienten zu stellen. Sie hatte akzeptiert, dass er sie nicht beantworten durfte.

Tilo nickte. Vorsichtig zog er dem Rest der Eierschale die dünne Innenhaut ab.

»Du machst dir Sorgen um das Mädchen.«

Man konnte vor Imke nichts verbergen. Jedenfalls dann nicht, wenn sie aufmerksam war. Wenn sie nicht gerade tief in einer Geschichte steckte, denn dann dachte sie nur noch ans Schreiben.

»Mina ist gestern nicht zur Therapie gekommen. Jetzt weiß ich, warum.«

»Wirst du sie aufsuchen?«

Genau das fragte er sich gerade. Normalerweise verlangte er von seinen Patienten strikt, dass sie Therapie und Privatleben nicht miteinander vermischten. Seine Rolle war die des Therapeuten. In ihrem privaten Bereich hatte er nichts verloren.

In Minas Fall war das allerdings ein bisschen anders. Er hatte sich mehrmals mit ihren Eltern auseinandersetzen müssen, die der Therapie ihrer Tochter ablehnend gegenüberstanden.

»Sie braucht dich jetzt.«

Zweifellos. Mina war den Gefühlen, die auf sie einstürmen würden, allein nicht gewachsen.

Nicht im Augenblick. Es war ihm ja gerade erst gelungen, sie einigermaßen zu stabilisieren.

Tilo griff nach seinem Handy. Er hatte die Nummern sämtlicher Patienten gespeichert. Als Psychologe war man mit einem Bein immer im Dienst. Beziehungsweise mit einem Ohr. Er schmunzelte.

Imke fing sein Lächeln auf und gab es zurück. »Zumindest hatten wir ein gemütliches Frühstück«, sagte sie.

Doch Tilo war mit seinen Gedanken schon wieder bei Mina. Ein unangenehmes Gefühl regte sich in ihm. Unsicherheit. Und in einem fernen Winkel seines Bewusstseins blitzte die Erkenntnis auf, dass er sich fürchtete.

*

Sie musste an ihre Mutter denken. Und wieder kam dieser Impuls in ihr hoch, alles stehen und liegen zu lassen, hinzulaufen und sich um sie zu kümmern. Bestimmt war sie außer sich. Vor Kummer. Vor Schmerz. Und vor Angst.

Sie hat sich einen Dreck um dich geschert! Sie hat dir nie geholfen! Nie!

Mina hielt sich die Ohren zu. Die Katze war ihr vom Schoß gesprungen. Sie hatte das Chaos in Minas Innerm gespürt und nicht ausgehalten.

Auch Mina besaß die Fähigkeit, die Schwingungen wahrzunehmen, die von anderen Lebewesen ausgingen. Sie war einer Katze darin sehr ähnlich. Die Katzen witterten das. Deshalb fühlten sie sich zu Mina hingezogen.

»Mina. Geht es dir nicht gut? Sollen wir einen Arzt rufen?«

Um Himmels willen. Bloß nicht. Ehe sie sich's versah, würde sie sich in irgendeinem Krankenhaus wiederfinden. Es gab nur einen, den sie jetzt brauchte, und das war Tilo.

»Nein. Keinen Arzt.«

Die Mädchen wirkten ratlos. Kein Wunder. Jeder wäre an ihrer Stelle überfordert. Mina hätte sie gern beruhigt, aber sie war ja selbst voller Panik.

Hör auf zu flennen! Guck, dass du hier rauskommst!

»Ich glaube ...« Sie stand unsicher auf und schob den Stuhl zurück. »Ich glaube, ich sollte jetzt mal wieder gehen.« Doch ihr Körper war anderer Meinung. Die Beine knickten ihr weg und sie fiel hin.

Wie hinter Nebelschleiern schwebten die Gesichter von Jette und Merle über ihr. Der feine Atem einer Katze strich an ihrer Schläfe entlang. Donna, dachte sie noch, dann versank sie in Dunkelheit.

*

Als Bert sein Büro betrat, entdeckte er sofort den Papierstapel auf dem Schreibtisch. Die Informationen zu den *Wahren Anbetern Gottes,* nach denen er gefragt hatte, zusammengestellt von einem jungen Kollegen, der noch so frisch war in diesem Beruf, dass nichts und niemand seinen Eifer bremsen konnte.

Bert erinnerte sich an alte Fotos von sich selbst. Auch er hatte einmal so ausgesehen, jung und entschlossen und voller Zuversicht. Und jetzt gab es Tage, an denen er es vermied, beim Händewaschen in den Spiegel über dem Waschbecken zu schauen. Um nicht verfolgen zu müssen, wie das Leben Linien auf seiner Haut zog, wie es ihm bläuliche Schatten unter die Augen malte und seine Lippen schmaler werden ließ.

Sein Beruf hatte deutliche Spuren hinterlassen. Wer sich den ganzen Tag mit der dunklen Seite der Menschen beschäftigte, wer so viel Elend und Gewalt begegnete, der konnte sich seine Unschuld nicht bewahren.

Stück für Stück hatte Bert sie verloren. Etwas in ihm musste das Elend nachempfinden, um es zu begreifen. Aber auch die Gewalt. Etwas in ihm musste sich mit dem Opfer verbinden – und etwas mit dem Täter.

Bert öffnete das Fenster und horchte auf die Geräusche der Straße. Sie waren so beständig und vertraut. Genau wie die täglichen Rituale. Das Frühstück zu Hause. Die Fahrt zum Büro. Die Morgenbesprechung mit den Kollegen. Der Gang zum Kaffeeautomaten im Flur. Das Heimkommen am Abend. Die Begrüßungsküsse der Kinder.

Doch da war auch die Schweigsamkeit zwischen Margot und ihm. Da waren die langen Abende. Die einsamen Nächte neben seiner schlafenden Frau.

Es gab inzwischen eine Menge Gewohnheiten in seinem Leben, die ihm nicht guttaten. Wann hatten sie sich bei ihm eingenistet? Hatte es einen bestimmten Zeitpunkt gegeben? Eine Einladung, die ihnen Tür und Tor geöffnet hatte?

Man müsste sein Leben von allem Ballast befreien und ganz von vorn anfangen, dachte er. Und dann aufpassen, dass man nicht wieder in dieselben Fallen tappt.

Er ging zum Kaffeeautomaten und holte sich einen Kaffee. Trank ihn am offenen Fenster und fragte sich, ob er den Mut zu einem Neubeginn hätte. Zu einem Leben, in das er nichts mitnehmen würde.

Eine andere Stadt. Andere Kollegen. Andere Kleidung. Ein anderer Wagen.

Eine andere Frau.

Und an jedem zweiten Wochenende Besuch von seinen Kindern.

Seufzend setzte er sich an den Schreibtisch und zog die Unterlagen zu sich heran.

Der junge Kollege hatte saubere Arbeit geleistet. Er hatte die unterschiedlichsten Quellen aufgetan und alles fein säuberlich zusammengetragen. Es dauerte nicht lange und Bert war eingetaucht in die Welt der *Wahren Anbeter Gottes*. Den linken Ellbogen auf dem Tisch aufgestützt, die Hand im Haar vergraben, mit der rechten in den Papieren blätternd, saß er da und ließ ein erstes Bild in seinem Kopf entstehen.

Dietmar Kronmeyer war nicht länger ein bloßer Name. Unter Berts Augen füllte er sich mit Leben. Das war immer der erste Schritt: Ein toter Mensch nahm Gestalt an. Und wenn man sich ihm behutsam näherte, hatte man die Chance, ihn nach und nach kennenzulernen. Nur so konnte man seinen Mörder finden.

*

Ich hätte mich gern um Mina gekümmert, aber ich hatte einen Job. Die Leute im Heim verließen sich auf mich. Vielleicht war es ja Merle möglich, heute zu Hause zu bleiben. Ich sah sie fragend an.

»Eigentlich habe ich Claudio versprochen, ihm zur Hand zu gehen«, sagte sie. »Er bereitet ein Hochzeitsessen vor.«

Wir hatten Mina in Mikes Zimmer gebracht und sie überredet, sich hinzulegen. Gehorsam hatte sie sich zudecken lassen.

»Sie braucht Hilfe«, sagte ich.

Die Küche war auf einmal sehr groß und sehr still.

»Dringend.« Merle ließ die Tür von Mikes

Zimmer nicht aus den Augen. »Die ist ja so was von neben der Spur – so einem Menschen bin ich noch nie begegnet.«

»Ist dir aufgefallen, wie widersprüchlich sie sich verhält?«, fragte ich. »Mal sitzt sie ganz klein und ängstlich da und im nächsten Moment raunzt sie einen an. Heute Nacht, als ich nicht schlafen konnte, hab ich sie in der Küche getroffen und hatte richtig Angst vor ihr.«

»Das mit dem Unfall«, Merle senkte die Stimme, »glaubst du das?«

Ich hob die Schultern. Mina machte es einem verdammt schwer, ihr zu vertrauen. Kaum fing man an, sie zu mögen, da tat sie alles, um einen abzuschrecken und in die Flucht zu jagen.

»So viel Blut«, sagte ich, »aber keine einzige Wunde.«

»Genau.« Merle rieb sich die Arme, als sei ihr plötzlich kalt. »Nicht eine. Da stimmt doch was nicht.«

»Der Mord ...« Ich sah Merle ängstlich in die Augen. »Sie könnte ihn doch beobachtet haben. Und dann ... ist der Mörder jetzt vielleicht hinter ihr her.«

Tapfer erwiderte Merle meinen Blick. »Aber ...« Ihre Stimme war ebenso voller Furcht wie meine und versagte. »Aber warum sollte sie das vor uns verheimlichen?«

»Und wenn sie selbst diesen Mann ... ich meine, vielleicht in Notwehr ...«

Merle knabberte an ihrem Daumennagel. Ich hatte sie das schon lange nicht mehr tun sehen.

»Es gibt hundert Gründe für … eine Gewalttat«, sagte ich und wünschte mir, wir müssten nicht schon wieder über so etwas reden. Konnte es sein, dass Merle und ich das Unglück anzogen? Es war doch nicht möglich, dass wir schon wieder in ein Verbrechen verwickelt wurden.

»Trotzdem.« Merle schüttelte den Kopf. »Es widerspricht dem Gesetz der Wahrscheinlichkeit, dass uns schon wieder … so was passiert.«

Sie hatte die gleiche Überlegung angestellt wie ich. Das war oft so zwischen uns. Manchmal waren Worte völlig unwichtig. Da konnten wir uns mit Gedanken verständigen.

»Vielleicht ist das Gesetz der Wahrscheinlichkeit bei uns irgendwie außer Kraft gesetzt.« Ich hatte keine Lust mehr, mich zu fragen, warum etwas geschah und warum es ausgerechnet uns zustieß. Ich hatte das in letzter Zeit zu oft tun müssen. Die Dinge waren, wie sie waren, und wir mussten versuchen, mit ihnen zurechtzukommen.

»Oder es ist einfach Schicksal.« Merle hörte auf, ihren Daumen zu verunstalten. Sie brachte ihn unterm Tisch in Sicherheit.

»Weißt du, was meine Großmutter in solchen Fällen sagt?«, fragte ich.

»Nein. Was?«

»Jeder hat sein Päckchen zu tragen.«

Merle ließ den Satz auf sich wirken. Dann lehnte sie sich auf ihrem Stuhl zurück und grinste. »Und bei uns ist es eben ein Paket.«

»Wir könnten«, ich zögerte ein wenig, »wir könnten die Lieferung auch ablehnen.«

»Könnten wir.«

»Tun wir aber nicht.«

»Auf keinen Fall.«

»Und das heißt konkret?«

»Vielleicht hat Mina ja Lust, mich zu begleiten. Du weißt doch – wenn Claudio seinen geballten Charme spielen lässt, wickelt er jede um den Finger. In diesem Fall hätte er sogar meine Erlaubnis dazu.«

Das war keine schlechte Idee. In Claudios Pizzaservice war immer was los. Da hatte man keine Zeit zum Grübeln. Und möglicherweise war Ablenkung genau die Hilfe, die Mina im Moment brauchte.

*

Ben war am Telefon. Mina hatte oft über ihn gesprochen. Er war wie ein Bruder für sie. Die einzige zuverlässige Konstante in ihrem Leben.

Tilo stellte sich vor. Dann fragte er nach Mina.

»Sie ist nicht hier.« Bens Stimme klang abwehrend.

Tilo fühlte sich nicht wohl in seiner Haut. In das Privatleben seiner Patienten einzudringen, war beinahe so, als würde er sich heimlich Zugang zu ihren Tagebüchern verschaffen. Es war ein verbotener Bereich. Er hatte darin nichts zu suchen.

»Können Sie mir sagen, wann sie zurückkommt?«

»Leider nein.«

Tilo spürte die Vorsicht des jungen Mannes. Er will Mina beschützen, dachte er und freute sich darüber. Mina hatte ihre Kindheit nur mit Bens Hilfe überstanden. Ohne seine Unterstützung wäre sie wahrscheinlich schon vor Jahren zerbrochen. Er beschloss, deutlicher zu werden.

»Würden Sie ihr bitte etwas ausrichten, wenn Sie sie sehen?«

»Kommt darauf an.«

»Wenn sie mich brauchen sollte – ich bin für sie da. Sie soll mich unbedingt anrufen. Jederzeit. Sagen Sie ihr das?«

Tilos Worte hatten etwas bewirkt. Er konnte den Kampf, der am anderen Ende der Leitung stattfand, förmlich spüren. Komm, dachte er, überwinde dich. Tu's für Mina.

»Kann ich nicht.«

»Wieso nicht?« Tilo merkte, wie sein Herz schlug. Zu schnell. Viel zu schnell.

»Ich weiß nicht, ob sie wiederkommt.«

Tilo hörte den Schmerz in der Stimme. Die beiden waren nie voneinander getrennt gewesen. Von Kindheit an.

»Ich verstehe nicht …«

»Mina war schon lange nicht mehr zu Hause.« Die Worte sprudelten jetzt hervor. Als wäre ein Damm gebrochen. »Sie ist verschwunden. Keiner weiß, wo sie sich aufhält.«

»Wie lange genau?« Tilo musste das wissen. Er musste wissen, wie groß sein Versäumnis war.

»Drei Wochen und vier Tage.«

Die Antwort kam so prompt und so präzise, dass Tilo die Luft wegblieb. Über drei Wochen. Und sie hatte ihm nichts davon gesagt. Und er hatte es nicht gemerkt. Was viel schlimmer war. Warum hatte sie sich nicht an ihn gewandt? Ihn um Hilfe gebeten? Wo hatte sie überhaupt gelebt während dieser Zeit?

»Sie sind doch ihr Therapeut. Ich hatte mir schon vorgenommen …«

»Nein. Ich hatte keine Ahnung.«

Tilo legte auf. Erst danach wurde ihm bewusst, dass er sich nicht verabschiedet hatte.

»Probleme?«

Er hatte Imke völlig vergessen. Sie saß ihm gegenüber, ein Buch in der Hand, und sah ihn abwartend an.

»Mina ist verschwunden.«

Abrupt schlug Imke das Buch zu. Tilo wusste, was in ihr vorging. Sie wurde an die beiden Male erinnert, als Freundinnen ihrer Tochter verschwunden waren. Sie hatte damals die Hölle durchlebt.

»Seit mehr als drei Wochen. Ich habe gerade

mit ihrem besten – und einzigen – Freund gesprochen. Selbst er weiß nicht, wo sie steckt.«

»Und wenn ihr etwas zugestoßen ist?«

Imke war blass geworden. Er hätte ihr nichts davon erzählen sollen.

»Sie ist ja regelmäßig zur Therapie gekommen. Bis auf das eine Mal.«

»Und du hast ihr nichts angemerkt?«

Tilo schüttelte den Kopf. Er musste nachdenken. Unbedingt. Mina war nicht in der Lage, allein da draußen zu sein. Ihr konnte wer weiß was passieren. Wenn das nicht sogar bereits geschehen war. Was würde die Nachricht über den Mord an ihrem Vater in ihr auslösen?

*

Mina rappelte sich auf. Ihr war schrecklich kalt. In ihrem Innern stritten sich die Stimmen. Sie gaben sich keine Mühe, leise zu sein. Es war ihnen wohl gleichgültig, ob Mina sie hörte. Die Ereignisse hatten sie außer Kontrolle geraten lassen.

Vorsichtig fasste Mina sich an die Stirn. Diese Kopfschmerzen.

Die beiden Mädchen wirken vertrauenswürdig.

Vertrauenswürdig? Man kann keinem trauen. Niemals. Nie.

Wir brauchen Hilfe.

Hilf dir selbst, dann hilft dir Gott.

Sprüche. Damit kommen wir nicht weiter.

Wir dürfen jetzt nicht schlapp machen. Unser System hat sich doch immer bewährt.

Bewährt? Und warum sind wir dann auf diese Therapie angewiesen?

»Aufhören!«

Mina hielt sich die Augen zu. Als wäre sie wieder fünf und mit Ben in ihrem Versteck. Als könnten sie den Vater so überlisten. Und als wäre das Versteck ein Schutz für immer. Dabei würden sie ihm schon am Abend wieder vor die Füße laufen. Und seinen Zorn zu spüren kriegen.

Tilo. Sie musste zu ihm. Wenn ihr einer helfen konnte, mit dem Tumult in ihrem Innern fertig zu werden, dann er.

Gute Entscheidung. Los. Mach dich auf den Weg.

Lass sie erst ausruhen. Sie ist doch gar nicht in der Lage, sich draußen zu bewegen. Guck sie dir an. Sie ist fix und fertig.

Will nich weg! Will hierbleiben!

Pscht. Niemand wird dir etwas tun.

Hab Angst!

Pschscht! Leg dich hin. Schlaf ein bisschen. Ich pass auf dich auf. Und hör auf zu weinen. Du brauchst nicht traurig zu sein. Komm, ich erzähl dir eine Geschichte.

Die Stimme des kleinen Kindes fürchtete sie am meisten. Sie drückte ihr das Herz zusammen. Wenn sie die hörte, zerschmolz etwas in ihr. Übrig blieb ein kleiner, harter Kern. Sie hasste diesen Zustand, denn er machte sie wehrlos.

Niemand konnte ihr die Entscheidung abnehmen. Erst recht nicht die Stimmen.

Sie wusste, dass Namen zu den Stimmen gehörten. Aber es gab Augenblicke, in denen sie die Namen vergaß. Dies war solch ein Augenblick. Als wäre alles zu viel für ihr Gehirn. Als müsste sie einen Teil der Gedanken und Erinnerungen daraus verbannen.

Zumindest für eine Weile. Denn irgendwann kamen die Erinnerungen und die Gedanken zurück. Nichts ging für immer verloren.

Sie machte leise die Tür auf. Horchte. Jette und Merle unterhielten sich in der Küche. Also auf Zehenspitzen zur Tür. Und dann nichts wie raus.

Etwas Weiches schmiegte sich an ihr Bein. Schnurrte. Mina glitt an der Tür hinunter zu Boden. Das Weinen tat ihr in der Kehle weh und in der Brust. Ihre Augen blieben schmerzhaft trocken.

Die Katze setzte sich neben sie. Sie wartete ab, wie Katzen das tun. Als Jette und Merle in den Flur kamen, hob Mina den Kopf.

»Bringt mich zu Tilo Baumgart. Bitte. Er ist mein Therapeut.«

Jette und Merle wechselten einen raschen Blick. Mina ließ den Kopf wieder sinken. Ihre Kraft war verbraucht. Sie hatte die irrwitzige

Hoffnung, dass die Mädchen ihr trotz allem vertrauen würden.

»Okay«, sagte Merle. »Ich fahr dich hin.«

Mina strich sacht über das warme Fell der Katze. Sie fühlte sich getröstet und fast ein wenig beschützt. Die Betonung lag auf *fast*, denn nichts und niemand konnte sie schützen, am wenigsten sie selbst.

Imke Thalheim saß am Schreibtisch und schaute aus dem Fenster. Es kam selten vor, dass sie eine Schreibhemmung hatte. Meistens reichten ein paar Minuten Entspannung aus, um ihre Gedanken wieder in Fahrt zu bringen.

Diesmal nicht.

Das verschwundene Mädchen war daran schuld. Mina. Sie hatte die Tür aufgestoßen, die Imkes Erinnerungen verschlossen hielt, einen Spaltbreit nur, doch das reichte aus.

Fröstelnd verschränkte Imke die Arme vorm Magen. Als Nächstes würden die Ängste von damals wieder hochkommen und diese scheußliche Hilflosigkeit. Sie würde das nicht noch einmal überstehen.

»Unsinn«, sagte sie leise zu sich selbst. »Dieses Mädchen hat nichts mit meiner Tochter zu tun. Sie ist bloß Tilos Patientin. Und außerdem ist sie ja wieder aufgetaucht.«

Mina hatte sich überraschend gemeldet und Tilo war sofort in die Praxis gefahren. Warum beruhigte sie das nicht?

Sie brauchte einen Tee. Heiß. Stark. Und süß.

Die Küche war leer und still. Man hörte nur das leise Summen des Kühlschranks. Die Katzen waren unterwegs. Es war, als spürten sie, dass der Sommer zu Ende ging, und als wollten sie ihn bis zur Neige auskosten. Die Mäuse waren satt und träge und leichte Beute. Das würde sich in den kalten Wintermonaten ändern.

Imke öffnete die Terrassentür und atmete die Luft ein, die schwer war von später Hitze und dem Duft der Rosensträucher, die unter der Last der Blüten die Zweige hängen ließen. Die Schafe auf dem Stück Land, das Imke verpachtet hatte, bewegten sich kaum. Der lange Sommer hatte das Gras hart und dürr werden lassen. Alles lechzte nach Regen.

Imkes Blick glitt suchend umher. Es war ihr schon zur Gewohnheit geworden. Niemand wusste, was der Vogel ihr bedeutete, auch Tilo nicht. Nur sich selbst gegenüber gab sie zu, dass sie das Tier brauchte.

Weil es das Unglück fernhielt. Von ihr und den Menschen, die sie liebte.

Beinah wollte sie schon aufgeben und mit ihrem Tee an den Schreibtisch zurückkehren, als sie sein Rufen hörte. Schnell und sicher landete er auf dem Dach der Scheune, klappte die Flügel zusammen und drehte ihr das Gesicht zu.

Der Bussard.

Er kam nie näher als fünfzig Meter an sie heran. Aber sie spürte, dass er sie beobachtete.

Und sie wusste, dass nichts wirklich Schlimmes geschehen konnte, solange er in der Nähe war.

Wieder am Schreibtisch, trank sie den Tee und spürte, wie seine Wärme sich in ihr ausbreitete. Ein Gedanke hing in der Luft, doch sie bekam ihn nicht zu fassen. Aus Erfahrung wusste sie, dass eine Schreibhemmung sich zu einer Blockade ausweiten konnte, wenn sie ihr nicht auswich. Also schaltete sie den Computer aus und verließ ihr Arbeitszimmer.

Im Wintergarten holte sie die Tageszeitung wieder aus dem Korb hervor. Sie las den kurzen Artikel über den Mord ein zweites Mal und ließ das Foto der alten Kleiderfabrik auf sich wirken. Manche ihrer Romane waren von Geschichten angeregt worden, die sie irgendwo aufgeschnappt hatte, manche von Fernseh- oder Zeitungsberichten. Sie witterte einen guten Stoff sofort.

Das hier war so ein Stoff. Es gab einen Mord. Ein düsteres Haus. Ein psychisch gestörtes Mädchen. Und der Tote war nicht irgendwer. Er war das Oberhaupt eines dubiosen religiösen Zirkels und noch dazu der Vater des Mädchens.

Imke kehrte voller Elan an den Schreibtisch zurück. Sie wollte die Arbeit an ihrem Manuskript nicht unterbrechen, aber es konnte andererseits nichts schaden, schon mal ein paar Notizen für das nächste Projekt festzuhalten.

Wenig später hatte sie ihre Umgebung vergessen und schaffte es kaum, so schnell zu schreiben, wie die Gedanken auf sie einstürmten.

*

»Nein! Will nich! Lass mich!«

Mina hatte sich im Badezimmer verkrochen. Sie kauerte zwischen Wanne und Duschkabine, die Knie bis ans Kinn gezogen, die Arme schützend über dem Kopf.

Langsam zog Merle die Hand zurück. Das war nicht Mina, die sich da von ihr wegduckte. Das war ein total verängstigtes Kind. Es sprach auch so. Viel heller als Mina. Und mit einem kleinen Lispeln.

Merle wusste nicht, was sie davon halten sollte. Vorsichtig setzte sie sich auf den Rand der Badewanne.

»Wolltest du nicht mit mir zu Tilo fahren?«, fragte sie leise.

Mina schüttelte heftig den Kopf. Sie wischte sich mit den Fäusten die Augen. Ihre Unterlippe war feucht von Speichel und trotzig vorgeschoben. Ihr Beben verriet, dass Mina gleich anfangen würde zu weinen.

»Okay«, sagte Merle. »Schon gut. Hab keine Angst.«

Minas Augen waren groß und kugelrund. Und voller Tränen. Ein Blinzeln, und die Tränen rollten über die Wangen, zogen eine nasse Spur bis zum Kinn, wo sie eine Weile zitternd hängen blieben, bis sie zum Hals hinunter verschwanden.

Was sich hier abspielte, überstieg Merles Horizont. Fassungslos starrte sie Mina an, die sich vor ihren Augen in ein vier- oder fünfjähriges Kind verwandelt hatte.

»Will nich Auto fahrn«, nuschelte Mina und leckte sich die Tränen aus den Mundwinkeln. Sie zog die Nase hoch und wagte es endlich, Merle anzusehen.

»Musst du auch nicht.«

Merle glitt bedächtig vom Rand der Wanne zu Boden. Nun waren ihre Augen auf gleicher Höhe mit Minas. Merle hatte diese Entscheidung ganz instinktiv getroffen. Anscheinend war sie richtig gewesen, denn Mina schniefte noch einmal und hörte dann auf zu weinen.

»Hab Angst vor Autos.«

Merle nickte. Sie wünschte, Jette würde zurückkommen. Weil sie irgendwas vergessen hätte. Oder einfach so. Aber Jette konnte natürlich nicht wissen, dass sie hier gebraucht wurde.

Minas Blick schien ins Leere gerichtet. Sie summte vor sich hin. Ein paar Töne nur, die sie immerzu wiederholte.

Für einen kurzen Augenblick verfluchte Merle ihr Schicksal, das sie ständig in ausweglose Situationen manövrierte. Sie hatte genug am Hals, da brauchte sie nicht noch dieses Mädchen, das dermaßen durchgeknallt zu sein schien, dass einem angst und bange werden konnte. Doch dann schmolz ihr Widerstand dahin, und sie hatte nur noch einen Wunsch – Mina zu helfen.

»Schon komisch, dass du Tilo kennst«, sagte sie aufs Geratewohl.

Keine Reaktion.

»Ich mag ihn sehr«, wagte sie sich weiter vor. »Jette auch. Er ist der Freund ihrer Mutter. Aber das weißt du ja wohl, sonst hättest du nicht in ihrem Garten auf ihn gewartet.«

Keine Reaktion.

»Nicht viele Leute wissen, dass er meistens in der alten Mühle übernachtet.«

Das Summen hörte auf. Merle hielt die Luft an.

»Aber Mina weiß das. Mina is schlau.«

»Das stimmt. Und wie!«

Mina wischte sich die Tränen ab. Sie lächelte. Ihr Blick kehrte vorsichtig zu Merle zurück.

»Kennst du Tilo schon lange?«, fragte Merle.

»Schon ganz, ganz lange. Tilo is mein Freund.«

»Ich kann ihn anrufen, wenn du willst.« Merle zeigte zur Tür. »Ich brauche nur mein Handy zu holen.«

Ein Ruck ging durch Minas Körper, dann rappelte sie sich auf und streckte den Rücken.

»Worauf wartest du noch?« Sie sah ärgerlich

auf Merle hinunter. »Ich hab schon viel zu viel Zeit hier verplempert.«

*

Bert Melzig betrachtete das Durcheinander auf seinem Schreibtisch. An das Durcheinander in seinem Kopf rührte er besser nicht. Das Älterwerden, dachte er oft, merkte man am deutlichsten an den kleinen Dingen. An gelegentlichen Wortfindungsschwierigkeiten, an einer zunehmenden Dünnhäutigkeit und daran, dass der Kopf Informationen nicht mehr so einfach speicherte oder sortierte.

Er hatte sich Hilfskonstruktionen gebastelt, um damit zurechtzukommen. Eine davon war seine riesige Pinnwand. Einen Augenblick lang genoss er es noch zu sehen, dass sie fast leer war, dann stand er auf und heftete das erste Puzzleteil des neuen Falls an: ein Foto der Leiche. Daneben befestigte er einige Zeitungsfotos – Dietmar Kronmeyer, der lächelnd in die Kamera blickte, die alte Fabrik, dunkel und abweisend vor einem leuchtenden Himmel, einige Mitglieder der *Wahren Anbeter Gottes* bei einem ihrer alljährlichen Sommerbasare.

Und gleich entstand ein Bild. Der Anfang eines Bilds.

Der erste Schritt war getan, der Bann gebrochen. Bert holte tief Luft. Von hier aus würde er sein Netz weben. Wie eine Spinne. Faden für

Faden würde er aneinanderfügen. Und irgendwann beobachten, wie der Mörder sich darin verfing.

Er legte einen Ordner für die Informationen an, die ihm besonders wichtig waren. Die übrigen heftete er in einem zweiten Ordner ab. Hauptsächlich nutzte er für seine Arbeit den Computer, aber seine Intuition brauchte daneben noch andere Nahrung. Er konnte und wollte auf (von vielen Kollegen belächelte) Hilfsmittel wie Papier, Ordner und Pinnwand nicht verzichten. Sie erlaubten, dass das Denken sich verlangsamte. Dass Einfälle sich sammeln konnten.

Jeder Kopf funktionierte anders. Da gab es keine Gleichmacherei.

Der Chef war seit Jahren auf dem Rationalisierungstrip. Immer das Neueste an Technik und Know-how, Zusammenarbeit mit Spezialisten, Teamwork als oberstes Gebot, regelmäßige Fortbildungsveranstaltungen, Transparenz in der Ermittlungsarbeit.

Jeder Mitarbeiter sollte Teil des großen Ganzen sein. Eigenbrötler hatten in diesem Universum nichts verloren.

Bert war das schwarze Schaf in der Herde und er hatte sich an die Rolle gewöhnt. Nicht dass er sie unbedingt haben wollte – er konnte einfach nicht aus seiner Haut. Er bestand darauf, dass es ein Recht auf individuelle und vielseitige Ermittlungsmethodik geben müsse. Und er vertrat die Ansicht, dass etwas so Ursprüngliches und Wesentliches wie der Instinkt nicht diskriminiert werden dürfe.

Oft war es nämlich nicht sein Verstand gewesen, der ihn bei einem Fall auf den richtigen Weg gebracht hatte, sondern sein Gefühl. Gefühle aber waren bei der Polizeiarbeit tabu.

Das zumindest behauptete der Chef, der jetzt, wie auf sein Stichwort, hereingeplatzt kam. Er tat das gern, unangemeldet *vorbeischauen*, wie er es nannte. Dazu gehörte offenbar auch, dass er nicht anklopfte. Er stieß die Tür auf und stand in seiner vollen Pracht im Raum.

Bert sah von seinen Unterlagen auf. »Nur herein«, sagte er mit gespielter Munterkeit und wies auf den Stuhl, der vor seinem Schreibtisch stand. »Setzen Sie sich doch.«

Es war dem Chef nicht anzumerken, ob er den versteckten Vorwurf heraushörte. Er folgte der Aufforderung nicht, trat ans Fenster und lehnte sich gegen die Fensterbank.

»Neuigkeiten, Melzig?«

Die Gespräche mit dem Chef verliefen selten im Plauderton. Dazu wäre ein Mindestmaß an Höflichkeit nötig gewesen. Bert fragte sich, welche Neuigkeiten der Chef erwarten mochte. Es waren seit der Morgenbesprechung ja erst ein paar Stunden vergangen.

Der massige Körper des Chefs wirkte im Gegenlicht dunkel und verschwommen. Bert konnte sich ein Lächeln nicht verkneifen. Der Chef hatte seine Hausaufgaben in psychologischer Gesprächsführung gemacht. Man konnte sein Gesicht kaum erkennen und keine Regung von ihm ablesen.

»Ich habe mit Doktor Haubrich gesprochen«, sagte Bert. »Die Obduktion hat seine Annahmen bestätigt.«

»Ein guter Mann.« Der Chef drehte sich ein wenig, um aus dem Fenster schauen zu können. »Und sonst?«

Bert stand auf, ging zur Pinnwand und heftete Namenszettel an, die er vorbereitet hatte. *Dietmar Kronmeyer. Marlene Kronmeyer. Mina Kronmeyer. Ben Bischop. Max Gaspar.*

»Nichts sonst«, sagte er. »Wir stehen ja noch am Anfang.«

»Dieser Fall wird mächtig Staub aufwirbeln, Melzig.«

Aha. Daher wehte der Wind. Er hatte Angst vor den Schlagzeilen und ihren Folgen. Angst, bestimmten Leuten auf den Schlips zu treten.

»Zu diesem religiösen Zirkel gehören nicht nur unbeschriebene Blätter.«

»Sondern?«

»Wie man hört, sollen sich die Mitglieder aus allen Gesellschaftsschichten zusammensetzen. Aus allen, Melzig. Bis ganz nach oben.«

Bis ganz nach oben. Die alte Beschwörungsformel. Sie schaffte es, dem Chef die Farbe aus dem Gesicht zu ziehen und ihn in Sekundenschnelle um Jahre altern zu lassen.

»Ich möchte über alles informiert werden, Melzig. Über jeden Schritt. Und gehen Sie um Gottes willen diskret vor, Mann!«

Um Gottes willen. Das passte. Bert beobachtete, wie der Chef sein schief sitzendes Jackett zurechtzog und sich dann die Hände rieb. Auch das passte. Er wusch seine Hände in Unschuld. Hatte seine Befürchtungen hier abgeladen und richtete den Blick gelassen wieder geradeaus.

»Dann mal froh ans Werk, Melzig!«

Und schon war er aus der Tür und Bert hörte seine Schritte auf dem Flur leiser werden. Bald war Mittag. Bert sehnte sich danach, das Haus zu verlassen und frische Luft zu atmen. Doch er hatte noch eine Weile hier zu tun. Also riss er zunächst einmal die Fenster auf. Der Blick auf die Straße lenkte ihn ab und ließ ihn vergessen, wie stickig es im Zimmer geworden war.

*

Ich war nicht bei der Sache. Immer wieder kehrten meine Gedanken zu Mina zurück und zu der Überraschung, die sie uns bereitet hatte. Sie war Tilos Patientin. Also war sie nicht zufällig in den Garten meiner Mutter geraten, sondern hatte dort auf Tilo gewartet.

Aber wieso wusste sie so gut Bescheid über ihn? Tilo bestand grundsätzlich darauf, Beruf und Privatleben strikt voneinander zu trennen. Das war schon fast ein Tick von ihm. Er hütete seine Adresse und seine private Telefonnummer wie seinen Augapfel, erlaubte keinem Patienten, ihn zu Hause aufzusuchen.

Oder hatte er mit Mina ... Nein, das traute ich ihm nicht zu. Es war nicht zu übersehen, dass er bis über beide Ohren in meine Mutter verliebt war. Seine Stimme veränderte sich in ihrer Gegenwart, wurde zärtlich und weich und sein Blick folgte ihr überallhin. Insgeheim hatte ich mich schon manchmal darüber lustig gemacht, dass er nur für sie Augen hatte. Aber im Grunde fand ich das überwältigend romantisch und absolut beneidenswert.

Es juckte mich in den Fingern, Merle anzurufen. Bestimmt hatte sie Mina schon zu Tilo in die Praxis gebracht.

»Wollen Sie meine Fotos sehen?«

Frau Sternberg hielt das dicke Album fest an die Brust gepresst. Als wäre es das Kostbarste auf der Welt und als befürchtete sie, jemand könnte es ihr entreißen.

Ich hatte die Tische fürs Mittagessen eingedeckt und eine halbe Stunde Zeit übrig. »Gern«, sagte ich und ließ mich von Frau Sternberg in eine Nische im Aufenthaltsraum ziehen, wo sie sich stöhnend auf einem altmodischen Sofa niederließ.

Sie klopfte auf den Platz neben sich. »Kommen Sie! Setzen Sie sich ganz nah an mich heran. Damit Sie auch alles erkennen können.«

Die Fotos waren abgegriffen und vergilbt. Wie die Fotografien, die man auf Flohmärkten kaufen kann. Frau Sternberg zeigte mir ihre Eltern (freudlos in die Kamera blickende Menschen mit strenger Frisur und steifem Kragen), sie zeigte mir ein Babyfoto von sich selbst (neben einem Teddy, der größer war als sie), ihr Hochzeitsfoto, ihre Kinder (drei oder vier, sie wusste es nicht mehr), den Bungalow, in dem sie vor einiger Zeit noch gelebt hatte, den schönen Garten und zum Schluss das Ferienhaus am Meer.

»Da bin ich immer gern gewesen.« Sie fuhr zärtlich mit dem Daumen über das Dach und die Tür. »Das alte Holz hat geächzt und die Luft hat nach Salz geschmeckt.«

»Ein schönes Haus«, sagte ich, um sie von der Traurigkeit abzulenken, die plötzlich ihre Augen verdunkelte.

»Ja.« Ihr Lächeln war voller Sehnsucht. »Und es wartet auf mich.«

Sie klappte das Album zu. Ihre Hände zitterten, und ich hätte sie gern festgehalten, damit sie sich beruhigten.

Mit ihrer brüchigen Stimme begann sie, leise zu singen, ein Lied, das ich nicht kannte, in dem ein Kuss vorkam, Treue, ein alter Baum und eine verlorene Liebe.

Mir war zum Heulen zumute oder danach, Frau Sternberg in die Arme zu nehmen und nie mehr loszulassen. Wenn ich nicht schon eine Großmutter gehabt hätte (und was für eine), dann hätte ich in diesem Augenblick Frau Sternberg dazu erkoren.

Das Lied war zu Ende. Frau Sternberg saß eine Weile still neben mir und betrachtete ihre Füße, die in viel zu großen Schuhen steckten. Sie hatte sie wohl mit den Schuhen von jemand anders verwechselt. Ein Lächeln stahl sich auf ihr Gesicht und breitete sich dort aus, bis sie lauthals lachte.

»Meine Füße ...« Sie schnappte nach Luft. »Meine Füße ... haben sich ... verlaufen. In die falschen Schuhe. Jemand ...« Sie konnte gar nicht aufhören zu lachen. »Jemand muss sie ... nach Hause bringen.«

Ihr Lachen riss mich mit. Es war ein fröhliches, gesundes Lachen. Frau Sternberg hatte einen absolut klaren Moment und wir freuten uns darüber.

Sie drückte meine Hand. Und schaute mich an. Eine Spur ihres Lachens war noch in ihren Augen zu finden und in den vielen kleinen Runzeln darum herum.

»Wenn du jemals Hilfe brauchst, Kind, dann komm zu mir. Ich bin immer für dich da.«

Ich umarmte sie, was ich noch nie getan hatte. Und versuchte, das Frösteln abzuschütteln, das mich ganz plötzlich überfiel. Es war, als hätte Frau Sternberg einen Blick in die Zukunft geworfen. Und als hätte sie ein Fenster in ihrem Kopf aufgemacht und mir aus ihrer Verwirrung heraus eine Botschaft gesandt.

Sie befreite sich aus meiner Umarmung und rückte ein Stück von mir ab, das Buch wie einen Schutzschild zwischen uns. Zu nah, sagte die neu erwachte Angst in ihren Augen, viel zu nah.

Unbeholfen stand sie auf. »War nett, Sie kennenzulernen.«

Ich sah ihr nach, wie sie mit winzigen Schritten in den zu großen Schuhen davonschlurfte.

*

Die Geräusche taten ihr in den Ohren weh. Das Licht war so hell, dass es ihre Augen tränen ließ. Ihr Hals war trocken. Sie hatte Mühe zu schlucken. Sie hatte auch Mühe, die Wirklichkeit zu erkennen.

Ich bin Mina. Ich sitze mit Merle im Auto. Merle fährt mich zu Tilo. Wir stehen an einer Ampel. Leute überqueren den Zebrastreifen. Tilo wird mir helfen. Wenn er kann. Alles wird gut.

Beschwörungsfloskeln. Um ihre Angst herum gebaut wie ein Zaun. Manchmal gab ihr das ein bisschen Geborgenheit. Wenn sie ihre eigenen Gedanken noch verstand. Sonst nützte nichts mehr. Dann konnte sie nur noch eintauchen in das große schwarze Loch.

Sie hasste das Loch. Das Vergessen. Sie verlor sich selbst darin.

»Alles in Ordnung mit dir?«

Merle war so besorgt. Dabei waren sie sich gestern noch fremd gewesen.

Und wenn ich gleich aufwache und alles war bloß ein böser Traum? Wenn ich gar nicht verrückt bin und nie eine Therapie nötig hatte? Wenn sogar Tilo nur geträumt ist? Wenn Merle gar nicht neben mir sitzt und es sie überhaupt nicht gibt? Auch Jette nicht und die Katzen?

Wenn der Vater noch lebt?

Das Rot der Ampel war zu grell. Mina blinzelte. Vielleicht sollte sie etwas sagen. Doch manchmal vergaß sie, wie man sprach. Dann konnte sie nur Laute hervorwürgen. Und manchmal nicht mal das.

Sie wünschte sich verzweifelt, die Ampel würde endlich auf Grün springen. Lange hielt sie es nicht mehr aus.

*

Nachdem Merle ihn auf dem Handy erreicht hatte, war Tilo in die Praxis gefahren. Er wollte Mina in der Umgebung empfangen, die ihr vertraut war. In der kleinen Küche setzte er Wasser für einen Tee auf, denn er wusste, dass Mina gern Tee trank. Alles sollte sein wie sonst auch.

Er schaute auf die Uhr. Sie konnten jeden Moment kommen. Es lohnte nicht, sich noch Arbeit vorzunehmen. Außerdem war er viel zu nervös. Die Nachricht über den Mord an Minas Vater war erst nach und nach richtig in sein Bewusstsein gedrungen.

Vielleicht hätte er Imke sagen sollen, dass es Merle gewesen war, die ihn angerufen hatte. Und dass die Mädchen Mina bei sich aufgenommen hatten. Aber er hatte sich spontan entschieden, es nicht zu tun. Imkes Reaktion auf Minas Verschwinden hatte ihn davon abgehalten. Sie würde Jette und Merle nur wieder in Gefahr sehen. Das konnte er ihr nicht antun.

Als es klingelte, war er auf alles vorbereitet. Trotzdem erschreckte ihn Minas Anblick. Sie hatte abgenommen. Unter ihren Augen lagen Schatten. Ihr Haar war heller als sonst, als hätte sie jede Minute der vergangenen drei Wochen im Freien verbracht. Ihre Kleidung allerdings war sauber und gepflegt und passte nicht zu ihren Schuhen, die so zerfleddert waren, als besäße sie nur dieses eine Paar.

Sie kam herein und beobachtete ängstlich, wie Merle nach ihr die Praxis betrat und Tilo die Tür schloss. Erst danach entspannte sie sich.

»Mina«, sagte Tilo.

Sie schenkte ihm ein halbherziges Lächeln. Wie erschöpft sie aussah.

»Tee?«

Beide Mädchen nickten. Tilo brachte den Tee ins Behandlungszimmer und schenkte ihnen ein.

Der frische Duft von Orangenblüten stieg aus den Tassen auf. Mina nahm einen Schluck. Über den Rand ihrer Tasse hinweg schaute sie Tilo an. Was er in ihren Augen lesen konnte, stimmte ihn besorgt.

»Gut, dass du zu mir gekommen bist«, sagte er. »Es tut mir leid, dass dein Vater ...«

Mina stellte die Tasse so heftig ab, dass der Tee überschwappte. Sie würgte, als müsse sie sich übergeben.

»Sei ganz ruhig«, sagte er. »Lass dir Zeit. Atme in den Bauch.«

Merle kroch tiefer in ihren Sessel. Als wollte sie darin verschwinden. Das hier war zu viel für sie. Tilo überlegte gerade, ob er sie nicht bitten sollte, nach Hause zu fahren, als Mina den Kopf hob. Sie brauchte ein paar Anläufe, bis sie reden konnte, doch das, was sie zu sagen hatte, sprach sie schließlich klar und deutlich aus.

»Ich habe meinen Vater ermordet«, sagte sie.

7

Merle saß in Jettes Renault, den Zündschlüssel in der Hand. Was sie eben gehört hatte, war ungeheuerlich. Der Tote aus der alten Fabrik war Minas Vater gewesen. Und Mina hatte zugegeben, ihn umgebracht zu haben.

Das erklärte das Blut an ihrer Kleidung, den Schock, die Panik. Es erklärte eigentlich alles – bis auf diese sonderbaren Veränderungen, die sie an Mina beobachtet hatten.

Mal war sie verwirrt und voller Angst und beinah stumm. Dann verwandelte sie sich in ein lispelndes, stammelndes Häuflein Elend mit dem Wortschatz eines kleinen Mädchens. Um gleich darauf eine überhebliche Schroffheit und Aggressivität zu demonstrieren. Mal hatte man den Wunsch, sie in die Arme zu schließen, ein andermal wurde einem kalt in ihrer Gegenwart.

Der Fahrer eines blauen Lieferwagens, der auf Merles Parkplatz scharf war und anscheinend schon eine Weile neben ihr gewartet hatte, ließ das Seitenfenster herunter. »Wird das heute noch was?«

Merle schüttelte müde den Kopf. Er tippte

sich an die Stirn und schoss fluchend davon. Merle schaute ihm nach. Er hatte ja recht. Sie sollte den Motor starten und losfahren. Wieso fühlte sie sich plötzlich so schwer? Sie schaffte es nicht mal, die Hände ans Lenkrad zu legen.

Sie hatte das Bedürfnis, Jette anzurufen, aber im Heim wurde das nicht gern gesehen, und zu einer SMS konnte sie sich ebenso wenig aufraffen wie dazu, den Zündschlüssel ins Schloss zu stecken. Mühsam stieg sie aus. Sie würde ein paar Schritte laufen, um einen klaren Kopf zu bekommen, und dann weitersehen.

Keine besonders feine Umgebung, in der Tilo seine Praxis hatte. Der vom starken Verkehr aufgewirbelte Staub hatte sich auf die Blätter der wenigen Bäume und Sträucher gelegt und auch die Fensterbänke der Häuser mit einem grauen Film überzogen. Es gab keine Geschäfte, nur eine Reinigung, eine Änderungsschneiderei und einen Kiosk.

Die Häuser standen da wie vergessen, ohne sichtbare Spuren von Leben. Sie hatten drei, vier Stockwerke und die Fenster waren mit Gardinen verhängt. Hinter den Dächern ragten Hochhäuser auf, vier an der Zahl und alle im weiten Umkreis berüchtigt und gefürchtet für die Gewaltbereitschaft ihrer Bewohner.

Lastwagen donnerten vorbei, Busse und ab und zu ein Traktor, einer von der großen, mächtigen Sorte, die im Dunkeln Ungeheuern ähneln.

Ein schwarzes, aufgemotztes Cabrio mit offenem Verdeck hupte und drei junge Männer winkten Merle johlend zu. Inmitten dieser chaotischen Verhältnisse spielten Kinder am Straßenrand. Ein falscher Schritt und sie würden im Krankenhaus wieder aufwachen. Wenn überhaupt.

Tilo hatte sich dieses Viertel bewusst ausgesucht. Er wollte nicht der Seelentröster für die Reichen sein. Er wollte denen helfen, die seine Hilfe tatsächlich nötig hatten. So war er hier gelandet, im schäbigsten Viertel der Stadt.

»Spielt lieber woanders«, sagte Merle zu den Kindern, »die Straße ist viel zu gefährlich.«

»Selber«, antwortete ein Achtjähriger ruppig. Ein Mädchen kicherte und verschluckte sich.

Merle ging achselzuckend weiter. Was Mina und Tilo wohl gerade besprachen? Musste Tilo nach Minas Geständnis nicht die Polizei informieren? Und was dann?

Das Eiscafé auf der gegenüberliegenden Straßenseite kam ihr wie gerufen. Sie brauchte jetzt einen Ort, an dem sie eine Weile sitzen und unbehelligt nachdenken konnte. Rasch überquerte sie die Fahrbahn und betrat den schmuddelig wirkenden Raum, in dem nur fünf kleine Tische standen.

Merle war der einzige Gast. Sie bestellte sich einen Milchshake und sah durch die schmutzigen Fenster hinaus. Die Bedienung war etwa in ihrem Alter. Gelangweilt rauchte sie eine Zigarette nach der anderen. Ab und zu schaute sie zu Merle hinüber, um zu sehen, ob sie etwas brauchte.

Die Wände waren mit italienischen Landschaftsszenen bemalt. Aus Blumenampeln rankten dünne Grünpflanzen herab. Im Hintergrund sang der unvermeidliche Eros Ramazzotti sich die Seele aus dem Leib.

Merle war hergekommen, um zu überlegen, was sie tun sollte. Doch das war gar nicht nötig. Nach den ersten Minuten schon war ihr klar, dass sie Mina nicht einfach so zurücklassen konnte. Nicht dass sie zu Tilo kein Vertrauen gehabt hätte, aber Merle hatte in der kurzen Zeit mit Mina bereits so etwas wie ein Verantwortungsgefühl für das Mädchen entwickelt. Sie konnte das nicht leugnen und ungerührt zur Tagesordnung übergehen.

Tagesordnung! Das Hochzeitsessen! Merle kramte nach ihrem Handy und gab Claudios Nummer ein.

»Wo, zum Teufel, bist du?« Er ließ seinem Ärger freien Lauf. Das tat er immer, eine seiner Gewohnheiten, die es so schwierig machten, ihn zu lieben. »Mir wächst die Arbeit über den Kopf und du lässt mich sitzen, rufst nicht mal an!«

»Tut mir leid, Claudio.«

»Tut mir leid! Tut mir leid! Ein Hochzeitsessen! Du hast versprochen zu helfen!«

»Es ist was dazwischengekommen, Claudio. Ein Mädchen, das wahnsinnige Probleme hat. Und Jette und ich ...«

»Jette und ich«, äffte er sie nach. »Ihr habt doch immer Probleme.«

»Vielleicht heute Abend, Claudio. Ja?«

»Mach, was du willst! Ciao!«

Betroffen starrte Merle auf das Display. *Teilnehmer hat aufgelegt.* Das machte er oft. Beendete ein Gespräch mittendrin. Außer sich vor Wut. Schnitt ihr einfach das Wort ab.

Aber diesmal würde sie sich das nicht gefallen lassen. Entschlossen drückte sie die Taste für Wahlwiederholung und überlegte, was sie ihm sagen wollte. Doch dazu gab er ihr gar keine Gelegenheit, denn er nahm das Gespräch nicht an.

»Idiot«, murmelte Merle vor sich hin. »Mistkerl. Chauvinist. Heirate doch deine Sizilianerin! Dann bin ich dich endlich los!« Die Verlobte in Sizilien gab es nämlich immer noch. Der arme Claudio hatte in all den Monaten noch nicht den geeigneten Zeitpunkt gefunden, die Verlobung aufzulösen. Wahrscheinlich fand er den Zeitpunkt nie.

»Wie dumm muss man eigentlich sein, um immer wieder auf seine Ausreden reinzufallen?«

Merle merkte, dass sie mit ihren Selbstgesprächen die skeptischen Seitenblicke der Bedienung auf sich zog. Sie trank aus und zahlte. Ihre Entscheidung war gefallen. Sie würde Mina nicht im Stich lassen. Aber vorher würde sie noch Jette anrufen, egal was die im Heim dazu meinten.

Jette meldete sich beinah flüsternd. Wahrscheinlich hatte sie sich schnell in eine Ecke verzogen, als das Handy klingelte.

»Entschuldige, dass ich dich während der Arbeit anrufe«, sagte Merle, »aber du musst ganz schnell in Tilos Praxis kommen.«

*

Mina hätte gern die Hand ausgestreckt, um Tilos Wange zu berühren. Sie hätte ihm gern gezeigt, wie froh sie war, hier zu sein. Es war, als wäre sie nach Hause gekommen, wenigstens für kurze Zeit.

Sie mochte diesen Raum, der immer kühl wirkte, selbst im Sommer. Seine Klarheit und die Strenge der Linien taten ihr gut. Dieser Raum war ihr oft ein Trost gewesen, wenn ihr alles zu viel geworden war. Hier hatte sie Tränen vergossen, war Albträumen begegnet, hatte vorsichtig Hoffnung gefasst, Stunden in quälendem Schweigen verbracht. Dieser Raum kannte sie besser als jeder andere Raum auf der Welt.

Und jetzt hatte sie es ausgesprochen. Hier. Das Unaussprechliche.

Ich habe meinen Vater ermordet.

»Das glaube ich nicht.«

Tilo hatte den Kopf geschüttelt. Und obwohl

sie ihm alles anvertraut hatte, was sie wusste, nach und nach, langsam und mit großer Anstrengung, obwohl sie nichts verschwiegen hatte, war er bei seiner Meinung geblieben.

»Nein. Das glaube ich nicht.«

Wie konnte er so blind sein und ihre Schuld nicht sehen!

»Nun hör mir mal gut zu«, sagte Tilo.

Doch dann verstummte er.

*

Ich fand Frau Stein an ihrem Schreibtisch, wo sie sich meistens aufhielt, konzentriert über einen Haufen Papiere gebeugt, die Lesebrille vorn auf der Nase. Sie trug ihren Namen zu Recht, saß oft so reglos da, dass man meinen konnte, sie sei zu Stein erstarrt. Im größten Trubel blieb sie ruhig, gab präzise Anweisungen und verlor nie den Überblick.

Ihre Körperfülle war beträchtlich. Wenn sie sich bewegte, geriet alles an ihr ins Beben, das Doppelkinn, die mächtigen Arme, der Busen, die Schenkel. Wie ein fleischfarbener Wackelpudding wabbelte das Fett jeder Geste nach. Ein krasser Widerspruch zu ihrem Namen – wie so vieles an ihr widersprüchlich war.

Für die Heimbewohner legte sie sich, wenn es sein musste, mit jedem an. Das gefiel mir an ihr. Aber sie hatte auch unangenehme Seiten, war launisch, misstrauisch und häufig unbeherrscht.

Ich sagte ihr, dass ich dringend wegmusste, und bemühte mich, ihrem sezierenden Blick nicht auszuweichen. Sie kam mir vor wie ein Krokodil, hungrig, lauernd, bereit, im nächsten Moment zuzuschnappen.

»Weg? Wieso?«

Sie steckte sich die Lesebrille ins Haar. Wie ein Diadem. Herrschaftlich. So bewegte sich nur jemand, der im nächsten Leben als Kaiserin wiedergeboren würde.

Wie sollte ich ihr die bedingungslose Verlässlichkeit zwischen Merle und mir erklären? Dieses *Einer für alle und alle für einen* der Musketiere?

»Meine Freundin braucht mich«, sagte ich schließlich lahm.

Ihre Augenbrauen gingen in die Höhe.

Ich habe die unangenehme Angewohnheit, mich in heiklen Situationen um Kopf und Kragen zu reden. Das fiel mir rechtzeitig ein und diesmal machte ich den Fehler nicht. Ich schaute sie an und wartete schweigend auf ihre Reaktion.

Sie schien meine Bitte gründlich zu bedenken. Diese Augenbrauen! Sie machten mich ganz kribbelig.

»Also gut«, sagte sie dann. »Wenn es nicht zur Regel wird.«

Ich war so erleichtert und dankbar, dass ich ihr hoch und heilig versprach, sie nie wieder um einen Gefallen zu bitten. Zwei Minuten später war ich auf dem Weg zur Bushaltestelle, denn Merle hatte ja meinen Wagen genommen.

Ich hatte Glück. Der Bus ließ nicht lange auf sich warten. Ich suchte mir einen Platz am Fenster und hing meinen Gedanken nach. Merle musste einen triftigen Grund haben, wenn sie mich im Heim anrief. Es ging um Mina, so viel war klar. Aber wenn sie heil in Tilos Praxis angekommen waren, konnte Mina doch nicht in Gefahr sein.

Mein Magen meldete sich. Ich hatte seit dem Frühstück nichts mehr gegessen. Und ausgerechnet heute hatte ich nichts Genießbares in der Tasche. Weder einen Müsliriegel noch einen Keks, nicht mal einen Kaugummi.

Mir schräg gegenüber saß eine Mutter mit ihrem kleinen Sohn. Er knabberte lustlos und verdrossen an einem Brötchen. Einem appetitlichen Brötchen mit Kürbiskernen und Mohn, das er nicht annähernd zu schätzen wusste. Ich wandte den Blick ab und sah aus dem Fenster.

Ein paar Straßen von Tilos Praxis entfernt stieg ich aus und ging das letzte Stück zu Fuß. Ich hielt mich nicht besonders gern in dieser Gegend auf. Meistens wurde man von irgendwelchen Typen angemacht, die hier herumlungerten. Deshalb vermied ich die Abkürzung durch den Park und nahm lieber einen Umweg in Kauf.

Meine Mutter belächelte Tilos »soziale Ader«. Sie konnte nicht verstehen, dass er sich das Leben so schwer machte, wo er es doch so einfach hätte haben können. Mir gefiel das an ihm. Es machte seine Arbeit sinnvoll. Und Tilo besonders liebenswert.

Er hatte mit seiner Praxis eine Oase im tristen Grau dieses Viertels geschaffen. Das fing schon mit dem Brunnen in seinem Garten an. Das Plätschern des Wassers war so besänftigend, dass man augenblicklich zur Ruhe kam und seine Umgebung vergaß.

Und dann die geschmackvoll eingerichteten Räume. Ruth, die jeden begrüßte, als wäre er ein lang ersehnter Gast. Und natürlich Tilo selbst, offen und herzlich und nie schlecht gelaunt. Der einzige Makel, den ich bisher an ihm entdecken konnte, war seine Eitelkeit. Er verbrachte mehr Zeit im Bad als meine Mutter und das will was heißen.

Diesmal drückte ich mit einem Gefühl von Beklemmung auf den Klingelknopf. Merle machte mir auf, und ich erkannte auf den ersten Blick, wie nervös sie war.

»Gut, dass du da bist«, flüsterte sie und fiel mir um den Hals.

Die Tür zum Behandlungszimmer war geschlossen. Ich schaute mich nach Ruth um, konnte sie jedoch nicht entdecken.

»Ruth hat heute frei.« Merle, die meinen

Blick bemerkt hatte, flüsterte immer noch. »Tilo eigentlich auch. Er ist mit Mina da drin.«

»Wie geht es ihr?«, fragte ich und fürchtete mich vor der Antwort.

Merle druckste herum. Der Ausdruck in ihren Augen gefiel mir nicht. Irgendetwas Schlimmes war passiert.

»Nun sag schon!«

Merle hob die Schultern. Als wollte sie dem, was sie mir mitzuteilen hatte, die Schwere nehmen. »Sie behauptet, ihren Vater ermordet zu haben.«

»Was?«

»Du hast richtig gehört.«

»Vater? Wieso Vater?«

»Der Mord in der alten Fabrik …« Merle verhaspelte sich vor Ungeduld. »Der Tote ist Minas Vater!«

»Und sie hat ihn …«

Merle nickte.

»Man bringt doch seinen Vater nicht um.« Mir wurde sofort bewusst, dass ich Unsinn redete. Bestimmt waren schon unzählige Väter von ihren Kindern ermordet worden.

Merle schwieg. Vielleicht dachte sie dasselbe.

»Mina hat ihren Vater nicht umgebracht«, sagte ich. »Und wenn sie es hundertmal behauptet. Sie ist keine Täterin. Sie ist höchstens ein Opfer.«

»Und das viele Blut?«

»Das kann ganz andere Gründe haben.«

»Klar. Jeder ist ein kleiner Siegfried und badet dann und wann in Blut.«

Ihr Zynismus war nicht echt. Ich fasste sie an den Schultern und schüttelte sie. »Merle! Er war ihr *Vater*!«

»Ich kann's ja auch nicht glauben.« Kleinlaut machte sie sich von mir los. »Aber sie hat es selbst gesagt. *Ich habe meinen Vater ermordet.* Das waren ihre Worte.«

In diesem Augenblick öffnete sich die Tür zum Behandlungszimmer und Tilo schaute heraus.

»Jette!«

Er schien nicht überrascht, mich zu sehen, eher erfreut. Als käme ich gerade recht. Als hätte er mich erwartet. Sein Körper versperrte die Sicht ins Zimmer und er trat einen Schritt zur Seite.

Mina saß auf der Couch, die Arme vor der Brust verschränkt, als wäre ihr kalt oder als wollte sie sich vor irgendwas schützen.

»Dürfen wir zu ihr?«, fragte ich.

Tilo nickte und gab die Tür frei. Er ging an den Kühlschrank in der kleinen Küche und holte eine Flasche Wasser heraus.

Mina lächelte, als sie Merle und mich erblickte. Ihr Lächeln war dünn und unsicher und es steckte eine Frage darin.

»Du hast doch wohl nicht geglaubt, wir lassen dich im Stich?« Merle setzte sich neben sie.

Sie strahlte eine Zuversicht aus, die sie überhaupt nicht empfinden konnte.

»Nein.« Minas Lächeln vertiefte sich.

»Du hast uns jetzt am Hals.« Ich setzte mich auf der anderen Seite neben sie. »Ob du willst oder nicht.«

Mina atmete tief ein und aus. Dann versank sie wieder in Schweigen.

Merle und ich sahen uns an. Und dachten beide dasselbe. Eine neue Freundschaft hatte begonnen, und wir waren darin gefangen, auf Gedeih und Verderb.

*

Die Mädchen waren da.

Sie hatten sie nicht vergessen, nicht aufgegeben. Wieso taten sie das für eine wie sie? Für eine, die Zuneigung gar nicht verdiente?

Auch wenn sie ihr nicht helfen konnten – allein ihre Fürsorglichkeit war schon ein Wunder.

Sie sorgten sich um sie ...

Mina atmete dieses fremde, wundervolle Gefühl tief ein, um es nie wieder zu verlieren. Im nächsten Moment kamen die Ängste zurück. Stärker als zuvor. Das Zimmer drehte sich vor ihren Augen.

*

Gleich eine der ersten Befragungen führte Bert Melzig in die *besseren Kreise*, wie der Chef das soziale Umfeld der Leute zu nennen pflegte, die nicht nur das Kapital hatten und sämtliche damit verbundenen Privilegien, sondern auch das Sagen. Eine resolute, brombeerfarben gekleidete Dame gegen Ende der Vierziger nahm ihn in Empfang und geleitete ihn ins Zimmer des Bürgermeisters.

Bert schob unangenehme Dinge nicht gern vor sich her, also hatte er beschlossen, in der Höhle des Löwen anzufangen. Der Löwe war seit zwei Jahren im Amt und stand seit Kurzem unter dem Verdacht der Vetternwirtschaft, was bei ihm jedoch nicht zu Schuldbewusstsein oder gar Läuterung geführt hatte. Im Gegenteil – er brüllte nur noch lauter. Bert gehörte nicht zu den Menschen, die ihn schätzten, anders als der Chef, der regelmäßig Golf mit ihm spielte.

Der Chef und Golf, das war eigentlich wie Feuer und Wasser. Bert konnte sich nicht vorstellen, dass der Chef sich überhaupt freiwillig mehr bewegte, als nötig war. Er sah ihn in Gedanken über das gepflegte Grün stapfen, schwitzend und keuchend, mit hochrotem Kopf, eine Schatten spendende Kappe tief in die Stirn gezogen, und musste ein Grinsen unterdrücken.

Sein Gegenüber nahm es als Zeichen von Freundlichkeit und lächelte.

»Bitte.« Der Bürgermeister wies auf die Sitzgruppe am Fenster. »Was kann ich für Sie tun?«

Bert lehnte es ab, ihn mit *Herr Bürgermeister*

anzusprechen. Er zog es vor, ihn beim Namen zu nennen, was der Chef verschiedentlich als Mangel an Respekt beanstandet hatte. Berts Respekt vor diesem machthungrigen Mann hatte sich tatsächlich im Laufe der Zeit in Luft aufgelöst, doch das eine hatte mit dem andern nichts zu tun.

Friedhelm Medenbach. Ein Name, der immer häufiger in den Zeitungen auftauchte, und zwar an den Stellen, an denen Politiker ihre Namen ungern gedruckt sehen, nämlich unter der Rubrik »Klatsch und Tratsch«.

»Wir ermitteln im Mordfall Dietmar Kronmeyer«, sagte Bert und wollte gerade fortfahren, als er unterbrochen wurde.

»Und da führt Ihr erster Weg Sie zu mir?«

Die locker zur Schau getragene Unbefangenheit konnte Bert nicht täuschen. Der Bürgermeister war in höchstem Maß alarmiert.

»Sind Sie denn nicht ... Moment.« Bert zog sein Notizbuch aus der Tasche und blätterte absichtlich lange darin. »Sind Sie denn nicht Mitglied der Sekte ...«

Wieder wurde er unterbrochen. Der Bürgermeister schien heute keine guten Nerven zu haben. »Das ist keine Sekte.«

Bert schenkte ihm einen erstaunten Blick. »Wer?«

»Ach, kommen Sie!« Der Bürgermeister fuchtelte mit den Händen in der Luft herum. Er geriet immer ins Gestikulieren, wenn er in die

Enge getrieben wurde. »Wir wissen doch beide, wovon Sie sprechen!«

»Nach meinen Informationen war der Tote der Kopf der ...«

»Eines religiösen Zirkels. Das ist hierzulande, soweit ich weiß, nicht strafbar.«

»Nein. Das nicht. Mord allerdings ist ein Verbrechen.«

Bert beobachtete mit Befriedigung, wie die Miene des Bürgermeisters sich verdüsterte. Wie schnell man den feinen Herrn auf hundertachtzig bringen konnte!

»Sie haben mir noch nicht erklärt, warum Sie zu mir gekommen sind. Als ich heute früh mit Ihrem Chef telefoniert habe ...«

Der Bürgermeister ließ den Satz in der Luft hängen, eine unmissverständliche Drohung. Bert lehnte sich in seinem Sessel zurück. Die Situation wurde allmählich interessant.

»Ich hätte gern ein paar Informationen«, sagte er unbeeindruckt. »Über den Toten, seine Familie, das gesamte Umfeld.«

»Da gibt es andere, die Ihnen besser weiterhelfen können.« Der Bürgermeister schlug die Beine übereinander, eine Geste der Überlegenheit, aber das nervöse Wippen seines Fußes bekam er nicht unter Kontrolle. »Warum fragen Sie nicht Max Gaspar? Der stand dem Toten wesentlich näher als ich. Oder Ben Bischop, diesen Jungen, der bei den Kronmeyers wohnt.«

Feigheit, notierte Bert in Gedanken. Und kein Rückgrat. Zwei weitere Punkte auf der Liste der unangenehmen Eigenschaften dieses Mannes.

»Wie lange sind Sie denn schon Mitglied in diesem ... Zirkel?«

Der Bürgermeister hatte die bedeutungsvolle Pause registriert.

Er quittierte sie mit einem wütenden Blick. »Fünf, sechs Jahre vielleicht.«

»Das ist eine lange Zeit. In fünf, sechs Jahren lernt man einander kennen. Sogar ziemlich gut, schätze ich. Und wenn ich mir die Namen so anschaue ... Das liest sich fast wie ein Auszug aus dem *Who's who*. Wäscht da nicht hin und wieder eine Hand die andere?«

»Was wollen Sie mir unterstellen?«

Die Stimme des Bürgermeisters war eisig geworden. Sein Körper wirkte angespannt. Der Löwe kurz vor dem Sprung, dachte Bert und tat nichts, um die Situation zu entschärfen.

Das Telefon klingelte. Der Bürgermeister nahm ab und hörte grimmig zu.

»Gut. Danke.«

Als er aufgelegt hatte und sich aus dem Sessel erhob, war er wieder ganz der Alte. »Bedaure, Melzig. Termine. Ein andermal gern.«

Bert ergriff die ausgestreckte Hand. Sie war kälter, als sie sein sollte. Und ein wenig feucht.

An der Tür drehte er sich noch einmal um. »Ach, Herr Medenbach. Noch eine Frage. Wo waren Sie gestern zwischen zwölf und sechzehn Uhr?«

Der Bürgermeister stand kurz vor einer Explosion. Mühsam beherrschte er sich. »Fragen Sie mich das allen Ernstes?«

»Sofern gleiches Recht für alle gilt, ja.«

Diese Bemerkung würde ihm eine Unterredung mit dem Chef einbringen. Eine von der unerfreulichen Sorte.

»Zwischen zwölf und sechzehn Uhr?«

So ähnlich musste Rumpelstilzchen ausgesehen haben, als die Königin seinen Namen herausgefunden hatte.

»Am besten, Sie wenden sich an meine Sekretärin. Ich habe zu tun.«

Bert schloss die Tür hinter sich und lächelte die Sekretärin freundlich an. Er hätte gewettet, dass der Bürgermeister bereits telefonierte. Wahrscheinlich mit einer ganzen Reihe von Leuten. Zuallererst jedoch mit Berts Chef.

*

Das Internet gab nicht viele Informationen über die *Wahren Anbeter Gottes* her. Aber es waren genug, um Imkes Phantasie anzuregen. Sie versuchte, sich vorzustellen, wie sich dieses Mädchen da einfügte. Bram Stokers Mina. Herausgefallen aus einer phantastischen Welt in die Wirklichkeit.

Welche Dämonen hatten sie in Tilos Praxis

stranden lassen? Sie war schon ziemlich lange seine Patientin und nahm bei ihm eine Sonderstellung ein. Sie beschäftigte ihn. Etwas an ihrem Krankheitsbild musste ihn stark interessieren. Und nun war sie verschwunden. Und ihr Vater war das Opfer eines Mörders geworden.

Imke schrieb blaue Worte auf frisches weißes Papier. *Mädchen. Haus. Waldrand. Religion. Einzelkind? Alter? Einziger Freund. Strenge Erziehung. Bigotte Mutter?* Sie schaute aus dem Fenster, sah den Wolken zu, wie sie langsam über den Himmel trieben. *Unterschied zwischen Sekte und religiösem Zirkel? Gesellschaftlicher Hintergrund der Mitglieder? Messen? Gebete? Repressalien?*

Sie hatte einen wundervollen Beruf. Konnte Gott sein und Teufel. Heute eine Welt erschaffen und sie morgen zerstören oder durch eine andere ersetzen, ganz wie es ihr gefiel. Der Alltag war voller Geschichten. Man musste sie nur finden. Und dann in ein Stück Literatur verwandeln.

Sie sei ein Ungeheuer, hatte ihr Mann ihr kurz vor der Scheidung einmal vorgeworfen, ein Monster, das sich das Leben anderer einverleibe, es wollüstig verdaue und dann als Roman wieder ausscheide.

»So hast du es auch mit mir gemacht«, hatte er sie angefahren. »Du hast nicht mit mir gelebt – du hast mir das Blut ausgesaugt.«

Er hatte schon immer eine theatralische Ader gehabt. Und eine Vorliebe für Klischees. Er war der Typ Mann, der zu jedem Anlass rote Rosen schenkt und sich in Liebesschwüren ergeht, gleichzeitig jedoch die Finger nicht von anderen Frauen lassen kann.

»Scheißkerl«, murmelte Imke und stellte fest, dass sie noch immer nicht mit ihm fertig war. Sie hatte kürzlich gehört, in seiner neuen Ehe kriselte es gewaltig. Sie hatte das nicht bedauert, denn es geschah ihm recht.

Es ärgerte sie, dass sie neuerdings von Skrupeln geplagt wurde. Schließlich war es ja nicht so, dass sie ihre Umgebung zu reinem Material reduzierte, aus dem sie auswählte, was sie für ihr Schreiben benötigte. Sie ließ sich lediglich inspirieren. Tat das nicht jeder Künstler?

Bram Stoker. Satanismus. Kult.

Am liebsten hätte sie sofort mit den Recherchen angefangen. Sie bedauerte es, nicht zwei Bücher parallel schreiben zu können. Sie hatte es ein paarmal versucht, sich jedoch schon in den ersten Kapiteln verheddert.

Psychische Erkrankungen. Therapie. Beziehung zwischen Therapeut und Patientin. Psychiatrie.

Sie legte den Kugelschreiber weg und rieb sich die Finger. Drei Seiten Notizen. Nicht schlecht. An die Psychoanalyse hatte sie sich noch nie herangewagt. Dabei lebte sie doch mit einem Fachmann zusammen. Er könnte bestimmt jede ihrer Fragen beantworten und ihr beratend zur Seite stehen.

Als er Nachricht von Mina bekommen hatte, war er so erleichtert gewesen, dass er gar nicht mehr aufhören konnte zu lächeln.

»Ich weiß nicht, wie lange es dauern wird«, hatte er gesagt und ihr einen flüchtigen Kuss aufs Ohr geschmatzt. Im Laufen hatte er sich das Sakko übergeworfen und war so schnell losgefahren, dass der Kies unter den Reifen weggespritzt war.

»Kommst du allein zurecht?«, hatte er vorher noch gefragt.

Als hätte es für Imke nicht ein Leben vor Tilo gegeben. Sie war ein wenig enttäuscht darüber gewesen, dass er ihren Plan, den Tag gemeinsam zu verbringen, für eine Patientin opferte. Andrerseits hätte es ihr auch nicht gefallen, wenn er sich nicht um das Mädchen gekümmert hätte.

»Ich werde mir Mühe geben«, hatte sie geantwortet und ihm seine Tasche hingehalten. Sie hatte ihm nachgewunken wie eine Vorstadtfrau in einem amerikanischen Film der Sechzigerjahre und dann beschlossen, ein bisschen zu arbeiten.

Sie ließ Papier und Kugelschreiber liegen und wandte sich wieder dem Computer zu. Und dem Roman, an dem sie gerade arbeitete. Ihre Schreibhemmung war vorüber. Ein Gedanke fügte sich an den andern. Nach einigen Minuten war sie vollkommen in die Welt ihrer Figuren eingetaucht. Alles andere spielte keine Rolle mehr.

*

Sie konnte nicht reden. Offenbar spürte Tilo das. Er lotste Jette und Merle in die kleine Küche, angeblich um frischen Tee zu kochen. In Wirklichkeit wollte er Mina wohl Zeit geben. Und Ruhe. Er wusste, dass es keinen Sinn hatte, sie zu bedrängen.

Wie oft sie schon in diesem Zimmer gewesen war. Anfangs völlig verschüchtert und außer sich vor Angst und Unsicherheit. Die Therapie war in Wellen und Tälern verlaufen, hatte Mina in Verzweiflung gestürzt und sie für kurze Augenblicke beinahe Glück empfinden lassen. Und irgendwann hatte sie Hoffnung geschöpft und geglaubt, mit Tilos Hilfe könne sie zu einem Ende gelangen. Nicht dem Happyend der Märchen, aber doch einem Ende, das es ihr erlauben würde, am Leben zu bleiben.

Und jetzt? Jetzt war alles zerstört.

Sie hatte ihren Vater getötet. Wer so etwas getan hatte, kam nicht davon. Er hatte seinen Anspruch auf Glück verwirkt. Wenn es einen Anspruch auf so etwas Flüchtiges wie Glück überhaupt gab.

Mina horchte in sich hinein. Sie erwartete,

ein Gefühl wie Trauer zu finden. Doch da war nichts. Nicht einmal ein Hauch von Bedauern. Das Einzige, was sie empfand, war Grauen. In diesem Grauen war alles eingeschlossen, das viele Blut, die Angst, der Verlust von Zeit und das Fehlen jeglicher Erinnerung.

Die Stimmen in der Küche waren bloß ein Gemurmel. Mina streckte sich auf dem Sofa aus und bedeckte die Augen mit den Händen. So machte sie es immer, wenn ihre Lider nervös zuckten wie jetzt. Ein bisschen ausruhen, das würde ihr guttun. Danach würde sie mit Tilos Hilfe versuchen, die Lücken in ihrer Erinnerung zu füllen. Vielleicht konnte er ihr auch nicht helfen. Aber er würde es versuchen.

8

Merle atmete so flach wie möglich. Ein Magen-Darm-Virus grassierte im Katzenhaus. Die Tiere wurden behandelt, aber bis jetzt hatte sich kaum Besserung gezeigt. Der säuerliche Gestank in den Räumen war unerträglich. Weil die Katzen es manchmal nicht schnell genug bis zu einem der überall aufgestellten Klos schafften, musste der Boden mehrmals am Tag gewischt werden. Selbst an den Wandfliesen klebten braune Spritzer.

Gismo rieb den dicken Katerkopf an Merles Hüfte. Er schmeichelte sich gern ein, was ihm in der Regel auch mühelos gelang. Nur fand sich niemand, der ihn für immer mit nach Hause nehmen wollte. Gismo war weiß und riesig. Ein Lamm im Katzenpelz, aber die Leute fürchteten sich trotzdem vor ihm.

Queeny schnüffelte jedes gereinigte Katzenklo ab, als wollte sie überprüfen, ob Merle auch gründlich genug gearbeitet hatte. Sie war eine schwarze Schönheit mit einem winzigen weißen Fleck auf der Brust, der ihr etwas Zerbrechliches gab.

Mit den Namen war es im Tierheim so eine Sache. Es kam Merle immer vor, als drückten sie die Sehnsucht nach einer Welt aus, die weniger grausam war. Die Namen waren wohlklingend oder witzig und meistens das Ergebnis langer Diskussionen zwischen den Mitarbeitern des Heims. Als warteten nicht wichtigere Fragen darauf, geklärt zu werden.

Es gab einen Merlin, einen Amadeus, einen Mephisto, einen Caruso und einen Tartuffe. Eine Madame, eine Blossom, eine Serafina, eine Beauty und eine Aimée. Aber es gab auch einen Snoopy, einen Snowball, einen Peppermint und einen Fritz, ein Klärchen, eine Frieda und eine Tante Käthe.

Merles Liebling war Smoky, ein schmutzig grauer Kater, der halb verhungert ausgesetzt worden war. Trotz der guten Pflege hatte er sein ausgemergeltes Aussehen beibehalten. Sein Fell war dünn und fleckig, und der Blick seiner getrübten Augen verriet, wie viel Elend er gesehen hatte.

Niemand versuchte ernsthaft, den verträglichen, freundlichen alten Smoky noch zu vermitteln. Er hatte sich im Tierheim eingerichtet und war daraus gar nicht mehr wegzudenken. Als einziges Tier durfte er sich überall frei bewegen, und sobald Merle das Gelände betrat, war er da und folgte ihr auf Schritt und Tritt. Er hatte eine heisere, zärtliche Stimme und Augen, die einmal wie Bernstein gewesen sein mussten. Und er sah Merle so hingebungsvoll an, dass es ihr ins Herz schnitt. Sollte sie jemals aufhören, hier zu arbeiten, dann würde sie ihn mitnehmen. Jette würde sich schon an ihn gewöhnen.

»Aber im Augenblick haben wir genug um die Ohren«, sagte sie. »Wir haben eine neue Mitbewohnerin. Keine, mit der es sich leicht leben lässt. Im Gegenteil. Eine, die ziemlich schwierig ist.«

Sie unterhielt sich gern mit Smoky. Er gab ihr Antwort mit seinem beeindruckenden Repertoire an Lauten, oder er hörte zu, verschwiegen und geduldig, mit schräg geneigtem Kopf. Ihm konnte sie alles erzählen. Er bewertete nicht, verurteilte nicht, seine Liebe war nicht an Erwartungen oder Bedingungen geknüpft. Sie war einfach da.

Merle musste nicht alles aussprechen. Smoky verstand sie auch so. Er erspürte die meisten ihrer Gedanken und Gefühle. Es war schön, ihn zum Freund zu haben.

»Sie heißt Mina und ist eine Patientin von Tilo.« Merle tauchte den Schwamm ins Wasser und schrubbte verbissen die Wandkacheln ab. Sie hatte noch einige Quadratmeter vor sich.

»Hältst du es für möglich, dass man einen Mord begeht und sich anschließend nicht daran erinnern kann?«

Smoky schnurrte. Er leckte eine Pfote und rieb sich damit übers Gesicht.

»Gut, man kann durch einen Schock das Gedächtnis verlieren. Für kürzere oder längere Zeit. Aber Mina vergisst *ständig* alles Mögliche. Sie wohnt jetzt seit einer Woche in Mikes Zimmer, und immer wieder kommt es vor, dass sie Jette und mich nicht erkennt! Dass sie vor uns steht und uns anguckt wie Fremde!«

Merles Hände schwitzten. Sie hasste es, Gummihandschuhe zu tragen, aber das hier war ohne Schutz nicht zu machen.

»Sie verhält sich in allem ziemlich merkwürdig. Kaum denkst du, du hast sie ein bisschen besser kennengelernt, da zeigt sie sich plötzlich von einer vollkommen anderen Seite. Auch Donna und Julchen haben Schwierigkeiten mit ihr. Mal schlafen sie bei ihr auf dem Schoß und im nächsten Moment zerkratzen sie ihr die Arme.«

Smoky beschnupperte einen der Gummihandschuhe und wich angewidert zurück. Er sah Merle mit einem leisen Vorwurf an.

»Und Tilo gibt uns nicht den winzigsten Hinweis, der uns helfen könnte, Mina zu verstehen. Er sagt, dazu muss sie ihn erst von seiner Schweigepflicht entbinden. Doch das will er nicht zulassen, bevor sie wieder halbwegs auf dem Damm ist und eine Entscheidung von solcher Tragweite überhaupt treffen kann.«

Damit schien für Smoky alles gesagt zu sein. Er legte sich hin, zog die Vorderpfoten unter den Bauch und schloss die Augen.

Merle lächelte. »Das hab ich gebraucht«, sagte sie liebevoll. »Deine unnachahmliche Gelassenheit.«

Sie schaute auf die Uhr. Eine gute Stunde noch, dann würde sie nach Hause fahren. Sonst hatte sie sich immer aufs Nachhausekommen gefreut. Inzwischen mischte sich in diese Freude ein Unbehagen, das sie gar nicht mehr zu unterdrücken versuchte, weil es ihr sowieso nicht gelang.

*

»Ich kann mich nicht erinnern!«

Wie oft Tilo diesen Satz von Mina hörte. Diesen stummen Schrei. Die Bitte um Hilfe. Doch Tilo hörte auch die Anklage darin. Er wusste, wen Mina anklagte. Sich selbst. Sie konnte sich nicht verzeihen, dass sie ihr Leben nicht mehr allein in den Griff bekam. Dass sie auf Hilfe angewiesen war. Und dass sie sich in einer Lage wie dieser verfangen hatte.

Es hatte keinen Sinn, sie zum jetzigen Zeitpunkt mit dem Mord an ihrem Vater zu konfrontieren. Das blockierte sie nur noch mehr. Er musste erst versuchen, Mina wieder an den Punkt der Therapie zurückzuführen, den sie erreicht hatten, bevor ihr Leben auf den Kopf gestellt worden war.

»Du wirst dich erinnern«, sagte er behutsam. »Irgendwann.«

»Und wenn das zu spät ist – irgendwann?«

Sie kreuzte die Arme vor der Brust und umfasste ihre Schultern, eine Geste, in die sie sich flüchtete, wenn der Druck zu groß wurde.

»Du kannst es nicht erzwingen. Deine Erinnerung wird von ganz allein kommen. Wenn es an der Zeit ist.«

»Das ist nicht fair.«

Ihr Blick hatte sich an dem großen Wandgemälde festgesaugt. Warm leuchtende Sonnenblumen und ein Haus, das wie geschaffen schien für Heimatlose oder solche, die sich nach Ruhe und Frieden sehnten.

Sie hatte recht. Es war nicht fair. Sie hatte so viel mehr zu verkraften als die meisten Menschen. Dabei war sie noch so jung.

»Ich würde gern mit dir über deine Mutter sprechen, Mina.«

Ein schmerzlicher Ausdruck legte sich auf ihr Gesicht. »Wie es ihr wohl geht?«, fragte sie leise.

»Du könntest sie besuchen und dich selbst davon überzeugen.«

Erschrocken schüttelte sie den Kopf.

»Warum willst du sie nicht sehen, Mina?«

Der Korbsessel, auf dem er saß, knarrte bei jeder Bewegung. Es war ein gemütliches Geräusch, das ihn an Holzplanken und Boote erinnerte. Plötzlich packte ihn die Sehnsucht nach Wasser und Wind und salziger Luft. Er schluckte.

»Herrgott noch mal!« Mina rutschte auf die

Bettkante und setzte die Füße auf den Boden. »WEIL ICH NICHT WILL!«

Tilo vergaß das Meer und den Wind.

»Die Frau, die sich meine Mutter nennt, war immer nur für andere da. Nie für mich. Niemals! Kapiert?« Sie schlug die Beine übereinander und wippte mit dem Fuß. Ihr Blick wanderte zum Fenster, vor dem ein schwüler Spätsommertag zu Ende ging. »Jemand, der seinem Kind gegenüber kein Erbarmen kennt, darf von seinem Kind kein Erbarmen erwarten.«

Tilo machte sich eine Notiz. Die Stille im Zimmer wurde dichter. Es würde ein Gewitter geben. Alles deutete darauf hin.

»Ich weiß, was Sie erwarten.« Die Matratze ächzte, als Mina aufstand und zum Fenster ging. »Sie wollen, dass ich zu Kreuze krieche. Alle Psychotherapeuten wollen das.« Sie strich sich mit den Fingern durchs Haar. »Es gibt ihnen Frieden.«

»Ich verstehe nicht, was du meinst.«

»Ach nein?« Sie drehte sich langsam um. Ihr Gesicht hatte sich verändert, war schmaler geworden und hatte um den Mund herum einen harten Zug bekommen. »Haben Sie es etwa nicht gern hübsch geordnet in Ihrem Leben und in Ihrem Kopf?«

»Selbst wenn – was hätte das mit dir und deiner Mutter zu tun?«

»Ich glaube«, Mina sah ihn kühl und herablassend an, »ich glaube, ich habe Ihnen nicht gestattet, mich zu duzen.«

»Verzeihung.« Tilo kniff die Augen zusammen.

»Sie haben keinen blassen Schimmer, mit wem Sie gerade sprechen, stimmt's?«

Tilo schüttelte den Kopf. Er durfte jetzt nichts Falsches sagen.

»Und Sie?«, fragte er vorsichtig. »Wissen Sie, wer ich bin?«

»Ich bitte Sie! Beleidigen Sie nicht meine Intelligenz.« Ein feines Lächeln flog über das angespannte Gesicht. »Ich kenne Sie fast so gut wie mich selbst.« Ein forschender Blick, direkt in Tilos Innerstes hinein.

Tilo hielt dem Blick stand. »Verraten Sie mir denn auch, mit wem ich es zu tun habe?«, fragte er dann.

Das Schweigen füllte das ganze Zimmer aus.

»Sie wollen wissen, wer ich bin? Das kann ich Ihnen sagen. Ich bin Marius.«

*

Bert saß am Schreibtisch und betrachtete nachdenklich die Pinnwand in seinem Büro. Er hatte inzwischen schon eine ganze Reihe Informationen gesammelt. Ein Foto des Ermordeten, das vor der alten Fabrik aufgenommen worden war, bildete das Zentrum. Darum herum ordneten sich weitere Fotos und Namen, die einen inneren, einen mittleren und einen äußeren Kreis bildeten. Zum inneren Kreis gehörte Mina, die einzige Tochter der Kronmeyers, die seit gut vier Wochen verschwunden war.

Niemand wusste, wo sie sich aufhielt, nicht einmal ihre Mutter. Es lag nahe, den Grund für ihr Verschwinden in der Sekte zu suchen, die viel Energie darauf verschwendete, zu behaupten, sie sei lediglich ein religiöser Zirkel. Bert wagte es kaum, sich eine Kindheit in einem so engen religiösen Korsett auszumalen. Das konnte nur zu totaler Anpassung führen oder zu Flucht.

Heute wollte er sich diesen Ben Bischop vornehmen. Sein Instinkt sagte ihm, dass der junge Mann mehr wusste, als er zugab. Er war ein Jahr älter als Mina. Die beiden waren zusammen aufgewachsen.

»Wie Bruder und Schwester«, hatte Marlene Kronmeyer gesagt und Ben liebevoll angelächelt.

Ben hatte ihr Lächeln scheu erwidert und dann den Kopf gesenkt. Er hatte das Wohnzimmer verlassen und war über den Hof zur Werkstatt gegangen. Marlene Kronmeyer hatte ihm durchs Fenster nachgeschaut.

»Er leidet sehr«, hatte sie gesagt. »Er macht sich Vorwürfe, weil er nicht besser auf Mina aufgepasst hat.«

Eine sonderbare Formulierung, hatte Bert gedacht. Als wäre das Mädchen eine Gefangene gewesen und der Junge ihr Wärter.

»Aber er hätte Mina gar nicht zurückhalten können. Sie hat ihren Kopf immer durchgesetzt. Gegen alle Schwierigkeiten und jede Vernunft.«

Niemand hatte anscheinend auch nur für einen Moment daran gezweifelt, dass Mina aus eigenem Antrieb verschwunden war. Keiner schien ein Verbrechen in Erwägung zu ziehen. Niemand hatte bislang eine Vermisstenanzeige aufgegeben.

Einige von Minas Kleidungsstücken fehlten, wie Marlene Kronmeyer festgestellt hatte, und auch der große Rucksack des Mädchens war nicht auffindbar. Das sprach dafür, dass Mina ihr Elternhaus freiwillig verlassen hatte. Sie war achtzehn und konnte selbst entscheiden, wo sie leben wollte.

»Mina hat eine Therapie gemacht«, sagte Marlene Kronmeyer. »Schon seit zwei Jahren. Sie hatte Probleme.«

»Eine Therapie?«

»Bei Tilo Baumgart. Er genießt einen guten Ruf. Aber Mina ist nicht zur Ruhe gekommen. Manchmal denke ich, es ist dadurch alles nur schlimmer geworden.«

»War das denn das Ziel der Therapie? Mina ruhiger werden zu lassen?«

Marlene Kronmeyer nickte. »Nur aus diesem Grund hat mein Mann der Therapie zugestimmt. Er hält«, sie zögerte, »hielt nichts von Psychologen und ihren Methoden. Er war davon überzeugt, dass die Menschen ihr Heil nur im Gebet finden können.«

»Und Sie? Was glauben Sie?«

Sie zuckte zusammen. Als hätte Bert sie mit seiner Bitte um ihre Meinung erschreckt.

»Ich glaube, dass Mina Hilfe braucht«, sagte sie leise. »Irgendetwas fehlt ihr. Etwas, das man braucht, um das Leben zu meistern.«

Meistern. Du liebe Güte. Es lief Bert kalt den Rücken hinunter. »Und die Therapie hat Ihre Erwartungen nicht erfüllt?«, fragte er.

»Sie ...« Marlene Kronmeyer suchte nach Worten. Hilflos öffnete sie die Hände. »Sie hat zu Auseinandersetzungen geführt. Und zu Tränen. Sie hat meinen Mann ... zornig gemacht.«

Bert schwieg. Er ahnte, was als Nächstes kommen würde.

»Es war der Zorn Gottes, der sich durch meinen Mann Gehör verschafft hat.«

Der Zorn Gottes. Bert hatte eine klare Vorstellung davon. Am häufigsten schaffte Zorn sich Gehör mit Gewalt. Welche Ausmaße musste erst die Gewalt haben, die aus dem Zorn Gottes entstand?

Wieder breitete sich ein Schweigen aus, das Bert nicht unterbrach.

»Ich bin froh ... dass mein Mann unsere Tochter nicht in der Fin... nicht gefunden hat.

Er war außer sich, als wir feststellten, dass sie weggelaufen war.«

Außer sich. Die Gewalt schien noch immer greifbar in diesen Räumen. Bert hatte ein untrügliches Gespür dafür. Er hatte zu viel Gewalt gesehen. Und erlebt. Am eigenen Leib. Damals, als er noch ein Kind gewesen war.

Er schüttelte die Erinnerung an das Gespräch mit Marlene Kronmeyer ab, stand auf und griff nach seinem Jackett. Es war Zeit für die Unterhaltung mit Ben. Bevor er die Tür seines Büros öffnete, atmete er einmal tief durch, um sich zu wappnen. Dieser Fall stieß ihn zurück in eine Zeit in seinem Leben, die zum Glück längst vergangen war.

*

Als hätte der Name *Marius* Zauberkraft. Er verschaffte ihm Respekt. Selbst ein Tilo Baumgart wahrte Distanz. Und Distanz war das, was Marius brauchte. Er ließ sich nichts vormachen, sich nicht besänftigen mit freundlichen Worten. Das ganze Psychogequatsche ging ihm gegen den Strich. Es kam ihm zu nah.

Marius war nicht leicht einzuschüchtern. Auch nicht leicht zu beeindrucken. Er wusste, dass er draußen nicht die Welt sah, sondern bloß ihre Fassade. Einen Blick dahinter zu tun, war wahnsinnig schwer. Es gelang ihm hin und wieder, aber nicht allzu oft.

Vielleicht, dachte er manchmal, war auch die Welt selbst bloß die Fassade einer anderen Welt, einer, die wiederum dahinterlag. Und vielleicht wiederholte sich das ins Unendliche. Wie in einem Spiegellabyrinth.

Marius war noch nie in einem Spiegellabyrinth gewesen. Er kicherte. Und wenn er tatsächlich in einem lebte?

Er bemerkte, dass Tilo schwieg. Dass in seinem Schweigen eine Erwartung lag. Zum Teufel mit Tilo und seinen Erwartungen! Marius brauchte keinen, um klarzukommen. Er brauchte erst recht keinen, der ihm sagte, was richtig war und was falsch. Die Zeit der Vorschriften war vorbei. Endgültig. Er würde niemandem mehr erlauben, über sein Leben zu bestimmen, erst recht nicht einem Psychoheini.

*

Der Wagen des Kommissars fuhr auf den Hof und im selben Moment zuckte der erste Blitz über den fast schwarzen Himmel. Das Licht über den Dächern war unwirklich. Es erinnerte Ben an die Beleuchtung eines Aquariums, das er einmal in einer Zoohandlung gesehen hatte, ein Salzwasseraquarium mit Tieren, die sich an die grauen Steinbrocken klammerten wie Pflanzen.

Marlene hatte eine Kanne Tee bereitgestellt. Eigentlich hatte sie im Wohnzimmer decken wollen, aber Ben hatte sich für die Werkstatt entschieden. Hier war sein eigentliches Zuhause. Hier waren die Möbel, das Werkzeug, der Geruch nach Öl, Wachs und Leim. Hier fühlte er sich aufgehoben und sicher.

Und dann merkte er doch, wie er unter dem Blick des Kommissars schrumpfte, wie das bisschen Selbstsicherheit sich verflüchtigte und dem alten Stottern Platz machen wollte, mit dem er sich eine Kindheit lang geplagt hatte. Er schenkte Tee ein und war erleichtert darüber, dass seine Hände nicht zitterten.

Es machte ihn fertig, ohne Mina zu sein. Sie gehörte zu seinem Leben. Ihr Verschwinden hatte alles auf den Kopf gestellt. Ohne sie war er wie amputiert. Er war dem Alltag ohne sie nicht gewachsen.

Draußen platschte der Regen aufs Pflaster. Wind war aufgekommen und schüttelte die Korkenzieherweide, deren biegsame Zweige ihm kaum Widerstand entgegensetzten. Überraschend kühle Luft floss durch die großen gekippten Fenster.

»Wie gut das tut.« Der Kommissar lächelte. »Gewitter reinigen tatsächlich die Luft, finden Sie nicht auch?«

Ben hatte das Gefühl, dass der Kommissar nicht nur das Wetter meinte. Er schien nicht der Typ zu sein, der sich über Belanglosigkeiten ausließ.

»Ich mag keine Gewitter«, antwortete er. »Als Kind hatte ich höllische Angst davor.«

»Vor dem Donner oder dem Blitz?«

Darüber hatte Ben noch nie nachgedacht. »Vor beidem wahrscheinlich.« Er liebte die Stille und die Dunkelheit. Kein Wunder, dass Gewitter ihm zuwider waren, selbst heute noch.

Den Kommissar schienen Gewitter nicht zu irritieren. Entspannt nahm er einen Schluck Tee. »Erzählen Sie mir von Mina.«

Ebenso gut hätte er Ben auffordern können, die Relativitätstheorie zu erläutern oder die gesamte Bibel in ein paar Sätzen zusammenzufassen. Was sollte Ben von Mina erzählen? Wo anfangen? Und wie?

Mina ist nicht mehr hier.

Das war der erste Satz, der ihm in den Kopf kam. Der einzig wichtige. Mina war nicht mehr da und alles hatte sich verändert. Doch das ging den Kommissar nichts an. Ben war in seinem Leben schon so oft mit Fragen traktiert worden, dass er mittlerweile allergisch dagegen war.

»Was wollen Sie wissen?«

Inzwischen fand er es geradezu lächerlich, mit einem Polizisten beim Tee zu sitzen. Er hätte nicht auf Marlene hören sollen. In keinem der Krimis, die er je gelesen hatte, war so eine Situation vorgekommen. Er würde seine Tasse nicht anrühren.

»Sie sind zusammen aufgewachsen?«

»Stimmt.«

»Was ist mit Ihren Eltern?«

»Die haben in meinem Leben keine große Rolle gespielt.«

»In welcher Hinsicht?«

»In den ersten Jahren habe ich noch bei ihnen gewohnt. Doch dann bin ich hiergeblieben.«

»Wieso?«

»Solche Fragen stellte man nicht, wenn Dietmar Kronmeyer Interesse an einem bekundete.«

»Interesse?«

»Er hat mich in sein Haus aufgenommen und gemeinsam mit Mina erzogen.«

»Zu einem guten, gottesfürchtigen Menschen?«

»Das war zumindest seine Absicht.«

»Und? Ist es ihm gelungen?«

»Er war nicht der Meinung. Er hielt uns für sündig und unvollkommen.«

»Das waren seine Worte? *Sündig und unvollkommen*?«

Ben nickte. »Es war nicht leicht, es ihm recht zu machen. Niemand hat das geschafft. Nicht mal Marlene.«

»Und Dietmar Kronmeyer war vollkommen?«

»Er war die Stimme und der Arm Gottes. Da muss er wohl annähernd vollkommen gewesen sein.«

»Wie reagierte er auf Unvollkommenheit?«

»Anfangs mit Geduld. Später mit Strenge.«

»Wie sah diese Strenge aus?«

»Grausam.« Ben hatte nicht vor, Dietmar zu schützen. Der konnte ihm nichts mehr tun. Und über kurz oder lang würde die Wahrheit über ihn sowieso ans Licht kommen.

»Geht das ein bisschen genauer?«

»Es gab besondere Zusammenkünfte. Gerichtsverhandlungen. Und dann Strafaktionen.«

»Gerichtsverhandlungen?«

»Intern. Nicht vor einem wirklichen Gericht. Es wurden jeweils ein Ankläger und ein Verteidiger gewählt. Der Richter war Dietmar.«

»Hat es keinen Widerstand dagegen gegeben?«

»Manchmal hat sich einer gewehrt, aber ohne Erfolg. Dietmar konnte das gut, Widerstand und Auflehnung glattbügeln.«

»Anscheinend mochten Sie ihn nicht.«

Ben sah dem Kommissar ins Gesicht. Trotzig legte er den Kopf in den Nacken. »Keiner hat ihn gemocht. Die meisten haben ihn gefürchtet. Und einige haben ihn gehasst.«

»Und Sie?«

»Ich?« Wie hartnäckig er war. Aber wahrscheinlich machte das einen guten Ermittler aus. Nicht nachzulassen, stetig weiterzubohren, bis er sein Ziel erreicht hatte. »Ich habe ihn lange Zeit geliebt, dann gefürchtet und schließlich ebenfalls gehasst.«

Der Kommissar nickte. Als hätte er das erwartet. Vielleicht gehörte er zu den Menschen, die andern immer um einen Schritt voraus waren. Ben kannte solche Menschen. Sie bereiteten ihm Unbehagen.

Er stand auf und ging zur Werkbank. Es gab noch so viel zu tun. Er hatte keine Zeit und keine Lust, vor allem aber keine Kraft mehr, weiter mit dem Kommissar hier herumzusitzen.

Blitz und Donner folgten einander jetzt in rascher Folge. Das Gewitter war genau über ihnen.

*

Eine solche Situation brachte Bert immer wieder in einen Zwiespalt. Er wäre ein schlechter Polizist gewesen, wenn er an diesem Punkt des Gesprächs nicht nachgehakt hätte. Andrerseits hätte er dem Jungen gern ein wenig Luft verschafft. Er konnte ja sehen, wie sehr er ihn bedrängt hatte.

Aber genau das machte gute (der Chef würde sagen *effektive*) Polizeiarbeit aus: Man nutzte die Schwäche seines Gegenübers, um gnadenlos zuzustoßen.

Bert seufzte. Die Rollen mussten klar verteilt sein. Wenn einer den Ablauf dieser Unterhaltung diktierte, dann er, nicht Ben. Was nicht bedeutete, dass er die Leine kurz halten musste. Im Gegenteil. Es war oft von Vorteil, wenn man dem andern einen Spielraum ließ. Die meisten redeten sich irgendwann von ganz allein um Kopf und Kragen.

Bert verabscheute das Vokabular, das ihm in den Sinn kam, wenn er über seine Arbeit nachdachte, und es war ihm klar, dass es eher auf einen Kriegsschauplatz gehörte, ins tiefe Mittelalter oder auf ein Hundeübungsgelände. Er hasste die Zwänge, in denen er als Ermittler steckte. Die ihn Dinge tun ließen, die eigentlich gar nicht zu ihm passten, die aber notwendig waren, um sein Ziel zu verfolgen.

Sein Ziel war die Aufklärung eines Verbrechens. Und das war das Einzige, was ihn mit all den Nachteilen seiner Arbeit versöhnte – er diente der Gerechtigkeit, und mit der Lösung eines Mordfalls gab er dem Opfer seine Würde zurück.

Allerdings waren nicht all seine Fälle so eindeutig gewesen. Bisweilen hatte der Täter mehr Würde besessen als das Opfer und trotzdem hatte Bert ihn überführen müssen. Es war nicht oft vorgekommen, doch jedes Mal war Bert anschließend in ein schwarzes Loch gefallen. Jedes Mal hatte er sich mühsam wieder aufrappeln müssen.

»Ist Mina deshalb gegangen? Wegen ihres Vaters?«

Ben hatte einen Lappen mit Öl getränkt und fuhr damit in langen Strichen über die Oberfläche eines kleinen Tischs aus Weichholz. Seine Bewegungen waren ruhig und kraftvoll.

»Ja.«

Kurz und bündig. Als gäbe es keine vorstellbare Alternative.

»Hat sie mit Ihnen darüber gesprochen? Sich Ihnen anvertraut?«

Ben erstarrte. Aber nur kurz. Dann schüttelte er den Kopf. »Nein. Sie war plötzlich einfach nicht mehr da.«

»Aber so etwas geschieht doch nicht aus heiterem Himmel. Gab es keine Anzeichen? Hat niemand etwas geahnt?«

Ben drehte den Lappen in den Händen. »Darüber denke ich die ganze Zeit nach«, sagte er so leise, dass Bert es kaum verstehen konnte. »Ob ich es nicht hätte spüren müssen.«

»Vielleicht hat sie den Schritt nicht aus freien Stücken getan.« Es fiel Bert nicht leicht, die Qual des Jungen zu beobachten.

»Es war eine Flucht.« Ben bearbeitete das Holz stärker. Sein Atem wurde schneller. »Sie hätte uns nie aus einem fadenscheinigen Grund verlassen.«

»Aber bereitet man nicht auch eine Flucht vor?«

Endlich richtete Ben sich auf und sah ihn an. Nicht in die Enge getrieben, sondern kalt und beherrscht. »Wenn Mina sie vorbereitet hätte, wäre sie nicht ohne mich gegangen. Niemals.«

»Also muss etwas passiert sein, das sie veranlasst hat, Hals über Kopf wegzulaufen?«

»Es gab immer wieder Zusammenstöße mit ihrem Vater.«

»Aus welchem Grund?«

Bens schmutzig glänzende Finger zupften und zerrten an dem Lappen, als wollten sie den schmierigen Stoff auseinanderreißen.

»Aus jedem erdenklichen! Ihr Vater war ein strenger Mann, aber wirklich unnachgiebig in seinen Forderungen und Erwartungen war er nur bei Mina, Marlene und mir. Wir konnten ihm nichts recht machen. Immer wieder mussten wir bereuen. Immerzu wurden wir bestraft.«

Am liebsten hätte Bert den Arm um die Schultern des Jungen gelegt. Und ihn in Frieden gelassen. Das alles war ihm nur zu vertraut. Angst zu haben. Von Schuldgefühlen erdrückt zu werden. Bestrafungen erdulden zu müssen. Aber er war gezwungen, noch einen Schritt weiterzugehen.

»Trauen Sie Mina zu, ihren Vater ...«

Ben ließ ihn nicht zu Ende sprechen. »Nein!« Das Blut war aus seinem Gesicht gewichen. »Mina könnte keiner Fliege etwas zuleide tun.«

»Und Sie?«

Ben zerdrückte den Lappen, bis er fast in seiner großen Hand verschwand. »Glauben Sie nicht, dazu hätte ich in all den Jahren längst Gelegenheit gehabt?«

Bert stand auf. Er trat ans Fenster und sah

hinaus auf den regennassen Hof. Das Gewitter hatte sich verzogen. Es war nur noch ein leises Grummeln zu hören. Die Luft war wieder klar und sauber. Das Zwielicht hatte zaghaftem Sonnenschein Platz gemacht.

»Irgendjemand hat es getan«, sagte er. »Irgendwer hat Dietmar Kronmeyer ermordet, und zwar auf eine äußerst brutale Art und Weise.«

An der Tür drehte er sich noch einmal um. »Ich werde ihn finden. So oder so.«

Während er zu seinem Wagen ging, ohne auf die Pfützen zu achten, machte er sich klar, dass er damit ein Versprechen gegeben hatte. Sich selbst, dem Toten und dem Mörder.

Mina hatte sich in Mikes Zimmer eingerichtet und wohnte mit uns zusammen, als wäre es das Selbstverständlichste von der Welt. Aber immer wieder blitzte etwas Fremdes an ihr auf, das Merle und mich daran erinnerte, dass dies hier nicht der normale Alltag war. Auch wenn wir es gern anders gehabt hätten – von einer Sekunde zur nächsten konnte das filigrane Netz aus Hoffnung und Zuversicht, das uns vor einem Sturz schützen sollte, zerreißen.

Donna und Julchen hielten sich gern in ihrer Nähe auf und behandelten Mina wie eine Artgenossin. Sie schliefen in ihrem Bett, fraßen ihr aus der Hand und verständigten sich mühelos mit ihr.

Mina ihrerseits zeigte im Umgang mit den Katzen eine geradezu schlafwandlerische Sicherheit. Wenn sie mit ihnen redete, tat sie das mit Lauten, Gesten und Berührungen, die von den Katzen auf Anhieb verstanden wurden. Fast war es, als würde sie in manchen Augenblicken selbst zu einer Katze.

Doch dann gab es Momente, in denen Donna

und Julchen das Weite suchten und es vermieden, Mina nahe zu kommen. Momente, in denen Mina eine andere wurde. So plötzlich und so unbegreiflich, dass es Merle und mir die Sprache verschlug.

»Und wenn sie ihren Vater doch ermordet hat?«, hatte Merle mich am Tag zuvor gefragt. »Würde das nicht das Auf und Ab in ihrem Verhalten erklären?«

»Sie steht unter einem ungeheuren Stress«, hatte ich geantwortet. »Stell dir doch nur vor, wie das sein muss, seinen Vater auf so grauenvolle Weise zu verlieren.«

»Aber wieso beharrt sie darauf, ihn umgebracht zu haben?«

Das verstand ich auch nicht. »Vielleicht hat sie einen Schuldkomplex. Aus irgendeinem Grund ist sie schließlich Tilos Patientin geworden.«

Tilo hatte uns gebeten, Mina nicht auf ihre psychischen Probleme anzusprechen. Der Impuls zu einer solchen Unterhaltung sollte unbedingt von ihr selbst ausgehen. Es war nicht einfach, das durchzuhalten.

»Und Tilo wird ihr helfen, ganz bestimmt.« Merle hatte mich flehend angesehen. Als erwartete sie Trost von mir. Und Bestätigung.

Ich hatte genickt. Mein Vertrauen in Tilo war groß. Er hatte es noch nie enttäuscht.

An all das musste ich denken, als ich mich

mit einem Buch aufs Sofa setzte. Merle hatte bei Claudio übernachtet und würde später kommen. Ich hatte meinen freien Tag und konnte in aller Ruhe auf Tilo warten. Wir hatten uns darauf geeinigt, Mina nicht allein zu lassen, wenn es sich vermeiden ließ. Sie war mit ihren Stimmungsschwankungen unberechenbar und fürchtete sich manchmal sogar vor den Schatten in ihrem Zimmer.

Tilo kam täglich vorbei, um mit Mina zu arbeiten. Weiß der Himmel, wie er das einrichtete. Er musste seinen gesamten Behandlungsplan umgestellt haben. Mina war ihm wichtig. Seine Blicke verrieten es, seine Behutsamkeit. Die goldene Regel, sein Privatleben nicht mit seinem Beruf zu vermischen, galt nicht mehr. Früher hätte er das unprofessionell genannt.

Mina hatte noch nicht gefrühstückt. Es konnte passieren, dass sie das Essen vergaß. Oder das Reden. Manchmal saß sie stundenlang einfach nur da. Mit leerem Gesicht, die Hände im Schoß. Als wäre in ihr keine Regung, kein Gefühl.

Dann wieder brach sie vollkommen unerwartet in Tränen aus. Oder sie tobte vor Wut. Und ab und zu war sie von einer Kälte, die uns frösteln ließ.

Merle und ich wussten nicht, wie wir uns in solchen Augenblicken verhalten sollten.

»Hört auf euren Instinkt«, hatte Tilo gesagt. »Ihr seid keine Psychologen. Ihr seid Minas Freundinnen. Und genau das ist es, was sie braucht – Freundinnen. Für die Therapie hat sie mich.«

Leichter gesagt als getan. Er wurde ja nicht von Minas Schreien geweckt, wenn sie träumte. Er spürte nicht die Beklemmung, die uns manchmal in Minas Gegenwart überfiel. Und bestimmt hatte er noch nie Angst vor Mina gehabt. Denn auch dieses Gefühl flößte sie uns häufig ein.

Es gab Momente, in denen sie mir unheimlich war.

»Ist Tilo noch nicht da?«

Mina setzte sich zu mir aufs Sofa, zog die Beine an und legte das Kinn auf die Knie. Sie hatte sich in ihre weiteste Leinenbluse gekuschelt und trug ihre Marlene-Dietrich-Hose. Oft kam es mir vor, als versuchte sie, auf diese Weise zu verschwinden. Dann sah sie aus wie ein Kind in den Kleidern seiner Mutter.

Ich schüttelte den Kopf und sah auf die Uhr. »Zehn Minuten hat er noch.«

»Zehn Minuten …«

Ich warf einen raschen Blick auf ihr Gesicht. Sie wirkte entspannt. Ich atmete auf.

Auch heute verzichtete Mina aufs Frühstück. Stattdessen nahm sie das Nutellaglas aus dem Schrank und löffelte es in einer Wahnsinnsgeschwindigkeit halb leer. Dieser Heißhunger auf Süßes war mir schon viele Male aufgefallen.

Dann wieder war sie verrückt nach sauren Gurken und Lakritz. Nicht mal ihre Vorlieben und Abneigungen passten zueinander.

»Du bist nicht zufällig schwanger?«, fragte ich sie.

»Dann wäre ich ein medizinisches Wunder.« Mina grinste mich breit an. »Aber vielleicht ist Parthenogenese ja auch bei Menschen möglich.«

Das Wortungetüm stieß eine entfernte Erinnerung in mir an. Allerdings hatte Biologie nie zu meinen Lieblingsfächern gehört. »Und kannst du mir das auch in verständlichem Deutsch erklären?«

»Jungfernzeugung«, sagte Mina. »Manche Tiere und Pflanzen vermehren sich eingeschlechtlich. Zum Beispiel die Kopflaus.« Sie grinste noch breiter und sah mir dabei zu, wie ich mich unwillkürlich kratzte.

Wir lachten. Es war überwältigend, mit Mina zu lachen. Ihre strahlenden Augen zu sehen. Die kleinen Kiekser in ihrer Stimme zu hören. Zu beobachten, wie sie sich den Bauch hielt und vor Anstrengung japste. Am liebsten hätte ich ewig so mit ihr weitergelacht. Doch dann klingelte es, und es war, als legte sich ein Schleier über Minas Gesicht.

*

Heute war ihr nicht nach Reden. Sie hätte gern still dagesessen und zum Fenster hinausgeschaut. Sie hätte auch gern irgendwo in sich eine Art von Traurigkeit gefunden. Ihr Vater war nicht mehr da. Musste sie ihn nicht vermissen?

Und ihre Mutter? War es nicht die Pflicht einer Tochter, die Mutter zu trösten, wenn sie Trost brauchte? Ganz unabhängig davon, dass sie selbst niemals von ihrer Mutter Trost empfangen hatte. Oder auch nur Verständnis.

»Sie ist immer bloß um ihn gekreist!«

»Von wem sprichst du, Mina?«

Wie beruhigend Tilos Stimme war.

»Von meiner Mutter und dem Mann, der mein ... Vater gewesen ist.«

Das Wort kam ihr kaum über die Lippen. Sie nannte ihn nicht gern so. Außerdem hatte er es nicht verdient. Für sie war er immer nur der große Vermittler gewesen, der Vermittler zwischen den Menschen und Gott. Fast war er selber ein bisschen wie Gott gewesen. Seine Gegenwart hatte die Menschen geblendet. Im Licht seiner Persönlichkeit waren sie zu Asche zerfallen.

Mina erinnerte sich an Männer, die das Zimmer des Vaters aufrecht betreten und es als gebrochene Menschen wieder verlassen hatten. Er hatte die Macht gehabt, die Gläubigen zu erheben oder zu stürzen. Ein Auserwählter. Ein Heiliger auf Erden.

Diese vielen Seiten an ihm! Die grundverschiedenen Gesichter! Kaum glaubte man, ihn zu kennen, da riss er sich die Maske ab und legte eine neue an.

»Er war ein Chamäleon. Keiner hat je sein wahres Gesicht gesehen.«

»Nicht einmal du?«

»Ich am wenigsten.«

»Wie meinst du das?«

Mina schaute Tilo in die Augen. Fragen. Antworten. Wie müde sie war!

Aber sie konnte ihm nicht vorwerfen, unbarmherzig zu sein. Er wollte ihr helfen. Sie heilen. Er wollte, dass sie die Erinnerung wiederfand. Das war langwierig und bereitete Schmerzen. Das Erinnern an Ereignisse konnte genauso wehtun wie die Ereignisse selbst. Das wusste sie doch. Warum überraschte es sie immer wieder?

»Weil er mich geliebt hat. Und gehasst.«

In ihrem Kopf war plötzlich nur noch Leere. Sie rollte sich auf ihrem Bett zusammen. Tilo verstand sofort. Er breitete die Decke, die am Fußende lag, über ihr aus, raffte seine Sachen zusammen und verließ leise das Zimmer.

Schlafen. Vergessen. Und niemals mehr aufwachen.

*

Jette stellte Tilo einen Cappuccino hin, den er gern annahm. Er hatte noch einen langen Tag vor sich. Er sah ihr dabei zu, wie sie sich selbst auch einen machte, als er einen Schlüssel im Schloss der Wohnungstür hörte.

»Hallo!« Merle warf ihre Tasche aufs Sofa, umarmte Jette, dann Tilo, schenkte sich ein Glas Orangensaft ein, zog sich einen Stuhl zurecht und setzte sich zu Tilo an den Tisch. Ihre Wangen glühten, sie sprühte vor Energie. »Wie ist es gelaufen?«, fragte sie.

Tilo hob die Schultern. »Mina war gegen Ende ziemlich erschöpft. Sie schläft jetzt. Diese Sitzungen sind sehr anstrengend für sie.«

Merle fuhr sich mit den Fingern durch das struppige rote Haar. Tilo mochte ihre unbekümmerte Art. Er freute sich über die Freundschaft zwischen Merle und Jette. Die beiden Mädchen waren wie zwei Seiten einer Münze, vollkommen unterschiedlich und dennoch eins. Sonne und Mond, dachte er manchmal. Merle warmherzig, lebhaft und spontan, während Jette kühl, beherrscht und trotzdem in hohem Maß feinfühlig wirkte.

»Kommen Sie denn voran?«, fragte Merle.

Tilo hatte sich schon länger überlegt, ihr das *Du* anzubieten. Doch das würde er noch eine Weile aufschieben müssen. Er käme sonst mit Mina in Konflikt, die sich, als neue Freundin der Mädchen, ausgeschlossen fühlen würde.

»Schwer zu sagen. Mir wäre wohler, wenn wir mehr Zeit zur Verfügung hätten.«

Und wenn ich sicher wüsste, dass Mina mit

dem Mord an ihrem Vater nichts zu tun hat, fügte er im Stillen hinzu. Wenn es eine simple, harmlose Erklärung für ihren Zustand in der Mordnacht gäbe und für das Blut an ihren Kleidern.

Inzwischen hatte sich auch Jette an den Tisch gesetzt. »Es fällt uns manchmal ziemlich schwer, Mina zu verstehen«, sagte sie. »Sie ist so ... eigenartig.«

Tilo schmunzelte. »Das dürfte die Untertreibung des Jahres sein.«

Es war schwierig, über Mina zu reden, ohne dabei wesentliche Informationen preiszugeben. Noch schwieriger war es, Minas Geschichte zu kennen und die Mädchen nicht einzuweihen. Tilo trug da eine Verantwortung, die für ihn zu schwer wurde.

Jette hatte ihn beobachtet. »Willst du es uns nicht sagen?«, fragte sie.

Man konnte ihr nichts vormachen. Sie hatte einen scharfen Blick und einen glänzenden Verstand. Genau wie ihre Mutter.

Tilo nahm ein paar Schlucke von seinem Cappuccino. Er hatte sich vorgenommen, bei der nächsten Gelegenheit mit den Mädchen zu sprechen. Jetzt war sie da.

»Ihr wisst, dass ich euch nicht in Einzelheiten einweihen darf«, begann er zögernd.

Jette und Merle nickten.

»Das bringt mich in eine äußerst heikle Situation. Denn gleichzeitig komme ich nicht darum herum.« Er starrte in seine Tasse, führte einen kurzen, heftigen Kampf. »Es ist nicht ungefährlich für euch, mit Mina zusammenzuleben.«

Jette und Merle sahen ihn mit großen Augen an. Er begann zu schwitzen.

»Wir sollten nach einer anderen Bleibe für sie suchen und ich habe auch schon ein paar Beziehungen spielen lassen. Nur ist bisher leider noch nichts dabei herausgekommen.«

»Aber sie hat Zutrauen zu uns gefasst.« Jette machte eine Handbewegung, die nicht nur die Küche, sondern die ganze Wohnung einschloss. »Sie fühlt sich hier ... behütet. Wenigstens einigermaßen. Da können wir sie doch nicht wegschicken.«

»Wie gefährlich?«, unterbrach Merle die Freundin und stellte sich damit dem eigentlichen Problem.

»Ich weiß nicht, wozu sie fähig ist«, sagte Tilo. »Sie weiß das selbst nicht. Und solange wir das nicht herausgefunden haben, ist mir nicht wohl dabei, wenn ihr auf engem Raum mit ihr zusammenlebt.«

»Sie hat uns nie angegriffen«, sagte Merle.

»Nie«, bestätigte Jette.

Hinter den Mädchen erschien Mina in der Tür. Sie rieb sich die Stirn, als müsse sie sich mühsam daran erinnern, wo sie sich befand.

»Rechnen Sie damit, dass Mina gewalttätig werden könnte?«, fragte Merle, bevor Tilo

Mina mit einem Lächeln begrüßen und so ein Zeichen geben konnte, dass sie nicht mehr allein in der Küche waren.

Tilo öffnete den Mund, doch Mina kam ihm zuvor.

»Sagen Sie es ihnen.«

Jette und Merle fuhren zu ihr herum.

»Ich wollte euch nicht erschrecken«, entschuldigte sich Mina. Dann wandte sie sich wieder an Tilo. »Sie sollen es erfahren. Alles.«

Tilo rückte ihr den freien Stuhl zurecht. »Bist du sicher, Mina?«

»Ich wohne mit ihnen zusammen. Und bin vielleicht wirklich eine Gefahr für sie. Sie haben ein Recht auf die Wahrheit. Soweit wir sie kennen«, fügte sie hinzu.

»Gut.« Tilo nickte. »Dann soll es so sein.«

*

Imke stieg aus dem Wasser und trocknete sich sorgfältig ab. Sie hatte ein wenig Entspannung gebraucht und die gönnte sie sich am liebsten mit einem spannenden Krimi in der Badewanne. Diesmal hatte das Rezept jedoch nicht so gewirkt wie sonst. Sie spürte noch immer eine leichte Nervosität.

Es war nicht der Fernsehauftritt als solcher, der sie beunruhigte, darin hatte sie inzwischen Routine. Es war das ganze Drumherum. Vor allem jedoch das Zusammentreffen mit Bert

Melzig, ein Wiedersehen, das sie sich anders gewünscht hätte, nicht bei dieser Gelegenheit und vor laufenden Kameras.

Eine Talkshow zum Thema Verbrechen und Verbrechensbekämpfung, an der außer dem Hauptkommissar und der Krimiautorin noch ein Schauspieler, ein Journalist, eine Psychologin, ein Mörder (der seine Strafe abgesessen hatte), ein Priester und die Eltern eines ermordeten Mädchens teilnehmen sollten.

Imke schätzte Talkshows nicht besonders. Erst recht dann nicht, wenn sie so platt polarisierten. Ein Mörder, ein Priester, ein Polizist, Allmächtiger! Es war nicht schwer, sich vorzustellen, wie die Moderatorin versuchen würde, die Emotionen hochzupeitschen, und allmählich wurde Imke ärgerlich. Hätte ihre Agentin ihr das nicht ersparen können?

Unschlüssig durchforstete sie ihren Kleiderschrank. Sie konnte sich nicht entscheiden und schlug die Türen gereizt wieder zu. Im Bademantel ging sie durch das Haus und begegnete in jedem Raum einer unglaublichen Stille.

Imke liebte diese Stille. Aber sie fürchtete sie auch. Manchmal füllte sie ihren ganzen Kopf aus, so vollständig, dass Imke Angst hatte, nicht mehr denken zu können.

Mit einem Kaffee setzte sie sich auf die Terrasse und spürte den lauen Wind im feuchten Haar. Plötzlich hatte sie Lust, für ein paar Tage wegzufahren. Irgendwohin, wo niemand sie finden würde. Wo es keine Fernsehauftritte und keine Talkshows gab. Nur sie und Tilo und jede Menge Zeit.

Tilo. Erst heute früh hatte sie ihn wieder am Tisch im Wintergarten gefunden, wo er über seinen Büchern und Aufzeichnungen eingeschlafen war. Er arbeitete viel zu viel. Sie fing an, sich ernsthaft Sorgen um ihn zu machen.

Es war das Mädchen, das ihn so beschäftigte, Mina, über die Imke gern mehr erfahren hätte. Hatte sie nicht das Recht, Tilo bei seiner Arbeit zu unterstützen? Brauchte nicht auch er jemanden, der ihm Sicherheit gab, wenn er an sich zweifelte? Er übertrieb maßlos mit seiner Schweigepflicht. Als hätte er Angst, Imke könnte durchs Dorf laufen und all seine Berufsgeheimnisse ausposaunen.

Nie ließ er Notizen liegen. Immer räumte er gründlich auf, nachdem er gearbeitet hatte. Als wollte er keine Spuren hinterlassen. Das war schon fast beleidigend.

Imke schloss die Augen. Sie sollte sich von solchen Überlegungen nicht deprimieren lassen. Sie sollte sich lieber ein bisschen vorbereiten auf ihren Auftritt am Abend. Eine Livesendung. Da kam es auf jedes Wort an. Da ließ sich im Nachhinein nichts korrigieren.

Gegen Lampenfieber half Ablenkung. Vielleicht war es das Beste, wenn sie sich noch eine

Weile an den Computer setzte. Oder ein bisschen las. Sie konnte auch einige Telefongespräche führen.

Doch sie tat nichts dergleichen. Sie blieb auf der Terrasse, blinzelte in die Sonne und ließ es zu, dass Bert Melzig ihr im Kopf herumspukte. Die Gedanken an ihn riefen eine lange Reihe von Erinnerungen in ihr wach. Erinnerungen, die sie immer noch quälten.

*

Davon hatte ich schon gehört. Ich hatte sogar irgendwann einen Film darüber gesehen. Trotzdem fragte ich noch einmal nach.

»Sie leidet unter *was*?«

»Unter einer dissoziativen Identitätsstörung«, wiederholte Tilo geduldig. »Geläufiger ist wohl die Bezeichnung multiple Persönlichkeitsstörung.«

»Mina?« Merle starrte ungläubig von Tilo zu Mina und wieder zurück. »Mina ist eine Multiple?«

Ich ahnte, was in Merle vorging. Über solche Themen las man in der Zeitung. Das Fernsehen berichtete darüber. Man wusste, dass es solche Menschen gab. Aber man begegnete ihnen nicht im normalen Alltag.

Schlagartig fügte sich alles zusammen. Minas Veränderungen. Die extremen Schwankungen in ihrem Verhalten. Ihre Erinnerungslücken.

Mina saß da wie unbeteiligt. Sie schaute auf einen Punkt an der Wand. Ihr Gesicht war schmal und blass. Ich hätte sie gern in die Arme genommen, aber ihr Körper signalisierte Abwehr. Selbst Donna, die um ihren Stuhl strich, beschloss, besser nicht auf ihren Schoß zu springen.

»Das heißt doch, dass sie aus mehreren ... Personen besteht?« Merle betrachtete Mina mit ängstlicher Faszination.

»Teile ihrer Persönlichkeit haben sich abgespalten und gewissermaßen selbstständig gemacht«, erklärte Tilo. »Sie haben sich sozusagen zu eigenständigen Persönlichkeiten entwickelt. In der Fachsprache nennt man sie *Alters*.«

Wir lauschten den Straßengeräuschen, die durchs Fenster drangen. Tilos ungeheuerliche Enthüllung hatte mich verstummen lassen. Mein Mund war so trocken, als hätte ich in Kreide gebissen.

»Diese Persönlichkeiten können nach außen treten und sprechen und handeln. Sie leben in einem gemeinsamen Körper, wissen aber oftmals nichts voneinander.«

Tilo ließ Mina nicht aus den Augen, während er sprach. Möglicherweise dachte er dasselbe wie ich, dass Minas Zurückhaltung nämlich die Ruhe vor dem Sturm sein könnte.

»Und Mina?« Ich warf ihr einen Blick zu, aber sie reagierte noch immer nicht. »Weiß *sie* von diesen ... anderen?«

Tilo nickte. »Von einigen, aber noch längst nicht von allen. Es hat zwei Jahre gedauert, bis wir in der Therapie an diesen Punkt gekommen sind. Und es war ein hartes Stück Arbeit. Mina hat viel geleistet.«

»Aus welchem Grund spaltet sich eine Persönlichkeit denn überhaupt?«, fragte Merle.

Zum ersten Mal wandte Tilo den Blick von Mina ab. Er knetete seine Finger, und mir fiel auf, wie schön seine Hände waren, lang und schmal und gebräunt von der Sonne eines langen Sommers.

»Die Ursachen liegen fast immer in der Kindheit«, sagte er. »Ein Kind hat ein traumatisches Erlebnis, das es nicht bewältigen kann. Oft ist es sexueller Missbrauch. Aber es können auch andere Erlebnisse sein, die es so unter Druck setzen, dass es sich nicht mehr zu helfen weiß. In einer solchen Situation spaltet sich eine Persönlichkeit ab und übernimmt sozusagen die Schmerzen des Kindes. Dadurch bleibt das Kind selbst geschützt.«

»Und wie oft kann das geschehen?«, fragte ich.

»Ich habe von Multiplen gelesen, die mehrere Hundert Persönlichkeiten abgespalten haben«, sagte Tilo. »Mir selbst ist die Patientin eines Kollegen mit über achtzig Abspaltungen bekannt. Das Krankheitsbild ist so unterschiedlich, wie Menschen unterschiedlich sind.«

»Und wer ...« Merle betrachtete Mina beklommen. »Wer ist Mina in diesem ganzen Durcheinander?«

Ein Lächeln huschte über Tilos Gesicht. »In Mina herrscht kein Durcheinander. Ganz im Gegenteil. Die Persönlichkeiten haben strenge Richtlinien, an die sie sich halten. Zumindest diejenigen, die wir mittlerweile kennen. Sie bilden so etwas wie ein System. In der Regel funktioniert dieses System, allerdings nicht immer. Was die Therapie erreichen will, ist ein möglichst reibungsloses Zusammenspiel aller Persönlichkeiten.«

System. Zusammenspiel. Richtlinien. Ich versuchte, mir das vorzustellen. Es gelang mir nicht. Tilo sah mir das wohl an. Er setzte zu einer weiteren Erklärung an.

»Es gibt in diesem System verschiedene Aufgaben, die erledigt werden müssen. Für diese Aufgaben sind jeweils bestimmte Persönlichkeiten zuständig. Jede von ihnen kann gewissermaßen vom Körper Besitz ergreifen und unabhängig von den anderen agieren.«

»Und wo bleibt Mina in dieser Zeit?«, fragte ich.

»In Mina existiert so etwas wie eine innere Welt«, erklärte Tilo. »Dort halten sich die Persönlichkeiten auf, wenn sie nicht *draußen* sind, das heißt, wenn sie sich nicht in unserer Welt bewegen. Im Zentrum dieser inneren Welt befindet sich eine Höhle. Inmitten dieser Höhle, sorgsam geschützt, befindet sich der Kern von Minas Persönlichkeit. Alle *Alters* haben vor allem ein Ziel: diesen Kern vor Schaden zu bewahren.«

Merle hielt den Atem an. Man konnte es förmlich spüren. Sie spähte zu Mina hinüber.

Tilo war ihrem Blick gefolgt. »Minas Körper«, sagte er, »ist quasi die Hülle für das gesamte System.«

»Dann ...«, Merles Stimme versagte, »... dann gibt es Mina eigentlich überhaupt nicht?«

Tilo rieb sich die Augen. Er war müde. Und er wusste, dass er noch viel zu erklären hatte. »Doch. Natürlich gibt es sie. Stellt euch einen funkelnden Diamanten mit unzähligen Facetten vor. So ist Mina.«

»Oder ein zerbrochenes Glas«, sagte Mina und drehte langsam den Kopf. »In tausend Scherben zersprungen.«

Tränen glitzerten in ihren Augen. Ich hätte gern ihren Arm gestreichelt, aber ich wagte es nicht. Ich wusste nicht mehr, wer sie war.

*

Was hatte er inzwischen über Dietmar Kronmeyer erfahren? Bert ging zur Pinnwand und überflog seine Anmerkungen. Es waren viele, aber längst nicht genug, um ihn auch nur einen Schritt weiterzubringen. Der Chef wurde nervös. Er verlangte Tempo. Der Chef und die Praxis, das waren zwei verschiedene Paar Schuhe.

Sicher war, dass Dietmar Kronmeyer wesentlich mehr Feinde als Freunde gehabt hatte. Bert war bisher niemandem begegnet, der sichtbar um diesen Mann getrauert hätte. An der Beisetzung hatten mehrere Hundert Trauergäste teilgenommen, doch Bert hatte keine Träne gesehen, nicht einmal bei der Frau des Toten.

Allerdings schien Marlene Kronmeyer unter Beruhigungsmitteln gestanden zu haben. Sie hatte Berts ausgestreckte Hand ergriffen und benommen durch ihn hindurchgeschaut. Ihre Lippen waren farblos und spröde gewesen, die Gesichtshaut fahl, ihre Augen rot gerändert. Wenn überhaupt, dann war sie die Einzige, die einen Verlust empfand.

Die Tochter der Kronmeyers war nicht aufgetaucht. Sie hatte offenbar sämtliche Spuren vermieden, als sie ihr Zuhause verließ. Bert hatte oft genug erlebt, wie leicht sich Menschen in Luft auflösten. Als hätte jemand einen großen Radiergummi genommen und im Nu ein Leben ausgelöscht. Viele jedoch kehrten irgendwann zurück.

Minas Verschwinden gab Bert Rätsel auf. Was auch immer sie von zu Hause vertrieben haben mochte, die Nachricht vom gewaltsamen Tod ihres Vaters hätte doch eine Reaktion hervorrufen müssen.

Da war es wieder. Das Wort, das diesen Fall mehr als alles andere charakterisierte.

Gewalt.

Minas Kindheit war von Gewalt geprägt gewesen. Von physischer und psychischer Gewalt. Einer Gewalt, die anfangs hauptsächlich hinter verschlossenen Türen und zugezogenen Gardinen verübt worden war. Später hatte die Gewalt auch außerhalb des Hauses Kronmeyer getobt. Mina war vor den Mitgliedern der *Wahren Anbeter Gottes* angeklagt, verurteilt und bestraft worden. Immer und immer wieder.

Bert konnte verstehen, dass das Mädchen aus diesem Leben ausgebrochen war. Er hätte sie gern in Ruhe gelassen, wo immer sie sich gerade befinden mochte. Doch er ermittelte in einem Mordfall und Minas Verschwinden hatte möglicherweise mit dem Tod ihres Vaters zu tun. Bert waren die Fälle nur zu vertraut, in denen jahrelanger, unerträglicher Druck in einer Kurzschlusshandlung explodierte.

Noch war er damit beschäftigt, die Indizien zu sammeln und zu ordnen. Aber wenn Mina sich nicht meldete oder er sie nicht auftrieb, würde er nach ihr fahnden lassen müssen.

Manchmal hatte Bert das Gefühl, auf der falschen Seite zu stehen. Manchmal war es ihm zutiefst zuwider, Teil des Polizeiapparats zu sein. Dann wurde ihm bewusst, welche Macht seinen Kollegen und ihm zur Verfügung stand. Und ihm wurde bang bei der Vorstellung, wie leicht man sie missbrauchen konnte.

Melde dich, Mädchen, dachte er. Räum alle Unklarheiten aus. Doch irgendwo in ihm nagte der Zweifel. Und wenn sie sich gerade deswegen versteckt hielt? Weil sie sich nicht entlasten konnte?

Oder ihr war etwas zugestoßen. Auch diese Möglichkeit musste in Betracht gezogen werden.

Das Telefon klingelte. Bert griff nach dem Hörer.

»Wir sollten noch ein paar Details abklären«, hörte er die übellaunige Stimme des Chefs. »Für Ihren Auftritt heute Abend.«

»Einen schönen guten Tag«, sagte Bert. Vielleicht war selbst einer wie der Chef für höfliche Umgangsformen noch nicht verloren, wenn man ihm nur oft genug vormachte, wie es ging.

Aber das Ohr des Chefs war für solche Feinheiten taub.

»Öffentlichkeit muss man nutzen, das sollten Sie allmählich wissen. Also. In einer halben Stunde in meinem Büro?«

Bert stimmte zähneknirschend zu. Der Chef war immer noch verschnupft, weil der Sender nicht ihn zu der Talkshow eingeladen hatte. Sie hatten ausdrücklich nach Bert verlangt. Das war so ungeheuerlich, dass der Chef es nicht auf sich sitzen lassen konnte. Wenn Bert schon seinen

Auftritt im Fernsehen bekam, dann musste er wenigstens vorher noch ein bisschen zurechtgestutzt werden.

Dabei legte Bert auf öffentliche Auftritte überhaupt keinen Wert. Bei diesem allerdings sah es anders aus. Imke Thalheim würde auch dabei sein. Sein Herz schlug schneller, wenn er an sie dachte, und Bert horchte verwundert in sich hinein. Fing es wieder an? Hatte er das noch immer nicht überwunden?

*

Mina hörte Tilo aufmerksam zu. Wie sehr sie ihn doch um seinen Abstand beneidete. Er hatte sie schon in den verzweifeltsten Situationen erlebt, sie jedoch dabei immer nur von außen betrachtet. Konnte er *wirklich verstehen,* wie sie sich fühlte? Wie es in ihrem Innern aussah?

Er beschrieb die Welt ihrer Gedanken und Empfindungen besser, als Mina es jemals hätte tun können. Übersetzte das, was in Mina vor sich ging, auf eine verständliche Art und Weise. Aber würden Jette und Merle es auch *begreifen* können?

»Mina hat für das System der Persönlichkeiten ein eigenes Wort gefunden«, sagte Tilo. »Sie nennt es *Team*. Ich finde den Begriff passend gewählt, denn in einem Team halten alle zusammen, und genau das ist es, was die verschiedenen Persönlichkeiten tun sollen.«

Was ihnen aber nicht gelingt, dachte Mina. Immer wieder überschreitet einer eine Grenze und die andern kriegen nichts davon mit. Sie schauderte.

Wer von uns hat den Vater ermordet?

»Am besten, ich beschreibe euch einfach mal einige der Persönlichkeiten«, schlug Tilo vor. »Damit ihr wisst, mit wem ihr es zu tun habt. Da ist zunächst die *Gastgeberin*. Das ist die Persönlichkeit, die ihr zuerst kennengelernt habt.«

»Die Mina, die sich im Garten meiner Mutter versteckt hat«, sagte Jette.

»Richtig. Die *Gastgeberin* versucht, den Alltag zu managen. Sie wusste lange nichts von den übrigen Persönlichkeiten und glaubte, sie wäre verrückt. Sie hörte Stimmen in ihrem Kopf. Entdeckte Einträge in ihrem Kalender, die nicht in ihrer eigenen Handschrift geschrieben waren. Sie verließ am Vormittag das Haus, und plötzlich waren zwei Tage vergangen, an die sie nicht den Hauch einer Erinnerung hatte. Sie ist es gewesen, die zu mir kam und mich um Hilfe bat.«

»Ist sie diejenige, die so große Angst hat?«, fragte Merle. »Und die glaubt, ihren Vater ... getötet zu haben?«

»Ja.« Tilo lächelte Mina zu. »Aber Mina hat es nicht getan.«

Mina beobachtete die Gesichter der Mädchen. Sie erkannte den Zweifel, noch bevor Jette und Merle sich seiner bewusst wurden.

»Nein.« Tilos Lächeln vertiefte sich. »Keine der Persönlichkeiten, die sich mir bisher gezeigt haben, würde einen Mord begehen. Ganz sicher nicht.«

Mina merkte, wie ihr die Tränen kamen. Sie drängte sie zurück. Tilo würde eines Besseren belehrt werden. Und dann würde er ihr nicht mehr vertrauen. Dann hätte sie niemanden mehr, der an sie glaubte. Niemanden außer Ben.

Ben, ich vermisse dich. Sollte ich je wieder nach Hause kommen, dann deinetwegen.

Sie hatte lange nicht mehr an ihn gedacht. Die letzten Monate bei den Eltern waren in ihrem Kopf wie ausgelöscht.

»Die *Gastgeberin* ist diejenige Persönlichkeit, der ihr bisher wahrscheinlich am häufigsten begegnet seid«, sagte Tilo. »Aber bestimmt habt ihr auch schon Bekanntschaft mit *Cleo* gemacht.«

»Cleo?«, fragte Jette.

»Die *Kämpferin*.« Tilo hatte sich wieder den Mädchen zugewandt. Er gab sich wirklich Mühe, ihnen das Unbegreifliche verständlich zu machen. »Sie hat vor nichts und niemandem Angst. Cleo setzt durch, was sie durchsetzen will. Widerstände können sie nicht aufhalten. Sie ist körperlich durchtrainiert und seelisch stark. Sie ist intensiv und konzentriert. Cleo beherrscht Tai Chi Chuan, eine alte chinesische Form des

Kampfes, und ich würde keinem raten, sich mit ihr anzulegen.«

Es war seltsam, Tilo so reden zu hören. Als hätte ich selber gar nichts damit zu tun, dachte Mina. Als wär ich die Figur in einem Buch, über das er spricht.

»Ganz anders ist *Clarissa*.« Tilos Stimme wurde weich. »Clarissa ist fünf. Sie lispelt ein bisschen und ist voller Angst. Sie hat eine große Begabung fürs Zeichnen und malt wunderschöne Bilder. Wenn sie groß ist, will sie ganz viele Katzen haben und mit ihnen auf einem Bauernhof leben. Clarissa liebt Katzen. Sie hat auch mal eine gehabt, doch die ist gestorben. Sie hat das noch immer nicht verwunden.«

Mina spürte Traurigkeit in sich aufsteigen. Eine Traurigkeit, die sie jedes Mal beim Anblick einer Katze überfiel oder in Situationen, in denen von Katzen die Rede war. Sie blickte zum Fenster. Der Himmel hatte sich bezogen. Seltsamerweise freute sie sich darüber. Sie hätte das Sonnenlicht jetzt nicht ertragen.

»Dann gibt es *Marius*, den *Unerschrockenen*, einen fünfzehnjährigen Jungen, der ...«

»Ein Junge?« Merle zupfte an ihren Stirnfransen. Sie war so aufgeregt, dass sie die Hände nicht ruhig halten konnte. »Die Persönlichkeiten können männlich sein?«

»Oh ja. Und sie können uralt sein und ganz jung. Sie können unterschiedliche Religionen haben und in unterschiedlichen Sprachen sprechen. Sie können sich sogar in einem völlig unterschiedlichen Gesundheitszustand befinden. Die eine Persönlichkeit kann allergisch reagieren, die andere nicht, die eine leidet unter Migräne, die andere hat nie Kopfschmerzen gehabt.«

Die Mädchen hatten Mühe, Tilos Worte zu verarbeiten. Mina verstand das gut. Sie waren von den Informationen ja förmlich überrumpelt worden. Sie wollte Tilo unterbrechen, aber er redete schon weiter.

»Marius lässt anscheinend keinen an sich heran. Er braucht die Distanz. Und er nimmt sie sich. Vorschriften akzeptiert er nicht. Gegen Verbote rebelliert er. Ich kenne Marius erst seit ein paar Tagen und weiß noch nicht mehr über ihn. Allerdings hat er mir unmissverständlich klargemacht, dass er Therapien misstraut und jeden Psychologen am liebsten zum Teufel jagen würde. Er möchte nicht geduzt werden und kann ganz schön ruppig sein.«

Tilo würde schon noch erfahren, dass Marius zwei Seiten hatte. Eine war rau und bitter, die andere verletzlich und zart. Mina mochte diesen Jungen. Er war immer ehrlich und geradeheraus und machte einem nichts vor. Bis vor Kurzem hatte er keine Lust gehabt, nach *draußen* zu gehen. Aber seit sich alles so zugespitzt hatte, war das *Team* in Unordnung geraten. Nichts war mehr wie zuvor.

»Wir wissen noch nicht, wie viele Persönlichkeiten es insgesamt gibt, und vielleicht werden wir die genaue Anzahl nie erfahren. Aber wir wissen, dass in der Höhle, die ich bereits erwähnt habe, eine ganze Reihe kindlicher Persönlichkeiten schlafen. *Soraya*, die *Wächterin*, hat die Aufgabe, sie zu beschützen, ihren Schlaf zu bewachen und sie zu beruhigen, wenn sie schlecht träumen.«

Mina wurde ganz warm ums Herz, als sie an Soraya dachte. Und an die Kleinen. Manchmal wünschte sie, sie könnte sich für immer bei ihnen verkriechen. Aber das ging nicht. Sie hatte *draußen* ihre Aufgaben, die sie erfüllen musste.

»Es gibt *Carlos*, den *Türsteher*. Er bestimmt, wer wann *hinaus*darf, damit es zu möglichst wenig Überlappungen kommt.«

»Überlappungen?«, fragte Merle.

»Den Wechsel zwischen den Persönlichkeiten nennt man in der Fachsprache *Switch*. Wenn das zu oft und zu schnell aufeinander erfolgt, entsteht für die Persönlichkeiten ein starker Stress. Sie brauchen Zeit, um sich auf die jeweils neue Situation einzustellen.«

Jette rieb sich die Augen. Es wurde allmählich zu viel für sie. Aber Tilo war noch nicht fertig.

»Und schließlich gibt es den *Scherbensammler*, eine besonders wichtige Persönlichkeit. Er verfügt über ein phänomenales Wissen und hat ein fotografisches Gedächtnis. Das heißt, er erinnert sich an alles, was er je gesehen hat. Er sammelt die Scherben von Minas Erfahrungen und entscheidet, wie viel davon ihr zugemutet werden darf.«

Die Mädchen runzelten fragend die Stirn.

»Die Persönlichkeiten spalten sich ja ab, weil Mina traumatische Erlebnisse nicht bewältigen konnte. In der Therapie muss sie sich diesen Erfahrungen wieder nähern. Aber das geht nur ganz langsam und Schritt für Schritt. Der *Scherbensammler* achtet darauf, dass Mina nicht überfordert wird. Er ist es übrigens auch, der dafür sorgt, dass das gesamte *Team* funktioniert.«

Tilo verschränkte die Hände auf den Knien. Er wartete auf die Reaktion der Mädchen. Die saßen da wie betäubt. Mina versuchte ein Lächeln, aber ihr Gesicht war wie gefroren.

»Wenn es die *Gastgeberin* ist, die hauptsächlich mit uns lebt«, sagte Jette schließlich zögernd, »wenn sie aber auch nur *eine* der Persönlichkeiten ist ...« Sie brach ab und schüttelte verwirrt den Kopf.

»Und wenn der Kern von Minas Persönlichkeit in dieser Höhle schläft«, setzte Merle den Gedankengang fort, »mit welchem Namen sollen wir ...?« Sie richtete den Blick auf Mina. »Dich ... ich meine, was sollen wir zu dir sagen?«

»Nennt mich Mina«, sagte Mina. »Wie ihr es immer getan habt.«

»Ich würde gern bleiben.« Tilo sah auf die Uhr. »Aber ich habe gleich einen Termin und muss los.«

Er ging und ließ sie in einem Schweigen zurück, das keine von ihnen zu durchbrechen wagte.

10

Imke hasste es, vor einem Fernsehauftritt geschminkt zu werden. Zu viel Make-up, zu viel Lidschatten und viel zu viel Puder. Aber sie wusste, dass es notwendig war. Was im Spiegel übertrieben und geschmacklos aussah, wirkte auf dem Bildschirm dezent und attraktiv. Also ergab sie sich geduldig in ihr Schicksal und überließ sich mit geschlossenen Augen den kundigen Händen der Maskenbildnerin, einer jungen Frau Ende zwanzig, die in kürzester Zeit den gesammelten Klatsch der Szene vor ihr ausbreitete.

Dabei erwartete sie keine Antwort von Imke. Ein gelegentliches »*Ach*« reichte ihr schon aus und eine kurze Zwischenfrage machte sie geradezu glücklich. Imke tat ihr den Gefallen, doch nach einer Weile hörte sie nur noch die Worte, ohne auf ihren Sinn zu achten.

Vor ihrem Aufbruch hatte sie mit Jette telefoniert und gefunden, dass die Stimme ihrer Tochter sonderbar klang. Sie hatte sich gefragt, ob Jette wieder in Schwierigkeiten steckte, hatte das aber nicht geäußert. Jette reagierte in letzter Zeit allergisch auf mütterliche Besorgnis und witterte in allem eine Bevormundung.

Seit Tilo in der Mühle ein und aus ging, hatte Imke sich ein bisschen mehr von ihrer Tochter gelöst. Sie rief sie seltener an, und es gab Tage, an denen es ihr gelang, bis zum Abend nicht an sie zu denken. Das schenkte ihr ein Gefühl von … Unabhängigkeit, das sie mitunter sogar genießen konnte.

Hatte ihre neuerliche Besorgnis damit zu tun, dass Tilo in letzter Zeit so viel arbeitete? War sie vielleicht eines dieser Muttertiere, die nicht glücklich sein konnten, wenn sie niemanden zum Verhätscheln hatten?

Fast hätte sie energisch den Kopf geschüttelt. Sie öffnete die Augen einen kleinen Spalt. Die Maskenbildnerin stand über sie gebeugt. Imke konnte feststellen, dass die junge Frau selbst, bis auf Wimperntusche und Lippenstift, ungeschminkt war. Das ist so, als würde eine Frau im achten Monat die Beratungsgespräche in einer Klinik für Schwangerschaftsabbrüche führen, dachte Imke und empfand jetzt schon ein Unbehagen, wenn sie an den ersten Blick in den Spiegel dachte.

Der fiel dann tatsächlich furchtbar aus. Erschrocken starrte Imke sich an. Eine dicke Schicht von Make-up und Puder bedeckte ihr Gesicht. Wie eine Maske aus porösem Stein.

»Zufrieden?« Die Maskenbildnerin bewegte

den Handspiegel hinter Imke auf und ab. Sie hatte sie auch frisiert und wartete lächelnd auf ein Lob.

Imke traute sich nicht, den Mund aufzumachen. Vielleicht würde diese Schicht bei der kleinsten Mimik abbröckeln. Wie in einem Horrorfilm. Und darunter käme nicht Imkes Haut zum Vorschein, sondern ein Loch, durch das man hindurchschauen könnte.

»Grässlich«, rutschte es ihr heraus.

Die Maskenbildnerin hörte nicht auf zu lächeln. »Das geht allen so«, sagte sie unbeeindruckt. »Aber im Fernsehen kommt das richtig gut, glauben Sie mir.«

Etwas anderes blieb Imke ja auch nicht übrig. Trotzdem war ihr unbehaglich zumute. Es grauste ihr davor, den anderen so gegenüberzutreten. Sie hoffte inständig, dass Bert Melzig verhindert sein würde.

Einige Minuten blieben ihr noch, dann holte ein freundlicher junger Mann mit einem Klemmbrett unterm Arm sie ab und führte sie ins Studio, wo bereits alle versammelt waren. Imkes Herz klopfte unvernünftig schnell, als ihr Blick suchend über die Runde glitt.

Die Moderatorin begrüßte sie und stellte sie den übrigen Gästen vor. Imke registrierte erleichtert, dass alle aussahen wie sie, keinen Tag jünger als hundert. Und dann umschloss der Kommissar ihre Hand mit seiner. Die Schminke schien ihn nicht abzuschrecken und auch Imke nahm sein zugekleistertes Gesicht nur beiläufig wahr. Sie schaute direkt in seine Augen. Und dann rasch wieder weg.

Sie saßen nicht nebeneinander, dennoch war sie sich seiner Nähe bewusst. Neben ihr palaverte der Priester über Ethik und Moral. Die Psychologin demonstrierte Gelassenheit. Der Journalist hörte müde zu. Der seit zwei Monaten wieder in Freiheit lebende Mörder erweckte den Eindruck, als würde ihn all das hier absolut nicht interessieren. Der Schauspieler zündete sich mit gelb verfärbten Fingern eine Zigarette an.

Imkes Blick kehrte immer wieder zu den Eltern des ermordeten Mädchens zurück. Sie saßen da wie betäubt. Dabei war ihre Tochter schon seit über zehn Jahren tot. Imke spürte ein Frösteln. Sie wusste, auch sie würde niemals darüber hinwegkommen, wenn Jette etwas zustieße.

Die Moderatorin verstand es nicht, eine Diskussion in Gang zu bringen. Sie unterbrach jeden Gedanken, noch bevor er ausformuliert worden war. Deshalb blieb es bei Andeutungen und Behauptungen.

Imke war sich mit einem Mal nicht mehr sicher, ob sie es verantworten konnte, in einer Welt der Verbrechen Krimis zu schreiben. Sollte Literatur nicht ein Gegengewicht bieten? Sie hörte die Sätze, die gesagt wurden, wie losgelöst von der Situation und fragte sich, was sie hier eigentlich zu suchen hatte.

Das Verbrechen ist die Antwort auf ein sinnleeres Sein.

Es ist einfach über mich gekommen. Ich konnte mich nicht dagegen wehren.

Der Strafvollzug bessert einen Menschen nicht.

Sie hatte nichts anderes erwartet. Trotzdem war sie enttäuscht. Ihr war zum Heulen zumute, und sie hatte keine Ahnung, warum. Sie war ein vom Glück begünstigter Mensch und kam mit dem Leben nicht zurecht. Die kleinste Irritation konnte sie aus dem Gleichgewicht bringen.

Weil ich zweimal hintereinander beinah mein Kind verloren hätte, sagte sie sich. Weil ich jedes Mal am Rand eines Nervenzusammenbruchs gestanden habe. Und weil das Leben eben alles andere ist als einfach, fügte sie trotzig hinzu.

»Frau Thalheim?«

Sie hatte den Faden verloren, wusste nicht, worum es gerade ging. Alle Gesichter waren ihr zugewandt. Und das vor laufenden Kameras. Live.

»Entschuldigung«, sagte sie offen. »Ich habe Ihre Frage nicht verstanden.«

Während die Moderatorin die Frage wiederholte, begegnete Imkes Blick dem von Bert Melzig. Sie las Respekt in seinen Augen. Und eine

Spur von Belustigung. Und noch etwas anderes, das sie nicht darin lesen wollte.

»Das Schreiben ist für mich von Anfang an auch Überlebensstrategie gewesen«, sagte sie. »Es lässt mich die Wirklichkeit ertragen.«

Was ist *deine* Strategie?, dachte sie und betrachtete sein Gesicht, dessen Falten sich durch die Sommerbräune vertieft hatten. Wie hältst du aus, womit du dich tagtäglich auseinandersetzen musst?

Ihr fiel ein, dass Tilo ihr versprochen hatte, sich zu Hause die Talkshow anzuschauen. Unwillkürlich senkte sie den Blick. Und fragte sich, warum sie sich schuldig fühlte.

*

Klasse sah sie aus. Tilo hatte sich noch immer nicht daran gewöhnt, dass Imke eine Persönlichkeit des öffentlichen Lebens war. Dass er ihre Stimme im Radio hörte, bei der Zeitungslektüre auf ihr Foto stieß und im Bus, in der Bahn oder in Cafés Leuten begegnete, die in die Lektüre ihrer Bücher versunken waren. Und jetzt betrachtete er sie auf dem Bildschirm.

Tilo war kein Fan von Talkshows. Er interessierte sich nicht für sogenannte Prominente und erst recht nicht für ihre Filme, Bücher oder CDs, für die sie ungehindert Werbung machen durften. Es gefiel ihm, dass Imke nicht ein einziges Mal auf einen ihrer Romane verwies.

Sie schien sich nicht wohlzufühlen in der Runde, war überraschend still. Als ginge sie das ganze Thema überhaupt nichts an. Als sie sich von ihm verabschiedet hatte, war sie ungewöhnlich nervös gewesen. Sie hatte sogar noch einmal zurückkommen müssen, weil sie ihre Handtasche vergessen hatte.

»Es wird sicher spät«, hatte sie gesagt. »Warte nicht auf mich. Meistens geht man anschließend noch zusammen essen.«

Ihm war das recht. Er hatte viel zu tun. Vor allem wollte er heute Abend das Protokoll der letzten Sitzung mit Mina ausarbeiten. Es war der erste Fall von dissoziativer Identitätsstörung, mit dem er in Berührung gekommen war. Eigentlich hätte er Mina lieber zu einem Kollegen geschickt, der Erfahrung mit diesem Phänomen hatte. Doch Mina hatte sich mit Händen und Füßen dagegen gesträubt.

»Ich fasse nicht so leicht Vertrauen zu fremden Menschen«, hatte sie gesagt. »Bitte behalten Sie mich!«

Er hatte versucht, sie umzustimmen, aber sie war bei ihrer Weigerung geblieben. Schließlich hatte sie ihn vor die Wahl gestellt: Therapie bei ihm oder überhaupt keine Therapie.

Tilo war sich der enormen Verantwortung bewusst, die er übernommen hatte. Er bereitete sich gründlichst auf die Sitzungen vor, fertigte ausführliche Protokolle an, beschäftigte sich in jeder freien Minute mit Literatur zu der Materie.

Und dann war er doch an seine Grenzen gestoßen – er hatte die notwendige Trennung zwischen Beruf und Privatleben nicht eingehalten.

Mina war durch den Tod ihres Vaters so in Panik geraten, dass er unbedingt weiter mit ihr arbeiten musste. Sie war jedoch zurzeit nicht in der Lage, ihn in seiner Praxis aufzusuchen. So hatte es sich ergeben, dass er sie in Jettes und Merles Wohnung therapierte.

Jette hatte ihm das Versprechen abgenommen, ihrer Mutter nichts davon zu erzählen. »Du weißt, dass sie immer gleich überreagiert«, hatte sie gesagt. »Sie muss nicht wissen, dass ein Mädchen bei uns wohnt, das eine …«

Keiner von ihnen sprach es aus. Allein das Wort war ungeheuerlich. *Mörderin.*

Tilo war von Minas Unschuld überzeugt. Sein Unterbewusstsein jedoch schien anderer Meinung zu sein. In seinen Träumen trug Mina die blutbefleckten Kleider, in denen Jette sie gefunden hatte.

Die Sitzungen waren belastend für alle Seiten. Das *Team* stand unter Schock. Die Persönlichkeiten, die begonnen hatten, sich allmählich zu stabilisieren, hatten den Boden unter den Füßen verloren. Sie reagierten mit Misstrauen und verhielten sich aggressiv.

Tilo hatte sich vorgenommen, so bald wie

möglich wieder für normale Verhältnisse zu sorgen. Er brauchte die Praxisräume. Ruth. Seine Unterlagen. Es kostete ihn immens viel Zeit, ständig hin und her zu hetzen. Doch bis es so weit war, würde er das Geheimnis wahren. Und Imke nur mit Mühe in die Augen sehen können.

Er fragte sich, wann die Polizei beginnen würde, sich für Mina zu interessieren. Bestimmt machte ihr Verschwinden sie allmählich verdächtig. Er fragte sich auch, was er dann tun sollte. Mina von der Notwendigkeit überzeugen, sich zu melden?

Er konzentrierte sich wieder auf das Fernsehen. Bert Melzig in Großaufnahme. Tilo musterte ihn nachdenklich. Es war das dritte Mal, dass der Zufall ihn mit diesem Mann zusammenführte. Ein Lächeln lag auf dem Gesicht des Kommissars. Und fast so etwas wie Zärtlichkeit. Im nächsten Moment war beides verflogen.

Das Gespräch war oberflächlich und seicht. Tilo merkte, dass ihm die Lider schwer wurden. Eine Weile kämpfte er gegen die Müdigkeit an, dann sank ihm das Kinn auf die Brust und er schlief ein.

Im Traum lächelte das Gesicht des Kommissars von einer riesigen Plakatwand auf ihn herab. Ein Gewitter braute sich am Himmel zusammen. Und dann fielen die ersten Tropfen. Das Gesicht des Kommissars blieb unversehrt, nur sein Mund wellte sich, weichte auf und das Lächeln verschwand.

*

Sie saßen in der Küche und aßen Pizza, die Claudio großzügig spendiert hatte. Manchmal war er einfach ein Schatz. Dann wusste Merle wieder, warum sie mit ihm zusammen war. Dann verflüchtigte sich alles, was zwischen ihnen stand, und übrig blieb eine Zärtlichkeit, so intensiv, dass sie wehtat.

Die Küche duftete nach geschmolzenem Käse und Oregano. Im Hintergrund lief leise Musik, auf die niemand achtete. Sie aßen und tranken und unterhielten sich über alles Mögliche, nur nicht über das, was ihnen auf der Seele lag.

Nach dem Essen tranken sie einen Espresso und verfielen in Schweigen.

»Redet mit mir«, sagte Mina nach einer Weile. »Ich bin kein Tier mit zwei Köpfen, das man auf dem Jahrmarkt ausgestellt hat.«

Jette zuckte zusammen. Merle suchte krampfhaft nach Worten.

»Aber bestimmt fühlst du dich manchmal so.«

Mina nickte. »Ich wusste immer schon, dass ich anders bin. Auch die Eltern haben es gewusst. Es war aber nicht erlaubt, anders zu sein. Sie haben alles versucht, um mich in die Gemeinschaft einzuordnen.«

»Die *Wahren Anbeter Gottes*«, murmelte Jette.

»Es ging aber nicht.« Mina kämpfte mit Tränen. »Ich war nicht gut genug.«

»So ein Quatsch!« Merle musste sich zusammenreißen, um nicht selbst loszuheulen. »Du bist total in Ordnung. Was haben die dir bloß eingeredet?«

Gedanken an ihre eigenen Eltern kamen in ihr hoch und schnürten ihr die Kehle zu. Sie war nie die Tochter gewesen, die ihre Eltern sich gewünscht hatten. Nicht hübsch genug, nicht klug genug, nicht angepasst genug. Merle war in ihre heile, saubere Welt geplumpst wie ein Feldstein, zu klobig, um ihn stolz präsentieren zu können.

»Ich glaube, du warst besser als sie«, sagte Jette bestimmt, und Merle wusste, damit war nicht nur Mina gemeint.

Mina senkte den Kopf. Als sie wieder aufblickte, hatte sie die Lippen verächtlich verzogen.

»Worauf du dich verlassen kannst! Diese Idioten hab ich doch locker in die Tasche gesteckt! Allesamt!«

Merle horchte auf. Forschend betrachtete sie Mina.

»Hast du dir alles eingeprägt?« Ein spöttisches Grinsen. »Gefällt dir, was du siehst?«

»Wer bist du?«, fragte Merle leise.

»Ooooh! Wie enttäuschend! Ich dachte, nach

Tilos fachkundiger Einführung in die Welt der Multiplen wüsstest du das.«

Es musste Marius sein. Das Gesicht wirkte schmaler, das Kinn kantiger. Und da war etwas in den Augen, das Merle bei Mina noch nie entdeckt hatte. Ein Ausdruck von … Auflehnung und … Widerstand.

»Hallo, Marius«, sagte Jette da auch schon.

»Bingo!« Marius reichte Jette mit übertriebener Geste die Hand. Dann Merle. »Nett, euch kennenzulernen.« Er lehnte sich zurück und streckte die Beine aus.

Merle war selten um eine Antwort verlegen, doch jetzt wusste sie nicht, was sie erwidern sollte.

»Ich stell mir das schwer vor, in so einer religiösen Gemeinschaft aufzuwachsen«, kam Jette ihr zuvor.

»Ein Zuckerschlecken war es nicht. Aber ich hab's überlebt.« Marius schnupperte an der Tasse, die vor ihm stand, und schob sie dann angewidert beiseite. »Ich hasse Espresso. Gibt's hier auch was Vernünftiges zu trinken?«

Mina dagegen liebte Espresso. Sie war beinah süchtig danach.

»Wir haben Wasser, Saft, Milch … am besten, du guckst im Kühlschrank nach.« Jette gab sich bewundernswert natürlich. Als sei dies eine völlig normale Situation.

Marius stand auf und trottete zum Kühlschrank. Er bewegte sich schlaksig und so, als sei alles an ihm zu groß geraten, als seien ihm die Arme und Beine im Weg. Mit einer Dose Cola, ebenfalls von Claudio spendiert, kam er zurück. Er öffnete sie und trank, den Kopf weit zurückgelegt.

Fasziniert betrachtete Merle seinen kräftigen Hals und beobachtete, wie Marius die Dose auf den Tisch stellte und sich mit dem Handrücken den Mund abwischte.

»Die Leute behandeln dich wie den letzten Dreck«, sagte er. »Wenn du es ihnen erlaubst. Aber an mir beißen sie sich die Zähne aus. Ich lass mich nicht unterkriegen. Das hab ich mir irgendwann geschworen.«

»Nicht alle sind so«, wagte Merle sich vor.

»Nee, manche sind auch wie ihr. Gutmütig, freundlich und hilfsbereit.« Marius schniefte abschätzig. »Was erwartet ihr dafür? Einen Logenplatz im Himmel? Den ewigen Seelenfrieden? Oder was?«

»Nichts«, sagte Merle. »Wir mögen Mina einfach. Das ist alles.«

Jette nickte. »Dich würden wir auch gern kennenlernen.«

»Das gibt's nicht.« Marius hatte die Dose leer getrunken und zerdrückte sie in der Hand. »Keiner ist einfach nur gut. Jeder hat seine Macken.«

»Du glaubst, wir hätten Mina das Zimmer hier nur angeboten, weil wir gute Menschen wären?« Merle schüttelte den Kopf. »Wirken wir denn so ...«

»... bigott?«, half Jette aus.

Marius runzelte die Stirn. »Bigott?«

Merle wusste mit dem Wort ebenso wenig anzufangen.

»Das bedeutet frömmlerisch«, erklärte Jette. »Oder scheinheilig.« Sie hob kokett die Schultern. »Wisst ihr, ein bisschen Bildung kann wirklich nichts schaden.«

Marius fing an zu lachen. Unbekümmert, ansteckend und laut. Zögernd fiel Merle ein.

»Jetzt habt ihr Donna und Julchen erschreckt.« Jette zeigte grinsend auf das Sofa, unter dem die Spitzen zweier Katzenschwänze hervorlugten.

»Tschuldigung!« Marius konnte kaum sprechen. »Ich hab nur so lange nicht mehr richtig gelacht.« Er hielt sich die Seite. Tränen liefen ihm über die Wangen. Und weil Mina sich am Morgen geschminkt hatte, löste die Wimperntusche sich auf und malte ein groteskes Muster auf seine Haut.

Merle holte einen ölgetränkten Wattebausch aus dem Badezimmer und drückte ihn Marius in die Hand.

Er beruhigte sich allmählich und starrte dann verblüfft auf den Wattebausch hinunter.

»Deine Augen«, sagte Merle.

Da erst begriff er und benutzte ihn. So ungeschickt, als habe er das noch nie gemacht. Und wahrscheinlich stimmt das auch, dachte Merle. Erst in diesem Moment wurde ihr bewusst, wie unheimlich ihr zumute war.

*

Sie hatten die andern abgehängt und waren allein losgezogen. Jetzt saßen sie sich in einem italienischen Restaurant gegenüber, umgeben von Menschen, Essensdüften und Stimmengewirr. Ab und zu klang ein Lachen zu ihnen herüber und manchmal lachten sie selbst.

»Schön, dass wir uns wieder begegnet sind«, sagte Bert.

Imke strahlte ihn an. Sie sah hinreißend aus. Der Sommer hatte sich ihr aufs Haar gelegt und auf die Haut. Das Kerzenlicht ließ ihre Augen leuchten. Bert konnte sich nicht erinnern, wann er sich das letzte Mal in der Gegenwart eines anderen Menschen so wohlgefühlt hatte.

»Ruhe ist in mein Leben eingekehrt«, sagte Imke. »Endlich. Ich hatte schon gar nicht mehr darauf zu hoffen gewagt.« Sie erzählte von Jette und Merle, von Ilka und Mike. »Sie haben sich alle ein Jahr Zeit genommen, um zu erkunden, in welche Richtung sie gehen wollen.«

»Gefällt mir.« Bert sah die jungen Leute lebhaft vor sich. »Ich wollte, ich hätte auch diese Möglichkeit gehabt. Vielleicht wäre dann alles anders geworden.«

Erstaunt hörte er sich zu. Was redete er denn da? War er nicht zufrieden mit seinem Leben? Seinem Beruf? Zufrieden ja, dachte er. Aber eben nur das. Doch sollte nicht jeder Mensch glücklich sein?

Er hatte vergessen, wie gut Imke zuhören konnte. Und wie leicht sie ihm die Zunge löste. Er verspürte das Bedürfnis, sich ihr rückhaltlos anzuvertrauen. Auch das hatte er lange nicht mehr empfunden.

»Was würden Sie gern tun?«, fragte sie.

Was er gern tun würde? Ihre Hand nehmen und streicheln und nie mehr loslassen. An ihrem Ohrläppchen knabbern und den Duft ihres Haars einatmen. Jeden einzelnen ihrer Finger mit den Lippen berühren.

»Mit Ihnen anstoßen«, wich er aus und hob sein Glas.

Über den Rand der Gläser hinweg sahen sie sich in die Augen.

»Seltsam, dass unsere Wege sich schon wieder kreuzen«, sagte sie. »Ich meine damit nicht nur die Talkshow. Ich denke auch an die Tochter dieses Toten aus der alten Fabrik.«

»Mina Kronmeyer?«

»Ja. Sie ist eine Patientin meines ... Lebensgefährten.«

Bert hatte das kurze Zögern wahrgenommen. Eine wilde Freude durchzuckte ihn. Dann rief er sich ins Gedächtnis, dass Tilo Baumgart ein sympathischer, kompetenter Mensch war, den er im Grunde seines Herzens mochte. Und womöglich hatte das Zögern auch gar nichts zu bedeuten.

»Oh.« Erschrocken hielt sie sich den Mund zu. »Wahrscheinlich hätte ich Ihnen das gar nicht sagen dürfen.«

»Ich wusste bereits davon.«

Imke lächelte erleichtert. Er sollte besser das Thema wechseln, damit er sie nicht dazu verführte, das Vertrauen ihres Freundes tatsächlich zu missbrauchen. Doch es gelang ihm nicht.

»Das Mädchen ist verschwunden«, sagte er. »Schon seit einigen Wochen. Sie ist nicht einmal zur Beerdigung ihres Vaters gekommen.«

Imke wurde rot. Sie malte mit der Kuppe des Zeigefingers ein unsichtbares Muster auf die Tischdecke. »Haben Sie denn schon eine heiße Spur in diesem Mordfall?«

Bert bemerkte ihr Ausweichmanöver. Er respektierte ihre Verschwiegenheit. »Noch nicht. Diese *Wahren Anbeter Gottes*, wie sie sich nennen, sind eine verschworene Gemeinschaft. Da hackt keine Krähe der andern ein Auge aus.«

»Sie mögen die Frommen nicht?« Imke schmunzelte.

»Ich mag die Frömmler nicht.« Nachdenklich nippte er an seinem Wein. »Und die allzu Frommen. Die bereiten mir, wenn ich ehrlich sein darf, höllisches Unbehagen.«

»Ein hübsches Bild!« Sie lachte.

Berts Gedanken wanderten davon. Er hatte ohnehin vor, Tilo Baumgart anzurufen, um einen Termin mit ihm auszumachen. Oder – nein. Er würde besser unerwartet bei ihm auftauchen. Die Menschen waren gesprächiger, wenn man sie überrumpelte.

Auch ihre Wege kreuzten sich wieder. Und der Grund dafür gefiel Bert ganz und gar nicht.

11

Wie ging man mit so etwas um? Ich sah dasselbe Mädchen vor mir, wusste aber jetzt, dass dieses Mädchen nur eine – wie Tilo es ausgedrückt hatte – Facette der Gesamtpersönlichkeit Mina war. Eine andere Facette war Cleo, vor der ich mich seit unserer ersten nächtlichen Begegnung fürchtete. Das machte meine Gefühle für Mina kompliziert. Marius hatte ich ins Herz geschlossen und auch die kleine Clarissa hatte sich inzwischen darin eingenistet, aber auf ein weiteres Treffen mit Cleo war ich nicht scharf.

»Du kannst sie nicht ausklammern«, hatte Merle mir vorgeworfen. »Sie gehört ebenso zu Mina wie die andern auch.«

Sie hatte recht, aber alles in mir sträubte sich dagegen, Cleo einen Platz in meinem Leben einzuräumen. Sie war hart und kalt und hatte mir wehgetan.

Manchmal erzählte ich Frau Sternberg von Mina. Frau Sternberg hörte mir zu, drehte sich um und hatte jedes Wort wieder vergessen. Doch während sie zuhörte, zeigte sie Verständnis und Mitgefühl, und mehr wollte ich nicht.

Mit wem hätte ich sonst darüber reden können? Mit meiner Mutter, die sofort wieder eine Katastrophe gewittert hätte? Mit meiner Großmutter, die ich damit in einen Loyalitätskonflikt gestürzt hätte? Nein. Da war es schon besser, Frau Sternberg ins Vertrauen zu ziehen.

»Ach je, Kindchen«, sagte sie. »Ach je.«

Ich konnte nicht feststellen, wie viel sie von dem verstand, was ich ihr erzählte. Oft kam sie Tage später auf etwas zurück, worüber ich gesprochen hatte. Als hätte es sich in einem Winkel ihres Kopfs festgesetzt und nachgewirkt. In solchen Augenblicken war sie völlig klar. Dann sah sie mich anders an, ihre Körperhaltung veränderte sich und sie wirkte selbstbewusst und stark.

Der Mord an Minas Vater verschwand nicht aus den Schlagzeilen. Offenbar ermittelte die Polizei nun auch wegen Korruption. Bis in die oberen Schichten der Gesellschaft hinein. Man fragte sich, ob der Mord an Minas Vater eine Folge von Bestechung und Erpressung war.

Merle und ich klammerten uns an diese Möglichkeit. Wir waren bereit, an alles zu glauben, was Mina entlastete. Doch es gelang uns nicht ganz. Unsere Vergangenheit holte uns wieder ein. Und mit ihr die Angst.

Mina spürte das, und wir vertrauten ihr an, was damals geschehen war. Es tat noch immer weh, an Caro zu denken. Und an meine große Liebe, die mich fast das Leben gekostet hätte.

So wie Ilka an ihrer ersten Liebe beinahe gestorben wäre.

An einem Nachmittag hatten wir uns gemeinsam eine Aufzeichnung der Talkshow angeschaut, in der meine Mutter aufgetreten war.

Mina hatte wie gebannt vor dem Fernseher gesessen. »Das also ist deine Mutter.« Nachdem sie die Bücher meiner Mutter in meinem Regal entdeckt und die ersten beiden gelesen hatte, war sie zu einem Fan geworden. »Du bist ihr überhaupt nicht ähnlich.«

Lange Zeit hatte ich sein wollen wie meine attraktive, erfolgreiche Mutter. Heute war ich froh, nicht zu sein wie sie. Ich hatte andere Gedanken, andere Gefühle und mit meinem Leben etwas ganz anderes vor, wenn ich auch noch nicht wusste, was.

Es war eigenartig, den Kommissar wieder zu sehen, der mir zweimal das Leben gerettet hatte. Wir hatten auf unterschiedlichen Seiten gestanden, aber im richtigen Moment war er zur Stelle gewesen. Dafür würde ich ihm ewig dankbar sein.

»Er sucht nach mir«, sagte Mina.

»Der Kommissar?«, fragte Merle leichthin. »Warum sollte er?«

Mina senkte den Kopf. Ihre Augenlider flatterten. Als sie sich wieder aufrichtete, wusste ich, dass Cleo gekommen war.

»Weil es logisch ist. Unser Verschwinden hat uns verdächtig gemacht.«

Anfangs hatte es Merle und mich verwirrt, wenn Mina von sich selbst im Plural sprach. Gewöhnt hatten wir uns noch immer nicht daran. Sie tat es nur dann und wann, vielleicht weil nicht alle Persönlichkeiten bereit waren, sich als Teil eines Ganzen zu betrachten.

»Der Vater ist ermordet worden und die Tochter ist nicht auffindbar. Klar, dass die Polizei versuchen muss, sie herbeizuschaffen.«

Cleo ließ sich vom Sofa auf den Boden gleiten und nahm den Lotus-Sitz ein. Aufrecht und konzentriert verfolgte sie das Gespräch der Talkrunde.

»Findest du das so spannend?«, fragte Merle, die anfing, sich zu langweilen.

»Man muss seine Gegner studieren.« Cleo ließ den Bildschirm nicht aus den Augen. »Nur dann wird man mit ihnen fertig.«

»Ich glaube nicht, dass der Kommissar dein Gegner ist«, sagte ich vorsichtig. »Er versucht doch bloß, die Wahrheit herauszufinden.«

»Er ist ein Bulle. Oder etwa nicht?« Cleos Ton war scharf geworden und duldete keinen Widerspruch. »Aber ich bin ihm gewachsen.«

Ich hatte keine Lust mehr auf die Talkshow, stand auf und ging in mein Zimmer. Ich setzte mich auf das Bett und sah zum Fenster. Und hoffte inständig, ich würde mich niemals mit Cleo anlegen müssen.

*

Bert hatte Brote und Obst ins Büro mitgenommen, doch gegen Mittag überfiel ihn der Heißhunger auf etwas Warmes. Etwas Gutes, das er in der Kantine nicht bekommen würde. Er beschloss, bei Marcello zu essen.

Der zwanzigminütige Fußmarsch brachte ihm all die Muskeln in Erinnerung, die er längst vergessen hatte. Er ließ ihn schnaufen wie einen alten Mann. Irgendwo im Keller gammelte sein Fahrrad vor sich hin. Gleich am Abend würde er es sich vornehmen, um es wieder flottzumachen.

Die Pizzeria erstrahlte seit ihrer Renovierung in neuem Glanz. Marcello und seine Familie hatten ganze Arbeit geleistet. Auch der Hof war kaum wiederzuerkennen. Er war gepflastert und mit neuen Möbeln bestückt worden. Vier große gelbe Sonnenschirme spannten sich über den Holztischen. An der weiß getünchten Mauer leuchteten die roten Köpfe einer Kletterrose. Die Blüten der Klematis waren bereits vergangen.

Das spätsommerliche Licht lag träge und schwer auf den Steinen und ließ das Fell der schwanzlosen weißen Katze, die zum Haus gehörte, geheimnisvoll schimmern. Zum ersten Mal musste Bert bei ihrem Anblick nicht an Totenkatzen denken.

»Aaah! Commissario! Welche Freude!«

Marcello kam mit weit geöffneten Armen an seinen Tisch. Dann erblickte er die Katze und verscheuchte sie. Bevor sie über die Mauer floh, drehte sie sich nach Bert um. Als gäbe es zwischen ihm und ihr etwas wie ... Verwandtschaft.

»Nein. Ich bitte Sie.« Bert hätte sie am liebsten zurückgerufen. »Sie stört doch niemanden.«

»Sie nicht, Commissario.« Marcello schaute sich verschwörerisch um. »Aber andere Gäste vielleicht.«

Bert vermied es, eine Diskussion anzufangen. Er nahm die Speisekarte entgegen und vertiefte sich in die Lektüre, obwohl er wusste, dass er bestellen würde, was er immer bestellte: Lasagne und eine Flasche Wasser.

Marcello hatte offenbar ein schlechtes Gewissen. Er glaubte wohl, Bert verärgert zu haben. Während er den Nachbartisch abräumte, warf er suchende Blicke umher, als wünschte er die Katze wieder herbei.

Doch der Zauber war gebrochen, und Bert wusste, das Essen würde ihm heute keine Freude bereiten. Die Katze gehörte zu diesem Ort wie die bewachsene Mauer und das zweihundert Jahre alte Haus. Ohne sie war das alles hier nur Mörtel und Stein.

Beim Essen ließ er die Gedanken treiben. Das war so etwas wie eine geistige Reinigung. Oft schälte sich dabei das Wichtige heraus und das Unwesentliche nahm sich zurück. Das Unterbewusste, dachte Bert, spielt eine bedeutendere Rolle, als viele wahrhaben wollen.

Das große Fragezeichen im Fall Kronmeyer

war die Tochter, Mina. War sie verschwunden, weil sie etwas mit dem Mord zu tun hatte? Weil sie etwas darüber wusste? Oder war ihr etwas zugestoßen?

Er hatte ihre Schule aufgesucht und mit ihren Lehrern und Mitschülern gesprochen. Dabei war ihm aufgefallen, dass kaum jemand etwas über sie sagen konnte. Das Mädchen hatte keine Freundinnen und keine Freunde. Niemand vermisste sie wirklich. Niemandem fehlte sie.

Die Lehrer hatten Mühe, sie zu beschreiben. Manche nahmen ihr Notenheft hervor, bevor sie sich äußerten. Anscheinend hatte Mina hier kaum Spuren hinterlassen, war unauffällig und still ihrer Wege gegangen.

Es entsetzte Bert, dass so etwas möglich war. Dass ein Mensch innerhalb einer Gemeinschaft nicht wahrgenommen wurde. Als stünde man vor einem Spiegel, dachte er, ohne sich darin zu sehen.

Mina sei freundlich und höflich gewesen. Ein bisschen zu still vielleicht und auf jeden Fall zu wenig engagiert. Sie habe nie Probleme bereitet und sei nie »in etwas hineingeraten«. So weit die Einschätzung der Lehrer. Nur zwei hatten genauer hingeschaut. Die Deutschlehrerin bescheinigte Mina eine überdurchschnittliche Intelligenz. Dem Sportlehrer waren die schwankenden Leistungen seiner Schülerin aufgefallen. »Von äußerst mäßig bis schlichtweg brillant.«

Mina? Komisch sei die gewesen. Irgendwie sonderbar. Sie habe sich nicht für das interessiert, was die übrigen Mädchen beschäftigte, und sich Jungen gegenüber ziemlich verklemmt gezeigt. Und manchmal sei in ihren Augen etwas gewesen, das einem Angst einflößen konnte. So die Mitschülerinnen.

Und die Mitschüler? Sie sei ja ganz hübsch gewesen, aber sie habe das immer versteckt. Als ob es etwas Schlimmes sei. Sie habe Scheu vor Berührungen gehabt. Sei keinem zu nahe gekommen. Sie habe nichts von sich preisgegeben und deshalb habe auch niemand etwas über sie gewusst.

Alle Personen, mit denen Bert ins Gespräch gekommen war, hatten in der Vergangenheitsform geredet. Als ob Mina gestorben wäre und nicht ihr Vater. Es hatte Bert wütend gemacht.

Selbst jetzt spürte er sie noch, diese Wut. So intensiv, dass er die Bewegung unter dem Tisch zuerst gar nicht wahrnahm. Er lüpfte das Tischtuch und erblickte die weiße Katze. Sie hatte sich zu seinen Füßen ausgestreckt, wo Marcello sie nicht entdecken konnte.

*

»Wer?«

Die letzte Patientin hatte gerade die Praxis verlassen. Tilo fühlte sich zerschlagen und hatte Kopfschmerzen. Vielleicht Anzeichen für eine beginnende Erkältung. Vielleicht aber auch nur Warnsignale seines Körpers. Er arbeitete zu viel.

»Ein Herr von der Polizei.« Ruth hatte respektvoll die Stimme gesenkt. »Hauptkommissar Bert Melzig.«

»Ah ja.« Tilo stützte sich schwer auf den Schreibtisch. Atmete tief durch. Dann richtete er sich auf. Atmete noch einmal ein. Und aus.

»Darf ich bitten?«

Ruth hielt dem Kommissar die Tür auf und schloss sie geräuschlos hinter ihm. Sie hätte das Zeug zur Chefsekretärin einer großen Firma, dachte Tilo und wusste im selben Moment, wie absurd das war. Ruth würde niemals eine solche Stelle wollen. Sie liebte es, mit den Patienten umzugehen, liebte die Abwechslung, liebte es, zu improvisieren. Das Perfekte ödete sie an.

Tilo streckte die Hand aus. Der Kommissar ergriff sie. Ein Händedruck unter Männern. Das alte Ritual.

»Was kann ich für Sie tun?«

»Ich untersuche den Mordfall Dietmar Kronmeyer«, sagte der Kommissar.

»Die Zeitungen sind ja voll davon.« Tilo wies auf einen der Stühle, die um einen runden Tisch standen, und setzte sich dem Kommissar gegenüber.

»Dann haben Sie mich bereits erwartet?«

»Ich habe mit Ihrem Besuch gerechnet. Ja.«

»Mina Kronmeyer ist verschwunden.« Der

Kommissar wirkte ruhig und gelassen. Tilo fand das sehr angenehm. Er hatte so oft mit Menschen zu tun, die sich nach einem solchen Zustand vergeblich sehnten. »Können Sie mir sagen, wo ich sie finden kann?«

»Selbst *wenn* ich es könnte ...«, Tilo wich dem forschenden Blick des Kommissars nicht aus, »... selbst dann dürfte ich es nicht.«

»Ärztliche Schweigepflicht.«

»So ist es.«

Der Kommissar nickte. Er zog ein Notizbuch hervor und einen betagten Kugelschreiber. »Niemand weiß, wo sie sich aufhält«, sagte er. »Niemand weiß, wie es ihr geht. Ihre Mutter ist außer sich vor Sorge, das verstehen Sie doch?«

»Natürlich.« Tilo ließ sich nicht locken. Er hatte solche Gespräche schon oft geführt.

»Sie weiß ja nicht einmal ... Wir alle wissen nicht, ob das Mädchen überhaupt noch lebt. Ihr könnte wer weiß was zugestoßen sein. Das muss ich Ihnen doch nicht erklären.«

Das war eine Anspielung auf die Vergangenheit. Auf die schrecklichen Ängste, die sie um Jette ausgestanden hatten. Doch keine Erinnerung der Welt änderte etwas daran, dass Tilo der ärztlichen Schweigepflicht unterlag.

»Frau Kronmeyer sollte sich nicht zu große Sorgen machen«, sagte er vorsichtig. »Weiter werde ich nicht gehen.«

»Gut. Ich danke Ihnen.« Der Kommissar

stand auf und studierte mit schlecht geheucheltem Interesse die Titel der Bücher in den Regalen. »Sie werden mir auch nicht verraten, warum Mina Kronmeyer sich bei Ihnen in Behandlung begeben hat?«

»Tut mir leid.«

»Es war einen Versuch wert.«

Das Lächeln des Kommissars berührte Tilo unangenehm, ohne dass er hätte sagen können, wieso.

»Wir könnten Ihre Praxis beobachten lassen.«

»Bitte.« Tilo hob die Schultern.

»Aber wir würden das Mädchen hier nicht finden, nicht wahr?«

Nun war es an Tilo zu lächeln. »Nein. Das würden Sie nicht.«

Der Kommissar wandte sich zur Tür. »Machen Sie keinen Fehler, Herr Baumgart.« Und damit drückte er die Klinke hinunter und ging hinaus.

Tilo war sich nicht sicher, ob der Kommissar ihm gedroht hatte oder ihn nur warnen wollte.

*

Imke hatte den ganzen Tag geschrieben. Sie fühlte sich leer. Als hätte sie sämtliche Worte verbraucht. Es war schon seltsam mit dem Schreiben. Manchmal geschah es so unbewusst, dass Imke sich am folgenden Tag kaum an das

Geschriebene erinnern konnte. Es passierte ihr immer wieder, dass sie später in ihren Texten Sätze entdeckte, die ihr völlig fremd waren. Als begegnete sie ihnen zum ersten Mal.

Auch mit den Figuren war das so. Einige waren da, ohne dass Imke sie sich vorher ausgedacht hatte. Als würde eine innere Stimme sie ihr diktieren. Imke war dankbar für diese Fähigkeit, aus dem Nichts etwas zu erschaffen und es mit Leben zu füllen. Aber sie grübelte nicht gern darüber nach. Ihr wurde unheimlich, wenn sie dem Ursprung ihrer Figuren auf den Grund zu gehen versuchte.

Vielleicht war sie auf eine gewisse Weise verrückt. Brachte ihren Wahnsinn zu Papier (besser gesagt, auf den Bildschirm), verfremdete ihn und befreite sich auf diese Weise davon. Vielleicht war das ihre Rettung vor der Psychiatrie.

Frau Bergerhausen war am Vormittag gewesen und hatte geputzt. Alles war sauber und frisch. Der Limonenduft des Reinigungsmittels lag noch in der Luft. Langsam spazierte Imke durch die Räume. Dinge wie Ordnung und Sauberkeit hatten im Laufe der Jahre ein anderes Gewicht bekommen. Sie konnte ein aufgeräumtes Zimmer richtig genießen. Und hochempfindlich auf Chaos reagieren.

Zufrieden trat sie auf die Terrasse hinaus und klappte einen Liegestuhl auf. Die extreme Hitze des Sommers war endgültig vorüber und das war gut so. Imke mochte das milde Licht der Spätsommersonne. Sie genoss den würzigen Duft der Wiesen und den schwachen Wind, der das trockene Laub an den Zweigen knistern ließ. Bald würden die Blätter fallen. Das Geäst der Bäume und Sträucher würde sichtbar werden.

Der Winter ist eine aufrichtige Jahreszeit, dachte sie. Er gaukelt einem nichts vor und schont einen nicht. Man wird auf sich selbst zurückgeworfen und muss damit zurechtkommen. Und mit den langen, dunklen Monaten.

Imke hatte sich vor dem Winter noch nie gefürchtet. Anders als ihre Mutter, die Wärme brauchte und das Licht aufsaugte wie ein Schwamm.

Und Jette? Sie hätte nicht sagen können, welche Jahreszeit ihre Tochter bevorzugte. Das erschütterte sie. Musste eine gute Mutter so etwas nicht wissen? Andere Mütter erzählten ihr immer wieder, wie mitteilsam ihre Töchter waren, beklagten sich sogar darüber, ständig Anteil am Leben ihrer Töchter nehmen zu müssen. Imke hätte wer weiß was dafür gegeben, wenn ihre Tochter sie mehr in ihr Leben einbezogen hätte.

Ruhelos ging sie ins Haus zurück und durchstreifte die Räume, verrückte hier einen Gegenstand, zupfte dort etwas zurecht. Im Wintergarten blieb sie vor dem Tisch stehen und betrachtete die Blumen in der bauchigen Vase.

Tilo hatte sie ihr mitgebracht, einen dicken

Strauß leuchtender Sonnenblumen, die er auf einem Feld in der Nähe gepflückt hatte. »*Für Selbstpflücker*« stand dort auf einem großen Schild. Ungelenk geschrieben, fast hingeschmiert. Selbstpflücker, dachte Imke, sooft sie daran vorbeifuhr, was für ein ulkiges Wort.

Imke liebte Sonnenblumen. Ihr Anblick erfüllte sie mit Zärtlichkeit. Es reizte sie, behutsam mit der Fingerspitze an den Blütenblättern entlangzufahren und dann das samtige Gesicht der Pflanze zu berühren. Sie liebte Sonnenblumen, wie sie junge Tiere liebte. Es war etwas Tollpatschiges an ihnen, etwas Wehrloses, das sie instinktiv beschützen wollte.

Gerade hatte sie sich umgedreht, um in die Küche zu gehen, als sie Tilos Notizbuch auf einem der Stühle liegen sah. Wahrscheinlich war es ihm vom Tisch gerutscht und er hatte es nicht bemerkt. Sie hob es auf. Behielt es unschlüssig in der Hand.

Noch nie hatte sie einen Blick auf Tilos Aufzeichnungen geworfen. Es gehörte sich so wenig, ein fremdes Notizbuch aufzuschlagen, wie es sich gehörte, den Brief eines andern zu öffnen. Ihr war ein bisschen übel, als sie darüber nachdachte.

Geschmackvoll gebunden. Auf der Vorderseite der Kopf einer großen Sonnenblume. Dennoch verabscheute Imke das Buch. Weil Tilo ein solches Geheimnis daraus machte.

Tilo mochte Sonnenblumen, genau wie sie. Tilo mochte Spinnennetze, Spaziergänge im Regen und Klaviermusik. Er mochte den Nebel über den Feldern, Weihnachtsgeschenke und Schmetterlinge. Was er hasste, war Indiskretion. Und sie saß hier und hatte nur einen einzigen Wunsch – einen Blick in dieses Notizbuch zu werfen.

Abrupt stand sie auf, um an den Schreibtisch zurückzukehren. Nein. Niemals würde sie sein Vertrauen missbrauchen. Nie.

Welches Vertrauen denn?

Die kleine, sarkastische Stimme verschaffte sich unerbittlich Gehör.

Tilos etwa? Lächerlich! Achtet er nicht geradezu zwanghaft darauf, seine Siebensachen immer schön vor dir in Sicherheit zu bringen, damit du nicht in sein psychologisches Heiligtum eindringen kannst?

Imke wollte nicht zweifeln, aber sie konnte nicht glauben, dass Tilo ihr wirklich vertraute. Doch das war noch lange kein Grund, in seinen Sachen zu schnüffeln. Was erwartete sie denn, in diesem Notizbuch zu finden?

Ihr wurde klar, dass sie Tilo seine Verschwiegenheit übel nahm. Abend für Abend breitete sie ihre Gedanken vor ihm aus und weihte ihn in ihre Pläne ein. Den neuen Roman kannte Tilo, noch bevor ein Viertel geschrieben war.

Und er? Genoss ihre Mitteilsamkeit und hielt

sich bedeckt. Und wenn sie ihm Fragen stellte, kam immer die eine Antwort. Ein halber Satz nur. »Du weißt doch ...«

Ja. Sie wusste. Er durfte nicht reden. Und je länger er schwieg, desto dringender brauchte sie diesen einen, einzigen Liebesbeweis – dass er ihr ein Geheimnis anvertraute. Ein einziges Mal. Als Zeichen.

Sie legte das Buch auf Tilos Lieblingssessel. Dort würde er es finden. Unversehrt. Sie hatte so lange gewartet. Sie würde weiter warten. Irgendwann würde er eine Zuhörerin brauchen. Und dann würde sie da sein.

*

Sie konnte nicht ewig in dieser Wohnung bleiben, in diesem Zimmer, das beinah schon ihr Zuhause geworden war. Der Kommissar, den sie in der Talkshow beobachtet hatte, war zu klug, um sie nicht bald hier zu finden.

Bestimmt hatte sie Spuren am Tatort hinterlassen. Bestimmt hatte jemand sie auf dem Weg zu Imke Thalheims Mühle gesehen. Man konnte nicht wie unter einer Tarnkappe durch die Gegend laufen, erst recht nicht in blutbespritzten Kleidern. Mina wunderte sich, dass sie noch immer auf freiem Fuß war.

Abends konnte sie nicht einschlafen, weil sie sich wie unter Zwang das Schreckensszenario eines Gefängnisses ausmalte. Immerzu.

Immerzu. Nachts fuhr sie aus dem Schlaf, weil sie vom Vater träumte. In diesen Träumen war er wieder lebendig. Und schrecklicher denn je. Seine Stimme war gewaltig. Und seine Kraft.

So gewaltig, dass morgens manchmal das Bettlaken nass war.

Mina steckte es schnell in die Waschmaschine. Sie schämte sich. Jette und Merle sagten nichts dazu, dass ständig Wäsche auf dem Speicher hing. Sie gingen einfach darüber hinweg.

Tilo war eingeweiht. Er glaubte, dass es möglicherweise Clarissa war, die ins Bett machte. Sie war schon eine ganze Weile nicht mehr hervorgekommen. Die Katzen hatten ihr Angst gemacht. Sie hatten sie regelrecht in Panik versetzt.

Katzen waren der Schlüssel zu irgendwas. Da war Mina sich sicher. Aber sie war noch weit davon entfernt, das Schloss zu finden, in das der Schlüssel passte. Ebenso weit war sie von der Antwort auf die wichtigste Frage entfernt: Hatte sie den Vater ermordet?

»Du brauchst Zeit«, hatte Tilo gesagt. Dabei wussten sie doch beide, dass gerade Zeit das war, was ihr fehlte. Mina musste sich erinnern. Unbedingt.

Und dann? Wenn herauskäme, dass sie den Vater getötet hatte?

»Du hast es nicht getan.« Tilo hatte ihr Kinn angehoben und sie gezwungen, ihn anzuschauen. »Hörst du, Mina? Du hast es nicht getan.«

Sie hätte ihm so gern geglaubt. Aber woher wollte er denn wissen, ob unter den Persönlichkeiten, die sie noch nicht kannten, nicht doch eine Mörderin war? Oder ein Mörder? So voller Wut, dass selbst der Vater nicht vor ihr sicher gewesen war?

Und was war mit Jette und Merle? Mit Tilo? Wie groß war die Gefahr, in der sie lebten, hier, so eng mit ihr zusammen? Mina spürte Übelkeit in sich aufsteigen und lief ins Bad. Unter schmerzhaftem Würgen übergab sie sich in die Toilette. Dann sank sie schweißgebadet und schlotternd auf dem kalten Fliesenboden zusammen. Sie hatte Angst vor sich selbst.

12

Meine Mutter hatte Merle und mich zum Kaffeetrinken eingeladen. »Es gibt Pflaumenkuchen«, hatte sie gesagt. Der Pflaumenkuchen meiner Mutter war eine Sensation. Außerdem würde meine Großmutter da sein. Ich hatte sie schon viel zu lange nicht mehr gesehen.

Auch Merle freute sich auf das Treffen. Sie war gern mit meiner Mutter und noch lieber mit meiner Großmutter zusammen und hätte ihre eigene Familie ohne Skrupel gegen die beiden eingetauscht.

Unterwegs fing der Wagen an zu stottern. Das hatte er schon ein paarmal getan, aber noch nie so schlimm wie heute. Wir kamen kaum noch vom Fleck. Ich fuhr rechts ran und machte die Motorhaube auf. Der Motor sah aus wie immer, schmutzig und alt, und selbst wenn irgendetwas anders gewesen wäre als sonst, hätte ich es nicht erkannt.

»Ich dachte, du verstehst nichts von Autos.« Merle betrachtete das Innenleben meines Renaults mit skeptischem Blick.

»Tu ich auch nicht.« Ich berührte das eine

oder andere Teil flüchtig mit den Fingerspitzen. Sofort waren sie schwarz und stanken nach Autowerkstatt.

»Und warum guckst du dann rein?«

»Instinktiv.« Ich spreizte meine beschmutzte Hand in der Luft, damit ich meine Klamotten nicht beschmierte. »Jeder Autofahrer tut das.«

»Ich nicht. Interessiert mich nicht die Bohne, wie Autos und Computer aufgebaut sind. Hauptsache, sie funktionieren.«

»Und wenn nicht?«

»Dann gehören sie in die Werkstatt.«

Ich schaute mich um. Landstraße. Wiesen. Felder. Weit und breit nichts, was einer Werkstatt auch nur ansatzweise ähnlich gewesen wäre. Aus reinem Trotz schlug ich die Motorhaube zu und versuchte, den Motor zu starten. Wie durch ein Wunder begann er zu schnurren. Kein Stottern mehr und kein Bocken. Ohne weitere Zwischenfälle kamen wir an der Mühle an.

Der Charade meiner Großmutter stand schon da, nachlässig und schief abgestellt wie immer. Am Rückspiegel hing ein Tropfen aus geschliffenem Glas, in dem sich bunt das Licht brach.

»Esoterik?«, fragte Merle. »Jetzt noch? In ihrem Alter?«

Dabei wusste sie, dass das Wort »Alter« im Fall meiner Großmutter neu definiert werden musste. Mit ihren sechsundsiebzig Jahren besuchte sie noch Kurse für Standardtänze. Sie lernte Russisch und Yoga. Und vor Kurzem hatte sie angefangen zu malen.

»Esoterik ist doch keine Frage des Alters«, sagte ich.

Merle ging nicht darauf ein. »Obwohl das eigentlich nicht zu ihr passt.« Sie betrachtete den Kristalltropfen interessiert. Er warf ein Regenbogenmuster auf ihre Wange. »Sie ist doch so realistisch und geradeheraus.«

Oh ja. Vor allem meiner Mutter gegenüber, die sich vor ihrem Zynismus oft nicht retten konnte. Zu mir war sie anders. Sie hätte mich niemals verletzt.

»Feng Shui! Yin und Yang! Schon mal davon gehört?« Meine Großmutter stand in der Tür, lachend, voller Vorfreude. »Gleicht das Raumklima aus.«

Ich umarmte sie, spürte ihre weiche Wange an meiner, atmete den Duft ihres Parfüms ein, seit meiner Kindheit derselbe: Chanel, so vertraut, dass ich ihn überall und jederzeit erkannt hätte. Ihre Hände streichelten meinen Rücken und ließen mich gar nicht mehr los.

»Du interessierst dich für fernöstliche Lebensweisheiten?« Ich befreite mich aus ihrer Umarmung und machte Merle Platz, die schon darauf wartete, meiner Großmutter um den Hals zu fallen. »Ich dachte, du hättest alles Esoterische kategorisch für Mumpitz erklärt.«

»Hab ich auch. Aber diese Kristalle sind einfach zauberhaft. Und wenn es dann noch dem Raumklima dient ...« Sie lächelte mich spitzbübisch an.

Meine Mutter hatte im Wintergarten gedeckt. Das Wetter konnte jeden Moment umschlagen. Wind war aufgekommen und es war merklich abgekühlt. Über die Terrasse wehten raschelnd die ersten Blätter.

»Was machen eure Freunde?«, fragte Großmutter. »Mike und diese ... wie heißt sie noch?«

»Ilka«, sagten Merle und ich wie aus einem Mund.

»Deine Mutter hat mir erzählt, sie sind in Brasilien? Sie haben sich – wie nennt man das doch gleich – eine Auszeit genommen?«

Ich nickte. »Sie schreiben uns regelmäßig. Anscheinend geht es ihnen gut.«

»Und euch? Vermisst ihr sie?«

Ich warf Merle einen warnenden Blick zu. Sie durfte sich auf keinen Fall verplappern und von Mina erzählen. Meine Großmutter hatte einen Röntgenblick. Und außerordentlich gute Ohren. Es war nahezu unmöglich, ihr etwas zu verheimlichen.

Merle vertilgte das zweite Stück Kuchen. Solange sie aß, musste sie nicht reden. Sie hatte keine Erfahrung mit dem Vermeiden von Themen. Sie hatte fast nur Umgang mit Menschen, die die Wahrheit vertrugen, von Claudio einmal abgesehen.

»Dazu haben wir viel zu viel zu tun«, sagte ich und lockte meine Großmutter damit erfolgreich auf eine andere Fährte.

»Erzählt.« Sie lehnte sich zurück, um uns zuzuhören.

Meine Mutter hatte das Ausweichmanöver bemerkt. Ihr Gesicht nahm diesen Ausdruck an, den ich fürchtete. Der Zweifel hatte sich in ihr festgesetzt. Ich hoffte nur, dass sie nicht versuchen würde, herauszufinden, welches Geheimnis Merle und ich vor ihr verbargen.

*

Marlene Kronmeyer hatte nun doch eine Vermisstenanzeige aufgegeben. Sie war davon überzeugt, dass ihrer Tochter etwas zugestoßen sein musste. »Sonst wäre Mina in jedem Fall zur Beerdigung ihres Vaters gekommen«, sagte sie.

Bert hörte die Unsicherheit in ihrer Stimme. Er ahnte, dass in dieser Familie mehr geschehen war, als es den Anschein hatte. Die *Wahren Anbeter Gottes* hielten sich bei den Befragungen sehr zurück. Nur manchmal ließ bei dem einen oder andern die Vorsicht nach und er lieferte Bert unabsichtlich ein weiteres Mosaikstück. Es war noch ein langer Weg bis zum fertigen Bild.

Der Chef wurde immer unleidlicher. Die Presse mäkelte am schleppenden Fortschreiten der Ermittlungen herum. Dietmar Kronmeyer war zum Guru einer sektenähnlichen Vereinigung avanciert, der die Öffentlichkeit beschäftigte wie schon lange nichts mehr.

Die *Wahren Anbeter Gottes* waren Gesprächsthema Nummer eins. In den Kneipen, den Büros und den Schulen, in Einkaufszentren, auf Partys und Stadtratssitzungen, überall diskutierte man Halb- und Viertelwahrheiten, die sich verbreiteten wie bei der *Stillen Post*.

Bert hatte den Verdacht, dass der Chef in diesem Fall nur deshalb so vehement auf rasche Aufklärung drängte, weil er verhindern wollte, dass in den sogenannten feineren Kreisen noch mehr Porzellan zerschlagen wurde, als es im Fall des Bürgermeisters bereits geschehen war. Die Journalisten konnten nämlich nicht genug davon bekommen, seine Zugehörigkeit zu den *Wahren Anbetern Gottes* genüsslich anzuprangern.

Das ist das einzig Schöne an der Hierarchie, dachte Bert, dass auch der Chef nicht dagegen gefeit ist, ab und zu ordentlich eins auf den Deckel zu kriegen.

Nachdem ein Foto von Mina in den Zeitungen erschienen war, hörten die Telefone nicht mehr auf zu klingeln. Ein Hinweis nach dem andern trudelte ein, wie bei jeder Ermittlung, ob sie nun einen Mord betraf, eine Entführung oder die Suche nach vermissten Personen.

Das Ermittlerteam ging den meisten dieser Hinweise akribisch nach, verfolgte jede noch so unwahrscheinliche Spur, nur um später frustriert festzustellen, dass wieder sämtliche Trittbrettfahrer des Landes aktiv geworden waren, jeder Bürger mit übertriebener Geltungssucht und alle Spaßvögel mit einem verdrehten Sinn für Humor.

Mina war angeblich auf mehreren Bahnhöfen gesehen worden. In Berlin, Stuttgart und Zürich, Schwerte, Oberhausen und Landshut, in Großstädten, Kleinstädten und in der tiefsten Provinz, sogar in Dörfern, die noch nie über einen Bahnhof verfügt hatten.

Man behauptete, sie habe sich den Satanisten angeschlossen, sei in ein Frauenhaus geflüchtet, in einer Klinik für Suchtkranke eingeliefert worden. Einem Rentnerpaar wollte sie auf der Kölner Domplatte aufgefallen sein. »Mitten unter diesen schwarz angezogenen, weiß bemalten jungen Leuten, die alle aussehn wie Vampire.«

In siebenundzwanzig Diskotheken sollte sie sich aufgehalten haben und in elf Lesbenkneipen. Man hatte sie in U-Bahnen gesichtet, in Bussen und Taxis, war ihr in Autobahnraststätten begegnet und im Mainzer Dom. Allein sechs ältere Damen wollten beobachtet haben, wie das Mädchen brutal in einen Wagen gezerrt und entführt worden sei.

»Was bringt die Leute bloß dazu, uns die Arbeit so schwer zu machen?«, fragte Bert nach der Morgenbesprechung die Polizeipsychologin und hätte sich in der nächsten Sekunde am liebsten auf die Zunge gebissen. Nach einer ermüdenden Stunde unter der umständlichen Gesprächsleitung des Chefs hatte er absolut keine Lust auf einen Vortrag.

»Das würde ich manchmal auch gern wissen.«

Erstaunt sah Bert sie von der Seite an. Sie konnte tatsächlich reden wie ein ganz normaler Mensch. Und zugeben, dass sie etwas nicht wusste. Vielleicht würde es doch irgendwann möglich sein, mit ihr an einem Tisch zu sitzen, ohne sich unter ihrem Blick nackt und preisgegeben vorzukommen.

»Ich weiß, dass Sie mich für ein Monster halten«, sagte sie, blieb am Kaffeeautomaten stehen und suchte in der Tasche ihres Blazers nach einer Münze.

»Nicht doch«, sagte er, und während er es aussprach, fiel ihm auf, dass diese Worte völlig widersprüchlich waren.

Sie merkte es ebenfalls. »Nicht oder doch?«

»Ich halte Sie nicht für ein Monster.« Bert reichte ihr galant fünfzig Cent aus seiner Hosentasche. »Nur für einschüchternd perfekt.«

»Sag ich doch.« Lächelnd nahm sie die Münze und warf sie ein. »Das ist im Grunde dasselbe.«

Einträchtig schauten sie zu, wie sich zunächst der erste, dann der zweite Becher mit duftendem Kaffee füllte. Sie tranken ihn im Stehen, am

Fenster, und Bert hatte zum ersten Mal seit Langem wieder Lust auf eine Zigarette. Würde das denn nie aufhören?

Sein unbestechlicher Arzt, Freund und nur noch sehr gelegentlicher Tennispartner Nathan hatte ihm neulich noch vorgeworfen, wenn man mit dem Rauchen bloß aufhöre, um mit unmäßigem Kaffeekonsum zu beginnen, könne man eigentlich gleich bei den Zigaretten bleiben. Dann habe man die eine Sucht lediglich gegen eine andere eingetauscht.

»Ich heiße übrigens Isa.« Sie hielt Bert die Hand hin.

Verdattert nahm er sie. »Bert.« Er räusperte sich. »Auf gute Zusammenarbeit … Isa.«

»Wär nicht übel. Bisher lief es ja nicht so toll mit uns.«

Bert fragte sich, wie er in dieses Gespräch geraten war. Diese Frau hatte ganz selten einmal ein privates Wort mit ihm gewechselt. Sie blieb im Allgemeinen gern für sich. Er hatte das immer für ein Zeichen von Arroganz gehalten.

»Ich bin als Polizist ein Dinosaurier«, sagte er. »Und Sie … du … bist mit allen Wassern der modernen Psychologie gewaschen. Da muss es doch zwischen uns knirschen.«

»Nicht unbedingt.« Sie kramte eines dieser verpackten Plätzchen aus ihrer Handtasche, die man in Cafés zum Cappuccino mitgeliefert bekommt, befreite es aus dem Papier, brach es in der Mitte entzwei, bot ihm die eine Hälfte an und steckte sich selbst die andere in den Mund. »Wir könnten uns auch prächtig ergänzen.«

Es fiel Bert schwer, sich das vorzustellen. »Ermittlungen laufen nicht nach dem Lehrbuch«, sagte er. »Sie halten sich nicht an wissenschaftliche Vorgaben. Manchmal kommt man nur weiter, wenn man sich auf seinen Instinkt verlässt.«

Das alte Thema zwischen ihnen, das in unzähligen Besprechungen zu Konflikten geführt hatte.

»Hast du dir eigentlich nie überlegt, dass deine Intuition mir bei der Erstellung eines Täterprofils sogar helfen kann?«

Warum, zum Teufel, hatte sie ihn dann nie um Hilfe gebeten? Es hätte beiden die Arbeit enorm erleichtern können.

»Ich hatte nicht den Eindruck, dass Intuition bei unseren Besprechungen sonderlich geschätzt würde. Der Chef ...«

Sie unterbrach ihn, indem sie seinen Arm berührte. »Hat eine ganz eigene Art, die Dinge anzugehen. Auch sie kann ein wesentlicher Aspekt sein. Im Idealfall ergänzen sich die Eigenheiten aller und verbinden sich zu einer Ermittlungsarbeit, die vielschichtig, zielgerichtet und effektiv ist.«

Da war er wieder, dieser Jargon, der Bert so abschreckte. Aber erstmals hatte er eine Ahnung davon, dass die Sichtweisen der Psychologin und des Polizisten nicht unvereinbar sein mussten.

Sie hatten ihren Kaffee ausgetrunken und die Becher in den Abfallkorb geworfen. Standen in ungewohnter Nähe beieinander und lächelten sich vorsichtig und ungeübt an.

»Und was ist deine Vorstellung vom Mörder Dietmar Kronmeyers?«, fragte Bert.

»Wir wissen, dass er aus einer ungeheuren Wut heraus gehandelt haben muss. Oder aus einem tief sitzenden Hass. Es war wahrscheinlich jemand, den das Opfer kannte, denn er hat sich nicht gewaltsam Zutritt zu der Wohnung in der alten Fabrik verschafft.«

»Könnte auch ein Staubsaugervertreter gewesen sein«, witzelte Bert.

»Unwahrscheinlich«, parierte Isa, »aber nicht unmöglich. Dagegen spricht die Brutalität der Tat.«

Ihre Schlagfertigkeit gefiel ihm. Die hatte ihn schon immer beeindruckt.

»Dietmar Kronmeyer hat seinen Mörder vermutlich sogar sehr gut gekannt«, fuhr sie fort. »Er hat ihm vertrauensvoll den Rücken zugewandt. Nur so war der Schlag auf den Hinterkopf möglich.«

Bert sah seine eigenen Überlegungen in Isas Gedanken gespiegelt. Das Spiel fing an, ihm Spaß zu machen.

»Der Angriff muss das Opfer völlig unerwartet getroffen haben«, sagte er, »denn Kronmeyer war alles andere als ein schwächlicher Typ. Er hätte sich sehr wohl zur Wehr setzen können.«

»Und das wollte der Täter auf keinen Fall riskieren.«

»Oder die Täterin. Wenn sie sehr kräftig war.«

»Sehr kräftig oder wahnsinnig wütend.« Isas Blick war auf irgendeinen Punkt da draußen gerichtet. »Du denkst an die Tochter? Oder an die Ehefrau?«

Marlene Kronmeyer hatte Bert als Täterin bislang nicht ernsthaft in Erwägung gezogen. Zur Tatzeit war sie zu Hause gewesen. Ben Bischop hatte das bestätigt. Gleichzeitig hatte Marlene Kronmeyer dem Jungen ein Alibi gegeben. Er hatte in der Werkstatt gearbeitet und eine Möbelauslieferung vorbereitet.

»Die Tochter ist extrem streng erzogen worden.«

Isa nickte. »Und weltfremd dazu. Eine hochexplosive Mischung.«

»Warum hat das Mädchen den Kontakt zur Mutter abgebrochen?«, fragte Bert. »Beim Vater scheint es mir verständlich zu sein, aber Marlene Kronmeyer ist eine sanfte, stille Person ...«

»... die ihrer Tochter bei den Übergriffen des gewalttätigen Vaters nicht zur Seite gestanden hat.«

Isa schnalzte missbilligend mit der Zunge.

»Auch Marlene Kronmeyer war der Gewalt ihres Mannes ausgeliefert«, gab Bert zu bedenken. »Wie konnte sie es da wagen, sich einzumischen, wenn es Auseinandersetzungen zwischen Vater und Tochter gab?«

»Auseinandersetzungen!« Isas Ton war schneidend geworden. »Marlene Kronmeyer hat die Autorität ihres Mannes ohne Einschränkung akzeptiert. Sie hat sich seiner Führung überlassen und ihm die Tochter quasi ausgeliefert. Dieser Mann konnte seinen Größenwahn ungehindert ausleben, durfte mit Frau und Tochter umspringen, wie es ihm beliebte.«

Eine Fliege surrte orientierungslos am Fenster entlang. Verärgert wedelte Isa sie weg.

Bert verkniff es sich, sie darauf hinzuweisen, dass sie hier einer Übertragung aufsaß. In Wirklichkeit war ihr die Fliege nämlich vollkommen gleichgültig. Das Thema war es, das sie in Rage versetzte.

»Und das Infamste daran ist, dass er seinen Sadismus auch noch religiös untermauern konnte!«

Ihre Empörung war Balsam für Berts Seele. Es tat gut, die eigenen Gefühle auf dem Gesicht eines andern wiederzufinden. Er kam viel zu selten in diesen Genuss.

»Der Zorn Gottes«, sagte er.

»Das muss man sich mal vorstellen!« Sie schlug mit der Faust auf die Fensterbank. »Dieses Scheusal konnte ihnen alles antun, ohne dafür verantwortlich gemacht zu werden, denn er tat es ja als Werkzeug des Herrn!«

»Sollten Psychologen nicht unvoreingenommen sein? Und die Psyche eines Menschen verstehen? Selbst oder vor allem die von gestörten Personen?«

Bert förderte zwei weitere Münzen zutage, fütterte den Automaten damit und reichte Isa einen der dampfenden Becher.

»Verstehen kann ich alles.« Sie ging auf seine Ironie nicht ein. »Aber ich muss es nicht akzeptieren.« Sie nahm einen Schluck, verbrühte sich die Lippen und fluchte. »Und erst recht nicht billigen.«

Schweigend tranken sie den zweiten Kaffee. Als sie sich voneinander verabschiedeten, sah Isa Bert fest in die Augen. »Bitte – finde das Mädchen! Wenn ich mich nicht sehr irre, braucht sie dringend Hilfe, so oder so.«

»Versprochen.« Bert gab ihr die Hand. Er würde sich noch einmal mit Tilo Baumgart unterhalten. Ganz in Ruhe. Von Mann zu Mann.

*

Tilo saß auf der kleinen Terrasse seiner Wohnung und hörte sich das letzte Gespräch mit Mina an. Sie hatten sich darauf geeinigt, die Sitzungen aufzuzeichnen und die Therapie auf diese Weise zu dokumentieren. Die Zeit wurde knapp. Man suchte nach Mina. Lange würde es nicht mehr dauern und die Polizei hätte sie gefunden.

Natürlich hatte Tilo Mina geraten, sich bei der Polizei zu melden.

»Und dann?«, hatte sie gefragt. »Wie gehen die dann weiter vor?«

»Es wird eine psychologische Untersuchung geben.«

»Die klarstellen soll, ob ich zurechnungsfähig bin oder nicht?«

Darauf würde es hinauslaufen. Tilo hatte versucht, es ihr so einfach wie möglich zu erklären.

»Und wenn ... wenn ich es getan habe? Wenn ... einer von uns es getan hat?«

»Ich glaube nicht daran«, hatte Tilo gesagt. »Es ergibt doch überhaupt keinen Sinn. Du hättest in all den Jahren tausend Gelegenheiten gehabt, deinem Vater etwas anzutun. Warum ausgerechnet jetzt? Wo du doch sogar den Schritt geschafft hattest, dein Zuhause zu verlassen? Verstehst du? Es gab keinen Grund.«

»Und wenn doch?«

Wie Tilo diese drei Worte fürchtete. Nichts, was er ihr gesagt hatte, war bis ins Zentrum ihrer Selbstzweifel vorgedrungen.

»Und wenn doch?« Drängender.

Da hatte Tilo ihr von Billy Stanley Milligan erzählt, einem multiplen Sexualstraftäter, der in den Siebzigerjahren verhaftet und später in einem aufsehenerregenden Prozess für nicht schuldfähig erklärt worden war. Es war der erste Fall dieser Art in Amerika gewesen.

»Kam er frei?«

»Er wurde in eine psychiatrische Klinik eingewiesen.« Tilo hatte sich in diesem Augenblick gewünscht, das magische Wort zu kennen, mit dem er Mina hätte beruhigen und trösten können. Es gab kein solches Wort. Das machte das Leben so schwierig.

»Wenn das ... wenn das bei mir auch so wäre – würden Sie mich weiter therapieren?«

Das konnte er ihr nicht versprechen und er tat es auch nicht. »Es gibt Therapeuten, die sich auf Fälle wie deinen spezialisiert haben. Es wäre sowieso viel klüger, dich an einen dieser Kollegen zu vermitteln.«

Sie versteifte sich. Baute mit verschränkten Armen eine Mauer, die kein Wort überwinden würde. Und Tilo hatte wieder gewusst, warum er sich auf all das hier eingelassen hatte. Im Augenblick war Vertrauen für Mina das Wichtigste. Die Tatsache, dass sie überhaupt Vertrauen zu einem Menschen aufbauen konnte, war ein kleines Wunder. Sie hatte sich für Tilo entschieden und das musste er respektieren.

Er drückte die Stopptaste, machte ein paar Notizen und ließ das Band weiter laufen. Ihre Stimme aus dem Aufnahmegerät zu hören, war ein gutes Kontrollmittel. Während der Sitzungen wurde er oft von Minas Mimik und Gestik abgelenkt oder von der Dramatik dessen, was sie erzählte. Hier konnte er sich ganz auf den Inhalt konzentrieren. Die Veränderungen ihrer Stimme waren ein zusätzliches Hilfsmittel, um das Gesagte einzuschätzen.

»Der Vater kannte viele Strafen. Schläge. Einsperren. Essensentzug. Kalte Duschen. Stundenlanges Knien vor dem Kreuz. Stundenlanges Beten, laut, damit er es hören konnte, während er sich nebenan mit anderen Dingen beschäftigte. Öffentliches Bereuen, meistens sonntags, nach der Messe, vor allen Gläubigen.«

Die Gastgeberin, notierte Tilo. Sie war die Persönlichkeit, die ihm die liebste war. Abgesehen von Clarissa, dem fünfjährigen Mädchen, das sich nur selten zeigte. Die *Gastgeberin* hatte alles ins Rollen gebracht. Sie war es, die den Mut aufgebracht hatte, ihn aufzusuchen und um Hilfe zu bitten.

»Und jeder glotzt dich an. Mit diesem kuhäugigen Blick, den sie alle draufhaben. Und der Vater thront über ihnen und über der ganzen Welt. Wie ich sie gehasst hab! Am liebsten hätt ich draufgespuckt! Auf jeden Einzelnen. Außer auf Ben. Der war okay.«

Marius, schrieb Tilo. Er war diejenige Persönlichkeit, die die Strafaktionen des Vaters stellvertretend für das *Team* ertragen hatte.

»Hat Ben euch geholfen?« Tilo stellte die Zwischenfrage, um Marius nicht zu verlieren. Marius kam und ging blitzschnell. Meistens war er schon wieder weg, nachdem Tilo ihn gerade erst registriert hatte.

»Keiner konnte uns helfen. Erst recht nicht Ben. Der war ja selber Opfer. Der Vater hat ihn härter rangenommen als jeden andern.«

»Rangenommen?«

»Ben war alles in einer Person. Sohn. Nachfolger. Mädchen für alles. Schuhabtreter. Blitzableiter. Sekretär. Hoffnung und Enttäuschung. Die Strafen, die der Vater sich für Ben ausdachte, waren barbarisch. Aber Ben hat nie geklagt. Er hat das alles auf sich genommen.«

Sogar Marius konnte die Stimme versagen. Er verschwand.

»Allerdings war Ben reichlich naiv.«

Cleo. Sie hatte so ihre Schwierigkeiten mit Marius. Ähnlich wie mit Ben. Für Cleo war alles eine Frage der Planung. Und der Konsequenz. Sie ärgerte sich über Wehleidigkeit oder Spontaneität. Bei ihr hatte sich alles der Vernunft unterzuordnen, und wenn das nicht geschah, versuchte sie, es zu erzwingen.

»Naiv? Wie meinst du das?«

»Jeder Mensch hat die Möglichkeit zur Entscheidung: Will er Hammer oder Amboss sein? Dazwischen gibt es nichts. Gar nichts. Ben hat sich zum Amboss machen lassen. Dabei verfügte er über Kraft genug, sich aufzulehnen. Er war schwach.«

Cleo verabscheute Schwäche. Aber sie liebte Ben. Das stürzte sie in einen unlösbaren Konflikt.

»Er hat mehr gelitten als wir alle zusammen. Dabei war es völlig umsonst. Er hat sich aufgeopfert, ohne uns helfen zu können.«

Es war selten, dass Cleo die Tränen kamen. Sie ignorierte das Taschentuch in Tilos Hand.

»Aber er hat es immer wieder versucht, nicht wahr?«

»Ja. Immer und immer wieder. Wir waren wie Geschwister. Eine verschworene Gemeinschaft. Es gab keine Geheimnisse zwischen uns.«

»Hat Ben ... euch alle gekannt?«

»Nein. Ben würde an so was wie eine *multiple Persönlichkeit* nicht glauben. Ben glaubt an Gott, an das Leben, an Treue, Freundschaft und daran, dass er und Mina zusammengehören, aber er weiß nicht, wer Mina ist.« Sie schluckte. »Wir haben es ja selbst lange Zeit nicht glauben können.«

Tilo schaltete das Aufnahmegerät aus. Er reckte sich. Wie gern würde er sich mit Ben unterhalten. Vielleicht wäre er ja in der Lage, dem *Team* ein wenig Sicherheit zu verschaffen. Doch Tilo konnte sich nicht an Ben wenden, ohne Minas Zufluchtsort preiszugeben. Immerhin war sie gegangen. Ohne Ben.

Auch das war ein Punkt auf Tilos Liste der ungeklärten Fragen. Mina hatte ihr Elternhaus verlassen. Verständlich. Aber wieso hatte sie Ben nicht eingeweiht, ihren Vertrauten, den Einzigen, der immer zu ihr gehalten hatte?

13

Sorgfältig verschloss Merle die Tür zum Büro. Erst neulich war eingebrochen worden. Die Diebe hatten die Kasse mitgehen lassen, die beiden Computer und sogar das Telefon. Für das Tierheim mit seiner chronisch angespannten Finanzlage war das eine Katastrophe. Das Geld wurde für dringende Anschaffungen gebraucht, für die ständigen Renovierungsarbeiten, die Berge von Futter und die immensen Arztkosten.

Die Bürotür war jetzt mehrfach gesichert, ebenso wie das Eingangstor, aber es gab noch immer keine Alarmanlage und nach diesem Einbruch war sie für lange Zeit unerschwinglich geworden.

Wer wusste besser als Merle, wie leicht ein Einbruch zu bewerkstelligen war? Sie war schon so oft in Versuchslabore eingedrungen, die besser abgesichert gewesen waren als eine Bankfiliale. Zum ersten Mal konnte sie nachvollziehen, wie den Menschen zumute sein musste, die sich auf der anderen Seite befanden. Bei der Befreiung der Versuchstiere wurden kostspielige Anlagen beschädigt, die Forschungsarbeit von Jahren wurde auf einen Schlag vernichtet.

»Aber nichts rechtfertigt die Qualen der Tiere«, murmelte Merle und dachte schaudernd an die grausamen Fotos von Kaninchen, an deren empfindlichen Augen Shampoos und Make-up getestet wurden. Mühsam wehrte sie den Ansturm all der anderen schrecklichen Bilder ab, die ihr Gehirn gespeichert hatte. Die Schmerzen, die den Tieren zugefügt wurden, ertrug sie nicht einmal in der Vorstellung.

Zärtlich verabschiedete sie sich von Smoky, der ihr über den Hof gefolgt war, und trat auf die Straße hinaus. Sie verschloss auch das Tor und verstaute gerade die Schlüssel in ihrer Tasche, als sie ein Rascheln im Strauchwerk bei den Fahrradständern hörte. Sie blieb reglos stehen und horchte, doch das Geräusch wiederholte sich nicht.

Wahrscheinlich ein Vogel, beruhigte sie sich. Tauben beispielsweise konnten einen ziemlichen Lärm veranstalten und es gab eine wahre Taubenplage hier in der Gegend.

Sie beugte sich über das Fahrradschloss und erstarrte.

Ein Blick berührte sie an der Schulter.

Merle bekam kaum Luft. Die Angst blockierte ihre Lungen und ließ ihre Hände kalt und schwitzig werden. Langsam drehte sie sich um. Es kostete sie alle Kraft.

»Hallo?«

Kein Laut. Keine Bewegung.

Panisch schwang Merle sich aufs Rad und fuhr los, als wäre der Teufel hinter ihr her.

*

Ben Bischop, schrieb Bert auf ein Blatt Papier und umkringelte den Namen mit rotem Stift. Wenn einer ihn weiterbringen konnte, dann dieser junge Mann. Er war das Zentrum von Berts Überlegungen. Von ihm führten die Wege zu den meisten anderen Personen. Das war Bert aufgefallen, als er die Notizen an seiner Pinnwand betrachtete, wie er das täglich mehrmals tat. Nachdenklich lehnte er sich in seinem Schreibtischsessel zurück, verschränkte die Hände im Nacken und kniff die Augen zusammen.

Von hier aus wirkte die Pinnwand mit den Zetteln und Fotos wie eine etwas sonderbare Collage. Es kam Bert so vor, als wäre sein ganzes Leben ein solches Schnipselwerk, zusammengesetzt aus den Eindrücken und Momentaufnahmen vieler Jahre, die er mehr in diesem Büro und in fremden Räumen verbracht hatte als zu Hause.

Tilo Baumgart, schrieb er auf das Blatt Papier und umkringelte auch diesen Namen. Der Psychologe war der Schlüssel zu Mina Kronmeyer. Er besaß wesentliche Informationen über sie. Kenntnisse, über die wahrscheinlich nicht einmal Ben Bischop verfügte. Diesen beiden Menschen hatte das Mädchen sich vertrauensvoll geöffnet. Ihrem Freund und ihrem Therapeuten.

Aber beide waren nicht bereit, offen mit Bert zu sprechen. Beide schützten Mina auf ihre Weise, der eine, weil die berufliche Ethik es verlangte, der andere aus Liebe. *Wie Bruder und Schwester,* hatte Marlene Kronmeyer das Verhältnis zwischen Mina und Ben beschrieben. Und stellte sich ein Bruder nicht immer vor die Schwester, die er liebte?

Mina war von ihrem Vater misshandelt worden, auch wenn keiner der bislang Befragten diesen Begriff verwendet hatte. Ben hatte die Misshandlungen nicht verhindern können, aber er hatte sich oft selbst als Opfer angeboten. Damit Mina verschont blieb.

»Ben war ein Leidender«, hatte Lea Gaspar bei ihrer Befragung ausgesagt. »Er ist in den Fußspuren unseres Herrn gewandelt.«

Bert hatte nachgefragt, betroffen, entsetzt.

»Gott bestimmt unsere Wege«, hatte sie erläutert. »Und wir dürfen nicht aufbegehren. Je mehr Leid ein Mensch auf Erden erfährt, desto größer ist die spätere Glückseligkeit im Reich des Herrn.«

Sie war noch nicht dreißig, eine farblose, schüchterne Frau, Mutter dreier Kinder. Sie brachte keinen normalen Satz heraus. Alles, was sie sagte, klang weltfremd und abgehoben, wie aus einer Werbebroschüre für die Zeugen Jehovas. Bert hatte in die Gesichter ihrer Kinder geschaut. Er hatte einen sehr erwachsenen Ernst darin gefunden und eine erschütternde Freudlosigkeit.

Zufall, hatte er sich einzureden versucht. Vielleicht waren die Kinder krank. Oder müde. Doch er hatte gewusst, dass es nicht so war.

Seufzend schob er die Papiere zusammen und rieb sich die Augen. Wie erschöpft er neuerdings war nach einem Arbeitstag. Früher hatte er zu Hause noch weitergearbeitet. Manchmal bis spät in die Nacht. Und am folgenden Morgen war er pünktlich wieder im Büro erschienen. Es hatte ihm nichts ausgemacht. Im Gegenteil. Die Einfälle waren ihm nur so zugeflogen.

Oder war das nur eine der Legenden, die man um sein eigenes Leben spinnt? Neigte vielleicht jeder dazu, sich die Vergangenheit so zurechtzubasteln, dass er zufrieden, wenn nicht gar mit Stolz darauf zurückblicken konnte?

Er zog das Sakko an. Bevor er für heute endgültig Feierabend machte, würde er Tilo Baumgart noch einen Besuch abstatten. Pfeifend verließ er das Büro. Den Gedanken, dass es nicht das Ende des Arbeitstags war, was ihn beflügelte, ließ er nicht an sich heran. Ebenso wenig die Frage, warum er Tilo Baumgart nicht in seiner Praxis aufgesucht hatte.

Um diese Zeit würde er ihn woanders finden. In einer alten Mühle, die Bert nur zu vertraut war.

※

Sie hatte sich so stark gefühlt. So unabhängig. Und hatte sich aus dem Haus gewagt. Sie konnte sich nicht ewig in einer Wohnung verschanzen, die nicht einmal ihre eigene war. Nach Licht hatte sie sich gesehnt und nach frischer Luft. Die Sehnsucht nach der Welt draußen hatte sie verrückt gemacht. Wie unter einem Zwang hatte sie sich immer wieder vorstellen müssen, wie sich Regentropfen auf der Haut anfühlten, Sonne und Wind.

Etwas hatte ihr gesagt, sie sei kräftig genug für einen kleinen Spaziergang.

Oder jemand?

Vielleicht war es Cleo gewesen oder Marius. Sie hatte es geglaubt. Und wenn sie ihr Gesicht hinter einer von Merles Sonnenbrillen versteckte, würde sie bestimmt niemand erkennen, hatte sie gedacht.

Merle hatte ein Faible für Sonnenbrillen. Sie besaß sie in allen Formen, Größen und Farben. Die meisten waren für Minas Geschmack zu auffällig. Sie suchte eine schlichte schwarze Brille mit großen, sehr dunklen Gläsern aus. Mit den Fingern zupfte sie sich das Haar in die Stirn. Sie war bereit.

Die Geräusche der Straße trafen sie mit voller Wucht.

Ein Lastwagen hupte. Es tat Mina in den Ohren weh. Sie hastete in eine Seitenstraße, atmete tief, um ruhig zu werden. Menschen gingen an ihr vorbei. Zuerst drückte sie sich noch an die Häuserwände, um ihnen auszuweichen, doch dann merkte sie, dass das nicht nötig war. Niemand achtete auf sie. Alle waren viel zu sehr mit sich selbst beschäftigt. Keinem fiel sie auf.

Dabei war ihr Foto in der Zeitung gewesen. Sie hatte es gesehen, obwohl Jette und Merle versucht hatten, es vor ihr zu verbergen. Die Zeitung hatte schon in der Kiste mit dem Altpapier gelegen. Fast hätte Mina sich auf dem Foto gar nicht erkannt. Sie hatte schon so lange nicht mehr in den Spiegel geschaut, dass sie vergessen hatte, wie sie aussah.

Zwei Tauben schnäbelten in einer Fensternische. Ein kleiner Junge trug stolz einen silbernen Luftballon. Vor einem Buchladen war ein alter schwarzer Hund angebunden, der kläglich winselte. Ein Fahrradfahrer kam mit quietschenden Reifen zum Stehen. So viele Bilder. Unwirklich. Wie ausgedacht.

Mina bemühte sich, langsam zu gehen. Obwohl sie am liebsten gerannt wäre. Weg von hier. Irgendwohin, wo es still war. Und einsam. Sie war nicht mehr an Menschen gewöhnt. Sie hatte Angst, plötzlich wieder *Zeit zu verlieren* und an einem Ort aufzuwachen, der womöglich noch schlimmer wäre. Es war ihr schon so oft passiert.

Ruhig, redete sie sich gut zu. Verlier nicht die Nerven.

Tilo hatte ihr Atemübungen gezeigt und ein paar Tricks verraten, mit denen sie eine Panikattacke vermeiden konnte. Jetzt war der Moment gekommen, es auszuprobieren. Sie richtete sich auf. Atmete in den Bauch. Behielt die Luft eine Weile in sich, bevor sie sanft wieder ausatmete.

Und dann entdeckte sie die Katze. Ein junges Kätzchen, nicht älter als fünf Monate. Schmal und zart, hochbeinig, das Fell grau getupft. All diese Einzelheiten nahm Mina noch wahr, bevor die Panik sie überwältigte, bevor kein Atemzug mehr ihre Lungen erreichte und ein heftiger Schwindel ihren Kopf ausfüllte.

*

Ich hatte fast den ganzen Nachmittag neben Frau Sternberg gesessen, die von einem depressiven Schub gepackt worden war und das Bett seit dem Morgen nicht verlassen hatte. Sie hatte kein Wort gesprochen, mich nur ab und zu angeschaut und dann die Augen wieder geschlossen. Zitternd vor einer Kälte, die aus ihrem Innern kommen musste, denn im Zimmer war es angenehm warm gewesen, hatte sie dagelegen, fest in die Bettdecke gehüllt.

Sie hatte mich gebeten, ihr aus ihrem Lieblingsbuch vorzulesen, einer Sammlung der Werke von Eichendorff. Der Einband war vom häufigen Anfassen völlig zerfleddert, der Buchrücken halb abgerissen. Sobald ich zu Hause war, hatte ich mir vorgenommen, wollte ich im Internet nach einer intakten Ausgabe suchen, um sie Frau Sternberg zu schenken.

Da unten wohnte sonst mein Lieb,
die ist jetzt schon begraben,
der Baum noch vor der Türe blieb,
wo wir gesessen haben.

Stets muss ich nach dem Hause sehn,
und seh doch nichts vor Weinen,
und wollt ich auch hinuntergehn,
ich stürb dort so alleine.

So traurig manche Gedichte auch waren, Frau Sternberg schien sich von ihnen getröstet zu fühlen. Ich hörte sie leise zur Melodie der Worte summen. Und ich hatte das Gefühl, als würde sich die alte Frau mit jeder Silbe und jedem Ton ein Stückchen weiter entfernen. Von mir, dem Heim, ihren Mitbewohnern und allem, was ihr Schmerzen verursachte.

Irgendwann war sie eingeschlafen. Ich hatte das Buch ins Regal zurückgestellt und war auf Zehenspitzen hinausgeschlichen.

Zu Hause empfing mich eine völlig aufgelöste Merle.

»Mina ist verschwunden.«

Sie setzte sich hin und sprang sofort wieder auf.

»Verschwunden? Wie …«

»Verschwunden eben. Weg. Abrakadabra.«

Das war eine Katastrophe. Dabei hatten wir Tilo extra gefragt, ob wir sie gefahrlos ab und zu allein lassen konnten. Er war der Meinung gewesen, das sei kein Problem. Mina habe sich so weit gefangen, dass man ihr zwei, drei Stunden Alleinsein durchaus zumuten könne.

»Hat sie eine Nachricht hinterlassen? Eine Erklärung? Einen Hinweis? Irgendwas?«

Merle schüttelte den Kopf. »Ich hab alles abgesucht.«

»Aber sie war heute Morgen doch ganz gut drauf.«

Sogar ausgesprochen fröhlich war sie gewesen. Als wäre die Last der vergangenen Tage mit einem Mal von ihr abgefallen.

»Also«, sagte Merle mit dünner Stimme. »Was kann passiert sein?« Sie zeigte zum Fenster. »Mina hat wahrscheinlich einen *Switch* gehabt und eine ihrer Persönlichkeiten ist jetzt da draußen unterwegs.«

»Vielleicht hatte sie einfach nur Lust, mal wieder frische Luft zu atmen?«

Wir beschlossen, an die zweite Möglichkeit

zu glauben, denn wir wussten zwar, dass Cleo und Marius sich irgendwie durchschlagen würden – was aber würde geschehen, wenn es die kleine Clarissa war, die da draußen umherirrte? Oder wenn eine andere von Minas Persönlichkeiten, die wir noch nicht kennengelernt hatten, sie aus dem Haus gelockt hatte?

Wie auf Kommando standen wir beide auf. Wir würden sie suchen und wenn es die ganze Nacht dauern sollte.

*

Frau Bergerhausen hatte gründlich sauber gemacht. Sie hatte eine Stunde drangehängt und noch einige Pflanzen umgetopft, eine Arbeit, die Imke sich eigentlich nicht gern abnehmen ließ, weil sie es liebte, sich um ihre Pflanzen zu kümmern. Diesmal jedoch hatte sie nichts dagegen gehabt, denn sie war mit ihrem neuen Buch gerade an einem Punkt angelangt, an dem sie den Schreibfluss nur ungern unterbrach.

Es gab die strikte Anweisung für Frau Bergerhausen, nichts Geschriebenes anzurühren. Mit einer Ausnahme: Alles, was sie fand, wo es nicht hingehörte, sollte sie an gut sichtbarer Stelle deponieren. Und so hatte sie es auch mit Tilos Notizbuch gemacht, über das sie im Wintergarten gestolpert sein musste. Als Imke nach getaner Arbeit mit einem Becher Tee in der Hand den Wintergarten betrat, entdeckte sie es sofort. Sie ließ es auf dem Tisch liegen und rückte sich einen Sessel zurecht.

Draußen bereitete das Land sich auf den Abend vor. Der Bussard schien noch unterwegs zu sein, ebenso wie die Katzen. Wie einfach das Leben hier war. Es wurde hell und wieder dunkel. Die Jahreszeiten wechselten. Die Tiere kamen und gingen.

Einfach. Imke trank den Tee langsam und mit Genuss. Sie ließ das Wort auf der Zunge zergehen. War ihr Leben je einfach gewesen?

Als sie den Becher abstellen wollte, fiel ihr Blick wieder auf das Notizbuch. Frau Bergerhausen hatte es anscheinend achtlos abgelegt, denn ein loses Blatt schaute heraus, das sie nicht wieder hineingesteckt hatte.

Erstaunlich, dass Tilo, der so darauf achtete, dass ja niemand Einblick in seine Aufzeichnungen bekam, sie bereits zum zweiten Mal in so kurzer Zeit hier vergaß. Das offenbarte mehr als alles andere, unter welchem Stress er stand.

Zögernd nahm Imke das Buch und öffnete es, um die Sache in Ordnung zu bringen. Ein Zeitungsausschnitt fiel ihr entgegen. Ein Artikel über den Mord in der alten Kleiderfabrik.

Es war vor allem das Foto der Fabrik, das Imkes Aufmerksamkeit erregte. Dunkel und drohend ragte das Gebäude in den Himmel. Darunter stand in Tilos klarer, ausdrucksstarker Schrift nur ein Wort. *Mina*.

Imke spürte den Adrenalinausstoß ihres Körpers bis in die Fingerspitzen. Ihr Puls schnellte in die Höhe. Das hier war der Schlüssel zu einer Geschichte. Einer Geschichte, die sie im Kopf bereits zu schreiben begonnen hatte. Ohne es zu bemerken. Einer Geschichte, die sie abschließen musste, um die Gefahr zu bannen, die von diesem Gebäude auf dem Foto ausging.

Ihre Skrupel verflüchtigten sich. Sie blätterte zur ersten Seite zurück und begann zu lesen.

*

Die Katze machte ihr Angst. Schreckliche Angst.
Mama.
Sie schaute sich um. Lauter fremde Häuser. Niemand, den sie kannte. Männerbeine. Frauenbeine. Die Gesichter hoch oben. Wie unter Wasser. Das kam von den Tränen.

*Die Blümelein, sie schlafen
schon längst im Mondenschein ...*

Nicht die Katze angucken. Erst recht nicht streicheln. Den Kopf wegdrehn und vorbeigehn. Die Straße mit dem hubbeligen Pflaster entlang. Vorbei an den Türen, vor denen Kübel mit kleinen, verdurstenden Bäumen standen. Vorbei an kaputten Treppenstufen.

*Sie nicken mit den Köpfchen
auf ihren Stängelein ...*

Ein lautes Motorrad. Jemand rempelte sie an. Hab keine Angst. Keine Angst. Bist doch ein großes Mädchen.

*Es rüttelt sich der Blütenbaum,
er säuselt wie im Traum ...*

Die Füße so müde. Die Augen auch. Sie wusste nicht, ob die Katze noch da war. Kniff die Augen zu. Stolperte. Aufpassen. Nicht nach hinten gucken. Dahin, wo vielleicht das Kätzchen noch saß.

*Schlafe, schlafe, du, mein Kindlein, schlaf
ein ...*

Am Ende der Straße ein Eisentor. Dahinter ein Park mit hohen Bäumen. Vögel kreischten in der Luft. Das Tor verschlossen.

*Die Vögelein, sie sangen
so süß im Sonnenschein,
sie sind zur Ruh gegangen
In ihre Nestchen klein ...*

Clarissa kauerte sich in einen Hauseingang. Sie zog die Beine an und legte das Kinn auf die

Knie. Ihre Hände fühlten sich an, als gehörten sie einem anderen Mädchen. Ihre Füße auch. Vielleicht träumte sie nur. Und musste bloß einschlafen, um wieder aufwachen zu können.

Schlafe, schlafe, du mein Kindlein, schlaf ein ...

*

Sie wirkte peinlich berührt, als sie ihm öffnete. Schuldbewusst. Aber sie bekam sich rasch wieder in den Griff. Das Lächeln, das sich auf ihrem Gesicht ausbreitete, überwältigte Bert. Sie schien sich tatsächlich über seinen Besuch zu freuen. Er folgte ihr in den Wintergarten, wo ein leerer Becher auf dem Tisch stand.

»Darf ich Ihnen etwas anbieten? Kaffee? Tee?«

»Danke. Nein. Ich habe gerade noch einen Kaffee getrunken.«

Sie setzten sich. Und schauten schweigend hinaus aufs Land.

»Ich warte auf meine Katzen. Und auf den Bussard. Seltsam, nicht? Dass man erst zur Ruhe kommt, nachdem alle zu Hause sind?«

»Das hängt von der Geschichte ab, die man hinter sich hat«, sagte Bert.

Sie lächelte. »Ja. Stimmt.«

Bert bewunderte sie für ihre Stärke. Zweimal hätte sie um ein Haar ihre Tochter verloren. Das steckte man nicht so einfach weg.

»Aber Sie sind nicht hergekommen, um über Vergangenes zu sprechen«, sagte sie.

»Nein. Ich würde mich gern mit Ihrem ... mit Herrn Baumgart unterhalten.«

Dieses Zögern. So etwas durfte ihm nicht passieren. Er sollte in der Lage sein, die Worte mit Bedacht zu wählen. Bert schluckte seinen Ärger hinunter. Was war er nur für ein Trottel.

»Er ist noch nicht zurück.« Sie lächelte verlegen. Vielleicht war ihr aufgefallen, dass sie ihren Lebensgefährten bei der Aufzählung derer, auf die sie wartete, vergessen hatte. »Haben Sie es in seiner Praxis versucht?«

Bert schüttelte den Kopf. »Ich habe mich spontan zu diesem Besuch entschlossen und dachte, ich fahre einfach mal vorbei.« Er stand auf. »Macht nichts. Es hat auch Zeit bis morgen.«

»Geht es um das Mädchen?«

»Mina Kronmeyer, ja.«

»Sie haben sie ... noch nicht gefunden.«

»Leider nein. Herr Baumgart könnte mir dabei helfen.«

Sofort wusste er, dass er zu weit gegangen war. Doch sie nahm es nicht übel.

»Ich werde mit ihm sprechen«, versprach sie.

Als er in seinen Wagen stieg, kamen die Katzen angelaufen. Imke hielt ihnen die Tür auf. Dann winkte sie Bert zu und verschwand im Haus. Bert machte das Radio an und drehte den

Ton so laut, dass die Musik ihm in den Ohren dröhnte. Alles war besser, als darüber nachzudenken, dass er am liebsten geblieben wäre.

*

Uns wurde klar, wie wenig wir über Mina wussten. Wir kannten weder ihre Lieblingsplätze, noch ihre Gewohnheiten, weder ihre Vorlieben noch ihre Abneigungen. Bei der Suche nach Merle hätte ich keine Sekunde gezögert. Ich hätte es auf dem Gelände des Tierheims probiert, im Schlossgarten und in dem kleinen Wald hinter dem Weiher. Bei Mina war ich mir nicht mal sicher, wie gut sie Bröhl überhaupt kannte, denn ihre Familie und die meisten der *Wahren Anbeter Gottes* lebten in dem kleinen Vorort, in dem auch die alte Kleiderfabrik stand.

»Ein Scheißgefühl«, schimpfte Merle, »nicht zu wissen, wo man suchen soll.«

»Und nicht mal zu wissen, *wen* man sucht.«

Sie nickte grimmig. »Es gibt so viele stinknormale Menschen auf der Welt. Aber nein, wen gucken wir uns aus? Eine Multiple.«

»Streng genommen haben wir sie uns nicht ausgeguckt.« Ich hakte mich bei Merle ein.

»Was dem Ganzen noch die Krone ins Gesicht schlägt.«

»Aufsetzt.«

»Wie bitte?«

»Die Krone *aufsetzt*«, wiederholte ich.

»Meinetwegen.« Merle stand mit Redensarten auf Kriegsfuß, aber sie hörte nicht auf, mit ihnen um sich zu werfen. »Und wenn Mina einfach gegangen ist? Kann doch sein, dass sie uns nicht in ihre Probleme reinziehen will.«

»Ohne sich zu verabschieden? Und außerdem – wir hängen doch längst mit drin.«

Wie oft hatten Minas Schreie uns in den vergangenen Nächten aus dem Schlaf gerissen. Wie oft hatten wir sie schweißgebadet in einem ihrer Verstecke gefunden. Wie oft hatten wir erfahren müssen, dass wir ihr nicht helfen konnten.

Ohne uns abzusprechen, hatten wir den Weg zum Schlosspark eingeschlagen. Obwohl der um diese Zeit schon geschlossen war. Wir ließen die belebten Straßen hinter uns und gingen den Weg am Zaun entlang.

Ein Rascheln ließ uns zusammenfahren.

»Das ist mir heute schon mal passiert«, flüsterte Merle. »Am Tierheim. Irgendwer hat mich beobachtet.«

Der Schlosspark hatte schon immer alle möglichen Typen angezogen, die hier ihre verbotenen Partys feierten und neben verkohlten Feuerstellen ein Sammelsurium an Flaschen, Zigarettenkippen und benutzten Kondomen zurückließen. Dann war der Zaun aufgestellt worden und hatte einen Teil von ihnen vertrieben. Doch die ganz Hartgesottenen ließen sich auch von ihm nicht aufhalten.

Es war nicht auszumachen, ob es vor oder hinter dem Zaun geraschelt hatte. Merles Worte und das diffuse Dämmerlicht versetzten mich in eine Stimmung, in der man hinter jedem Baumstamm Gespenster vermutet.

»Wir hören ja schon die Flöhe husten.« Ich lachte, ein bisschen zu hoch und ein bisschen zu laut.

Da raschelte es wieder. Diesmal ganz nah.

Ich zog Merle vom Zaun weg und auf die Häuser zu. Das Geräusch davonhuschender Schritte bildete ich mir wahrscheinlich nur ein, jedenfalls drehte ich mich nicht danach um.

*

Es wurde dunkel. Wenn sie zu spät kam und das Abendessen schon auf dem Tisch stand, wurde der Vater böse. Dann würde er sie bestrafen. Mama würde er ins Schlafzimmer sperren. Clarissa würde ihr Weinen hören. Ihr Weinen und später ihr Wimmern. Denn nachdem der Vater Clarissa bestraft hatte, würde er Mama wehtun.

So war es immer. Niemand konnte was dagegen machen. Nicht mal der liebe Gott.

Nach Hause. Nach Hause. Aber wo war das, zu Hause?

Clarissa spürte kleine Schluchzer in der Kehle. Sie sah zu den Straßenschildern auf, aber sie konnte noch nicht lesen. Nur ein paar Wörter, die sie sich selber beigebracht hatte. Heimliche Wörter, die sie vorm Vater versteckte. Vielleicht würde er sie ihr wegnehmen, wenn sie ihm davon erzählte.

»Ben«, flüsterte sie.

Er war nicht da. Auch das Kätzchen war nicht da.

Ob der Vater sich das ausgedacht hatte, um sie zu bestrafen? Dass sie allein durch fremde Straßen laufen musste und den Weg nicht fand?

Und sie fühlte schon die Dunkelheit. Bald würde die sich auf die Dächer legen und runtersacken und die Dinge verschwinden lassen.

Clarissa lehnte sich an eine Hauswand und schloss die Augen. Irgendjemand musste ihr helfen. Schnell.

14

Cleo schaute sich prüfend um und stellte fest, dass sie sich in dieser Gegend nicht auskannte. Hatte das Kind sie schon wieder in eine Situation manövriert, die sie jetzt ausbaden musste! Der Ärger darüber verflog so rasch, wie er aufgeflammt war. Es gab Wichtigeres zu tun, als Schuld zu verteilen.

Sie hatte keine Angst. Wenn sie nicht rechtzeitig zur Wohnung der Mädchen zurückfand, dann würde sich eine andere Möglichkeit auftun, die Nacht zu verbringen. Es gab immer eine Lösung. Man musste nur offen dafür sein.

Die Straßennamen sagten ihr nichts. Wahrscheinlich war Clarissa ziemlich weit gelaufen. Wie hatte es überhaupt passieren können, dass sie wieder nach *draußen* gelangt war?

Eine Gruppe junger Leute kam ihr entgegen. Sie lachten und redeten alle durcheinander. Ein Typ blieb bei Cleo stehen und versuchte, sie auf den Mund zu küssen. Cleo tauchte unter ihm weg, schnellte herum und versetzte ihm einen Schlag, der ihn taumeln ließ.

Die andern fingen ihn auf und begannen,

Cleo zu beschimpfen. Sie ging davon, nicht zu langsam, nicht zu schnell. Sie hatte kein Interesse daran, die Gruppe noch weiter zu provozieren.

Ihr erster Impuls hatte ihr gesagt, sie solle einfach nach dem Weg fragen. Dann hatte sie überlegt, dass man sie erkennen könnte. Schließlich war ihr Foto in der Zeitung gewesen.

Was hatte die Mutter sich bloß dabei gedacht? Eine Vermisstenanzeige aufzugeben! Als hätte sie ihre Tochter jemals vermisst.

Etwas in Cleo behauptete zaghaft, dass das so nicht stimmte. Aber Cleo hatte keine Lust, darauf zu hören. Sie musste nachdenken, wohin sie sich wenden sollte, denn es war nicht gut für sie, zu lange vor aller Augen durch die Stadt zu spazieren.

*

Als Tilo auf die Mühle zufuhr, war alles dunkel. Nur das Außenlicht brannte. Er freute sich darüber. Es war ein Zeichen von Fürsorglichkeit und es galt ihm. Imke war schon ins Bett gegangen. Sie hatte ihm eine Nachricht auf den Küchentisch gelegt, zusammen mit dem Notizbuch, das Tilo schon vermisst hatte.

Der Kommissar war hier. Er wollte mit dir sprechen.

Darunter der Anfangsbuchstabe ihres Namens, von einem schiefen Herzen eingerahmt.

Tilo aß ein wenig Heringssalat mit Brot und trank ein Bier dazu. Dann setzte er sich in den Wintergarten, um noch ein Stündchen zu arbeiten. Doch er konnte sich nicht konzentrieren. Was hatte der Kommissar von ihm gewollt?

Diese unangekündigten Besuche gefielen ihm nicht. Sie setzten ihn unter Druck, ohne dass er hätte erklären können, warum. Er schaltete den Laptop aus, verstaute seine Unterlagen wieder und ging nach oben.

Die Katzen kamen schläfrig aus Imkes Arbeitszimmer getrottet und blinzelten vorwurfsvoll ins Licht. Allein hatten sie im Arbeitszimmer nichts verloren, denn wenn sie ihre verrückten fünf Minuten bekamen, stürmten sie dermaßen wild über Tische und Bänke, dass nichts vor ihnen sicher war.

Anschließend konnte man Manuskriptseiten und Stifte vom Boden aufsammeln und oft genug die Scherben der zerbrechlichen Dinge, mit denen Imke sich bei der Arbeit umgab: Schmetterlinge, Käfer und kleine Elefanten aus Ton, Tassen und Becher aus altem Porzellan.

Tilo knipste das Licht an. Nichts war zu Bruch gegangen. Nur einige ausgedruckte Seiten waren zu Boden geflattert. Er hob sie auf, um sie auf den Schreibtisch zurückzulegen. Dabei fiel sein Blick auf vier Worte.

Wenn man multipel ist ...

Es war, als hätte er sich die Finger verbrannt.

Er ließ den Ausdruck auf den Schreibtisch fallen. Sein Herz klopfte viel zu schnell.

Wenn man multipel ist ...

Wie kam Imke auf dieses Thema?

Wenn man multipel ist ...

Das musste ein Zufall sein. Tilo unterhielt sich niemals über seine Patienten. Nicht einmal mit Imke. Sie kannte einige Namen. Sie kannte weitgehend seinen Terminplan. Doch das war auch alles. Er hatte ihr nichts von Minas Krankheitsbild erzählt.

Wenn man multipel ist ...

Er war immer darauf bedacht, keine vertraulichen Informationen herumliegen zu lassen. Seine Patienten hatten ein Recht darauf, dass er ihre Privatsphäre schützte. Sie vertrauten seiner Diskretion und er würde sie nicht ...

Erschrocken dachte er an das Notizbuch, das er beim Nachhausekommen auf dem Küchentisch gefunden hatte. Und daran, dass er es nun schon zum zweiten Mal hier vergessen hatte. Aber Imke würde doch nie ...

Wenn man multipel ist ...

Ein Zufall. So etwas kam vor. Manchmal lagen bestimmte Gedanken einfach in der Luft. Plötzlich redete jeder über ein und dasselbe Phänomen, erschienen fünf Bücher zu ein und demselben Thema. Ein dummer Zufall, weiter nichts.

Die Hand schon auf dem Lichtschalter, blieb

Tilo stehen. Er konnte den Impuls nicht verleugnen, zum Schreibtisch zurückzukehren, um mehr zu lesen als diese vier Worte. Doch er löschte das Licht. Schloss die Tür. Es fiel ihm schwer.

Als er sich ins Bett legte, bewegte Imke sich im Schlaf. Sie hob den Arm und ließ ihn auf seine Hüfte sinken. Tilo blieb ganz ruhig liegen, um sie nicht aufzuwecken. Lange lag er so im Dunkeln und schaute zur Decke, auf die das Mondlicht Schatten warf. Er hatte Angst vor dem nächsten Morgen.

*

Merle war froh darüber, dass Jette bei ihr war. Nach Einbruch der Dunkelheit verwandelte sich Bröhl in eine andere Stadt. Dann erinnerte sie an die Göttin mit den zwei Gesichtern, das eine gütig und sanft, das andere böse und verschlossen.

Da waren die unzähligen malerischen Winkel, das bei Touristen so beliebte Rokokoschloss, der viel besuchte alljährliche Weihnachtsmarkt. Da waren aber auch die Schutzgelderpressungen, die Bandenkriege und die Serie der nicht aufgeklärten Überfälle auf Frauen und Mädchen.

Es gab Straßen, in denen kein Bröhler jemals sein Auto abstellen würde. In denen die Schaufenster mit Eisengittern gesichert waren und die Grundstücksmauern mit Stacheldraht. Keine zehn Minuten davon entfernt wohnten die Menschen in Jugendstilvillen und Prachtbungalows. Dr. Jekyll und Mr Hyde.

Merle hatte nicht geahnt, wie groß diese Stadt wirklich war und wie leicht ein Mensch in ihr verloren gehen konnte. Erst recht ein Mädchen wie Mina, die nicht einmal in sich selbst zu Hause war.

»Ich kann nicht mehr«, sagte Merle. »Ich hab Hunger, ich bin müde und die Füße tun mir weh.«

»Mir auch.« Jette blies sich erschöpft die Haare aus dem Gesicht. »Wir sollten irgendwo eine Kleinigkeit essen und ein bisschen ausruhen.«

Im *Rapunzel*, dem Bistro am Markt, bestellten sie sich einen überbackenen Toast und überlegten, wie sie weiter vorgehen sollten. Das kalte Neonlicht stand im krassen Widerspruch zu den in warmem Ocker getünchten Wänden und den zahlreichen Pflanzen, die aus bauchigen Kübeln sprossen. Mücken umsirrten die Lichtröhren. Sie waren aggressiver als sonst, aber auch langsamer. Ihre Tage waren gezählt.

»Vielleicht ist Mina nach Hause zurückgekehrt«, sagte Jette. »Zu ihrer Mutter.« Sie leckte sich einen Käsefaden aus dem Mundwinkel. »Um endlich reinen Tisch zu machen.«

»Aber doch nicht, ohne uns ein Wort zu sagen.« Merle hatte ein schlechtes Gewissen. Wie konnte man krank sein vor Sorge und gleichzeitig einen Toast mit solchem Heißhunger verschlingen?

Es waren nicht viele Gäste da. Der Kellner lehnte gelangweilt an der Theke und blätterte in einer Zeitschrift. Sein rechter Fuß tippte den Takt zu *It's Raining Men* auf den rostfarbenen Fliesenboden.

Jette schob ihren Teller weg und holte ihr Handy hervor. Auf ihrem Gesicht lag ein Schimmer von Hoffnung. »Tilo«, sagte sie, und ihr Daumen drückte schon die Tasten. »Wenn uns einer helfen kann, dann er.«

Darauf hätten sie auch früher kommen können. Nach zwei Jahren Therapie kannte ein Therapeut seine Patienten bestimmt fast besser als sich selbst. Und Mina hatte unbedingtes Vertrauen zu Tilo. Vielleicht hatte sie sich zu ihm auf den Weg gemacht. Oder sich zumindest bei ihm gemeldet.

»Hi, Tilo«, sagte Jette. »Entschuldige, dass ich so spät noch ... Das ist nett von dir. Danke. Weswegen ich anrufe ... Nein, mach dir keine Sorgen. Es ist nur – wir wissen nicht, wo sie ist. Und da dachte ich, ich frag mal bei dir nach, ob ... Nein, verschwunden würde ich nicht sagen. Vielleicht wollte sie ja nur mal eine Weile raus. Wohnungskoller, verstehst du? ... Klar haben wir gesucht. Überall. Kannst du nicht ... Ja. Wir sind im *Rapunzel*, Merle und ich. Das kleine Bistro am Markt ... Okay. Danke, Tilo. Bis gleich.«

Merle stellte keine Fragen. Jette erklärte nichts. Schweigend saßen sie da und warteten. Und die Zeit verging.

*

Bert konnte nicht schlafen. Neben sich hörte er die tiefen, gleichmäßigen Atemzüge seiner Frau. Sie machten ihn wütend und er schämte sich deswegen. Gönnte er Margot nicht einmal eine ruhige Nacht? Er schlug die Bettdecke zurück, setzte sich auf und griff nach seinem Bademantel, der auf dem Schaukelstuhl lag.

Der Schaukelstuhl war das einzige Möbelstück, das Bert mit in die Ehe gebracht hatte. Er hatte ihn von seinem allerersten selbst verdienten Geld auf einem Flohmarkt erstanden. Doch er liebte ihn nicht nur aus sentimentalen Gründen. Der Schaukelstuhl gehörte ihm ganz allein und schon das machte ihn zu etwas Besonderem.

Das gesamte Haus war nach Margots Vorstellungen eingerichtet. Sogar die Kinderzimmer hatten sich ihrem Geschmack gebeugt. Bert hatte das ohne Widerspruch akzeptiert, denn es war ihm nur gerecht erschienen, dass Margot, die ihren Beruf aufgegeben hatte, hier das Sagen haben sollte.

Obwohl er klare Linien mochte und sparsam möblierte Räume, hatte er sich mit Margots Vorliebe für vollgestellte Zimmer und ständig wechselnde Dekorationen arrangiert und ihren Streifzügen durch die Geschäfte für Wohnaccessoires wenn nicht Verständnis, so doch Toleranz entgegengebracht. Seinen Schaukelstuhl allerdings hatte er nicht hergegeben, und seit das gute Stück ins Schlafzimmer verbannt worden war, hing er nur noch mehr an ihm. Er hatte ihm schon so manche schlaflose Nacht erträglich gemacht.

Heute jedoch verließ Bert das Schlafzimmer. Er war auf der Flucht vor seinen Gedanken, die immer wieder zur alten Mühle zurückkehrten und zu Imke Thalheim, an die er eigentlich nicht mehr hatte denken wollen. Er fühlte sich Margot gegenüber schuldig. Und war von sich selbst enttäuscht. Ihre Liebe hatte nicht einfach aufgehört. Er hatte sie getötet in all den Jahren, in denen ihm seine Arbeit wichtiger gewesen war.

Er ging in das Kellerzimmer, in dem der Crosstrainer stand. Margot hatte ihn angeschafft und lag Bert täglich mit der Forderung in den Ohren, ihn doch bitte zu benutzen. Jetzt war der Moment gekommen. Die Alternative wäre ein Sandsack gewesen (den Bert nicht besaß) oder ein Lauf von mindestens zehn Kilometern (den Bert nicht durchhalten würde).

Zehn Minuten später klammerte Bert sich keuchend an den Haltegriffen fest. Der Schweiß lief ihm übers Gesicht. Er steigerte das Tempo. Sein Herz spielte vor Anstrengung verrückt. Ihm wurde schlecht, aber er hörte nicht auf. Vergessenvergessenvergessen, hämmerte es im Rhythmus der Bewegungen in seinem Kopf. Umsonst. Die Gedanken an Imke Thalheim ließen sich nicht vertreiben.

Immer noch atemlos, stand er schließlich auf der Terrasse und betrachtete den Garten, den Margot mit großer Sorgfalt angelegt hatte. Er sah das Seerosenbecken mit dem Steinfrosch, die im Mondlicht glänzenden Tonkugeln zwischen den Stauden, das kleine Blockhaus, in dem die Gartengeräte untergebracht waren. Und als ihm die Tränen kamen, erleichterte ihn das nicht, denn all das hier war ihm zuwider, seit er zum ersten Mal den Garten der alten Mühle gesehen hatte.

*

Tilo fuhr und wir hielten die Augen offen. Merle, die hinten saß, beobachtete die linke Straßenseite, ich die rechte. Mit der Zeit war es still geworden in der Stadt. Keine Spaziergänger mehr, keine Wartenden an den Bushaltestellen, nur noch wenige, die von Kneipengängen oder Partys übrig geblieben waren und jetzt den Weg nach Hause angetreten hatten.

Es regnete leicht. Das nasse Pflaster auf den Gehsteigen reflektierte die Beleuchtung in den Schaufenstern. Blätter klebten auf dem Asphalt. Wir verließen das Zentrum wieder, fuhren durch eines der angrenzenden Stadtviertel, langsam, um Mina bloß nicht zu übersehen.

»Wenn sie draußen rumläuft, finden wir sie.«

Tilo wiederholte diesen Satz gebetsmühlenartig. Er wollte uns und vielleicht auch sich selbst damit Mut machen, doch das funktionierte nicht. Mindestens siebenmal hatten wir inzwischen den Marktplatz umrundet. Uns jedes einzelne Stadtviertel vorgenommen. Wir waren zweimal in der Wohnung gewesen, um nachzusehen, ob Mina zwischenzeitlich dort aufgetaucht war, hatten den Wagen abgestellt, um die Fußgängerzone zu durchstreifen. Von Mina keine Spur.

Wir näherten uns wieder der Gegend um die alte Fabrik. Mina kannte sich hier aus. Würde sie in einer Notsituation nicht hierher zurückkehren? Merle und ich hielten das für wahrscheinlich. Tilo bezweifelte es.

»Aber es ist natürlich alles möglich«, sagte er. »Bei einem Menschen wie Mina gibt es keine berechenbaren Faktoren. Zwei Überlegungen bereiten mir Sorgen. Erstens: Mina steht unter einem extremen Druck. Zweitens: Wir kennen möglicherweise erst einen Bruchteil ihrer Persönlichkeiten. Und das bedeutet ...«

»... dass wir keine Ahnung haben, wer sie im Augenblick ist«, vervollständigte ich seinen Satz.

Tilo nickte. »Deshalb kann ich ihr Verhalten

so schlecht einschätzen. Die Persönlichkeiten, die ich kennengelernt habe, würden um nichts in der Welt in ihr altes Zuhause oder auch nur in die Nähe davon zurückkehren, denn sie haben sich gerade erst mit immensen Schwierigkeiten daraus befreit. Ich weiß allerdings nicht, ob es für andere Persönlichkeiten nicht gute Gründe gibt, es doch noch einmal zu tun.«

»Vielleicht weil sie eine alte Rechnung begleichen wollen.« Merle presste die Lippen zusammen, aber sie hatte nur ausgesprochen, was mir ebenfalls durch den Kopf gegangen war.

Tilo packte das Lenkrad fester. Seine Lippen waren gerade Striche. Er sah einsam und unglücklich aus.

»Sag, dass das nicht möglich ist!«, flehte ich ihn an. »Dass Mina nichts Böses im Schilde führt und dass sie auch mit dem Tod ihres Vaters nichts zu tun hat!«

»Jette ...« Merle drückte meine Schulter.

»Bitte, Tilo! Sag es!«

Für eine Sekunde schloss er die Augen. Dann richtete er den Blick wieder auf die Straße.

»Ich wollte, ich könnte es«, flüsterte er.

*

Wie war sie hierhergekommen? Sie erinnerte sich nicht.

Die feuchte Kälte kroch ihr unter die Haut. Noch nie hatte sie so gefroren. Der Regen fiel in langen Schnüren. Er machte ein schönes Geräusch. In ihrem Kopf bildeten sich Gedanken, die sie nicht verstand. Der Regen war das einzig Verlässliche.

Sie erkannte die Fabrik. Sie wusste, sie durfte nicht hineingehen. Irgendetwas Schlimmes war hinter den großen Fenstern geschehen. Warum war sie hier?

Wie einsam das große, dunkle Gebäude dastand. Und wie still. In dieser Reglosigkeit lauerte etwas. Eine Kälte, die noch eisiger war.

Ohne Vorwarnung blitzten Bilder auf. Viele Menschen in einem großen Raum. Ein Raunen. Beten. Gesang. Und der Vater vorn am Altar. Er hebt die Arme. Die Menschen sinken auf die Knie. Der Vater zeigt auf das kleine Mädchen. Er sagt kein Wort. Rundum wird es still. Alle Augen richten sich auf das Mädchen.

»Bestraft sie«, sagt der Vater.

Und sie kommen auf das Mädchen zu.

*

Zum ersten Mal waren in Tilo Zweifel wach geworden. In den vergangenen Sitzungen mit Mina hatte er eine neue Persönlichkeit kennengelernt, die er noch nicht einordnen konnte. Er wusste nicht einmal, ob es sich um einen Mann oder eine Frau handelte. Diese Persönlichkeit hatte Ähnlichkeit mit Cleo, aber sie trug eine noch viel größere Wut in sich.

Sie hatte Tilo ihren Namen nicht genannt und kaum mit ihm geredet. Es war Tilo so vorgekommen, als wäre sie sich nicht darüber im Klaren, ob sie mit ihm zusammenarbeiten wollte oder nicht.

»Ich halte nichts von Psychoanalyse.«

Sie hatte ihm den Satz vor die Füße gespuckt.

»Warum nicht?«

Ihre Lippen hatten sich verächtlich gekräuselt. »Das ist was für Schwächlinge.«

Aufmerksam hatte Tilo ihr Gesicht gemustert. Das Kinn schien weniger rund zu sein, die Wangen wirkten schmaler, die Augen verengt. Der Blick dieser Persönlichkeit war kühl und unbeteiligt. Aber Tilo spürte, dass er eine ungezügelte Feindseligkeit versteckte und eine tiefe Bitterkeit.

»Das sehe ich anders.«

»Logisch!«

Sie lachte. Kurz und zynisch. Tilo kannte dieses Lachen nicht.

»Was wollen Sie von mir?«

Unwillkürlich hatte er die fremde Persönlichkeit gesiezt. Vielleicht um Abstand zu wahren.

»Ich? Von Ihnen?« Sie lachte wieder, lauter diesmal. »Überschätzen Sie sich da nicht ein bisschen? Ich kriege meine Sachen allein geregelt. Dazu brauch ich keinen, erst recht nicht Sie.«

Ihre Aggressionsschwelle war nicht besonders

hoch. Zornig starrte sie ihn an. Es war allein ihrer Selbstbeherrschung zu verdanken, dass sie nicht zum Schlag ausholte.

»Warum sind Sie hier?«

Tilo hatte nicht vor, sich beirren zu lassen. Er unterdrückte die feinen Angstsignale, die er spürte.

Seine Hartnäckigkeit trieb sie in die Enge. Als sie antwortete, war ihre Stimme bedrohlich ruhig. »Ich habe das Gefühl, ich werde gebraucht.«

Nach diesem ersten Zusammentreffen war Tilo dieser neuen Persönlichkeit noch ein paarmal begegnet. Er hatte den Verdacht gehabt, dass sie ihn kontrollierte, und ihm war unbehaglich dabei zumute gewesen. Jedes Mal hatte er sie nach ihrem Namen gefragt und jedes Mal war sie ihm ausgewichen.

Zu einem echten Gespräch war sie nicht bereit gewesen. Tilo hatte den Eindruck gewonnen, dass sie einen Plan entwickelt hatte, dessen Umsetzung sie gezielt vorbereitete. Inzwischen fragte er sich, ob der Plan darin bestanden haben könnte, Mina fortzubringen und so die Therapie zu unterbrechen.

Wer behauptete denn, dass es keine Persönlichkeiten in Mina gab, die mit dem Vater kooperiert hatten? Persönlichkeiten womöglich, die mit Minas Verhalten ganz und gar nicht einverstanden waren?

Seine Augen brannten. Er war hundemüde. Nur noch ein paar Stunden bis zum Morgen. Dann würde er Imke wieder begegnen. Und er fragte sich, was er zu ihr sagen sollte.

15

Der Regen war stärker geworden. Es war ungemütlich draußen. Hoffentlich, dachte Merle, ist Mina irgendwo untergekrochen, wo es warm ist. Vielleicht doch bei ihrer Mutter. Aber sie konnte es sich nicht vorstellen. Mina hatte ihre Mutter von sich aus nie erwähnt. Auf Fragen hatte sie knapp und ausweichend geantwortet. Ein einziges Mal war sie sehr deutlich geworden.

»Ich habe keine Mutter mehr«, hatte sie gesagt.

Merle, die selbst kaum noch eine Beziehung zu ihren Eltern hatte, war erschrocken gewesen. Minas Worte hatten so hart geklungen und so endgültig. Ihr Gesicht hatte keine Regung gezeigt.

Tilo fuhr an den Straßenrand und schaltete Motor und Scheinwerfer aus. »Kurze Besprechung«, sagte er. »Dieses konfuse Umherfahren bringt uns nicht weiter.«

Der Regen prasselte auf das Wagendach und lief in kleinen, glitzernden Bächen an den Scheiben hinunter. Merle fühlte sich rundum eingehüllt. Und seltsam geborgen.

»Mina kennt hier in der Gegend alle möglichen Leute«, überlegte Jette laut. »Gibt es einen darunter, an den sie sich wenden würde, wenn sie Probleme hätte?«

Tilo rieb sich mit beiden Händen über das Gesicht. Er sah erschöpft aus. »Da fallen einem zuerst die *Wahren Anbeter Gottes* ein, aber die meisten schätzt sie nicht besonders. Vor einigen fürchtet sie sich sogar. Ich glaube nicht, dass sie einen von ihnen aufsuchen würde. Außer vielleicht Ben. Mit ihm war sie sehr vertraut.«

»Vielleicht zu vertraut«, sagte Jette. »Das kann in extremen Situationen ins Gegenteil umschlagen.«

Extreme Situationen, dachte Merle mit leiser Ironie. Gibt es denn auch andere?

Sie schwiegen eine Weile und jeder grübelte für sich allein.

»Hat einer Bens Handynummer?«, fragte Jette dann.

Keiner hatte sie. Wieder breitete sich Schweigen aus.

»Wir sollten nichts überstürzen«, sagte Merle schließlich. »Mina hat den Kontakt zu allen aus ihrem früheren Leben abgebrochen. Da können wir nicht mitten in der Nacht Leute aus dem Bett trommeln, die wir nicht mal kennen.«

»Lasst uns zur Fabrik fahren«, schlug Tilo vor, »und uns gründlich auf dem Gelände umsehen. Sollten wir Mina dort allerdings nicht finden, müssen wir die Polizei informieren.«

»Polizei?« Jette warf Merle einen Hilfe suchenden Blick zu.

»Ich kann diese Verantwortung nicht länger tragen. Versteht das doch. In ihrem augenblicklichen Zustand ist Mina für sich selbst eine Gefahr.«

Merles Augen füllten sich mit Tränen. Als sie das letzte Mal eine Polizeistation betreten hatten, war ihnen der Boden unter den Füßen weggezogen worden. Sie hatten ihre Freundin verloren.

»Gut«, sagte sie dennoch, und Jette nickte.

*

Sie hätte nicht herkommen dürfen. Und sie hätte es auch nicht getan. Niemals. Nicht freiwillig. Eine oder einer von ihnen hatte sie hierhergeführt. Aber warum? Zu welchem Zweck?

Wie eine Marionette kam sie sich vor. Irgendjemand spielte ein Spiel, das sie nicht kannte, und sie musste die Wege gehen, die er bestimmte.

Der Raum hatte sich nicht verändert. Da waren die hohen Fenster, der graue Steinfußboden, die unverputzten Wände. Da war der Altar, ein riesiger, schlichter Tisch ohne Decke und ohne Blumenschmuck. Da waren die Stühle, die von der letzten Messe noch aufgebaut standen.

Wieso war sie hierhergekommen?

Das wuchtige Kreuz hing über ihr. Sie schaute

hinauf zu ihm, sah den hölzernen Körper mit den ausgestreckten Armen und dem zur Seite geneigten Kopf. Die Dornenkrone war echt. Sie wurde Jahr für Jahr erneuert. In einem blutigen Ritual.

Bevor sie dem hölzernen Jesus aufgesetzt worden war, hatte der Vater sie getragen. Für die Dauer einer ganzen Messe. Noch Tage später hatten seine Wunden geeitert und die Mutter hatte ihn hingebungsvoll gepflegt. Wie es sich für eine Frau gehört. Wie es sich für *seine* Frau gehörte.

Nie war die Mutter eine eigene Persönlichkeit gewesen.

Und deshalb habe ich so viele davon, dachte Mina. Sie hätte gern gelacht über diesen Witz, doch das hier war kein Ort zum Lachen. Und es war nicht die Zeit dafür.

Sie wünschte sich, sie wäre woanders.

Als sie die Tür knarren hörte und einen Lichtstreifen auf den Boden fallen sah, erstarrte sie und blieb einen Moment lang wie eine Statue im Dunkeln stehen. Dann duckte sie sich und huschte an der Wand entlang zu ihrem Versteck. Erst als sie mit hämmerndem Herzen in totaler Finsternis auf den kalten Steinen saß, wunderte sie sich darüber, dass sie das Versteck überhaupt noch kannte. Es war Jahre her, seit sie es das letzte Mal aufgesucht hatte.

Sie presste eine Hand auf ihr Herz, damit es

nicht so laut schlug. Die andere Hand hielt sie sich vor den Mund, damit sie nicht schrie. Angestrengt lauschte sie, doch sie hörte nichts.

*

Sie war da. Irgendwo im Dunkeln. Natürlich konnte er überall Licht machen, doch das wäre ja nur das halbe Vergnügen. Wie hatte ihr Vater immer gesagt? Der Weg ist das Ziel? Da hatte er, verdammt noch mal, recht gehabt. Das Ziel war die Jagd, nicht das Erlegen selbst.

Er hatte sie immer gewollt, Mina, das geheimnisvolle Mädchen. Die Schöne. Unberührbare. Er hatte all die Jahre darauf hingelebt. Und nun war es so weit. Niemand wusste, wo sie sich aufhielt. Niemand außer ihm.

Die Polizei fischte im Trüben. Hätte dieser Kommissar es gemacht wie er, dann hätte er Mina gefunden. Es war so einfach gewesen. Er hatte nur auf sie warten müssen. Verstörte Menschen kehren immer an den Ort zurück, an dem sie einmal zu Hause waren.

Er ließ sich Zeit. Keiner würde sie hier stören. Seit dem Mord gab es keine Messen mehr und keine Zusammenkünfte. Es musste zunächst einmal ein neues Oberhaupt bestimmt werden. Das würde dauern.

Sie hatte sich versteckt, das raffinierte kleine Ding.

Ja. So machte es doch viel mehr Spaß. Absichtlich verrückte er einen Stuhl. Das Geräusch brach die Stille auf. Er grinste. Es war noch viel, viel schöner als in seinen Träumen.

*

Sie zuckte zusammen. Der da draußen schien sich sicher zu fühlen. Er bemühte sich nicht einmal, leise zu sein.

Wieso er? Und wenn es eine Frau ist?

Mina hielt sich die Ohren zu. Jetzt nicht, dachte sie. Stört mich nicht.

Aber würde eine Frau einen solchen Lärm machen?

Ihr Atem war so furchtbar laut. Und das Blut rauschte in ihrem Kopf. Ihr Herz überschlug sich vor Entsetzen.

Lauf! Der Ort ist nicht sicher. Erinnerst du dich nicht? Damals ...

Mina rang nach Luft. Die Wände rückten ihr auf den Leib. Es war nur ein Verschlag. Es gab nicht einmal genug Platz, um darin zu stehen.

Sie wimmerte leise. Wollte das Schreckliche nicht sehen. Sich nicht erinnern.

Mama! Hilf mir doch!

Ganz langsam ging die Tür auf und ließ ein bisschen Licht herein. Mina verkroch sich tiefer in sich selbst.

Irgendwo in ihrem Kopf hörte sie, wie das Kätzchen auf die Erde klatschte. Irgendwo in ihrem Kopf sah sie das blutige Fell, die toten, gebrochenen Augen. Und wie damals stand eine Gestalt gegen das Licht.

*

Dass sie Angst hatte, erhöhte nur den Reiz für ihn. Er war lange genug gedemütigt worden. Wie eine Prinzessin war sie an ihm vorbeigeschritten und hatte ihn nicht wahrgenommen. Er hatte lange genug im Staub gekniet. Damit war jetzt Schluss.

»Komm her«, sagte er.

Sie flennte wie ein kleines Kind. Schleim lief ihr aus der Nase. Tränen sammelten sich an ihrem Kinn. So hatte er sich das nicht vorgestellt. Er riss sie hoch.

Sie wehrte sich nicht. Winselte bloß und rief nach ihrer Mama.

Er schlug sie. Aber sie war nicht still. Das machte ihn so wütend, dass er all die schönen Träume vergaß.

Die Schritte hörte er zu spät. Als er herumfuhr, traf ihn ein Schlag. Ihm wurde schwarz vor Augen und er fiel. Fiel tief und tiefer. Bodenlos.

*

Clarissa drückte sich zitternd an die Wand. Sie sah auf den Mann, der vor ihren Füßen lag. Jemand rannte weg. Weit entfernt knarrte eine Tür.

Das Kätzchen war tot. Und sie war schuld

daran. Wäre sie ein braves Mädchen gewesen, hätte der Vater sie nicht bestrafen müssen.

Denk nicht mehr daran. Das ist lange her.

Lange her. Lange her.

Du hast geträumt.

Aber sie konnte den Mann doch sehen, der da auf dem Boden lag.

Ein Mann, Clarissa. Keine Katze.

Sie holte tief Luft. Die Stimmen hatten recht. Da lag nicht das Kätzchen. Da lag ein Mann. Und den hatte sie vielleicht nur geträumt. Sie machte die Augen zu. Summte eine kleine Melodie. Vielleicht hatten die Stimmen ja Lust mitzusingen. Und wenn sie die Augen wieder aufmachte, dann war der Mann weg und der Traum zu Ende. Bestimmt.

*

Die Tür stand offen. Zögernd gingen wir hinein.

»Hallo!«, rief Tilo. »Ist da jemand?«

Und wenn tatsächlich einer hier lauerte?

»Nicht so laut!« Ich schaute mich ängstlich um.

Langsam durchquerten wir den Raum, der Ähnlichkeit mit einer Kirche hatte. Im schwachen Licht, das aus dem Vorraum hereinfiel, wirkten die Schatten der herumstehenden Dinge wie Gespenster.

Es war kein guter Ort.

Wir hörten ein Wimmern. Tilo bewegte sich

darauf zu. Merle und ich folgten ihm. Die Tür, hinter der das Geräusch hervordrang, hing schief in den Angeln. Ich schob die Hände in die Hosentaschen und hätte gern angefangen zu pfeifen, wie früher im Keller.

Und dann sah ich den Mann auf dem Boden. Neben ihm kauerte mit vor Angst aufgerissenen Augen Clarissa, den Daumen im Mund. Sie schaukelte vor und zurück. Sie summte ein Lied. Ihre Stimme war klein und dünn und voller Tränen.

Es war kein Platz in diesem Verhau. Tilo bückte sich, streckte die Arme aus. »Komm her zu mir«, sagte er liebevoll. »Komm. Wir bringen dich weg von hier.«

Clarissa rührte sich nicht. Sie schaute durch ihn hindurch. Mit ihrer hohen, ernsten Kinderstimme summte sie weiter.

»Jette und Merle sind auch da.« Tilo beugte sich vor, so weit er konnte. »Komm. Einen großen Schritt nur. So ist's gut. Siehst du, jetzt hast du's bald geschafft.«

Clarissa ließ sich von ihm umarmen und trösten. Sie schluchzte leise. »Er hat meine Katze totgemacht. Weil Papa es ihm gesagt hat. Alle tun immer, was Papa will.«

»Sieh nicht hin.« Tilo drückte sie an sich. »Sieh einfach nicht hin. Wir passen jetzt auf dich auf. Dir kann nichts passieren.«

»Man darf keinen totmachen«, jammerte

Clarissa. »Keine Menschen und kein Tier. Aber er hat es trotzdem gemacht. Er ist böse.«

»Wer ist böse?« Tilo führte sie behutsam durch den großen Raum. Er hatte sie an der Schulter gefasst und hielt sie so vorsichtig, als wäre sie zerbrechlich.

»Max.« Clarissas Stimme bebte.

Danach sagte sie kein Wort mehr. Sie ließ sich von Tilo zum Wagen bringen, krabbelte auf den Rücksitz, steckte den Daumen in den Mund, schloss die Augen und träumte sich woandershin.

Merle blieb bei ihr. Ich begleitete Tilo zurück in die Fabrik.

»Wir brauchen Licht«, sagte Tilo. »Siehst du hier irgendwo einen Schalter?«

Kurz darauf erfüllte strahlendes Licht den Raum. Alles war einfach und karg. Keine Heiligenfiguren, keine Mosaikfenster und keine Blumenbuketts. Keine pompösen Gewänder, keine Goldkelche und keine Weihwasserbecken.

Ich konnte mir vorstellen, dass in dieser Umgebung noch echte Messen stattfanden. Wie zur Zeit der ersten Christen. Ohne Zierrat und Schnörkel. Trotzdem gefiel es mir hier nicht.

Tilo war neben dem Mann in die Hocke gegangen und fühlte seinen Puls. Er beugte sich über ihn und hob eines der Lider an, um sich die Pupille anzuschauen. Dann drückte er dem Mann die Augen zu.

»Ist er ...«

Tilo nickte. Er stand auf, vorsichtig, um nicht mit der Blutlache in Berührung zu kommen. Auf seinem linken Knie war ein roter Fleck. Er seufzte, zog ein Taschentuch aus der Tasche, spuckte darauf und rieb an dem Fleck, was ihn nur vergrößerte.

»Großer Gott! Was für ein Tag!«

Seine Gedanken waren nicht schwer zu erraten. Gleich würde er nach seinem Handy greifen.

»Das da ...« Ich zeigte auf den Toten. »Das ist nicht Mina gewesen.«

Tilo steckte das Taschentuch weg und nickte. Abwesend.

»Tilo! Mina hat nichts damit zu tun.«

Endlich schaute er mich an. Sein Gesicht war grau und traurig. Er zog das Handy aus der Tasche. »Ich muss die Polizei rufen, Jette.«

»Das darfst du nicht!« Ich hätte ihm das Handy am liebsten aus der Hand gerissen. »Mina steht das nicht durch.«

»Wir werden ihr dabei helfen.« Er gab schon die Nummer ein. »Tilo Baumgart. Entschuldigen Sie, Herr Melzig, dass ich um diese Zeit ... aber wir ... haben einen Toten gefunden.«

Er hatte nicht den Polizeinotruf gewählt. Hatte die Privatnummer des Kommissars im Kopf gehabt. Als hätte er sie sich für diesen Augenblick eingeprägt.

»In der alten Kleiderfabrik ... Nein. Ich

kenne den Toten nicht ... Noch etwas, Herr Melzig, Mina hat neben der Leiche gekauert. Sie ist völlig verstört ... Ja. Wir warten ... Nein, ich bin nicht allein. Jette und Merle sind bei mir, weil ...«

Er hielt das Handy ein Stück vom Ohr ab. Ich konnte die Stimme des Kommissars laut und deutlich hören.

»Jetzt aber mal langsam, Herr Kommissar ... Wir ... Äh ... Ja, bis gleich.« Tilo steckte das Handy wieder weg. Er wirkte verärgert.

»Der Kommissar war sauer, stimmt's?«

»Ziemlich. Und reichlich unbeherrscht.«

»Das hat mit Merle und mir zu tun.«

»Was du nicht sagst.« Tilo verzog die Mundwinkel zu einem unfreiwilligen kleinen Lächeln.

»Wir haben ihm schon zweimal ins Handwerk gepfuscht. Er reagiert da inzwischen ein bisschen empfindlich.«

»Kann ich ihm nicht verdenken.«

»Müssen wir auf ihn warten?«

Tilo überlegte einen Moment. »Das kann ich Mina nicht zumuten.« Er gab mir seinen Autoschlüssel. »Und dir und Merle auch nicht. Fahrt nach Hause. Ich regele das hier allein. Mit euch kann der Kommissar sich später unterhalten.«

Dankbar umarmte ich ihn und ging zum Wagen, stolpernd vor Müdigkeit.

Mina war eingeschlafen. Ihr Kopf lehnte an Merles Schulter. Merle warf mir einen flehenden Blick zu. Als könnte ich einen Zauberstab hervorholen und alles in Ordnung bringen. Doch ich hatte keinen Zauberstab, sondern nur schlechte Nachrichten.

»Tilo hat den Kommissar angerufen«, sagte ich und trat aufs Gaspedal.

Bald würden die Vögel anfangen zu spektakeln. Ein neuer Tag würde beginnen. Wie sagte meine Großmutter immer? *Kommt Zeit, kommt Rat.* Vielleicht hatte sie recht. Hoffentlich. Vielleicht zeigte sich morgen alles in einem anderen Licht.

*

Bert hatte die Sitzheizung eingeschaltet und fror dennoch. Sich mitten in der Nacht zu einem Einsatz zu begeben, fiel ihm immer schwerer. Sein Kreislauf streikte und die hartnäckige Lust auf eine Zigarette setzte ihm zu.

Er fluchte leise vor sich hin. Schon wieder hatten sich diese Mädchen in einen Fall eingemischt. Er kam sich allmählich vor wie dieser Depp von einem Kommissar in den alten Miss-Marple-Filmen. Nur dass er es statt mit einem Rentnerpaar mit zwei klugen jungen Frauen zu tun hatte und diese beiden zu allem Übel auch noch gern hatte.

Wie waren sie in die Fabrik gelangt? In welcher Beziehung standen sie zu Mina Kronmeyer? Und wie, zum Kuckuck, hatten sie es überhaupt fertiggebracht, ein Mädchen zu finden, nach dem die Polizei ergebnislos suchte?

Bert versetzte dem unschuldigen Lenkrad einen Schlag mit der flachen Hand. Aber diesmal würde er hart durchgreifen. Er würde sich nicht wieder auf der Nase herumtanzen lassen. Vor allem würde er nicht noch einmal zuschauen, wie die Mädchen sich in Lebensgefahr brachten.

Tilo Baumgart erwartete ihn neben der Eingangstür. Im Licht der Außenlampe sah er blass und übernächtigt aus. Das erfüllte Bert mit einer kleinlichen Genugtuung. Hätte der Herr Psychologe früher den Mund aufgemacht, hätte er diese Situation vielleicht verhindern können.

»Danke, dass Sie gekommen sind.«

Bert zwang sich zu einem Lächeln. »Bringen wir es hinter uns.«

Der Tote lag ähnlich verdreht, wie Dietmar Kronmeyer gelegen hatte. Auch die Wunde an seinem Hinterkopf war der Wunde an Dietmar Kronmeyers Hinterkopf ähnlich. Ob man daraus auf denselben Täter oder dieselbe Täterin schließen durfte, konnte erst beantwortet werden, nachdem Doktor Haubrich sich die Leiche angesehen hätte.

Einen wesentlichen Unterschied gab es jedoch. Die Leiche wies keine Stichverletzungen auf.

Max Gaspar. Der Handlanger Dietmar Kronmeyers. Er war Bert nicht sympathisch gewesen.

Kriecher und Schleimer, hatte er notiert, *buckelt nach oben und tritt nach unten.*

Jemanden unangenehm zu finden, war eine Sache. Ihn ermordet auf dem Boden zu sehen, eine andere. Bert erinnerte sich an vorsichtige Formulierungen aus den Reihen der *Wahren Anbeter Gottes*. Niemand hatte sich mit diesem Mann anlegen wollen. Alle schienen ihn gefürchtet zu haben.

Bert seufzte. Das bedeutete wieder Klinkenputzen. Und der Mord an Dietmar Kronmeyer würde womöglich in einem ganz anderen Licht erscheinen.

»Wo ist Mina?«, fragte er.

»Bei Jette und Merle.« Tilo Baumgart steckte die Hände in die Hosentaschen und zog sie gleich darauf wieder heraus. Wahrscheinlich hatte er die ganze Zeit über von Minas Versteck gewusst.

Gereizt klappte Bert sein Handy auf. »Sie haben hoffentlich eine einleuchtende Erklärung für das hier?«

»Selbstverständlich.« Tilo Baumgart hatte sich offenbar an die Regeln der Körpersprache erinnert und beschlossen, die Hände in den Taschen zu lassen. Das hier war Teil eines sehr alten Spiels.

Doch auch Bert kannte die Regeln. »Bitte.« Er wartete.

»Mina ist seit zwei Jahren meine Patientin«, begann Tilo Baumgart. »Sie befindet sich zurzeit in einem äußerst kritischen Zustand. Ich musste sie aus dieser Situation hier herausnehmen. Und ich bitte Sie, das Mädchen nicht vor morgen früh zu befragen. Wenn Sie einverstanden sind, wäre ich gern dabei. Mina wird sonst ohnehin kein Wort sagen.«

»Sie wissen, dass ich damit gegen sämtliche Vorschriften verstoßen würde?«

Tilo Baumgart nickte. »Sie werden feststellen, dass Vorschriften Sie in diesem Fall keinen Schritt weiterbringen.«

Bert überlegte, ob er sich darauf einlassen sollte. Er hatte Respekt vor der Kompetenz dieses Mannes, dessen Ruf untadelig war. Und aus Erfahrung wusste er, dass es keinen Sinn hatte, einen psychisch belasteten Menschen von seinem Therapeuten zu trennen. Das führte nur dazu, dass er verstummte. Langsam nickte er.

Erleichtert stieß Tilo Baumgart den Atem aus. Ihm schien an diesem Mädchen gelegen zu sein, was Bert für ihn einnahm.

»Wenn Sie an mich Fragen haben …«

Ein Angebot. Er war bereit, Bert Informationen zu geben. Kein schlechtes Geschäft, dachte Bert. Und der Chef muss davon ja nichts erfahren.

Nachdem die Kollegen von der Spurensicherung angekommen waren, zog sich Bert mit Tilo Baumgart in eine ruhige Ecke zurück.

»Dann erzählen Sie mal!«

16

Imke wurde von einem Geräusch geweckt, das sie, noch halb im Schlaf, nicht einordnen konnte. Ein sehr feines Geräusch, weniger als ein Rascheln, vielleicht nur eine Bewegung. Sie öffnete die Augen und stellte fest, dass Tilo nicht neben ihr lag. Dämmerlicht füllte das Zimmer und zeigte ihr, dass Tilos Seite des Betts leer war.

Sie hob den Kopf.

Tilo saß in einem der beiden Sessel am Fenster und schaute sie an. Sein forschender Blick bereitete ihr Unbehagen.

»Guten Morgen«, sagte sie leise.

Er reagierte nicht.

»Was ist mit dir?« Imke richtete sich auf. Es war kühl. Sie rieb sich die Arme.

»Geht's dir nicht gut?«

Er erhob sich wie ein alter Mann. »Lass uns beim Frühstück reden.«

Verwundert sah sie ihm nach. Reden? Worüber? In seiner Stimme war so ein eigenartiger Unterton gewesen. Ein Ton, der nichts Gutes verhieß.

Rasch schlüpfte sie in ihren Bademantel,

wusch sich das Gesicht und fuhr sich kurz mit dem Kamm durchs Haar.

Tilo hatte im Wintergarten gedeckt, Brot, Butter, Käse und Quittengelee. Konzentriert füllte er zwei Gläser mit Orangensaft.

»Du siehst müde aus.« Imke wollte sich an ihn schmiegen, doch Tilo wich ihr aus und trug die Gläser zum Tisch. »Was hast du denn?« Allmählich machte sie sich wirklich Sorgen.

Erst als sie am Tisch saßen und nachdem Imke den ersten Schluck Kaffee genommen hatte, beantwortete er ihre Frage.

»Wir haben die ganze Nacht nach Mina gesucht.«

»Wieso?« Überrascht sah sie ihn an. »Und wer ist *wir*?«

»Jette, Merle und ich.«

Mit einem Klirren stellte Imke die Tasse auf den Unterteller zurück. »Was haben die Mädchen mit deiner Patientin zu tun?«

»Mina wohnt seit Kurzem bei ihnen.«

»Wie bitte?« Sie hörte selbst, wie schrill ihre Stimme klang. Es war ihr egal. Sie hatte Lust, ihn anzuschreien. Oder zu schlagen. Die Mädchen vertrauten ihm mehr als ihr!

»Wir wollten dich nicht beunruhigen.«

»Wie überaus rücksichtsvoll! Und seit wann geht das schon so?«

Ihr war bewusst, dass sie sich aus dem Repertoire einer betrogenen Frau bediente. Aber sie fühlte sich auch so. Es gab hundert Arten, jemanden zu hintergehen.

»Seit ein paar Wochen.«

Sie schnappte nach Luft. Seit ein paar Wochen!

Und all ihre Ängste? Ihre Vorahnungen? Wie oft hatte sie sich selbst beschwichtigt? Sich immer wieder eingeredet, dass es keinen Grund zu irgendwelchen Befürchtungen gebe?

»Verstehe ich dich richtig?« Sie fixierte ihn kalt. »Du hast zugelassen, dass sich eine deiner Patientinnen, die in einen Mordfall verwickelt ist und von der Polizei gesucht wird, in der Wohnung meiner Tochter und ihrer Freundin versteckt?«

Tilo hatte eine Scheibe Brot mit Käse belegt und biss hinein. Sein Kauen machte sie rasend.

»Du bringst die Mädchen mit voller Absicht in Gefahr?«

»Ich glaube nicht, dass Jette und Merle sich auch nur für eine Minute in Gefahr befunden haben.«

»Nicht in Gefahr? Bei einer Multiplen?«

Sie merkte sofort, welcher Fehler ihr da unterlaufen war. Heiß schoss ihr die Röte ins Gesicht. Sie wich seinem Blick aus, fingerte am Henkel ihrer Tasse herum. Und da kam auch schon seine Frage. Ruhig und beherrscht.

»Wie kommst du darauf, dass Mina eine Multiple ist?«

»Tilo ...«

Doch er war schon aufgestanden und hinausgegangen. Wenig später hörte sie ihn mit quietschenden Reifen davonfahren.

*

Trotz unserer Müdigkeit hatten wir den Rest der Nacht zusammengesessen. Donna hatte es sich auf Minas Schoß bequem gemacht und unser Schweigen mit ihrem Schnurren ausgefüllt. Es gab so viel zu reden, aber erst nach einer Weile fanden wir Worte.

»Was wird jetzt mit mir geschehen?«, fragte Mina.

Wir wussten es nicht. Und das war das Allerschlimmste. Wie sollten wir uns gegen etwas wehren, das wir nicht einschätzen konnten?

»Nichts«, sagte Merle schließlich. »Wir werden nicht zulassen, dass sie dich einsperren.«

»Wieso einsperren?« Ich spielte mit dem Häuflein leerer Erdnussschalen, das vor mir auf dem Tisch lag. »Mina kann doch höchstens verdächtig sein. Das reicht nicht aus, um sie zu verhaften.« Meine Worte klangen überzeugt, dabei verstand ich überhaupt nichts von diesen Dingen.

»Und wenn sie mich verhören wollen?« Minas Hände strichen unablässig über Donnas Fell. Als könnten sie nicht zur Ruhe kommen. »Was dann?«

Davor hatten wir alle Angst. Was würde passieren, wenn der Kommissar erfuhr, dass Mina multipel war? Hatte er das Recht, sie in die Psychiatrie einweisen zu lassen?

»Ich habe kein Alibi«, sagte Mina leise. »Für beide Morde nicht.«

»Na und? Deshalb bist du noch lange keine Mörderin!« Merle drehte sich zu mir. »Es ist ja nicht strafbar, kein Alibi zu haben, oder?«

»Mein Vater und Max.« Tränen schimmerten in Minas Augen. »Vor beiden hatte ich Angst. Beide haben mich ein Leben lang gequält.«

»Eben!« Merle wurde ganz lebhaft. »Du hättest doch gar nicht den Mut gehabt, sie umzubringen!«

»Ich nicht. Aber ...«

Keine von uns sprach Cleos Namen aus. Keine von uns wollte sie in diesem Augenblick sehen. Obwohl Cleo vielleicht einen vernünftigen Plan entwickelt hätte, um das *Team* zu schützen.

»Selbst Tilo zweifelt inzwischen an mir.«

Ich hätte Mina gern widersprochen, aber ich konnte es nicht. Tilo hatte die Polizei eingeschaltet. Hätte er das getan, wenn er Mina vertraute?

»Er hatte keine Wahl.« Merle sah angegriffen aus. Schatten lagen unter ihren Augen. »Du warst am Tatort, Mina. Neben dem toten Max. Damit bist du so gut wie schuldig. In den Augen der Polizei«, fügte sie rasch hinzu. »Ich glaub immer noch nicht, dass du es getan hast.«

»Ich wollte, ich wäre so sicher wie du.«

Draußen schepperte es. Mina zuckte zusammen. Merle und ich hatten uns längst an die Betrunkenen gewöhnt, die auf ihrem nächtlichen Heimweg durch unser Viertel torkelten. Die manchmal gegen die Türen hämmerten, Briefkästen aus der Verankerung rissen oder Mülltonnen umkippten.

Ich stand auf, um uns noch einen Kaffee zu holen. Den letzten für diese Nacht.

»Und wenn wir mal ein bisschen bei den *Wahren Anbetern Gottes* rumschnüffeln?«, schlug Merle vor. »Bestimmt gibt es unter ihnen einige, die Max Gaspar nicht mochten.«

Die Idee gefiel mir. »Wir könnten behaupten, wir wären an ihrer Gemeinschaft interessiert.«

»Bloß nicht!« Mina sprang auf. »Die sind gefährlich. Ihr seid denen nicht gewachsen.« Donna war bei der abrupten Bewegung von Minas Schoß gerutscht und verließ beleidigt die Küche.

»Wenn du dich da mal nicht täuschst.« Merle grinste. »Allerdings«, sie wurde wieder ernst, »allerdings wäre mir wohler, wenn wir ein Versteck für Mina wüssten. Nur für den Fall, dass der Kommissar doch anfangen sollte, sich ernsthaft für sie zu interessieren.«

»Nein. Ihr habt genug für mich getan. Ich will nicht ...«

»Blödsinn!« Merle griff nach dem Kaffee, den

ich ihr hinhielt. »Darüber brauchen wir kein Wort zu verlieren.«

Ich schob auch Mina einen Kaffee hin und setzte mich mit meiner Tasse wieder an den Tisch. Die Mühle kam nicht infrage. Dafür gäbe meine Mutter sich niemals her. Aber was war mit dem Haus meiner Großmutter? Nein. Auch das war keine Lösung. Der Kommissar durfte Merle und mich nicht mit Minas Versteck in Verbindung bringen.

Draußen wurde es allmählich hell. Vielleicht sollten wir uns doch noch etwas hinlegen. Ich hatte einen anstrengenden Tag im Heim vor mir und Merle und Mina mussten sich den Fragen des Kommissars stellen.

Wir ließen alles stehen und liegen und krochen in die Betten. *Kommt Zeit, kommt Rat*, hörte ich meine Großmutter ganz von fern. Dann fielen mir die Augen zu.

*

Hätten wir nur mehr Zeit gehabt, dachte Mina. Wir waren doch schon so weit gekommen.

Behutsam hatte Tilo sie durch die Therapie geführt. Vor allem ihm hatte sie es zu verdanken, dass sie die Erkenntnis verkraftet hatte, eine Multiple zu sein.

Jetzt war das *Team* auf sich selbst angewiesen. Es gab keinen geschützten Raum mehr für die Sitzungen. Die Polizei würde kommen. Alles würde sich verändern. Minas anfängliche Panik hatte sich in Resignation verwandelt. Sie konnte nichts tun als abzuwarten.

Das hast du dir selber eingebrockt. Hättest du dich in das Leben der Gemeinschaft eingefügt ...

Mina starrte angestrengt auf das Wandgemälde. Sie wollte diese Stimme nicht hören. Sie hatte Angst vor ihr.

... hockst da in diesem fremden Zimmer ...

Die Farben zogen sie sonst immer in ihren Bann. Heute nicht. Die Angst war ihr im Weg. Sie versuchte, sich das Mädchen vorzustellen, das dieses Bild gemalt hatte. Ilka. Ein schöner Name.

... glaubst du immer noch, du könntest mich negieren? Du arme Irre.

Irre? Mina hatte lange genug befürchtet, verrückt zu sein. Aber sie war nicht verrückt. Sie war nur nicht allein in ihrem Körper. Tilo hatte ihr versprochen, dass sie irgendwann mit den anderen Persönlichkeiten würde leben können. Irgendwann ...

Die Therapie war ein Fehler. Damit hast du alles verraten, was heilig ist. Den Vater. Die Mutter. Die Gemeinschaft. Und Gott.

Mina hielt sich die Ohren zu. Sie presste die Lippen aufeinander, um nicht zu schreien.

Nichts hast du begriffen. Der Vater hat immer nur dein Bestes gewollt. Er musste streng mit dir sein. Weil er dich geliebt hat. Und du gehst hin und tötest ihn. Deinen eigenen Vater!

»Ich hab ihn nicht getötet«, murmelte Mina. »Ich hab's nicht getan.«

Die Unschuld in Person. Wie rührend!

Die Stimme triefte vor Hohn. Mina sprang auf und lief zum Fenster. Mit klopfendem Herzen riss sie es auf und beugte sich hinaus.

Du musst das wiedergutmachen. Die Schuld tragen und dich zu ihr bekennen. Und sühnen. Verstehst du? Du musst dich reinwaschen von dem, was du getan hast.

Mina sah in den Hof hinunter. Jemand hatte Wäsche aufgehängt. Sie blähte sich im Wind. Auf den Balkonen der Häuser war nichts los so früh am Morgen. Die Kronen der Bäume in den kleinen Gärten lichteten sich. Man konnte den Herbst fast schon riechen.

Reinwaschen. Reinwaschen. Reinwaschen.

Ihr wurde schwindlig. Sie schloss die Augen. Es wäre nur ein kurzer Moment ...

»Mina!«

Jettes Stimme. Zitternd richtete Mina sich auf und drehte sich um. Sie spürte den Schweiß auf der Stirn und auf dem Rücken. Gleich würden ihr die Tränen über die Wangen laufen. Sie hatte nicht mehr die Kraft, sie zurückzuhalten.

Jette zog sie an sich. Mit der freien Hand machte sie das Fenster zu.

»Ich muss los«, flüsterte sie. »Aber Merle

passt auf dich auf.« Langsam dirigierte sie Mina in Merles Zimmer. »Ich werde versuchen, heute früher nach Hause zu kommen.«

Mina nickte. Sie setzte sich auf Merles Bett.

Merle, die damit beschäftigt war, das nächste Treffen der Tierschutzgruppe zu planen, sah von ihrem Kalender auf. »Gut, dass du da bist. Lass uns ein bisschen quatschen.«

Sie lehnte sich in ihrem Stuhl zurück und legte die Füße auf den Schreibtisch. Ihre selbst gestrickten Socken waren regenbogenfarbig geringelt.

»Prima Socken«, sagte Mina.

Zwei Worte. Wie schwer sie ihr fielen.

»Für jede Stimmung eine Farbe.« Merle wackelte mit den Zehen. »Da bist du immer richtig angezogen.«

»Hast du auch ein Paar schwarze?«

Merle schüttelte den Kopf. »Schwarz ist tabu.« Sie nahm die Füße vom Tisch und trat zu Mina ans Bett. »Auch für dich, hörst du?« Sie umfasste Minas Kopf mit beiden Händen. »Weil wir nicht aufgeben. Niemals. Klar? Jede Farbe können wir uns aussuchen. Jede. Außer Schwarz.«

Mina sah, wie ernst Merle es meinte. Vorsichtig nickte sie.

»Du wirst kämpfen«, sagte Merle. »Versprich es mir!«

»Merle …«

»Versprich es!«

»Ich verspreche es.«

Mina wusste, dass sie eigentlich kein Versprechen geben durfte. Nicht in ihrem Zustand. Sie horchte in sich hinein. Keine der Stimmen wies sie zurecht. Keine mischte sich ein.

»Ehrenwort?«

»Ehrenwort.«

In diesem Augenblick klingelte es.

Die Polizei. Mina war sich ganz sicher. Jetzt konnte sie zeigen, dass sie ihr Versprechen hielt.

*

Merle hatte erwartet, den Kommissar vor der Tür stehen zu sehen. Auf einen jungen Mann war sie nicht vorbereitet.

»Ich bin Ben«, sagte er und schien nicht zu wissen, wohin mit seinen Händen.

Merle zögerte.

»Zehn Minuten«, sagte er. »Bitte. Lass mich nur zehn Minuten mit ihr reden.«

Merle hörte ein Geräusch. Im selben Moment veränderte sich Bens Gesicht. Ein Lächeln breitete sich darauf aus, so zärtlich und strahlend, dass Merle sich wünschte, es gelte ihr. Doch Ben schaute auf einen Punkt hinter ihrer Schulter.

»Hallo, Ben«, sagte Mina.

Merle gab die Tür frei und Ben kam herein. Er umarmte Mina. Lange. Und Mina ließ es geschehen.

»Kann ich mit dir sprechen?«, fragte Ben.
»Allein?«

»Das ist Merle«, sagte Mina. »Ich hab keine Geheimnisse vor ihr.«

»Kein Problem.« Merle wandte sich ab. »Ich kann gern ...«

»Nein.« Minas Stimme hielt sie zurück. »Bitte bleib.«

Sie setzten sich an den Küchentisch. Merle war unbehaglich zumute. Sie hätte Bens Wunsch gern respektiert. Andrerseits hatte sie ihr Wort gegeben, Mina beizustehen. Sie griff nach der Zeitung, die zwischen den Frühstücksresten auf dem unaufgeräumten Tisch lag. Vielleicht würde Ben sich entspannter fühlen, wenn sie nicht zuhörte. Was jedoch nicht einfach war.

»Wie hast du mich gefunden?«, fragte Mina.

»Ich hab mir gedacht, dass du deine Therapie garantiert nicht abbrechen würdest. Also musste ich nur warten und im richtigen Augenblick diesem Tilo Baumgart folgen.«

»Aber du bist erst jetzt gekommen.«

»Es war ziemlich offensichtlich, dass du mich nicht sehen wolltest. Sonst hättest du uns nicht in einer Nacht-und-Nebel-Aktion verlassen.«

»›Verlassen‹ ist das falsche Wort. Ich bin ... gegangen.«

»Abgehauen bist du. Hals über Kopf.«

Minas Finger spielten mit einem Kaffeelöffel. Er klimperte leise. »Und nun bist du da.«

»Ja.« Bens Stimme war weich geworden und sanft. »Ich hab es nicht mehr ausgehalten. Ich wusste ja, dass du hier gut aufgehoben bist, aber du hast mir so gefehlt.«

»Du wusstest ...«

»Ich habe deine Freundinnen ... beobachtet.« Ein kleines Zögern. Ein entschuldigender Blick zu Merle. »Das ließ sich nicht vermeiden.«

Nicht vermeiden? Merle dachte an den beklemmenden Augenblick vorm Tierheim zurück, als sie gespürt hatte, dass sie angestarrt wurde. An die unheimliche Situation beim Schlosspark gestern Abend, als sie mit Jette unterwegs gewesen war.

»Du hast uns Angst eingejagt«, sagte sie.

»Das tut mir leid.«

Merle sah ihm in die Augen. Was sie fühlte, würde Claudio ganz und gar nicht gefallen. Er war felsenfest davon überzeugt, dass ihm kein Mann das Wasser reichen konnte. Da irrte er sich aber gewaltig. Jemand wie dieser Ben konnte ihm durchaus gefährlich werden.

Doch Ben hatte den Blick schon wieder auf Mina gerichtet. Es lag eine solche Sehnsucht darin, dass es Merle die Kehle zuschnürte.

»Ich war so oft in deiner Nähe«, flüsterte er. »Und hab auf dich aufgepasst.«

»Mein Schutzengel.« Mina lächelte zaghaft.

»Hab ich dir doch geschworen. Damals. Du warst fünf ... und Max ...«

Mina zog die Schultern zusammen. Ben hob die Hand, wie um seine letzten Worte wegzuwischen.

Fünf? Merle stutzte. Clarissa war fünf! Was war damals passiert? Als Mina in diesem Alter gewesen war?

»Und gestern habe ich dich dann gesehen.« Ben hatte Merle jetzt völlig vergessen. »Wirklich und wahrhaftig. Nach all den Wochen.«

Mina wandte sich ab. Sie schien in sich hineinzuhorchen.

»Ich habe dich nicht angesprochen. Du wirktest so ... verletzlich. Ich wollte dich nicht erschrecken. Aber ich bin dir gefolgt. Wie ein Schatten.«

»Wie ein Schatten«, wiederholte Mina tonlos.

»Um dich zu beschützen.«

»Die ganze Nacht?«, mischte Merle sich ein. Ihr war auf dem Fabrikgelände niemand aufgefallen.

»Nein.« Er beachtete Merle nicht, blendete sie einfach aus. »Irgendwann habe ich dich aus den Augen verloren.« Er griff nach ihrer Hand. »Das hätte mir nicht passieren dürfen.«

»Max ist tot.« Ein Flüstern nur.

»Ich weiß. Die Polizei ist schon bei Lea gewesen.«

Mina senkte den Kopf. Langsam zog sie die Hand zurück. Ben schien es nicht zu bemerken. Sein Blick liebkoste Minas Gesicht.

»Er hat den Tod verdient!«

Merle erkannte Cleos Stimme sofort. Ben offenbar nicht. Irritiert runzelte er die Stirn.

»Hundertmal hat er ihn verdient!« Cleo schlug die Beine übereinander und verschränkte die Arme vor der Brust. »Er war ein Schwein!«

Ben betrachtete sie bestürzt.

Merle dachte an die Gespräche mit Tilo zurück. Hatte er ihnen nicht erzählt, niemand habe von Minas Identitätsstörung gewusst? Nicht einmal Ben, ihr engster Freund?

Multiple, hatte Tilo erklärt, seien wahre Meister im Verbergen ihrer Probleme. Man habe Mina lediglich für ein bisschen sonderbar gehalten, sich hin und wieder über ihre Stimmungsschwankungen gewundert. Auch die Familie sei ahnungslos gewesen. Die Mutter habe die Auffälligkeiten der Tochter ignoriert, der Vater habe versucht, sie Mina auszutreiben.

Ben wusste also nicht, wen er da gerade vor sich hatte.

»Ich habe kein Mitleid mit ihm. Und du«, Cleo zeigte mit dem Finger auf ihn, »du solltest ihn auch nicht bedauern.«

Die Morgenlaute der Straße drangen zu ihnen herauf, mitten in das entstandene Schweigen hinein. Motorengeräusche. Rufe. Hundegebell. Das Rumpeln und Scheppern der Müllabfuhr.

»Wie könnte ich ihn bedauern«, sagte Ben unglücklich. »Nach allem, was er dir angetan hat.«

Für einen kurzen Moment hatte Merle den Eindruck, Cleo würde sich zurückziehen, doch sie hatte sich getäuscht. Cleo schien gar nicht daran zu denken, einer anderen Persönlichkeit das Feld zu räumen.

»Warum bist du hier?«, fragte sie Ben ganz direkt.

Ben zauderte. Doch als er antwortete, war seine Stimme sicher und fest. »Weil ich dich liebe. Und weil ich dir das endlich sagen will.«

Cleo runzelte die Stirn.

»Du musst das doch gespürt haben.« In einer Geste absoluten Zutrauens hielt Ben ihr beide Hände hin, die Handflächen nach oben gerichtet. »Hätte ich es sonst all die Jahre bei diesem Wahnsinnigen ausgehalten?«

Merle sah die Explosion kommen. Und konnte nichts tun, um sie zu verhindern.

*

Es war nun schon das zweite Mal, dass ich mich verspätet hatte. Frau Stein war in der Küche und räumte mit viel Getöse das Frühstücksgeschirr in die Spülmaschine. Die Küchenhilfe hatte sich krankgemeldet, wieder einmal. Sie fehlte schon seit drei Tagen. Das brachte den gesamten Arbeitsablauf durcheinander.

»Herzlich willkommen!«

Der Sarkasmus der Heimleiterin war nicht zu überhören. Sie war berüchtigt dafür. Die meisten ihrer Mitarbeiter hatten deswegen Angst vor ihr. Ich hatte mir jedoch vorgenommen, mich davon nicht einschüchtern zu lassen.

»Tut mir leid.« Ich zog mir einen der Kittel über, die aus hygienischen Gründen in der Küche getragen werden mussten. »Kommt nicht wieder vor.«

»Es ist ja nicht so, als müsste ich mich über einen Mangel an Arbeit beklagen.« Frau Stein hatte die Hände in die Hüften gestemmt. Sie sah quadratisch, kompakt und ein bisschen gefährlich aus. In solchen Situationen rief ich mir in Erinnerung, wie sehr sie sich für die Heimbewohner einsetzte und wie kreativ sie mit den Bedürfnissen der Demenzkranken umging.

Erst neulich hatte sie den amtlichen Betreuer einer Bewohnerin zusammengestaucht, weil er sich zu selten bei der alten Dame blicken ließ und das Beschaffen von dringend benötigter Unterwäsche für Zeitvergeudung hielt. Und seit ein paar Wochen stand unter der riesigen Weide im Garten ein in die Jahre gekommener Opel Astra, eigens für die Autonarren unter den Bewohnern angeschafft.

Der Wagen hatte keine Nummernschilder, und es gab keinen Zündschlüssel, doch die Männer bemerkten das nicht. Zu sehr waren sie damit beschäftigt, den Lack zu polieren, die Polster zu bürsten, Fachsimpeleien nachzuhängen und die Frage zu diskutieren, wer denn bei dem ersten Ausflug (der niemals stattfinden würde) ans Steuer dürfe.

Ich schnappte mir einen Lappen, ließ heißes Wasser in einen Putzeimer laufen und machte mich über die Tische im Speisesaal her. Frau Stein reagierte ihren Ärger noch eine Weile an der Küche ab, dann hatte sie Ordnung geschaffen und verschwand in ihrem Büro.

Meine Gedanken kehrten immer wieder zu Mina zurück. Tilos Hoffnung, die Therapie könne Licht in das Dunkel um den Mord an ihrem Vater bringen, hätte sich erfüllen können. Eine von Minas Persönlichkeiten hätte sich vielleicht daran erinnert, wie sie in die Wohnung in der alten Fabrik gelangt war.

Eine der Persönlichkeiten hatte die Tat womöglich sogar beobachtet! Und kannte den Täter!

Ich hatte mir so gewünscht, dass Minas Unschuld an den Tag gekommen wäre! Und dann war der zweite Mord passiert. Und Mina wusste wieder nicht, was geschehen war. Sie stand noch immer unter Schock.

»Könnte man Mina nicht hypnotisieren und sie so an die Erinnerung heranführen?«, hatte Merle Tilo nach der letzten Sitzung gefragt.

»Das wäre zu gefährlich«, hatte Tilo geantwortet. »Gerade in Minas Fall würde ich ein solches Experiment nur in Zusammenarbeit mit einem Kollegen wagen, der langjährige Erfahrung mit Hypnose hat *und* Experte für dissoziative Identitätsstörung ist.«

Es war zum Heulen. Möglicherweise war Mina inzwischen die Hauptverdächtige der Polizei. Und obwohl sie den Schlüssel zur Aufklärung der beiden Mordfälle in sich trug, konnte sie sich nicht entlasten.

Wir mussten also selbst nach dem Mörder suchen.

Die Wahrscheinlichkeit, dass wir ihn bei den *Wahren Anbetern Gottes* finden würden, war groß. Ich beschloss, vor dem Heimweg einen Abstecher zu Minas Mutter zu machen. Irgendwo mussten wir anfangen, und das möglichst rasch.

*

Ben wusste, dass Mina unter extremen Stimmungsschwankungen litt, aber so hatte er sie noch nicht erlebt. Nicht nur ihr Verhalten war ihm fremd, sie sah auch anders aus. Ihr Gesicht wirkte schmaler als noch vor ein paar Minuten, ihre Lippen hatten alle Farbe verloren, die Hände, die eben noch mit dem Kaffeelöffel gespielt hatten, lagen nun zu Fäusten geballt auf dem Tisch.

Sie saß kerzengerade auf dem Stuhl, sämtliche Muskeln angespannt. Ihr Gesicht war vollkommen ausdruckslos. Nur in ihren Augen zeigte sich eine Regung. Sie waren voller Zorn.

Ben versuchte, sich gegen das, was kommen

würde, zu wappnen. Aber es gelang ihm nicht. Ihre Worte trafen ihn mit voller Wucht.

»Du? Liebst? Mich?«

Sie schoss die Worte ab wie Pfeile. Jedes einzeln. Sie zielte genau.

Und dann lachte sie.

Ben starrte sie an. »Ja.« Sein Gehirn weigerte sich zu begreifen. »Ich liebe dich.«

Abrupt hörte sie auf zu lachen. »So. Du liebst mich.«

Das Mädchen, diese Merle, hatte die Zeitung weggelegt. Ben hatte ohnehin nicht daran geglaubt, dass sie darin gelesen hatte. Die Luft war auf einmal stickig geworden. Er spürte ein Kribbeln in den Händen, als würden sie im nächsten Moment taub.

»Cleo …«, sagte Merle besänftigend.

Cleo?

Ben hatte das Gefühl, in einer falschen Wirklichkeit festzustecken. Vielleicht gibt es so etwas wie eine Parallelwelt tatsächlich, dachte er, und ich bin irgendwie da hineingeraten.

»Halt du dich raus!«, fuhr Mina das Mädchen an, das sich sofort zurückzog auf ein Sofa hinten an der Wand.

Ben berührte Minas Knie. »Mina. Was ist los mit dir?«

Sie schlug seine Hand weg.

»Fass mich nicht an!«

»Aber … Ich fasse dich doch gar nicht …«

»Hör zu«, sagte sie, und Ben hatte den Eindruck, dass sie jedes Wort genoss. »Du hast dir falsche Hoffnungen gemacht. Ich empfinde nichts für dich. Sogar weniger als nichts.«

Zu Anfang war es Ben noch unangenehm gewesen, dass sie eine Zuhörerin hatten. Jetzt nahm er es gar nicht mehr wahr. Was sagte Mina da?

»Mina ...«

»Du weißt doch überhaupt nicht, wer ich bin.«

»Warum ...«

»Ich bin nicht das schüchterne, verängstigte kleine Ding, das du zu kennen glaubst. Ich bin furchtlos, stark und unabhängig. Ich brauche keinen Beschützer mehr. Du hast ausgedient, Ben. Kapier das endlich.«

Allmählich drangen die Worte in sein Gehirn. Aber er konnte sie nicht glauben. Seine ganze Kindheit hatte er mit diesem Mädchen verbracht. Sie waren immer füreinander da gewesen und hatten alles geteilt, das Schöne und auch das, was sie beide zerstören wollte.

»Ich habe keine Zeit für sentimentale Erinnerungen. Geh nach Hause, Ben. Vergiss mich. Ich hatte dich nämlich auch fast schon vergessen.«

Sie schob den Stuhl zurück und wollte die Küche verlassen.

Ben stellte sich ihr in den Weg. »Du bist ... durcheinander, Mina. Du brauchst Ruhe. Komm. Setz dich wieder hin. Lass uns reden. Ich nehme dir deine Worte auch nicht übel. Ich weiß ja, dass du es nicht so meinst.«

Mit einer einzigen kraftvollen Bewegung stieß sie ihn beiseite. Ben stolperte rückwärts und stürzte. Er fiel so unglücklich, dass er mit dem Rücken auf eine Stuhlkante prallte. Für einen Moment blieb ihm die Luft weg.

»Und jetzt lass mich in Ruhe!«, zischte Mina und ging.

Er war noch immer wie vor den Kopf geschlagen. Begriff nicht, welches Spiel Mina spielte. Denn ein Spiel musste es sein. Sie konnte das nicht ernst gemeint haben. Er rieb sich den Rücken. Schaute Merle an, die auf ihn zukam, blass und besorgt.

»Kann ich etwas für dich tun?«

Er schüttelte den Kopf.

»Es geht ihr nicht gut«, sagte Merle, als ob das eine Entschuldigung wäre.

»Wo ist ihr Zimmer?« Bens Stimme war heiser vor Enttäuschung.

»Nicht, Ben. Wenn sie so ist, dann muss man sie in Ruhe lassen.«

»Wo?«

Er schrie seine Frage hinaus, und es war ihm egal, dass Merle zusammenzuckte. Er stürmte in den Flur. Würde er es eben selber rausfinden.

In diesem Augenblick läutete es.

»Wir erwarten Minas Therapeuten«, sagte Merle. »Und die Polizei.«

Wortlos drückte Ben sich an ihr vorbei und stürmte aus der Wohnung. Auf halber Treppe kam ihm Tilo Baumgart entgegen. Er hatte Ben noch nie gesehen, grüßte freundlich und distanziert. Ben zwang sich zu einem Nicken.

Zu einem *Hallo* war er nicht imstande. Er hatte alle Mühe, nicht vollends die Fassung zu verlieren.

17

»Wer war denn das?« Tilo stellte seine Tasche ab. Er hatte Unterlagen mitgebracht. Vielleicht konnten sie bei dem Gespräch mit dem Kommissar von Nutzen sein.

»Ben«, sagte Merle.

»Das war Ben?« Überrascht sah Tilo zur Tür. »Woher wusste er denn, wo er Mina finden würde?«

»Indem er Minas Therapeuten beobachtet hat.«

»Minas ... Du meinst, *ich* habe ihn hergeführt? Hätte er mich nicht einfach fragen können, wo sie ist?«

»Hätten Sie es ihm denn verraten?«

»Nicht ohne Minas Zustimmung.«

Merle fing an, den Tisch abzuräumen. »Damit der Kommissar keinen Schock kriegt, wenn er unser Chaos sieht.« Sie drehte sich zu Tilo um. »Er kommt doch gleich?«

Tilo nickte. Er war hellwach, obwohl er die ganze Nacht kein Auge zugetan hatte. Bis zu dem Moment, als Imke auf ihn aufmerksam geworden war, hatte er nur dagesessen, ihren

Atemzügen gelauscht und seine Gedanken treiben lassen. Zuerst in totaler Dunkelheit, dann im Dämmerlicht, das grau ins Zimmer gekrochen war.

Auf Schlafentzug reagierte sein Körper immer gleich. Er war zu Höchstleistungen fähig, solange das von ihm verlangt wurde. Danach klappte er zusammen und forderte die Ruhe ein, die er brauchte.

Tilo zog einen Stuhl heran und setzte sich. »Der junge Mann wirkte ziemlich aufgebracht. Was ist passiert?«

Merle trug die Teller und das Besteck zur Spülmaschine. »Er hat Mina gestanden, dass er sie liebt. Das heißt, er hat es Cleo gestanden, was er jedoch nicht wusste, und die hat ihn so was von kalt abserviert …«

»Ben ist in Mina verliebt?«

»Mehr als das. Viel mehr.« Merles Stimme war voller Wehmut. »Ich wollte, Claudio würde so für mich empfinden.«

Tilo versuchte, die Informationen einzuordnen. Keine von Minas Persönlichkeiten hatte tiefere Gefühle für Ben auch nur angedeutet. Ben war immer der große Bruder gewesen, der Spielkamerad, der Freund, der Leidensgenosse. Und nicht selten der Prügelknabe, der Minas Strafen auf sich genommen hatte, um sie zu schützen.

Clarissa hatte sich bei ihm geborgen gefühlt. Marius hatte ihn als Kumpel geschätzt. Cleo hatte ihn als Verbündeten gebraucht in der Auflehnung gegen den sadistischen Vater und die strenge Gläubigkeit der *Wahren Anbeter Gottes*.

Und Mina, die das gesamte *Team* durch den Alltag trug? Für sie war Ben der Fels in der Brandung gewesen. Immer wieder hatte er ihre Zweifel zerstreut und sie beschwichtigt, wenn sie an ihrer geistigen Gesundheit zweifelte. Er hatte sie angenommen, wie sie war, mit all ihren Absonderlichkeiten, hatte nie versucht, sie zu manipulieren.

»Wie hätte Mina auf seine Liebeserklärung reagiert?«, fragte Merle.

»Sie hätte ihn ebenfalls abgewiesen. Nicht so hart wie Cleo, aber dennoch bestimmt.«

»Armer Ben.« Merle öffnete die Spülmaschine, um das Geschirr einzuräumen. »Die wenigsten Liebesgeschichten haben ein glückliches Ende.«

Tilo erhob sich ächzend. Der Schlafmangel machte ihm nun doch zu schaffen. »Ich schau mal nach Mina. Sie soll wissen, dass sie das Gespräch mit dem Kommissar nicht allein hinter sich bringen muss.«

*

Imke versuchte zu schreiben, doch sie brachte nicht eine einzige Zeile zustande. Wie denn auch, nachdem Tilo derart fluchtartig und unversöhnlich das Haus verlassen hatte? Sie wünschte, er hätte mit ihr gestritten. Sie angebrüllt. Porzellan zerschlagen. Alles wäre besser gewesen als sein vorwurfsvolles, bedeutsames Schweigen.

Das Surren des Computers machte sie nervös. Aber sie brachte es nicht fertig, ihn auszuschalten. Sie war unfähig, auch nur die kleinste Entscheidung zu treffen.

Das Telefon klingelte. Es war der Bauer, dem sie ein Stück Land verpachtet hatte. Eines seiner Schafe hatte sich durch ein Loch im Zaun gezwängt und war auf Wanderschaft gegangen, und nun bat er um Erlaubnis, den Garten und die Scheune durchsuchen zu dürfen.

Als Imke mit Jette hierhergezogen war, hatten Absprachen mit den Einheimischen überhaupt nicht funktioniert. Da war es zu so mancher Grenzüberschreitung gekommen. Die Dorfbewohner hatten die alte Wassermühle lange Zeit als allgemeines Eigentum betrachtet, ebenso wie das Land ringsherum. Es war ihnen nur schwer beizubringen gewesen, dass der Trampelpfad, der am Garten entlangführte, von nun an tabu für sie war, ebenso wie die idyllischen Uferflecken am Bach, an denen die Jugendlichen Feuer gemacht und Partys gefeiert hatten, solange sie zurückdenken konnten.

Die Bauern hatten die neuen Bewohner der Mühle skeptisch beäugt. Einige hatten aus ihrer Feindseligkeit keinen Hehl gemacht. Erst nach und nach hatten sie ihr Misstrauen und ihre Abneigung abgelegt. Von freundschaftlichen Beziehungen konnte noch immer nicht die Rede sein, aber Imke wurde inzwischen immerhin toleriert und das war ein echter Fortschritt.

Imke wünschte dem Bauern viel Erfolg bei der Suche nach dem verlorenen Schaf, beendete das Gespräch und wandte sich wieder dem Bildschirm zu. Doch ihr Gehirn streikte. Es produzierte keinen einzigen brauchbaren Satz. Seufzend lehnte sie sich zurück.

Zum ersten Mal, seit sie mit Tilo zusammen war, wusste sie nicht, wo er sich aufhielt. Und schlimmer noch – seit heute Morgen war ihr klar, dass sie in den vergangenen Wochen keine Ahnung gehabt hatte, was ihre Tochter beschäftigte. Anders als er. Die beiden wichtigsten Menschen in ihrem Leben hatten ein Geheimnis geteilt und sie dabei ausgeschlossen.

Sie war verletzt. So sehr, dass sie das Bedürfnis hatte, etwas kaputt zu machen. Sie verkrampfte die Finger ineinander, um nicht den Monitor vom Schreibtisch oder die Pflanzen von der Fensterbank zu fegen. Sie sehnte sich danach, weinen zu können. Stattdessen sprang sie auf und lief im Haus herum.

Wie hatte sie Tilos Vertrauen so enttäuschen können?

»Aber *er* ist es doch, dem es an Vertrauen fehlt«, widersprach sie sich selbst. »*Er* ist es doch, der sich fragen sollte, was er eigentlich unter Liebe versteht.«

Und Jette?

Wann hatte ihre Tochter aufgehört, mit ihr zu reden? Wann hatte sich ihre Beziehung zu dem verflacht, was jetzt davon übrig war?

Imke merkte, dass sie anfing, vor sich hin zu jammern, und wenn sie eines verabscheute, dann Wehleidigkeit. Aber sie war noch nicht so weit, sich am eigenen Schopf aus dem Sumpf zu ziehen, in dem sie feststeckte. Sie beschloss, einen Spaziergang zu machen, um den Kopf wieder freizubekommen, und dann weiterzusehen.

*

Wichtig war nur, dass Mina, diese Heulsuse, sich nicht blicken ließ. Cleo würde schon mit dem Kommissar fertig werden. Sie hatte sein Foto in der Zeitung gesehen und ihn bei der Talkshow im Fernsehen beobachtet. Ihr Eindruck hatte sich mit dem gedeckt, was Jette und Merle von ihm erzählt hatten. Er war der weiche Typ, freundlich, ruhig und einfühlsam. Doch davon würde Cleo sich nicht einlullen lassen. Er hatte zweifellos seine eigene Masche, um sein Gegenüber bei Verhören in Widersprüche zu verwickeln.

Sie musste cool bleiben. Ihr Pokerface aufsetzen. Das fiel ihr in der Regel nicht schwer. Wenn nur Mina sich nicht einmischte. Sie war so leicht zu beeinflussen. Und so rasch zu verunsichern. Mina wäre Wachs in den Händen eines erfahrenen Ermittlers.

Mit Tilo redete Cleo kein Wort. Wie hatte er ihnen das antun können? Er hatte das *Team* ans Messer geliefert. Und jetzt saß er da, guckte wie ein Cockerspaniel und verlangte die Absolution. Aber die würde er nicht bekommen. Nicht von ihr. Sie war fertig mit ihm.

Wieso hörte er nicht auf mit seinem Blabla! Sie konnte sich nicht konzentrieren, wenn er unentwegt plapperte. Was er zu sagen hatte, interessierte sie sowieso nicht. Nicht mehr. Es hatte eine Zeit gegeben, da hatte sie alle Hoffnung in ihn gesetzt. Das war vorbei. Ab heute würde sie nur noch sich selbst vertrauen.

Sie blendete Tilo aus, kehrte den Blick in ihr Inneres und tauchte in die tiefe Ruhe ein, die sie dort fand. Sie würde Kraft sammeln, denn die würde sie brauchen.

*

Frau Stein hatte mich rufen lassen. Sie saß hinter ihrem Schreibtisch und drehte einen Kugelschreiber so schnell zwischen den Fingern, dass sie mit der Nummer glatt im Zirkus hätte auftreten können. Auf ihrer linken Wange glühte ein nervöser Fleck.

»Heute geht aber auch wirklich alles schief«,

klagte sie. »Würdest du bitte mal beim Professor vorbeischauen? Er glaubt, er muss für einen Umzug packen, und hat sein ganzes Zimmer auf den Kopf gestellt.«

»Mach ich.«

Den Professor hatte ich besonders liebgewonnen. Er hatte Kunstgeschichte unterrichtet und war als Kunstsachverständiger weit herumgekommen in der Welt. Lange hatte er in Rom, Barcelona und London gelebt. Dann war er an Demenz erkrankt und nach Deutschland zurückgekehrt.

An manchen Tagen sprühte er vor Vitalität und war geistig vollkommen klar, an anderen versank er in Depressionen oder wusste nicht mehr, was er tat.

Er saß am Fenster und sah hinaus. Er wirkte ganz ruhig, aber wahrscheinlich war er nur erschöpft.

Stärker konnte man ein Zimmer kaum verwüsten. Der Schrankinhalt lag über den Boden verstreut. Die wertvollen Kunstbücher waren achtlos auf das Bett geworfen worden. Schuhe stapelten sich auf der Fensterbank. Die Bilder hingen schief an den Wänden.

»Guten Morgen, Herr Professor.«

Er drehte den Kopf. In seinen Augen standen Tränen.

»Darf ich Ihnen beim Aufräumen helfen?«, fragte ich.

Er nickte und wandte sich wieder dem Fenster zu.

Ich wusste, dass es Momente gab, in denen man ihn in Ruhe lassen musste und auf gar keinen Fall berühren durfte. Dies war so ein Moment. Ich fing an, die Bücher ins Regal zurückzustellen, hob die Wäsche vom Boden auf, faltete sie und räumte sie in den Schrank. Ich versuchte, möglichst wenig Geräusche zu machen, und arbeitete konzentriert und schnell.

Als ich fertig war, bemerkte ich, dass der Professor eingenickt war. Das Kinn war ihm auf die Brust gesunken. Er wirkte friedlich und entspannt, und ich wollte gern daran glauben, dass er sich tatsächlich so fühlte. Auf Zehenspitzen verließ ich das Zimmer, in dem nichts mehr an das Chaos von vorhin erinnerte. Wir würden später reden. Und dabei über diesen Vorfall kein Wort verlieren.

Auf dem Flur lief ich Frau Sternberg in die Arme.

»Kindchen«, sagte sie liebevoll. »Wie geht es Ihnen?«

»Prima.« Ich freute mich jedes Mal, sie zu sehen. »Und Ihnen?«

Sie nahm meine Frage nicht zur Kenntnis, fasste mich am Arm und sah mir forschend ins Gesicht. »Und warum sind Sie dann so blass?«

»Zu wenig Schlaf«, wich ich aus.

Es war oberstes Gebot, die Heimbewohner

nicht mit eigenen Problemen zu belasten. Vorsichtshalber schickte ich meinen Worten ein strahlendes Lächeln hinterher. Vielleicht würde sie glauben, ich hätte die Nacht durchgefeiert. Und sich nicht weiter um mich sorgen.

Frau Sternberg quittierte mein Manöver mit einem skeptischen Blick. Es war mir nicht gelungen, sie hinters Licht zu führen. »Das gefällt mir nicht, mein Kind.«

»Heute Abend gehe ich früh ins Bett und morgen bin ich wie neugeboren. Hochheiliges Ehrenwort.«

Die alte Dame schüttelte den Kopf. »Viel zu blass. Sie könnten ein bisschen Erholung brauchen. Eine Woche Meerluft wirkt Wunder, glauben Sie mir.«

Eine Woche Meerluft, dachte ich sehnsüchtig. Und ein Wunder konnten wir auch gut brauchen.

»Sie müssen nur wollen. Verstehen Sie? Der Wille macht alles möglich.«

Ich starrte sie an. Hatte sie mir da eben ein Angebot gemacht? Oder war sie wieder in ihrer Welt der Andeutungen und Rätsel versunken, in der ein einziger Satz sich in zehn Bedeutungen spiegeln konnte?

»Was ist los, Liebes? Ist Ihnen nicht gut?«

Ich musste es versuchen. »Ihr Haus am Meer ...«

»... wartet nur auf Sie«, brachte sie meinen Satz zu Ende.

»Aber Ihre Familie …«

»Den Kindern ist es zu klein und mein Mann reist nicht mehr gern.«

»Und wo …«

»In der obersten Schublade meiner Kommode liegt ein Briefumschlag mit Anschrift, Schlüssel und einer kurzen Wegbeschreibung. Nehmen Sie ihn, wann immer Sie wollen.«

Ausgerechnet Frau Sternberg überreichte mir die Lösung unseres Problems auf dem Silbertablett. Merle und ich könnten Mina aus Bröhl wegschaffen. In das sicherste aller Verstecke. Damit hätten wir kostbare Zeit gewonnen. Um uns auf die neue Situation einzustellen und um Mina Gelegenheit zu geben, sich zu erinnern.

»Ich möchte Ihnen so gern eine Freude machen«, erklärte Frau Sternberg. »Und da habe ich überlegt, wie ich das anstellen könnte. Und weil ich das Haus so liebe, habe ich mir gedacht, vielleicht lieben Sie es auch.«

Ich gab ihr einen Kuss auf die Wange. »Danke«, flüsterte ich. »Sie wissen gar nicht, was für ein Geschenk Sie mir gerade machen.«

»Doch, das weiß ich, Kindchen.« Sie klopfte mir auf die Schulter und schlurfte langsam und gebückt davon. »Das weiß ich.«

*

Auf dem Weg zur Morgenbesprechung war Bert in einen Stau geraten. Nichts hatte sich bewegt.

Das aggressive Hupkonzert hatte ihn an Bilder aus amerikanischen Großstädten erinnert. Nur dass in Bröhl kaum ein Haus höher war als zehn Stockwerke.

Eine Baustelle war schuld gewesen, eine von vielen, die in letzter Zeit im wahrsten Sinne des Wortes aus dem Boden gestampft zu werden schienen. Es konnte passieren, dass man am Abend noch auf dem gewohnten Weg nach Hause fuhr und sich am folgenden Morgen in einer Landschaft aus Kratern wiederfand. Es war, als würde die gesamte Stadt Stück für Stück umgekrempelt.

Bei der Besprechung dann hatte es Ärger gegeben. Die Hälfte der Kollegen war zu spät gekommen und alle hatten Staus an Baustellen als Grund dafür angegeben. Selbst diejenigen, die zu Fuß zur Arbeit kamen.

Der Chef hatte das zum Anlass genommen, das morgendliche Treffen mit einem Vortrag über die wichtigsten deutschen Tugenden zu eröffnen.

Fleiß. Pflichtbewusstsein. Pünktlichkeit.

Jemand hatte unter dem Tisch die Hacken zusammengeknallt und das hatte den Chef hochgehen lassen wie einen Sektkorken. Es wurde Zeit für ein paar Fortschritte in den Ermittlungen und seien sie noch so klein. Das würde den Chef für eine Weile bei Laune halten.

Fleiß. Pflichtbewusstsein. Pünktlichkeit. Der

Chef tat gern so, als hätte er diese Begriffe erfunden. Dabei wurde er selbst seinen Ansprüchen höchst selten gerecht. Er gehörte zu den Ersten, die abends ihr Büro verließen, verschob häufig im letzten Moment Termine, die er nicht einhalten konnte, und wies lieber andere auf ihre Pflichten hin, als seinen eigenen nachzukommen.

Bert hatte ihm gar nicht zugehört. Seine Gedanken waren abgeschweift und zu der Begegnung mit Lea Gaspar zurückgekehrt.

Noch in der Nacht hatte er sie vom Tod ihres Mannes unterrichtet. Er hatte beobachtet, wie sie mit versteinerter Miene zu begreifen versuchte, was nicht zu begreifen war. Wie ihre Hände nach einem Halt getastet und sich schließlich an der Wand des Flurs abgestützt hatten.

Ihr vom Schlaf gerötetes Gesicht war auf einen Schlag kreidebleich geworden. Bert hatte ihr angeboten, einen Arzt zu rufen, doch das hatte sie mit einem Kopfschütteln abgelehnt.

»Ich habe gewusst, dass es so kommen würde.«

Sie hatte diese Worte immerzu wiederholt, in einer eintönigen, nicht enden wollenden Schleife. Hatte sich mit ihnen in sich selbst verkrochen und darüber Bert vergessen, der vor ihr auf der Türschwelle stand, hilflos wie jedes Mal, wenn er eine solche Nachricht überbringen musste.

»Frau Gaspar?«

Sie hatte ihn geistesabwesend angeschaut und den Bademantel fester um den Körper␣gerafft.

»Bitte. Lassen Sie mich.«

Er hatte ihren Wunsch respektiert und keine Fragen gestellt. Müde und deprimiert hatte er sich in seinen Wagen gesetzt und war losgefahren, hinein in die Dunkelheit, die sich bald mit grauem Dämmerlicht vollsaugen würde. Die ersten vereinzelten Vogelrufe waren schon zu hören gewesen, so fern und unwirklich, dass man glauben konnte, man hätte sie sich nur eingebildet.

Fleiß. Pflichtbewusstsein. Pünktlichkeit.

Wenn der Chef einmal loslegte, dann richtig. Bert hatte auf die Uhr geschaut. Gut, dass er das Telefongespräch mit Marlene Kronmeyer bereits hinter sich gebracht hatte. Er hätte sie nicht gern länger auf die erlösende Nachricht warten lassen, dass ihre Tochter unverletzt und in Sicherheit war.

Dass sie ausgerechnet neben der Leiche von Max Gaspar wieder aufgetaucht war, hatte er ihr verschwiegen. Damit würde er sie später konfrontieren.

»Ich möchte sie sehen«, hatte Marlene Kronmeyer gesagt. In ihrer Stimme hatte sich Erleichterung mit Traurigkeit vermischt.

»Das richte ich ihr gern aus«, hatte Bert geantwortet und sie auf später vertröstet. Nach der Einschätzung Tilo Baumgarts war das Mädchen noch nicht zu einer Begegnung mit der Mutter bereit.

Wie leicht man die Liebe seiner Kinder verlieren kann, hatte Bert gedacht. Und wie endgültig.

Rasch hatte er sich wieder auf die Worte des Chefs konzentriert, war nach der Besprechung in sein Büro gegangen, um noch einige weitere Telefonate zu erledigen, und hatte sich dann auf den Weg gemacht, um Mina Kronmeyer zu befragen.

Nachdem er auf der Suche nach einem Parkplatz mehrmals fluchend den Block umkreist hatte, in dem sich die Lessingstraße befand, lechzte Bert nun nach einem Kaffee, einer Zeitung und einer Stunde Entspannung in einem gemütlichen Café. Doch daran war nicht zu denken.

Seufzend stellte er den Wagen im Parkverbot ab. Während er sich dem Haus näherte, in dem die Mädchen wohnten, rief er sich seine früheren Besuche bei ihnen ins Gedächtnis zurück. Der kurze Ausflug in die Vergangenheit war nicht dazu angetan, seine Stimmung zu heben. Gereizt drückte er auf den Klingelknopf und wartete auf das Geräusch des Türsummers.

Die Treppen brachten ihn zum Keuchen. Er wischte sich die Stirn mit einem Taschentuch, schwor sich, ab morgen mehr Sport zu treiben (Nathan wartete nur auf seinen Anruf), und wusste doch, dass daraus nichts werden würde.

Vielleicht würde er als Rentner endlich Zeit dafür haben, aber er bezweifelte auch das.

Merle empfing ihn an der Tür und führte ihn in die Küche. Sie bot ihm einen Kaffee an, den er dankbar annahm, und stellte eine Dose Gebäck auf den Tisch.

»Lange nicht gesehen«, versuchte sie zu scherzen.

Bert hatte nicht vor, die Situation für sie erträglicher zu machen. Er unterdrückte das Lächeln, das ihm schon halb auf den Lippen lag. Sollte sie sich ruhig ein bisschen unbehaglich fühlen.

»Wir sind da so reingeraten«, erklärte sie ungewohnt kleinlaut. »Es war keine Absicht, ehrlich nicht.«

Bevor Bert etwas entgegnen konnte, kam Tilo Baumgart ins Zimmer. Er wirkte müde und frustriert, und die Hand, die er Bert entgegenhielt, war kalt.

»Mina ist gleich so weit.«

Im nächsten Augenblick betrat das Mädchen den Raum und Bert dachte unwillkürlich an den alten Begriff *erhobenen Hauptes*. Sie strahlte Würde und Gelassenheit aus. Und ein Selbstbewusstsein, wie Bert es bei einem Menschen ihres Alters selten gefunden hatte.

Er stand auf, um sie zu begrüßen und ihr sein Beileid zum Tod ihres Vaters auszusprechen.

Sie beantwortete seine Worte mit einem sympathischen, zurückhaltenden Lächeln und rückte sich einen Stuhl zurecht. Bert hatte vorgehabt, die Mädchen getrennt voneinander zu befragen, aber etwas riet ihm davon ab. Also holte er sein Notizbuch hervor.

»Ich bedaure es, Sie in Ihrer Trauer zu stören, aber es lässt sich leider nicht vermeiden, dass ich Ihnen einige Fragen stellen muss.«

»Das ist schon in Ordnung.«

Ihre Stimme war kühl und beherrscht, dabei hatte Tilo Baumgart doch behauptet, seine Patientin befinde sich in einer denkbar schlechten Gemütsverfassung.

»Gut. Dann fangen wir an. In welcher Beziehung standen Sie zu Max Gaspar?«

»Ich habe ihn gehasst.«

Entweder das Mädchen war ungewöhnlich ehrlich oder sie war sich des Ernstes ihrer Lage nicht bewusst.

»Aus welchem Grund?«

»Max war der verlängerte Arm meines Vaters. Er hat die Drecksarbeit für ihn erledigt.«

»Die Drecksarbeit?«

Das Mädchen nickte. »Mein Vater war kein Heiliger. Auch nicht der Racheengel, für den er sich gern hielt. Er war machtlüstern und grausam. Ein Scheusal. Und weil er nicht überall zugleich sein konnte, um seinen Willen durchzusetzen, brauchte er einen wie Max.«

Nie zuvor hatte Bert eine Tochter so über ihren toten Vater reden hören.

Was hatte dieser Mann seinem Kind angetan, um diese Feindseligkeit hervorzurufen?

»Wie würden Sie Max beschreiben?«

Sie antwortete prompt, ohne nachzudenken. »Er war auf der einen Seite ein devoter Befehlsempfänger, auf der anderen ein gemeiner Sadist. Fragen Sie Lea, seine Frau. Und seine Kinder. Er hat sie verprügelt und tyrannisiert. Niemand wird ihn vermissen.«

»Sie haben den Kontakt zu Ihrer Mutter und den *Wahren Anbetern Gottes* abgebrochen?«

»Ja.«

»Warum waren Sie dann in der alten Fabrik?«

Ein Flackern in ihren Augen. Die erste Unsicherheit?

»Ich weiß es nicht.«

»Sie wissen es nicht?« Bert spürte, dass sie die Wahrheit sagte. Er konnte sich das nicht erklären. »Waren Sie dort mit Max Gaspar verabredet?«

»Mit Max? Ganz sicher nicht. Ich hätte ihn niemals freiwillig getroffen.«

»Wenn das so ist, Mina, dann verstehe ich nicht …«

»Ich bin nicht Mina.«

»Wie bitte?«

»Mein Name ist Cleo.«

»Moment mal …«

»Ich bin multipel, Herr Kommissar. Das bedeutet, dass ich manche Ihrer Fragen nicht beantworten kann. Aber mit Mina und den andern ist im Augenblick überhaupt nichts anzufangen.«

Tilo Baumgart öffnete eine Tasche, holte Papiere heraus und legte sie auf den Tisch.

»Ich habe Ihnen heute Nacht nicht alles erzählt«, sagte er. »Dazu brauchte ich erst Minas Einwilligung. Ich hoffe, Sie haben Zeit. Das wird nämlich eine Weile in Anspruch nehmen.«

*

Ben brachte es nicht fertig, sofort nach Hause zu gehen. Er konnte Marlene in dieser Verfassung unmöglich unter die Augen treten. Die Hände tief in den Taschen seiner Jacke vergraben, lief er durch die Straßen. Wenn ihn etwas beschäftigte, musste er sich bewegen, das war schon immer so gewesen. Er hatte beim Denken noch nie still sitzen können.

Es war über Nacht kalt und ungemütlich geworden. Die Kronen der Bäume hatten sich nach der Hitze der letzten Wochen bereits stark gelichtet. Die Blätter waren trocken und ausgelaugt. Es kam Ben so vor, als wäre ihre Verfärbung sonst intensiver gewesen. Da hatte es überall bunt geleuchtet. Rot. Rost. Ocker. Gold. Dieser Sommer ging irgendwie saft- und kraftlos zu Ende.

Ein hartnäckiger, regengetränkter Wind war aufgekommen und ließ die Menschen frösteln.

Sie hatten die Kragen hochgeschlagen und die Mäntel bis zum Hals zugeknöpft. Missmutig hetzten sie durch die Straßen, auf dem Weg zu einem Treffen, zu Einkäufen oder zu einem Arzttermin. Ein Betrunkener saß in der Fußgängerzone auf dem nass glänzenden Boden, einen Pappbecher von McDonald's zwischen den Füßen. Er lallte Beschimpfungen. Eine Münze fiel klappernd in den Becher.

Ben machte einen Bogen um die Liebespaare, die ihm überall im Weg zu sein schienen. Er ertrug ihre glücklichen Gesichter nicht. Ihr Flüstern. Und erst recht nicht ihre Küsse. Ihm war danach, sein Elend hinauszuschreien. Seine Welt war komplett in sich zusammengefallen.

Warum?, dachte er. Warum? Warum? Warum?

So war es, wenn das, was dem Leben Sinn verliehen hatte, sich plötzlich in Luft auflöste. Wenn alles, woran man je geglaubt hatte, wie ein Traum zerplatzte. Man fühlte sich wund. Jeder Knochen tat einem weh.

Wie sie mit ihm geredet hatte. So von oben herab, so grob. Ihre Worte kreisten in seinem Kopf.

Du hast ausgedient.

Ich empfinde nichts für dich. Weniger als nichts.

Kapier das endlich.

Und dann ihr Lachen.

Ben schluchzte auf. Er konnte nichts dagegen

tun. Sein Hals brannte von den Tränen, die er unterdrückte. Ihm war schlecht. Er schwankte und stützte sich an einer Schaufensterscheibe ab. Eine Frau blieb bei ihm stehen, beladen mit Einkaufstüten.

»Fehlt Ihnen was, junger Mann?«

Er brachte kein Wort heraus, obwohl sie so freundlich war und so besorgt. Er wollte sie nicht brüskieren, wandte sich aber ab und stürzte davon, weg und weiter, irgendwohin.

Während er rannte, hielten seine Gedanken still, deshalb lief er und lief und hörte nicht auf zu laufen, bis seine Beine so schwer wurden, dass er anfing zu stolpern. Da zwang er sich, einfach nur zu gehen, egal in welche Richtung, bloß nicht nach Hause zurück.

Seine Verzweiflung war schwarz und kalt. Er schleppte sie mit sich und wusste, sie würde ein Leben lang in ihm bleiben.

*

Tilo bemühte sich, nicht zu weit auszuholen, prägnante Beispiele zu nennen und die richtigen Worte zu wählen. Der Kommissar hörte zu, ohne ihn zu unterbrechen. Ab und zu schrieb er etwas auf, nicht oft. Vielleicht war Mina die erste Multiple, mit der er persönlich in Berührung kam, aber er besaß ein Grundwissen über dissoziative Identitätsstörung. Das erleichterte die Sache.

»Und hier«, er schob dem Kommissar eine dicke Kladde über den Tisch, »hier ist eines der Tagebücher, die Mina zur Begleitung der Therapie geführt hat. Sie werden unterschiedliche Handschriften darin entdecken. Jede dieser Handschriften gehört einer anderen Persönlichkeit. Alle Texte sind jedoch von ein und demselben Menschen geschrieben worden. Von Mina.«

Der Kommissar nahm die Kladde in die Hand und blätterte darin. Sein Gesicht blieb unbewegt. Kein Ausruf des Erstaunens. Kein Runzeln der Stirn. Auch Cleos Rückzug hatte er kommentarlos registriert. Er hatte sich im Griff und kletterte dadurch auf Tilos Sympathieskala einige Stufen weiter nach oben.

»Multiple schreiben nicht nur in verschiedenen Handschriften. Mit jedem *Switch* verändern sich ihr Aussehen und ihre Stimme. Man hat festgestellt, dass der Intelligenzquotient der einzelnen Persönlichkeiten differieren kann und dass sogar das Muster der Hirnströme nicht einheitlich ist.«

Der Kommissar legte die Kladde wieder hin. »Wissen die einzelnen Persönlichkeiten voneinander?«

Tilo nickte. »Diejenigen, die sich bisher gezeigt haben, kennen einander. Sie können sich sogar untereinander verständigen. Ich vermute jedoch, dass es noch eine ganze Reihe weiterer

Persönlichkeiten gibt, die zum Teil noch im Verborgenen leben.«

»Was ist das Ziel der Therapie?« Der Kommissar betrachtete Mina, die noch kein Wort zu dem Gespräch beigetragen, sondern nur teilnahmslos aus dem Fenster gestarrt hatte. »Ist das Ziel eine Verschmelzung der Persönlichkeiten zu einer einzigen?«

»Nicht unbedingt. Ich halte es für sehr gut möglich, dass die Einzelnen lernen, so konstruktiv zusammenzuarbeiten, dass keine der Identitäten verschwinden muss. Letztlich wird das *Team* die Entscheidung treffen. Wenn es so weit ist«, fügte Tilo hinzu. »Es ist noch ein langer Weg dahin.«

Merle hatte eine Flasche Wasser und Gläser auf den Tisch gestellt. Sie hielt sich zurück, folgte dem Gespräch jedoch aufmerksam. Bei ihrer Arbeit für den Tierschutz hatte sie gelernt, Sachverhalte zu begreifen und einzuschätzen. Verwundert stellte Tilo fest, dass er stolz auf sie war.

Er fragte sich, was seine Erklärungen beim Kommissar bewirken mochten. Und er machte sich bereits neue Sorgen. Mina war so apathisch. Das gefiel ihm nicht. Es war wichtig, dass sie die Fragen des Kommissars beantwortete. Es war noch wichtiger, dass sie sich durch ihre Antworten entlastete. Aber konnte sie das?

18

Wie lange war er jetzt unterwegs? Acht Stunden? Neun? Ben hatte kein Gefühl für die Zeit, die vergangen war. Das Laufen hatte ihn müde gemacht. Sein Magen schmerzte vor Hunger. Doch er würde keinen Bissen runterkriegen. Schon beim Gedanken an Essen brach ihm der kalte Schweiß aus.

Ben würgte. Obwohl nichts mehr kommen konnte. Er hatte sich bereits zweimal übergeben. Glücklicherweise nicht mitten in der Stadt, sondern unten bei den Bahngleisen, wo er allein gewesen war mit vier, fünf gurrenden Tauben und einem streunenden gelben Hund. Ihm war sterbenselend. Seine Knie zitterten vor Schwäche. Es war idiotisch, weiter herumzurennen.

Er schlug den Heimweg ein und überlegte, wie er Marlene seine Abwesenheit erklären sollte. Noch hatte er ihr nicht verraten, dass er den Aufenthaltsort ihrer Tochter kannte. Er hatte erst sicher sein wollen, dass Mina damit einverstanden war. Sie hatte immer ein äußerst widersprüchliches Verhältnis zu ihrer Mutter gehabt.

Genau wie er selbst. Marlene war eine warmherzige, gescheite Frau, aber sie hatte es nie gewagt, gegen ihren Mann aufzubegehren. Nach jahrelangen Misshandlungen hatte sie beschlossen, das Negative aus ihrem Leben auszublenden und nur das Positive wahrzunehmen.

»Nie bist du da gewesen, wenn wir dich gebraucht haben«, murmelte Ben. Und für einen Augenblick hasste er sie.

Mit dem Rückzug in ihre geträumte Welt hatte sie Mina und Ben der Gewalt ausgeliefert. Sie bekam nichts mit von den Schlägen, Drohungen und Demütigungen. Hielt sich im Haus oder im Garten auf und hörte die Schreie aus der Werkstatt nicht. Denn da nahm ihr Mann sich Mina am häufigsten vor. Oder Ben. Es kam ihm nicht darauf an.

Damals hatte Marlene ihre Tochter verloren. Damals, als sie zum ersten Mal die Augen verschloss. Und dann wieder, wieder und wieder.

Ben biss die Zähne zusammen. Die Wut, die in ihm brodelte, konnte er kaum noch kontrollieren. Zum Teufel mit Marlene! Zum Teufel mit dieser ganzen beschissenen Kindheit! Zum Teufel mit seiner Liebe, die Mina bloß zum Lachen brachte!

Er sah sich um. Brauchte etwas, um diese wahnsinnige Wut loszuwerden. Nichts und niemand in der Nähe. Nur die lange Reihe geparkter Wagen. Er holte aus und trat gegen eine Autotür. Dann gegen einen Kotflügel. Er hob den Arm und schlug mit der Faust auf ein Wagendach.

Und endlich löste sich der Schrei, den er so lange zurückgehalten hatte.

*

Bert saß in seinem Büro und versuchte, in der Flut an Informationen, die ihn überschwemmt hatte, nicht zu ertrinken. Was nicht ganz einfach war. Er wusste nicht, was er tun sollte. Und wünschte sich, er brächte es fertig, ein einziges Mal eine eigene Entscheidung zu umgehen, indem er sich schlicht an die Vorschriften hielt.

Mina Kronmeyer war verdächtig. Es war jedoch kaum möglich gewesen, etwas Konkretes von ihr zu erfahren, weil sie nicht nur unter multipler Persönlichkeitsstörung litt, sondern auch noch in einem desolaten Allgemeinzustand war.

Fürs Erste hatte Bert das Angebot Tilo Baumgarts, als Vermittler zu fungieren, akzeptiert. Es wäre niemandem damit gedient, wenn man das Mädchen zusätzlich verunsicherte, indem man ihre Gewohnheiten veränderte.

Bert hatte sich früher einmal mit multipler Persönlichkeitsstörung befasst, doch das war lange her. Seitdem hatte er immer wieder von einzelnen Fällen gehört oder darüber gelesen. Er wusste, dass dieses Phänomen kontrovers diskutiert wurde, und riss sich nicht darum, dazu Stellung zu beziehen. Doch jetzt ließ sich das nicht länger vermeiden.

Am Nachmittag hatte er deshalb Isa um ein kurzes Gespräch gebeten und sie hatte sich Zeit genommen und war in sein Büro gekommen.

»Ich bin keine Expertin auf diesem Gebiet«, hatte sie zunächst abgewehrt.

»Das ist auch nicht nötig«, hatte Bert geantwortet. »Falls sich der Tatverdacht gegen das Mädchen bestätigen sollte, werden sich ohnehin Psychologen und Juristen mit dem Problem auseinandersetzen. Ich möchte einfach wissen, wie du darüber denkst.«

Sie hatte eine Weile überlegt und dann zögernd zu sprechen begonnen. Es gefiel Bert, dass sie ihre Worte sorgfältig abwog. Sie gehörte nicht zu denen, die leichtfertig daherplapperten, was sie wohltuend von einem Großteil der Menschheit unterschied.

»DIS ist eine der umstrittensten Diagnosen in der Psychiatrie.«

»DIS?«

»Dissoziative Identitätsstörung. Sie geht mit einer Vielzahl von Begleiterscheinungen einher, die auch für andere Störungen typisch sind. Borderline zum Beispiel, Schizophrenie oder Depression. Manchmal werden die Patienten jahrelang falsch behandelt, bevor man ihnen endlich hilft.

Auf der anderen Seite ist mit der Diagnose DIS häufig Schindluder getrieben worden. Oft ist es einfach der bequemere Weg, unklare Fälle mit dem Etikett ›Dissoziative Identitätsstörung‹ zu versehen. Schublade auf, Symptome rein, Schublade zu und fertig.«

Isa hatte die Angewohnheit, ihre Worte mit den Händen zu untermalen. Bert hatte das auch bei Tilo Baumgart beobachtet.

Er fragte sich, ob diese Ähnlichkeit im Verhalten der beiden zufällig war oder ob eine ausgeprägte Körpersprache zum Handwerkszeug eines Psychologen gehörte.

»Die dissoziative Identitätsstörung gibt es schon lange. Aber erst in den Siebzigerjahren wurde sie richtig bekannt. In den Achtzigerjahren dann wurde sie dermaßen häufig diagnostiziert, dass viele von einer Modekrankheit sprachen. Dennoch blieb DIS eine Herausforderung. Mit einem spektakulären Fall konnte man sich als Psychoanalytiker praktisch über Nacht einen Namen machen.«

»Und heute?«

»Sind die Vorbehalte noch nicht ausgeräumt, auch meine nicht. Kannst du dir vorstellen, dass es Scharlatane gibt, die ihren Patienten *suggerieren*, multipel zu sein? Es werden immer wieder solche Fälle aufgedeckt.«

Bert fand es sympathisch, wie sie sich in Rage redete. Sie hatte eine klare Meinung, was Recht und Unrecht betraf. Deshalb befand sie sich als Polizeipsychologin genau am richtigen Platz.

»Hältst du es auch für möglich, dass ein Patient DIS simuliert?«

»Unbedingt. Es gibt in diesem Bereich keine klar umrissenen Grenzen. Das macht es so schwierig. Aber wieso willst du das so genau wissen?«

Bert hatte ihr von der Begegnung mit Mina berichtet. Er hatte seine Notizen zu Hilfe genommen und ihr die unterschiedlichen Persönlichkeiten vorgestellt. Hatte ihr das Tagebuch gezeigt und ihr demonstriert, dass sich darin mehr als zehn Handschriften unterscheiden ließen. Anschließend hatte er Isa fragend angesehen.

»Nach allem, was ich hier sehe, glaube ich nicht, dass sie simuliert«, sagte sie. »Aber du solltest einen Experten zu Rate ziehen. Und das möglichst bald.«

Zwei Morde. Eine multiple Verdächtige, die sich in beiden Fällen während der fraglichen Zeit am Tatort befunden hatte und freimütig zugab, die Toten gehasst zu haben. Ein religiöser Zirkel, dessen Mitglieder ebenfalls nicht gut auf die Ermordeten zu sprechen waren. Eine Witwe, die nicht um ihren Mann zu trauern schien. Und ein junger Mann, der sich der Gewalt beider Opfer nicht entzogen hatte, obwohl er es hätte tun können.

Bert hatte wirklich schon einfachere Fälle gehabt. Nachdenklich hatte er Isa zur Tür begleitet und war wieder an seinen Schreibtisch zurückgekehrt. Und da saß er immer noch und ließ den Vormittag in Gedanken Revue passieren.

Von seiner ärztlichen Schweigepflicht entbunden, hatte Tilo Baumgart offen über seine Patientin und die Therapie gesprochen. Er hatte Bert die einzelnen Persönlichkeiten beschrieben und ihm das *Team* erklärt. Bert hatte mit einer Mischung aus Faszination und Skepsis zugehört.

Nachdem Cleo verschwunden war, hatte sich die *Gastgeber*-Persönlichkeit gezeigt, eine ängstliche, verwirrte junge Frau, die vorgab, keinerlei Erinnerung an die vergangene Nacht zu haben.

Der Übergang hatte Bert schockiert. Ein Neigen des Kopfes nur, und völlig veränderte Augen hatten ihn angeschaut, eine ganz andere Stimme hatte ihm geantwortet.

Merle hatte sich im Hintergrund gehalten, solange Cleo anwesend war. Bert hatte den Eindruck gewonnen, als fürchtete sie sich vor ihr.

Erst nachdem Cleo sich zurückgezogen hatte, war Merle aufgetaut. Sie war näher an das Mädchen herangerückt, hatte ihr über den Arm gestrichen oder ihre Hand gehalten. Ihre Fürsorglichkeit hatte Bert überrascht. Merle war immer so sehr darum bemüht gewesen, abgebrüht zu erscheinen.

»Und Jette und Merle?«

Diese Frage hatte Bert sich bis zum Schluss

aufbewahrt. Er stellte sie Tilo Baumgart, als er sich an der Tür von ihm verabschiedete. Mina sollte sie nicht hören. »Sie als Fachmann müssen doch gewusst haben, welchem Risiko Sie die Mädchen aussetzen.«

»Es gibt Entscheidungen, die man nicht mit der Vernunft treffen kann, Herr Kommissar.«

Wem sagte er das. Bert hatte unwillkürlich gelächelt. In diesem Moment hatte Tilo Baumgart den Blick gesenkt.

Bert holte seine Gedanken zurück. Er blickte zum Fenster. Es war ein trüber, trostloser Tag gewesen und die Dämmerung sickerte schon ins Zimmer. Wenn er jetzt gleich aufbrach, würde er es endlich einmal schaffen, pünktlich zum Abendessen zu Hause zu sein. Er griff zum Telefon.

»Ich mache mich in fünf Minuten auf den Weg«, sagte er, nachdem Margot sich gemeldet hatte.

»In Ordnung«, antwortete sie.

Nur diese beiden Worte.

Ein bisschen wenig, dachte Bert, nach all den Jahren. Er räumte mit Schwung seinen Schreibtisch auf und pfiff dabei eine Melodie, die ihm schon den ganzen Tag im Kopf herumspukte. Ein wirksames Mittel gegen das Gefühl tiefer Frustration.

Früher hätte er es Traurigkeit genannt.

*

Ich hatte mir das Haus, in dem Mina aufgewachsen war, anders vorgestellt. Größer. Dunkel. Und bedrückend. Es war aber ein ganz normales Siedlungshaus, wie alle andern in der Straße auch. Schon etwas älter, hell verputzt und mit kurzen weißen Häkelgardinen an den Fenstern. Der Vorgarten war mit immergrünen Büschen bepflanzt, zwischen denen eine altersschwache Holzbank stand, auf der sich eine Tonkatze räkelte.

Durch ein Tor betrat man einen gepflasterten Hof mit einer mächtigen Korkenzieherweide, unter der ein Teppich von abgefallenen gelben Blättern lag. Rechts ging es zum Hauseingang, links zu der Werkstatt, von der Mina erzählt hatte. Mit leisem Bedauern stellte ich fest, dass niemand darin arbeitete. Dabei war ich so gespannt gewesen. Auf Ben. Ich hatte mich sogar darauf gefreut, ihn kennenzulernen.

Kronmeyer stand auf dem blanken Messingschild an der Haustür. Ich drückte auf die Klingel und spürte ein nervöses Kribbeln auf der Haut.

Die Frau, die mir aufmachte, lächelte voller Erwartung. Als sie mich erblickte, gefror ihr Lächeln.

»Ja? Bitte?«

In ihrer Stimme klang Enttäuschung mit.

»Frau Kronmeyer?«

Sie nickte. Ihr Blick und ihre Haltung veränderten sich, wurden vorsichtig und distanziert.

Ihr Körper versperrte den Eingang. Fremde waren hier offenbar nicht erwünscht.

»Mein Name ist Jette Weingärtner. Ich bin eine Freundin von Mina.«

Eine ganze Weile starrte sie mich an. Ungläubig. Perplex.

»Eine Freundin? Von Mina?«

Langsam kehrte das Lächeln zurück. Herzlich und froh.

»Aber bitte! Kommen Sie doch herein!«

Sie öffnete die Tür ganz weit, fasste mich am Arm und führte mich ins Wohnzimmer, einen großen Raum mit Sitzgarnitur, Couchtisch und Schrank. Die weißen Wände waren kahl. Es hing kein einziges Bild daran.

»Bitte! Setzen Sie sich! Möchten Sie etwas trinken?«

»Nein. Danke.«

»Eine Freundin«, wiederholte sie. »Von Mina.«

Sie saß vornübergebeugt auf der Couch und strich immer wieder mit beiden Händen über ihren Rock. Sie war schwarz angezogen, trug außer einer schlichten Perlenkette keinen Schmuck und erinnerte mich irgendwie an die Frauen auf den Gemälden in Ahnengalerien.

»Ich soll Sie grüßen«, log ich und schämte mich entsetzlich dafür.

»Wo ist sie? Warum meldet sie sich nicht?«

»Sie braucht noch ein bisschen Zeit.«

»Zeit.« Frau Kronmeyer lauschte dem Wort nach, als hätte sie Schwierigkeiten, es einzuordnen. »Wie geht es ihr?«

Warum war ich hierhergekommen? Welche Erkenntnisse hatte ich mir davon versprochen?

»Es geht ihr gut.«

Die zweite Lüge fiel mir schon leichter und die dritte ging mir fast locker über die Lippen.

»Aber sie macht sich Sorgen um Sie.«

»Um mich.« Sie schaute an mir vorbei, irgendwohin. In ihre Haut, das konnte ich jetzt erkennen, hatten sich die ersten Falten eingegraben. Sie war jünger als meine Mutter, aber sie sah wesentlich älter aus. »Das muss sie nicht. Niemand kann mir mehr etwas tun.«

Ihr Mann war tot und konnte sie nicht länger quälen. Wer behauptete denn, nur Mina hätte ein Mordmotiv gehabt?

»Ich möchte Ihnen noch mein Beileid aussprechen, Frau Kronmeyer.«

»Danke.«

Sie nahm es abwesend zur Kenntnis.

»Ben vermisst Mina sehr«, sagte sie.

War ihre Trauer so tief in ihr verschüttet, dass sie sie nicht zeigen konnte? Oder war überhaupt keine Trauer vorhanden?

»Er ist meine einzige Stütze.«

Ich bemerkte die Schatten unter ihren Augen und eine Unruhe, die sie nicht verbergen konnte. Aber ich nahm auch ihr Selbstmitleid wahr.

Meine Mutter war nie für mich da, wenn ich sie gebraucht habe.

Wie oft hatte Mina diesen Satz gesagt. Und als nun ihre Mutter so vor mir saß, so abgewandt und in sich gekehrt, selbst im Gespräch, spürte ich deutlich, auf wessen Seite ich stand.

»Er müsste längst hier sein. Hoffentlich ist ihm nichts passiert.«

Ben. Ben. Immer nur Ben. Ich wollte das Gespräch wieder auf Mina lenken, als wir hörten, wie draußen das Tor zufiel. Frau Kronmeyer sprang auf und lief hinaus. Ich trat ans Fenster und sah sie einen jungen Mann umarmen. So herzlich und liebevoll, dass ich gleich wusste, wer das war.

Über ihre Schulter hinweg schaute er in meine Richtung. Unsere Blicke begegneten sich. Im nächsten Moment hatte er sich aus der Umarmung befreit und kam ins Wohnzimmer gestürmt.

»Das ist Ben«, sagte Frau Kronmeyer, die ihm gefolgt war, atemlos. »Er ist …«

»Raus!« Er zeigte mit ausgestrecktem Arm auf die Tür. »Raus! Sofort!«

»Aber Ben …« Beschwichtigend legte Frau Kronmeyer ihm die Hand auf den Arm. »Das ist eine Freundin von Mina. Stell dir vor, es geht ihr gut. Sie …«

»Ich weiß, wer sie ist!«

Er musste die Stimme gar nicht erheben. Sein

Tonfall war so schneidend, dass ich ein Stück vor ihm zurückwich.

»Du weißt, wer ich ...«

»Mina hat mich noch nie irreführen können.«

»Du hast ihr nachspioniert?«

Auch Frau Kronmeyer starrte ihn ungläubig an. »Du hast gewusst, wo Mina sich aufhält? Und mir nichts gesagt?« Sie fing an zu weinen. »Warum, Ben? Warum?«

Er schüttelte ihre Hand ab. Die Qual auf seinem Gesicht erschreckte mich.

»Ich habe sie beschützt«, sagte er heiser. »Vor ihrem Vater, vor deiner Feigheit und vor sich selbst. Doch das ist vorbei. Ich will ihren Namen nie mehr hören! Nie mehr! Hast du das begriffen?«

Die letzten Worte hatte er ihr voller Wut entgegengeschleudert. Mit Frau Kronmeyer ging eine erschütternde Wandlung vor sich. Sie sackte förmlich in sich zusammen, zog den Kopf ein, kreuzte schützend die Arme vor der Brust und setzte sich still aufs Sofa.

»Und jetzt raus!«, zischte Ben.

An der Tür drehte ich mich noch einmal um. Frau Kronmeyer saß vollkommen reglos, ein verlorenes Lächeln auf dem Gesicht. Ich wusste jetzt, wie Mina sich in diesem Haus gefühlt haben musste. Am liebsten hätte ich geheult.

*

Sobald das Summen ertönte, stieß Imke die Tür auf und suchte nach dem Lichtschalter. Mochten die Psychologen und die Briefkastentanten der Frauenzeitschriften auch hundertmal davor warnen, Kinder mit Fürsorglichkeit zu ersticken – das hier musste geklärt werden, und zwar nicht am Telefon, sondern im direkten Gespräch. Den ganzen Tag hatte sie gegrübelt, um schließlich alle Bedenken über Bord zu werfen, sich ins Auto zu setzen und loszufahren.

Das Treppenhaus war eine Ohrfeige für jedes ästhetische Empfinden. Es roch nach gebratenem Fleisch, nassen Hundehaaren und Bohnerwachs. Das Licht flackerte und die Treppenstufen ächzten unter Imkes Schritten.

Zu den eilig hingekritzelten Sprüchen an den Wänden waren seit Imkes letztem Besuch etliche zotige hinzugekommen. Die Blätter der auf den Fensterbänken vergessenen Pflanzen waren trocken und von Spinnmilben verklebt. Imke hatte sich daran gewöhnt, dass ihre Tochter jetzt hier zu Hause war, aber es gelang ihr nicht, dieser Umgebung Sympathie entgegenzubringen.

Sei nicht so hochnäsig, sagte sie sich, wusste jedoch gleichzeitig, dass nicht Überheblichkeit sie so empfinden ließ. Sie hatte Angst um ihre Tochter, und dieser Ort war nicht gerade dafür geschaffen, ihr diese Angst zu nehmen. Jeder Beliebige konnte hier ein und aus gehen. Es gab keine Sicherheitsvorkehrungen, und die Mädchen waren alles andere als vorsichtig, das hatte sich ja gerade wieder herausgestellt.

Wie zum Beweis dafür stand die Wohnungstür weit offen.

»Mensch, Jette, wo bleibst du denn? Der Kommissar ... Oh, ich dachte ...« Merle blieb abrupt stehen, überrascht, verlegen, schuldbewusst.

»Hallo, Merle.« Imke stellte ihre Tasche an der Garderobe ab. »Was ist mit dem Kommissar?«

»Ich ... äh ...« Vor lauter Eifer, bloß nicht das Falsche zu äußern, fiel Merle überhaupt nichts ein. »Haben Sie Lust auf einen Kaffee? Oder einen Tee? Wir haben auch Saft. Oder Wasser. Oder ...«

»Ihr steckt also wieder mitten im Schlamassel.«

»Das kann man so nicht sagen.« Merle bückte sich nach einer Staubfluse und zerrieb sie zwischen Daumen und Zeigefinger. Dann ging sie in die Küche und ließ sie ins Spülbecken fallen.

»Nein? Und wie würdet ihr das nennen, wenn jemand ein Mädchen bei sich versteckt, das in einen Mordfall verwickelt ist, von der Polizei gesucht wird und dazu noch enorme psychische Probleme hat?«

Die Klingel erlöste Merle. »Das wird Jette sein.« Sie lief in den Flur und drückte auf den Summer.

Es war tatsächlich Jette, und sie schien nicht erfreut, ihre Mutter zu sehen.

»Mama. Wieso hast du nicht angerufen?«

Bevor Imke antworten konnte, öffnete sich die Tür zu Mikes Zimmer, und ein Mädchen kam heraus.

»Mina«, sagte Jette, »das ist meine Mutter.«

Imke hatte nicht vorgehabt, Gefallen an dem Mädchen zu finden. Alles in ihr war auf Abwehr eingestellt. Dieses Mädchen war eine Gefahr für Jette und Merle. Sie hatte sie bereits in ihre Schwierigkeiten hineingezogen und das war erst der Anfang. Imke war mit dem Vorsatz hierhergekommen, diese Geschichte im Keim zu ersticken, und nun stand sie Mina gegenüber und hatte den völlig absurden Wunsch, sie zu beschützen.

»Hallo, Mina.«

Das Lächeln des Mädchens war schüchtern und herzlich zugleich. Ihr Händedruck war fest und ihre Augen studierten aufmerksam Imkes Gesicht.

»Hallo, Frau Thalheim.«

Ihr war Imkes Existenz offenbar nicht verschwiegen worden, und das verletzte Imke mehr als die Tatsache, dass *sie* von Mina nichts gewusst hatte.

Es gab zwei Möglichkeiten. Imke konnte beleidigt sein oder sie konnte über ihren Schatten springen. Zumindest konnte sie es versuchen.

»Habt ihr schon gegessen?«, fragte sie. »Ich

würde euch nämlich gern zu einer Pizza einladen.«

*

Sie mochte diese Frau. Nicht nur weil sie Jettes Mutter war und Tilos Lebensgefährtin. Sie hatte ein offenes Gesicht. Und sie machte sich Sorgen um ihre Tochter.

So eine Mutter zu haben, war ein großes Glück. Das sollte Jette wissen. Aber sie wusste es nicht. Sonst hätte sie sich über den Besuch ihrer Mutter gefreut.

Es war nicht weit bis zu Claudios Pizzaservice, doch der Weg kam Mina endlos vor. Und gefährlich. Sie hatte sich davor gefürchtet, die Wohnung zu verlassen. Aber Jette und Merle hatten sie zwischen sich genommen und ihr so Schutz gegeben. Mina ließ sich führen. Sie hielt den Blick gesenkt. So war es einigermaßen erträglich.

Sie erkannte die Eifersucht in Claudios Augen, als er die Teller auf den Tisch stellte. Sie spürte seine Sehnsucht, Merle bei sich zu haben und ganz für sich allein.

Wie seltsam, mit diesen Menschen zusammen zu sein. Menschen aus Fleisch und Blut. Die Fehler machten und machen durften. Die nicht beherrscht wurden von den starren Riten einer Gemeinschaft, die behauptete, Gott zu lieben, und ihn doch immer nur verriet.

Für eine Weile fühlte sie sich geborgen. Sie kostete diese seltene Freude aus, denn sie wusste, dass sie sie nicht festhalten konnte.

※

Ben zog ein paar T-Shirts aus dem Schrank und warf sie zu den Pullis und Unterhosen auf das Bett. Sein Atem ging immer noch schnell. Das Essen, das Marlene für ihn zubereitet hatte, hatte er nicht angerührt.

»Was tust du da?«

Sie stand im Türrahmen. War schon in Schlafanzug und Bademantel. Wenn sie Probleme hatte, ging sie früh schlafen. In den vergangenen Wochen war sie immer vor neun im Bett gewesen.

»Ich packe.«

»Das sehe ich, Ben. Aber warum?«

»Ich haue ab.«

Sie kam ins Zimmer und hielt seine Hände fest, als könnte sie ihn auf diese Weise daran hindern weiterzupacken.

»Lass mich los, Marlene.«

Er sagte das sehr leise, beinahe sanft, denn er spürte, dass er kurz davor war, die Beherrschung zu verlieren.

Sie ließ ihn los und fing wieder an zu weinen, lautlos, ein stummer Vorwurf. Er faltete zwei Hosen zusammen, ohne sich weiter um Marlene zu kümmern, kramte zwei Paar Socken hervor, stopfte alles in den Rucksack und ging ins Badezimmer, um seinen Rasierapparat zu holen.

An seine Eltern verschwendete er keinen Gedanken. Es würde sich schon herumsprechen, dass er die *Wahren Anbeter Gottes* verlassen hatte. Einige würden sich sehr darüber freuen. Es war so manchen ein Dorn im Auge gewesen, dass Ben von Dietmar zu seinem Nachfolger auserwählt worden war.

Dabei hatte Ben das nie gewollt. Er hatte immer nur einen Wunsch gehabt – Mina nah zu sein.

Irgendwann, hatte er gedacht, würde sie seine Liebe erwidern. Er hatte sich nichts anderes vorstellen können. Sie waren füreinander bestimmt.

Wieder kam die Wut in ihm hoch. Wie sie ihn behandelt hatte!

Er hatte sie in der Vergangenheit schon mehrmals so erlebt, so berechnend und kalt, doch das hatte immer andern gegolten, niemals ihm. Diese Seite an ihr hatte ihn lange verunsichert. Schließlich hatte er sie sich als Minas Versuch erklärt, sich einen Schutzpanzer zuzulegen.

Wie hätte sie das Leben hier sonst ertragen?

Auch er hatte einen solchen Panzer gehabt und das war seine Liebe zu Mina gewesen.

Sie hatte ihn zerstört und wirkungslos gemacht.

Ben biss sich auf die Unterlippe. Der Schmerz tat ihm gut. Er lenkte ihn ab von der Wut. Die wollte er sich aufheben. Für später.

Merle saß im Dunkeln und bemerkte, dass die Nacht wirklich schwarz war. Nirgendwo ein Licht, niemand wach.

Sie fühlte sich vollständig allein.

Zum ersten Mal, seit sie mit Claudio zusammen war, gestand sie sich ein, dass diese Empfindung, die sie häufiger überkam, sogar ihn einschloss. Das machte sie traurig.

Jette und Mina schliefen. Auch Merle war ins Bett gegangen, nachdem Imke Thalheim wieder gefahren war. Und dann hatte ein Geräusch sie geweckt.

Sie war in ihre Jogginghose geschlüpft und hatte einen Kontrollgang durch die Wohnung gemacht. Die Katzen hatten, eng aneinandergeschmiegt, auf dem Küchensofa gelegen. Träge hatten sie ins Licht geblinzelt und dann die Nase wieder ins Fell gesteckt.

Alles in Ordnung. In diesem Haus gab es immer Geräusche. Es war alt und wie bei einem alten Menschen schienen ab und zu die Gelenke zu knacken und zu knirschen.

Da sie nun einmal wach war, hatte Merle beschlossen, ein bisschen aufzubleiben und nachzudenken.

Und hier saß sie nun und dachte an Claudio und verwünschte sich dafür. Fast hatte er den Abend ruiniert mit seiner blödsinnigen Eifersucht. Sollte er doch zu seiner Verlobten nach Sizilien abdampfen! Und Merle mit seinen mittelalterlichen Besitzansprüchen in Frieden lassen.

Sie schüttelte ihren Ärger ab und schaltete den Computer ein. Schlaf würde sie jetzt sowieso nicht finden, also konnte sie ebenso gut schon mal ein paar Dinge vorbereiten. Zum Beispiel den Brief.

Lieber Tilo, tippte sie, *wenn Sie diesen Brief erhalten, sind wir nicht mehr in Bröhl.*

Klang das nicht ziemlich abgedroschen und reichlich dramatisch? Sie löschte die Zeile und nahm einen zweiten Anlauf.

Lieber Tilo, wir haben beschlossen, Mina von hier wegzubringen. Sie ist einem Verhör noch nicht gewachsen. Vor allem hat sie schreckliche Angst, in die Psychiatrie eingewiesen zu werden.

Sie haben getan, was Sie konnten. Deshalb werden wir das ab jetzt allein durchziehen. Sobald Minas Erinnerung an die Morde zurückgekehrt ist, werden wir uns melden. Versprochen.

Bitte verzeihen Sie uns!

Merle überflog den Text noch einmal. Gut so. Jeder Satz mehr konnte zu viel verraten. Sie würde den Brief jetzt ausdrucken und an

Tilo adressieren und dann noch einmal ins Bett kriechen. Jette würde nach dem Frühstück den Schlüssel von dieser Frau Sternberg holen und spätestens um acht wären sie auf der Autobahn.

Sie hatte gerade den Befehl zum Drucken gegeben, als Donna flach wie ein Schatten ins Zimmer gehuscht kam und unterm Regal verschwand. Merle wartete darauf, dass Julchen begeistert hinterhergeschossen käme, denn die Katzen jagten einander leidenschaftlich gern, doch Julchen ließ sich nicht blicken.

Und dann fing Donna an, aus tiefster Kehle zu knurren.

Merle hatte eigentlich keine Lust, Katzenstreit zu schlichten. Trotzdem beugte sich sich zu Donna hinunter.

»Was ist los, Süße? Hat Julchen dich geärgert?«

Donnas Knurren wurde lauter. Sie hatte die Ohren angelegt und starrte zur Tür. Und plötzlich wusste Merle, dass jemand in der Wohnung war.

*

Früher hatte Tilo immer und überall schlafen können. Das war schon lange nicht mehr so. Ein falscher Gedanke vorm Einschlafen und er konnte die Nacht vergessen.

Am schlimmsten war das Grübeln. Und dass

die Probleme sich in schlaflosen Nächten ins Uferlose dehnten.

Nachts verlor das Leben seinen Sinn.

Auch in dieser Nacht wälzte er sich hin und her. Er hatte es sogar mit Yoga versucht, doch er war nicht zur Ruhe gekommen. Ständig hatte er Minas Gesicht vor Augen. Wenn sie doch nur ein bisschen mehr Zeit gehabt hätten. Er war davon überzeugt, dass die Therapie bald in eine neue Phase getreten wäre. Nur ein klein wenig mehr Zeit hätten sie gebraucht.

Er fühlte sich schuldig. Als hätte er Mina verraten. Und wusste doch, dass er sich nicht anders hatte verhalten können. Der Kommissar war kein Unmensch. Vielleicht würde er ja durchsetzen, dass Tilo Mina zunächst einmal weiterhin therapieren durfte. Es würde Gutachten geben. Man würde Experten zu Rate ziehen. Aber vielleicht durfte Tilo mit dabei sein. Er wünschte es sich sehr.

Cleo hatte sich von ihm abgewandt. Das hatte er akzeptiert. Sie musste sich erst ein Bild machen von der Situation. Möglicherweise würde sie ihn verstehen. Später. Cleo war eine kluge Persönlichkeit. Ihretwegen war er nicht besorgt.

Was ihn beunruhigte, war etwas anderes. Die kürzlich neu aufgetauchte Persönlichkeit war stärker geworden. Sie verteidigte das Verhalten des Vaters und redete von Sühne und Schuld.

Was, wenn sie die Oberhand bekam? Welchen Einfluss auf das *Team* besaß sie bereits jetzt?

Stöhnend richtete er sich auf, zog sich im Dunkeln an und ging in den Wintergarten. Arbeit war ein ausgezeichnetes Mittel, um sich abzulenken. Und es gab genug zu erledigen. Er hatte seine übrigen Patienten lange genug vernachlässigt. Da war jede Menge aufzuarbeiten.

Wenig später saß er am Tisch, konzentriert über seine Bücher gebeugt.

»Kannst du nicht schlafen?«

Tilo hatte Imke nicht hereinkommen hören und zuckte zusammen.

»Nein. Und du?«

»Ich bin von irgendeinem Geräusch aufgewacht. Seitdem rasen mir die Gedanken nur so durch den Kopf.«

Tilo mochte ihr Gesicht, wenn es ungeschminkt war. Sie sah dann jung und verletzlich aus, besonders in der Nacht.

»Ich möchte, dass du mir alles über dieses Mädchen erzählst.«

Sie setzte sich zu ihm an den Tisch, zog die Beine an und stützte die Arme auf die Knie.

»Du weißt, dass ich das nicht darf.«

»Mein Kind lebt mit diesem Mädchen zusammen. Ich habe keine Ahnung, wie gefährlich deine Patientin ist oder werden kann. Du bist mir Aufklärung schuldig, Tilo.«

Er verkniff sich die Antwort, die ihm auf der

Zunge lag. Er hatte keine Lust, sich mit Imke zu streiten. Es gab Wichtigeres zu tun.

»Du hast Mina doch selbst gesehen«, sagte er.

»Ich habe die Spitze des Eisbergs gesehen. Was ist mit dem Teil, der sich unter Wasser befindet?«

Tilo musste unwillkürlich schmunzeln. Sie konnte noch so ängstlich oder verzweifelt sein, ihre Lust an Bildern verlor sie dadurch nicht.

»Den hat noch niemand zu Gesicht bekommen, nicht einmal Mina selbst. Der Einzige, der ihn kennen dürfte, ist der *Scherbensammler*.«

Befremdet schaute Imke ihn an und Tilo traf eine Entscheidung. Imke hatte recht, wenn sie auf Informationen bestand. Es ging um Jette und Merle und darum, dass er die Mädchen darin unterstützt hatte, ein Wagnis einzugehen, das nicht berechenbar war.

»Was weißt du über dissoziative Identitätsstörung?«, fragte er.

»Nicht genug. Früher habe ich einiges darüber gelesen und habe das aufgefrischt, indem ich ein bisschen im Internet recherchiert habe …«

Sie richtete sich auf und schaute ihn zerknirscht an.

»Ich wollte dich noch um Entschuldigung bitten, Tilo. Ich hatte nicht die Absicht, in deinem Notizbuch zu lesen. Es lag da und ich habe mir solche Sorgen gemacht und …«

»Lass uns später darüber reden«, unterbrach Tilo sie. »Jetzt will ich versuchen, dir Minas Welt ein wenig verständlich zu machen.«

»Danke.« Sie flüsterte das beinah und Tilo rückte seinen Stuhl näher an ihren heran und nahm ihre Hand. Und so saßen sie da, im schwachen Lichtschein der Kugellampe, die wie ein geheimnisvoller Himmelskörper auf dem Boden lag.

Tilo erzählte und Imke hörte ihm zu. Durch ihr Spiegelbild im Glas des Wintergartens hindurch sahen sie hinaus in die Nacht, die ohne Sterne war und ohne jeden Laut.

*

Donnas Knurren hatte sich in ein leises Grollen verwandelt. Ihr Fell war gesträubt. Sie hatte sich keinen Zentimeter von der Stelle bewegt, duckte sich platt auf den Boden. Merle hielt den Atem an.

Sie horchte, konnte aber nur ihren eigenen rasenden Pulsschlag hören. Sie versuchte aufzustehen, doch ihre Beine gehorchten ihr nicht. Die Panik hielt sie gepackt.

Hastig sah sie sich um. Ihr Blick fiel auf das Perlhuhn aus Ton, das sie auf dem letzten Tierheimbasar erstanden hatte. Es hatte sie dreißig Euro gekostet, der reine Wahnsinn, aber sie hatte es unbedingt haben müssen. Der große runde Leib, der schmale, kurze Hals und der kleine Kopf mit dem krummen Schnabel hatten sie immer gerührt.

Jetzt würde sie das Huhn als Waffe benutzen.

Sie nahm alle Kraft zusammen, um hochzukommen. Langsam streckte sie die Hand aus und ergriff das Huhn am Kopf. Dann löschte sie das Licht.

Es dauerte eine Weile, bis ihre Augen sich an die Dunkelheit gewöhnt hatten. Es dauerte noch länger, bis Merle imstande war, sich der Tür zu nähern. Sie schlich über den Flur, das Huhn fest in der Hand. Es war glatt und kalt und schwer und gab ihr wenigstens ein bisschen Halt.

Die Klinke der Badezimmertür quietschte.

Erschrocken presste Merle die Lippen zusammen und schloss für zwei, drei Sekunden die Augen. Dann schob sie die Tür vorsichtig auf und ließ den Blick durch den Raum gleiten.

Nichts Ungewöhnliches. Alles war wie immer.

Doch die Erleichterung verschaffte ihr bloß eine kurze Verschnaufpause. Dann war die Küche an der Reihe.

Langsam setzte sie einen Fuß vor den andern, immer in der Angst, eine Stelle zu erwischen, an der der Holzboden knarrte. Sie fragte sich, wo Julchen sich verkrochen haben mochte. Und betete, dass es vielleicht nur Mina war, die da im Dunkeln auf sie wartete. Mina saß nachts oft ohne Licht in der Küche und versuchte, einen

Albtraum abzuschütteln oder die Angst, die ihr immer wieder unter die Haut fuhr.

Doch noch während Merle das dachte, wusste sie, dass ihr Gebet nicht erhört werden würde.

Ein einziger Blick genügte.

Da saß jemand auf dem Sofa. Reglos. Und unheimlich still.

Merle fasste das Huhn fester. Ihre freie Hand tastete nach dem Lichtschalter.

Ben!

Mit allem hatte sie gerechnet, aber nicht mit ihm.

Im ersten Moment fühlte sie Erleichterung, doch in der nächsten Sekunde spürte sie die Bedrohung, die in feinen Wellen von ihm auszustrahlen schien.

»Leg das Ding weg!«

Ben wies mit einer Kopfbewegung auf das Huhn. Er blinzelte nicht, obwohl das plötzliche Licht ihn doch genauso blenden musste, wie es Merle blendete.

»Wie bist du hier reingekommen?«

Merle dachte gar nicht daran, sich von ihrer Waffe zu trennen. Ab heute würde sie nie wieder behaupten dürfen, Pazifistin zu sein.

»Leg das Ding weg«, wiederholte Ben.

Sein Gesicht war starr und unbewegt. Seine Stimme klang merkwürdig flach, wie die Stimme aus einem Automaten. Langsam bewegte Merle sich rückwärts auf Jettes Zimmer zu.

Ben erhob sich mit der Geschmeidigkeit einer Katze, aber Merle war schneller. Sie drehte sich um, stieß Jettes Tür auf, stürzte ins Zimmer und drehte den Schlüssel im Schloss.

Sofort war Jette wach. Sie rieb sich verwirrt die Augen.

»Was ist los?«

Da schlug Ben schon gegen die Tür.

»Macht ihr freiwillig auf? Oder soll ich euch holen?«

Jette sprang aus dem Bett und zog sich hastig an.

»Wer ist das?«

»Ben.« Merle stemmte sich mit aller Kraft gegen die Tür. »Ruf die Polizei!«

»Ben? Aber wieso …«

»Die Polizei! Mach schon!«

Ein Blick von Merle genügte, und Jette begriff, wie ernst die Lage war. Mit flatternden Händen fuhr sie über das Chaos auf ihrem Schreibtisch.

»Oh nein! Ich hab mein Handy zum Aufladen in den Flur gelegt! So ein Mist! Wie ist der überhaupt hier reingekommen?«

»Unsere Tür hat kein Sicherheitsschloss.« Merle schwitzte vor Aufregung. »Es ist ein Klacks, sie aufzukriegen.«

»Hat meine Mutter ja immer schon gesagt.«

»Das bringt uns jetzt echt enorm weiter.«

Ben rüttelte an der Klinke.

»Ich zähle bis drei!«

Jette stemmte sich ebenfalls gegen die Tür. Sie waren zu zweit. Ihre Chancen standen nicht schlecht.

»Eins!«

Merle kniff die Augen zu.

»Zwei!«

Neben sich hörte sie Jette stöhnen.

»Drei!«

Ben warf sich gegen die Tür. Versuchte, sie einzutreten. Viermal. Fünfmal.

Danach war Ruhe.

»Wenn er so weitermacht«, flüsterte Jette, »werden die Nachbarn uns die Arbeit abnehmen und die Polizei rufen.«

»Wegen nächtlicher Ruhestörung! Du hast recht. Wir brauchen nur das Fenster aufzureißen und zu schreien. Irgendwer wird schon reagieren.«

Doch bevor sie den Gedanken in die Tat umsetzen konnten, hörten sie ein Weinen. Und Bens Stimme.

»Ich habe Mina. Und jetzt raus mit euch, aber ein bisschen plötzlich!«

*

»Du meinst, manche Persönlichkeiten treten nach außen und manche sind ausschließlich für den inneren Bereich zuständig?«, fragte Imke.

Tilo nickte.

Die Faszination, die Imke empfand, überdeckte beinahe die Sorge um ihre Tochter. Sie hatte bereits gewusst, dass die verschiedenen Identitäten eines Multiplen in einem System organisiert waren, einem *Team*, wie Mina es nannte, aber dass ein solches System dermaßen perfekt aufgebaut war, verschlug ihr die Sprache.

»Es gibt unglaublich komplizierte und komplexe Verknüpfungen innerhalb dieses Systems«, sagte Tilo. »Und jeder hat darin seine klar definierte Aufgabe. Es ist der *Scherbensammler*, der alle Fäden in der Hand hält und das *Team* letztlich funktionieren lässt.«

»Der *Scherbensammler*?«

»Mina muss sich ganz allmählich an ihre traumatischen Erfahrungen erinnern. Schritt für Schritt. Würde sie alles auf einmal vor sich sehen, ginge sie daran zugrunde. Der *Scherbensammler* dosiert ihre Erinnerungen sozusagen.«

Schon die Namen waren eine Welt für sich.

Soraya. Die Wächterin.

Carlos. Der Türsteher.

Cleo. Die Kämpferin.

»Und der *Scherbensammler* hat keinen Namen?«, fragte Imke.

Tilo schüttelte den Kopf.

»Oder ich habe ihn noch nicht erfahren. Auch die kindlichen Identitäten, die in Mina schlafen, haben nicht unbedingt Namen.«

Er griff nach seinem Notizbuch und schlug es auf.

»Ein Phänomen, über das ich nachdenken muss.«

Imke schaute ihm beim Schreiben zu. Das Notizbuch ließ ihre Schuldgefühle wieder lebendig werden.

»Tilo«, sagte sie leise. »Ich weiß, dass ich einen Fehler gemacht habe. Es wäre schön, wenn du trotzdem wieder Vertrauen zu mir haben könntest.«

Er hob den Kopf, mit den Gedanken noch woanders.

Imke beugte sich zu ihm und küsste seine gerunzelte Stirn.

»Du hörst damit auf, ständig deine Unterlagen vor mir zu verstecken, und ich verspreche dir dafür, sie wie Luft zu behandeln.«

Tilo zog sie an sich.

»Und du hörst damit auf, dir ständig Sorgen um Jette und Merle zu machen, dafür verspreche ich dir, die Mädchen nie wieder in Gefahr zu bringen.«

»Sie sind also doch in Gefahr?«

Imke konnte ihre Angst nicht unterdrücken, und wenn sie sich noch so sehr darum bemühte. Wie sagten die alten Leute immer? *Kleine Kinder, kleine Sorgen, große Kinder, große Sorgen.* Imke hatte nie etwas damit anfangen können, doch mittlerweile begriff sie, wie viel Wahrheit darin steckte.

Tilo widersprach ihr nicht. Das war ein

schlechtes Zeichen. Es beruhigte sie ein wenig, dass der Kommissar jetzt eingeschaltet war. Er hatte Jette schon zweimal das Leben gerettet.

*

Ben sah anders aus. Entschlossen. Selbstbewusst. Er hielt Mina fest im Nacken gepackt. Er kontrollierte die Situation.

Mina trug nur Slip und T-Shirt. Sie trat von einem Fuß auf den andern.

»Mir ist kalt«, sagte sie.

Sogar ihre Stimme schien zu frieren.

»Du kannst dir gleich was anziehen.« Ben ließ Merle und mich nicht aus den Augen. »Wenn das hier geregelt ist.«

»Geregelt?«, fragte Merle. »Was hast du mit uns vor?« Krampfhaft umklammerte sie den Kopf des Perlhuhns.

»Her damit!«

Ben streckte die Hand aus.

Merle zögerte. Ben packte Mina fester. Sie schrie leise auf.

»Bitte, Merle!«

Es kostete Merle Überwindung, aber sie trat einen Schritt vor und gab Ben das Huhn.

»Und jetzt in die Küche! Tempo!«

Als wir auf dem Sofa saßen, ließ er Mina los und gab ihr einen Stoß. Sie taumelte auf uns zu und fiel mir fast auf den Schoß.

Ben setzte das Perlhuhn auf den Tisch. Mit

gespreizten Beinen stand er da und atmete tief ein. Dann stieß er einen Schrei aus, gleichzeitig schnellte seine rechte Hand hoch und fuhr hart und sicher nieder.

Mit einem Krachen zersprang das Huhn in Stücke.

Die unerwartete Demonstration seiner Kraft ließ Merle und mich zusammenzucken. Ben hatte die Fronten mit einem einzigen Karateschlag geklärt. Das Perlhuhn hatte die Größe einer stattlichen Wassermelone gehabt. Trotzdem hatte Ben es mühelos zertrümmert und sich dabei nicht mal verletzt.

»Bei Menschen macht es noch mehr Spaß«, sagte er. »Zwingt mich also nicht, euch wehzutun.«

Mina schlotterte inzwischen vor Kälte. Ich legte den Arm um sie und drückte sie an mich.

»Du kannst dich jetzt anziehen.«

Ben lehnte sich lässig gegen den Herd. Jede seiner Bewegungen war eine Provokation.

»Aber zuerst lieferst du sämtliche Handys bei mir ab.«

Gehorsam stand Mina auf.

»Ach, Mina?«

»Ja?«

»Ein falscher Schritt und deine Freundinnen gibt es nicht mehr.«

Mit hängenden Schultern schlich Mina hinaus. Wie dünn sie war. Und wie verschreckt.

So hatte ich sie erst ein einziges Mal erlebt, damals, im Garten meiner Mutter.

Nachdem sie Ben unsere Handys übergeben hatte, erlaubte er ihr, sich anzuziehen. Er lehnte noch immer am Herd. Als wäre das hier ein Spiel, das er schon oft gespielt hatte, und als würde es ihn allmählich ein bisschen langweilen.

In Hose und Pulli kam Mina zurück. Sie setzte sich wieder neben mich. Offenbar hatte sie sich ein wenig gefangen, denn sie saß ruhig und aufrecht, die Hände entspannt auf den Oberschenkeln.

»Was willst du, Ben?«

»Das, was ich immer gewollt habe«, sagte er. »Mein ganzes Leben lang. Dich.«

Seine Antwort brachte Mina nicht aus der Fassung. Sie schien damit gerechnet zu haben.

»Wie stellst du dir das vor?«

»Ganz einfach. Du packst ein paar Sachen und wir gehen weg von hier.«

»Wohin?«

»Wohin! Wohin! Ist doch egal. Irgendwohin, wo uns keiner kennt.«

»Und dann?«

»Leben wir zusammen. So wie es sein soll.«

»Wie denn, Ben?«

Wusste Mina, was sie da tat, indem sie ihn immer mehr in die Enge trieb? Meinte sie wirklich, sie könnte ihm seinen Plan auf diese Weise ausreden?

»Auf der Straße, wenn es sein muss. Unter Brücken. Im Wald. Was sollen die Fragen? Du hast doch selber wochenlang draußen gelebt.«

»Da war es warm und trocken.« Mina ließ sich nicht beirren. »Aber bald kommt der Winter, Ben. Es ist nicht leicht, im Winter auf der Straße zu leben.«

Das schien ihm zu denken zu geben. Grübelnd betrachtete er Merle und mich. Und brauchte gar nicht erst auszusprechen, was ihm als Nächstes durch den Kopf ging: Er konnte uns nicht zurücklassen, denn dann käme die Polizei ihm sofort auf die Spur.

Mina hatte offenbar dasselbe überlegt.

»Was ist mit Jette und Merle?«, fragte sie.

Seine Augen verengten sich.

»Nein, Ben. Wir müssen sie mitnehmen. Nur so sind wir halbwegs sicher.«

Was machte sie da? Sollte sie ihm diese wahnwitzige Aktion nicht ausreden? Stattdessen bot sie ihm Merle und mich auch noch als Geiseln an. Das schien auch Ben zu wundern.

»Auf einmal bist du wieder auf meiner Seite?«

»Ich war immer auf deiner Seite, Ben.«

Er wollte ihr glauben, unbedingt. Es war deutlich in seinem Gesicht zu lesen. Es war auch zu erkennen, wie heftig er mit sich kämpfte. Konnte er Mina überhaupt noch vertrauen? Merle hatte mir erzählt, wie herablassend Cleo ihn behandelt hatte.

»Okay«, sagte er schließlich. »Aber zu viert brauchen wir einen Unterschlupf.«

Mina stand auf. Sie ging lächelnd auf ihn zu.

»Wie würde dir ein Haus am Meer gefallen?«

»Was tut sie da?«, flüsterte Merle. »Wie kann sie ihm das verraten?«

Ich sah Mina genauer an. Hatte ihre Stimme nicht leicht verändert geklungen? Und wieso hatte sie plötzlich überhaupt keine Angst mehr vor Ben?

Sie tuschelten miteinander.

Merle drückte meine Hand.

»Sie hat bestimmt einen Plan«, flüsterte ich zurück und wünschte mir sehnlichst, recht zu behalten.

»Und wenn nicht?«

Ben hob den Kopf. Sein Grinsen gefiel mir nicht.

Er hatte die Handys unbrauchbar gemacht und in den Abfalleimer gestopft. Vorsichtshalber hatte er auch noch das Telefonkabel aus der Wand gerissen. Ihm war klar, dass sie schnell hier rausmussten.

Noch ein paar Stunden, und der Kommissar würde anfangen, Mina unter die Lupe zu nehmen. Auch Tilo Baumgart würde hier aufkreuzen, um seiner Patientin beizustehen, wie sich das für einen anständigen Therapeuten gehörte. Vielleicht würde sogar Marlene an die Tür klopfen, falls sie es schaffte, einmal in ihrem Leben aktiv zu werden und herauszufinden, wo ihre Tochter sich versteckte.

Aber noch war es nicht so weit. Und Ben wusste die Zeit zu nutzen.

Jedem Mädchen hatte er einen Rucksack erlaubt. Während sie packten, mussten sie ihre Zimmertüren weit offen stehen lassen, damit Ben im Flur auf und ab patrouillieren konnte, um alles zu beobachten.

Blitzschnell hatte er umgeplant. Er hatte beschlossen, Jettes Wagen zu nehmen. Der war nicht so auffällig wie der Lieferwagen der Werkstatt, in dem er hierhergekommen war.

Gut, dass die Mädchen nicht jammerten. Das wäre ihm auf die Nerven gefallen. Aber sie waren nicht die Typen, die sich hinsetzten und flennten. Ben musste nur aufpassen, dass ihre Stärke sich nicht gegen ihn richtete, dann konnte er sie sogar für seine Zwecke einsetzen.

Was ihn verunsicherte, war lediglich Mina. Er wusste nicht mehr, ob er ihr trauen konnte.

Als die drei Rucksäcke neben seinem im Flur standen, ließ er die Mädchen Proviant zusammensuchen. Es kam nicht allzu viel dabei heraus. Ein paar Scheiben Brot, ein Kanten Käse, ein bisschen Obst, Kaffeepulver, Tee und Saft.

»Na ja«, sagte er, »ihr wart ja nicht auf einen Ausflug vorbereitet.«

Niemand lachte über seinen Scherz, und Ben fragte sich, auf was er sich da eingelassen hatte. Wie hatte er bloß Minas Wunsch akzeptieren können, die Mädchen mitzuschleppen. Sie waren nichts als ein Klotz am Bein.

Wenigstens für ein paar Tage, hatte Mina gemeint. Bis sie weit genug weg wären. Dann könnten sie in aller Ruhe ihre Spur verwischen. Und weitersehen.

»Sie sind unsere Lebensversicherung«, hatte sie gesagt. »Nur so haben wir eine Chance.«

Wir. Wie gut sich das anhörte.

Ein paar Tage waren zu verkraften, ja. Doch danach würde er sich etwas überlegen müssen. Die beiden am Leben zu lassen, wäre absolut fahrlässig. Ben hatte nicht vor, Fehler zu machen.

»Was ist mit unseren Katzen?«, fragte Merle.

Katzen! Als hätte Ben keine anderen Probleme. Er überhörte die Frage und inspizierte noch einmal die Tasche mit den Lebensmitteln.

»Wir stellen ihnen Trockenfutter hin«, sagte Jette. »Spätestens heute Abend wird Tilo klar sein, dass etwas passiert sein muss. Dann werden sie Donna und Julchen finden.«

Es war noch stockdunkel, als sie das Haus verließen und das Gepäck im Kofferraum von Jettes Renault verstauten. Alles hing jetzt davon ab, ob es Jette gelang, unbemerkt den Schlüssel für das Ferienhaus zu besorgen.

Die alte Dame würde ihn nicht vermissen. Wahrscheinlich gammelte er seit Urzeiten in der Schublade vor sich hin, und sie erinnerte sich alle Jahre mal an ihn, um ihn gleich wieder zu vergessen.

Ein bisschen Risiko gibt es immer, dachte Ben, als er sich neben Merle auf den Beifahrersitz fallen ließ, das Messer aus der Tasche zog und ihr befahl loszufahren.

Merle starrte das Messer an. Sie rührte sich nicht.

»Jetzt spiel nicht die Mimose!«

Ben rückte sich so zurecht, dass er auch Mina und Jette auf der Rückbank im Auge behalten konnte.

»Tut einfach, was ich sage, dann muss ich das Messer nicht benutzen.«

Die Stadt war in Schlaf versunken. Selbst für die Zeitungsausträger war es noch zu früh. Auf den menschenleeren Straßen wechselte das Licht der Ampeln gespenstisch die Farbe. Eine defekte Leuchtstoffröhre über einem Schaufenster flackerte. Ein loser Fensterladen quietschte in seiner Verankerung.

Die perfekte Zeit. Ben war mit sich zufrieden. Besser hätte es bisher nicht laufen können.

*

Am liebsten hätte sie sich hinter dem Sitz verkrochen. Aber dann wäre Ben böse geworden.

Sie hatte Angst vor ihm, wenn er so war. Laut wurde und gemeine Sachen machte.

Du kleines, dummes Ding.

Aber das war sie gar nicht, klein und dumm. Das wollte die Stimme ihr nur einreden. Sie war sogar schon ziemlich groß. Sie konnte sogar schon Mama trösten.

Mama. Warum war sie nicht hier?

Weil sie sich einen Dreck um dich kümmert, darum.

Einfach nicht auf die Stimme hören. Einfach nicht hierbleiben.

Wenn sie die Augen zumachte, konnte sie sich vielleicht wieder ins Dunkel sacken lassen.

Dahin, wo es warm und weich war und still.

Wo sie keine Angst zu haben brauchte. Keine Angst.

*

Es war Zufall, dass ich den Schlüssel für die Eingangstür hatte. Frau Stein hatte ihn mir gegeben, weil zwei weitere Mitarbeiter krank geworden waren.

»So ist es am einfachsten«, hatte sie gesagt. »Ihnen kann ich ja vertrauen.«

Ihre Worte lagen mir schwer im Magen. Wie ein Dieb schlich ich die Treppe hinauf. Nein. Nicht *wie* ein Dieb. Ich war tatsächlich einer.

Es gab keinen Pförtner, der mich aufhalten konnte. Die Mitarbeiterin, die Nachtdienst hatte, saß in der kleinen Kaffeeküche im Erdgeschoss, wo sie las oder sich durch die Fernsehprogramme zappte. Ab und zu musste sie in dem einen oder andern Zimmer nach dem Rechten sehen, aber in den ganz frühen Morgenstunden war es im Haus meistens ruhig.

Da war das Zimmer von Frau Sternberg. Vorsichtig drückte ich die Klinke herunter und schob die Tür einen Spaltbreit auf.

Regelmäßige Atemzüge verrieten mir, dass die alte Dame schlief. Rasch schlüpfte ich ins Zimmer, lehnte die Tür an und wartete eine Weile, um mich an die Dunkelheit zu gewöhnen. Dabei wirbelten mir die Gedanken nur so durch den Kopf.

Was, wenn ich von hier aus die Polizei anriefe?

Zu gefährlich.

Ben hatte damit gedroht, Merle etwas anzutun, falls ich nicht zurückkäme oder ein Polizist sich auch nur von Weitem blicken ließe. Ich kannte ihn noch nicht lange, aber ich wusste, dass er keine leeren Drohungen ausstieß.

Viel zu gefährlich.

Ben war auf engstem Raum mit Merle und Mina zusammen. Und er war vollkommen durchgeknallt. Da durfte ich kein Risiko eingehen. Ich vertröstete mich auf später. Irgendwann würde er müde werden. Und Schlaf brauchen.

Ich konnte jetzt die Umrisse der Möbel erkennen und Frau Sternberg, die ruhig und friedlich in den Kissen lag und nicht ahnte, was um sie herum geschah.

Liebe, liebe Frau Sternberg, dachte ich. Wenn Sie und Ihr Haus nicht wären, hätte Ben Merle und mir vielleicht längst etwas angetan.

Die oberste Schublade der alten Kommode klemmte. Behutsam ruckelte und zog ich, bis ich die Hand hineinschieben und nach dem Briefumschlag tasten konnte.

Frau Sternberg bewahrte Strümpfe, Halstücher und Handschuhe in dieser Schublade auf.

Meine Finger berührten aber auch etwas Kaltes, Glibberiges, das sich anfühlte wie ein angebissener Pfirsich. Knöpfe glitten mir durch die Finger, Münzen und Stifte.

Ein Briefumschlag war nicht zu finden.

Hatte Frau Sternberg sich geirrt? Mir brach der Schweiß aus bei der Vorstellung, eine schwergängige Schublade nach der andern aufzuziehen, Zentimeter für Zentimeter, um dann in den unaussprechlichsten Dingen zu wühlen. Und am Ende vielleicht festzustellen, dass es gar keinen Briefumschlag gab.

Im letzten Moment bekam ich ihn zu fassen. Er war zwischen den Tüchern versteckt und bestimmt noch keinem vor mir aufgefallen.

Die Chancen, dass die Polizei uns in einem abgelegenen Ferienhaus finden würde, von dem kaum jemand wusste, an dessen Existenz sich auch Frau Sternberg meistens nicht erinnerte, waren gleich null.

Nicht daran denken! Bloß nicht daran denken!

Ich öffnete den Umschlag so geräuschlos wie möglich. Zwei Schlüssel und ein Blatt Papier, wahrscheinlich die Adresse und die Wegbeschreibung, von der Frau Sternberg gesprochen hatte.

Jetzt nur noch die Schublade zuschieben und dann schnell zum Wagen zurück. Ben hatte mir eingeschärft, mich zu beeilen, und ich wollte es unbedingt vermeiden, ihn wütend zu machen.

Ich streckte schon die Hand nach der Türklinke aus, als ich das Bettzeug rascheln hörte.

»Hallo«, sagte Frau Sternberg. »Ist da jemand?«

Ganz kurz spürte ich die Versuchung, einfach zu verschwinden. Doch ich brachte es nicht übers Herz. Ich ging zu ihr und beugte mich zu ihr hinunter.

»Ich bin's, Jette.«

»Jette?« Sie stützte sich auf den Ellbogen. »Wie bist du denn in meinen Traum geraten, Kind?«

Ihre Stimme war so alt und freundlich und vertrauensvoll, dass mir die Tränen kamen. Ich streichelte ihre Schulter. Nur Haut und Knochen. Frau Sternberg vergaß neben allem anderen auch oft das Essen.

»Schlafen Sie weiter«, sagte ich. »Und haben Sie keine Angst.«

Sie legte sich wieder hin. Schloss gehorsam die Augen.

»Du darfst auch keine Angst haben«, murmelte sie.

Als ich mich an der Tür noch einmal nach ihr umdrehte, war sie schon wieder eingeschlafen.

»Bis bald«, flüsterte ich und schlüpfte hinaus.

Bis bald. Die beiden Worte tanzten in meinem Kopf. Ich wollte so gern daran glauben.

*

»Eine Multiple!« Der Chef hielt sich mühsam zurück. Er stand kurz vor der Explosion. »Und wo befindet sich das Mädchen jetzt?«

Seine samtweiche Stimme konnte Bert nicht täuschen. Die Kollegen ebenso wenig. Sie alle duckten sich innerlich. Wie Schüler, die Angst davor hatten, vom Lehrer aufgerufen zu werden.

»In der Wohnung ihrer Freundinnen«, sagte Bert. »Ich dachte …«

»Da bin ich ja mal gespannt.«

Der Chef stand auf und wanderte zum Fenster. Er schaute auf die Straße hinunter, als ginge ihn das hier überhaupt nichts an. In Wirklichkeit kochte er.

»Sie ist in keiner stabilen Verfassung. Ich wollte behutsam vorgehen.«

»Das heißt, sie ist ohne Aufsicht und könnte sich jederzeit aus dem Staub machen?«

Die Stimme des Chefs war bei den letzten Worten um fast eine Oktave nach oben geklettert. Man konnte den Sturm kommen sehen.

»Der Psychologe, der sie therapiert, Tilo Baumgart …«

»Jederzeit! Verstehe ich das richtig?«

Bert hasste es, unterbrochen zu werden. Er hasste es, wenn der Chef seine rhetorischen Spielchen mit ihm spielte. Vor allem aber hasste er es, im Unrecht zu sein. Er bewegte sich auf schwankendem Boden und der Chef witterte das sofort.

»Sehr gut, Melzig! Das haben Sie prima hingekriegt! Und wer holt die Kastanien jetzt aus dem Feuer?«

Du bestimmt nicht, dachte Bert. Du hast dir die Finger noch nie verbrannt. Zumindest nicht bei der Arbeit und ganz sicher nicht mit unpopulären Entscheidungen.

»Im Augenblick«, sagte er, »kann von Feuer doch gar keine Rede sein. Es gibt gewisse Verdachtsmomente, aber die reichen nicht aus, um das Mädchen aus der gewohnten Umgebung zu reißen.«

»Das sehe ich genauso«, mischte Isa sich ein. »Auch ich würde besonnen vorgehen und den Therapeuten des Mädchens unbedingt in die Überlegungen mit einbeziehen.«

Der Chef selbst war es gewesen, der Isa als Psychologin in sein Team geholt hatte. Er legte Wert auf ihre Meinung, sicherte sich oft ab, indem er ihren Rat einholte. Deshalb konnte er das, was sie gesagt hatte, jetzt nicht vom Tisch wischen.

»Also?«

»Ich möchte Mina weiter befragen«, ergriff Bert wieder das Wort. »Tilo Baumgart hat sich freundlicherweise bereit erklärt, bei den Gesprächen anwesend zu sein. Ohne ihn würde ich nicht an das Mädchen herankommen. Keinem von uns würde das gelingen«, setzte er hinzu. »Wir haben keinerlei Erfahrung im Umgang mit multipler Persönlichkeitsstörung.«

»Dissoziativer Identitätsstörung«, korrigierte ihn Isa.

»Ich weiß. Aber im Augenblick halte ich das für Haarspalterei.« Mit einem Lächeln bat Bert Isa um Entschuldigung. »Es geht darum, dass wir im richtigen Moment das Richtige tun.«

»Und nicht zu viel Porzellan zerdeppern«, bestätigte Isa.

Der Chef sah auf seine Armbanduhr. Die Wendung, die das Gespräch genommen hatte, behagte ihm nicht.

»Warum sitzen wir dann noch hier herum?«, fragte er. »Darf ich Sie daran erinnern, dass wir zwei Morde aufzuklären haben?«

»Danke«, flüsterte Bert beim Hinausgehen.

»Keine Ursache.« Isa zwinkerte ihm zu. »Es gibt einen triftigen Grund, warum er dich nicht ausstehen kann.«

»Und der wäre?«

»Du bist einfach zu gut.« Sie hob die Augenbrauen. »Das ist *seine* Meinung. Ich sehe das differenzierter.«

»Wie reizend.«

»Nicht wahr?«

Sie lachten und für einen Moment fühlte Bert sich vollkommen unbeschwert.

*

Seit über einer Stunde versuchte Imke vergeblich, Jette und Merle anzurufen. Wählte sie die

Festnetznummer, ertönte das Besetztzeichen, drückte sie die Handynummern, kam die Ansage, der Teilnehmer sei zurzeit nicht erreichbar. Für das *St. Marien* war es noch zu früh. Jettes Dienst begann erst um acht.

Sie hatte nicht warten können. Irgendetwas hatte sie zur Eile angetrieben. Obwohl sie wusste, dass ihre Tochter Anrufe vor dem Frühstück äußerst übel vermerkte.

Imke bemühte sich um Gelassenheit, aber die Situation erinnerte sie schmerzhaft deutlich an Erlebnisse, die sie zu gern vergessen hätte. Damals hatte sie Jette auch nicht erreichen können. Und dann ...

Daran durfte sie jetzt auf keinen Fall denken.

Tilo hatte sich mit dem Kommissar verabredet. Sie wollten sich in der Wohnung der Mädchen treffen.

Das erleichterte Imke ein wenig. Solange diese beiden Männer in der Nähe waren, sagte sie sich, konnte den Mädchen nichts passieren.

Und wenn es bereits zu spät war?

Imke fürchtete diese innere Stimme, die sich immer dann meldete, wenn sie sie am wenigsten brauchen konnte. Es war ihr Gewissen, das sich von Zeit zu Zeit Gehör verschaffte. Diesmal mit der Botschaft, dass sie sich mehr um ihre Tochter hätte kümmern sollen.

»Schenk Jette Vertrauen«, hatte Tilo ihr immer wieder geraten. »Misch dich nicht in alles ein. Sie ist deine Tochter. Wenn *du* nicht an sie glaubst, wer dann?«

Imkes Verstand gab ihm recht. Ihr Gewissen jedoch war häufig anderer Meinung als Tilo.

Sie ging ins Badezimmer, wo Tilo sich gerade das Gesicht mit Aftershave betupfte. Er wedelte ihr den Duft mit beiden Händen zu.

»Na? Willst du die erste der unzähligen Frauen sein, die sich heute um mich reißen?«

Sie schmiegte sich an ihn. Wie gut er sich anfühlte. Und er traf immer den richtigen Ton.

»Soll ich mitkommen?«, fragte sie, obwohl sie die Antwort kannte.

»Aber Ike. Du weißt doch, dass ich nur in meiner Eigenschaft als Minas Therapeut ...«

»Schon gut.« Sie küsste ihn. Das Aftershave schmeckte nicht halb so gut, wie es roch. »Aber ich habe einen Wunsch frei, ja?«

»Jeden.«

Er zog sie an sich, rieb das Kinn an ihrer Schläfe. Sie spürte seinen Atem auf der Haut und hatte Lust, ihn festzuhalten und nie mehr loszulassen.

»Sorg dafür, dass Mina aus der Wohnung auszieht.«

Er strich ihr übers Haar, als wäre sie ein kleines, unbelehrbares Kind.

»Ach, Ike«, sagte er und wandte sich wieder dem Spiegel zu.

Imke suchte Zuflucht bei ihrem Computer.

Vielleicht benahm sie sich wirklich unvernünftig. Wahrscheinlich sogar.

Trotzdem würde sie im Heim anrufen. Punkt acht. Keine Sekunde später.

*

Merle und Jette wechselten einander beim Fahren ab. Der betagte Renault pfiff aus dem letzten Loch, aber er brachte treu und brav Kilometer für Kilometer hinter sich. Ben auf dem Beifahrersitz überwachte noch immer jeden Handgriff.

Irgendwann, dachte Merle, muss er müde werden. Er hat eine schlaflose Nacht hinter sich und jede Menge Aufregung. So was geht nicht spurlos an einem vorbei.

Sie warf einen Blick in den Rückspiegel. Jette hatte die Augen geschlossen. Merle würde es, sobald sie abgelöst würde, genauso machen. Das war ihre einzige Chance – sich auszuruhen, während Ben sich wach halten musste.

Mina hatte seit einiger Zeit keinen Mucks mehr von sich gegeben. Sie schlief nicht, sondern sah aus dem Fenster. Sie wirkte seltsam unbeteiligt. Dabei ging es bei alldem hier doch nur um sie.

Merle hatte an ihrer Enttäuschung zu knabbern. Sie hatte nicht erwartet, dass Mina mit Ben gemeinsame Sache machen würde.

»Wir müssen demnächst mal tanken«, sagte sie.

Ben beugte sich vor und kontrollierte die Tankanzeige.

»Okay. Fahr beim nächsten Rasthof raus.«

Bevor sie losgefahren waren, hatte er dieses Messer aus der Tasche gezogen. Ein Klappmesser, wie es die Gauner alter Edgar-Wallace-Filme in schummrigen Nachtclubs zücken. Was für ein Klischee, hatte Merle gedacht, aber das Messer war sehr wirklich gewesen, und Ben hatte es nicht wieder weggesteckt, sondern in der Hand behalten.

Als Merle nun den Blinker setzte, hob Ben das Messer und drehte es spielerisch zwischen den Fingern.

»Du erledigst das«, sagte er zu Merle. »Und komm nicht auf dumme Gedanken. Du weißt, was sonst passiert.«

Merle nickte. Das wusste sie nur zu gut.

Sie nahm die fünfzig Euro, die er ihr hinhielt, und stieg aus. Es gab vier Zapfsäulen, die beidseitig bedient werden konnten, und es herrschte reger Betrieb. Merle führte den Tankstutzen ein und überlegte, ob es möglich war, Hilfe zu holen, ohne dabei Jette und Mina zu gefährden.

Die meisten Kunden waren so beschäftigt, dass sie keinen Blick für irgendetwas anderes übrig hatten. Nur ein junger Mann, der die Scheiben seines Jeeps sauber machte, verschlang Merle mit seinen Blicken.

Ob sie ihn …

Sie wagte es nicht. Ben beobachtete sie. Und er hatte das Messer. Selbst wenn Jette ihn mit einem Überraschungsangriff von hinten überwältigen könnte (wozu sie nicht die Kraft hatte), wäre da immer noch Mina, von der sie nicht mehr wussten, auf wessen Seite sie stand.

Nein. Ben war unberechenbar. Und Mina leider auch.

Merle schraubte den Tankdeckel zu und machte sich auf den Weg zur Kasse.

»Hi.«

Der Jeepfahrer grinste sie fröhlich an. Er sah nett aus, und unter normalen Umständen wäre Merle nicht abgeneigt gewesen, sich auf einen kleinen Flirt einzulassen. So jedoch fertigte sie ihn mit einem halbherzigen Lächeln ab.

Sie legte den Geldschein auf die Theke und musterte den Kassierer, der ihr freundlich und geübt das Wechselgeld herausgab, dann die Frau, die für die Kaffeebar zuständig war.

Ein paar Worte nur ...

Aber würden die beiden ihr glauben? Würden sie den Ernst der Lage überhaupt verstehen? Es war ja keine Zeit für lange Erklärungen.

Die Tür schwang auf. Ein kalter Luftschwall wehte herein.

»Hallo, Schatz«, sagte Ben. »Wo bleibst du denn?«

Er legte Merle den Arm um die Schultern und führte sie hinaus. Ihr war elend zumute, und sie musste sich zusammenreißen, um nicht in Tränen auszubrechen.

*

Bert presste den Daumen zum dritten Mal auf den schwarzen Klingelknopf links oben und wusste doch, dass niemand öffnen würde. Er drehte sich zu Tilo Baumgart um.

»Sie haben nicht zufällig einen Dietrich zur Hand?«

»Wie bitte?«

»War nur ein Scherz.«

Bert drückte auf den Klingelknopf links unten. Diesmal ertönte das Summen sofort. Bert stieß die Tür auf und Tilo folgte ihm in das dämmrige Treppenhaus. Eine sorgfältig geschminkte ältere Dame, ausgehfertig gekleidet und mit einem fedrigen Hut auf dem Kopf, erwartete sie auf dem ersten Treppenabsatz.

»Bitte?«

»Wir wollen zu Jette Weingärtner und ihrer Freundin«, sagte Bert. »Aber sie machen nicht auf.«

»Die Mädchen aus der WG oben?« Die Frau beäugte Bert und Tilo mit wachsendem Misstrauen. »Wenn sie nicht aufmachen, werden sie ihre Gründe haben. Oder sie sind nicht da.«

»Wir würden gern kurz nachschauen und ...«

»Hören Sie«, unterbrach ihn die Frau resolut. »Es wäre mir lieber, wenn Sie ein andermal wieder kommen könnten. Ich lasse nicht gern Fremde ins Haus.«

»Das ist sehr vernünftig, aber in unserem Fall dürfen Sie getrost eine Ausnahme machen.« Bert zauberte seinen Ausweis hervor. »Kriminalpolizei. Wir haben nur ein paar Fragen an die jungen Damen.«

Ihre Skepsis bröckelte. Ein unsicheres Lächeln wagte sich auf ihre Lippen. Sie nickte und zog sich in ihre Wohnung zurück.

Sie hat gar nicht richtig hingeguckt, dachte Bert. Aber so waren die Menschen. Man hielt ihnen einen abgestempelten Wisch unter die Nase und schon nahmen sie Haltung an.

Oben klingelte Bert noch einmal. Dann begutachtete er die Tür.

Kein Sicherheitsschloss. Ein ziemlich vorsintflutliches Modell.

Er nestelte seine Scheckkarte aus der Brieftasche, schob sie zwischen Tür und Rahmen und führte sie langsam nach unten. Ein Klacken und die Tür war auf. Befriedigt steckte Bert Karte und Brieftasche wieder weg.

»Das vergessen Sie am besten ganz schnell.«

Als er keine Antwort erhielt, wandte er den Kopf.

»Nun sehen Sie mich nicht so vorwurfsvoll an. Ich weiß, dass die Wahl meiner Mittel manchmal zweifelhaft ist, aber die Mädchen haben sich schon mehrmals in ernste Gefahr gebracht. Ich werde kein Risiko eingehen und wertvolle Zeit vergeuden, indem ich mich an die Vorschriften halte.«

»Habe ich was gesagt?« Über Berts Schulter hinweg spähte Tilo Baumgart durch den Türspalt. »Ich hätte Ihnen sogar meine eigene Scheckkarte für das Kunststück ausgeliehen, denn irgendetwas stimmt hier nicht.«

Bert bedeutete ihm, an der Tür zu warten. Langsam durchquerte er den Flur und warf einen Blick in jeden Raum. In dem einen Zimmer standen die Schranktüren sperrangelweit offen, in dem andern die Schubladen. Als hätten die Mädchen in großer Eile gepackt. Das Bettzeug lag so, als wären sie gerade erst hinausgeschlüpft. Bert befühlte die Matratzen. Kalt.

»Herr Kommissar?«

Bert erkannte einen Tatort auf den ersten Blick. Das hier war einer. Er hätte es nicht begründen können. Es war ein Gefühl. Gleich beim Betreten der Wohnung war es ihm kühl über Rücken und Arme gerieselt. Der Anblick der durchwühlten Wäsche in den Schubladen hatte ein Übriges getan.

»Herr Kommissar!«

Wer würde die Wohnung verlassen, ohne seinen Computer auszuschalten? Bert starrte auf den blau leuchtenden Knopf, der in einem der Zimmer blinkte. In solcher Eile konnte man doch gar nicht sein. Man konnte es auch kaum vergessen. Nicht wenn man im Alter von Jette und Merle war und im Umgang mit Computern geübt.

»Herr Kommissar! Schauen Sie sich das an!«

Seufzend warf Bert einen Blick in den Flur.

Tilo Baumgart stand neben der Garderobe und hielt das Telefonkabel hoch.

»Herausgerissen. Verstehen Sie das?«

Berts Gänsehaut verstärkte sich. Er trat näher an den Computer heran und stellte fest, dass auch am Drucker ein Knopf leuchtete. Hellgrün und weniger auffällig. Der durchsichtige Deckel war geschlossen. Deshalb entdeckte Bert erst jetzt das Blatt Papier, das sich darin gestaut hatte. Vorsichtig klappte er den Deckel auf und zog das Papier heraus.

Lieber Tilo, wir haben beschlossen, Mina von hier wegzubringen. Sie ist einem Verhör noch nicht gewachsen. Vor allem hat sie schreckliche Angst, in die Psychiatrie eingewiesen zu werden.

Sie haben getan, was Sie konnten. Deshalb werden wir das ab jetzt allein durchziehen. Sobald Minas Erinnerung an die Morde zurückgekehrt ist, werden wir uns melden. Versprochen.

Bitte verzeihen Sie uns!

»Haben Sie etwas entdeckt?«

Widerstrebend betrat Tilo Baumgart das Zimmer. Er wirkte verlegen und schuldbewusst.

Wahrscheinlich war er nie zuvor mit dem Gesetz in Konflikt geraten.

»Für Sie.« Bert hielt ihm den Brief hin.

»Für mich?«

»Lesen Sie.« Bert stützte sich schwer auf den Schreibtisch. »Verdammt!«

»Mein Gott! Was haben die sich bloß dabei gedacht?« Tilo Baumgart konnte den Blick nicht von dem Brief abwenden. »Mina ist doch überhaupt nicht belastbar.«

»Mag sein, dass sie vorhatten, Mina von hier wegzubringen.« Bert nahm ihm den Brief aus der Hand. »Aber sie haben es nicht getan.«

»Wie kommen Sie darauf?«

»Die Mädchen sind in größter Hast aufgebrochen. Schauen Sie sich um. Die Betten nicht gemacht. Die Schränke und Schubladen offen. Computer und Drucker nicht ausgeschaltet. Und dann das herausgerissene Telefonkabel.«

»Und was schließen Sie daraus?«

»Bisher nur eines: Jemand muss in die Wohnung eingedrungen sein. Vielleicht sind die Mädchen vor ihm geflohen. Oder er hat sie mitgenommen.«

Ein klägliches Maunzen. In einem der Zimmer.

»Ich bin mir ganz sicher. Die Mädchen hätten niemals ihre Katzen unversorgt zurückgelassen.«

»Aber die Wohnungstür war nicht aufgebrochen.«

»Ich habe Ihnen doch demonstriert, wie leicht man sich Zugang verschaffen kann. Vielleicht haben die Mädchen den Eindringling auch hereingelassen. Weil er harmlos wirkte. Oder weil sie ihn kannten.«

»Und der Brief?«

»Wurde möglicherweise von dem Entführer erzwungen.«

»Von dem … Grundgütiger!«

Tilo Baumgart holte sein Handy hervor. Er war so nervös, dass es ihm beim Wählen fast aus der Hand fiel.

»Wen rufen Sie an?«

»Jettes Mutter. Sie muss … einer sollte doch …«

»Nicht am Telefon.« Bert schob ihn zur Tür. »Fahren Sie hin. Jemand muss bei ihr sein, wenn sie es erfährt.«

21

Das Haus sah genauso aus wie auf dem Foto, das Frau Sternberg mir gezeigt hatte. Es wirkte inzwischen allerdings ein bisschen heruntergekommen. Man merkte ihm an, dass sich seit Jahren niemand darum gekümmert hatte. Von den braunen Fensterläden blätterte die Farbe ab, auf den Dachziegeln wuchsen Flechten und Moos, und der Garten, in dem es stand, war ein Dschungel.

»Perfekt.«

Ben blickte sich mit zufriedener Miene um. Kein Haus, kein Hof weit und breit. Nur Wiesen, ein paar einsame Baumgruppen und endloses flaches Land.

Frau Sternberg hatte nicht übertrieben. Die Luft roch und schmeckte nach Meer, obwohl es noch etwa zehn Kilometer entfernt sein musste. Hoch oben in der Luft zogen einige Krähen ihre Kreise. Ihr Krächzen unterbrach die Stille, die grün war und schwer.

Ben fingerte die beiden Schlüssel aus der Hosentasche. Der eine passte in das Schloss der Haustür, der andere war für den Briefkasten gedacht, dessen Schlitz mit Paketband zugeklebt war. Ich hatte erwartet, dass die Tür rostig quietschen und ächzen würde, doch sie ging vollkommen geräuschlos auf.

Wir trugen unser Gepäck hinein. Ben schloss die Haustür von innen ab und steckte den Schlüssel in die Hosentasche. Dann öffnete er die Fensterläden.

Das Haus war mit einem Wohnzimmer, einer Küche, zwei Schlafzimmern und einem kleinen Bad ausgestattet. Wenn man die steile Holztreppe hinaufstieg, gelangte man in einen weiteren, sehr großen Raum, direkt unterm Dach.

Er war bezaubernd, die schrägen Wände mit elfenbeinfarbenem Holz verkleidet. Aus dem breiten Fenster, das bis zum Giebel reichte, schaute man über die Kronen herbstlich ausgedünnter Birken bis zum Horizont.

Die Möbel waren mit Bettlaken verhängt. Es roch muffig. Es war staubig. Und es war kalt.

Merle fing an, die Möbel von den Laken zu befreien. Mina machte sich mit den Öfen vertraut. In einem Drahtkorb im Wohnraum befand sich noch Brennholz.

»Wahrscheinlich gibt es irgendwo einen Holzvorrat«, sagte Ben. »Und Kohle. Kein Mensch heizt ausschließlich mit Holz.«

Ich hatte mich in der schmalen Küche umgesehen, die direkt an den Wohnraum grenzte und nur durch eine Theke von ihm getrennt war. Keine Vorräte, natürlich nicht. Das Geschirr hatte schon bessere Zeiten erlebt. Kaum eine Tasse passte zur anderen. Das Besteck war zusammengesucht. Die Tischdecken und Trockentücher, die ich in einer Schublade fand, waren fadenscheinig und klamm.

Ben nahm Merle mit nach draußen, um den Wagen hinter dem Haus zu parken. Obwohl er dort vor neugierigen Blicken geschützt war, deckte er ihn zusätzlich mit einer Plane ab, die er im Schuppen aufgestöbert hatte. Ich beobachtete das durchs Wohnzimmerfenster, während Mina hinter mir ein Feuer im Ofen zu entfachen versuchte.

»Brauchst du Hilfe?«

»Das Papier, die Streichhölzer, es ist alles feucht.«

Ich hatte in der Küche ein Feuerzeug entdeckt. Das holte ich und gab es ihr.

»Danke.«

Sie hielt es an das zusammengeknüllte Zeitungspapier, auf dem sie einen kleinen Scheiterhaufen aus Brennholz errichtet hatte. Als nach mehreren Anläufen endlich eine schmale Flamme über das Papier züngelte und eine dünne Rauchfahne aufstieg, klatschte sie vor Freude in die Hände.

Schließlich brannte das Holz lichterloh und Mina öffnete die Glastür und legte vorsichtig ein kräftiges Holzscheit auf. Sie blickte mit großen Augen ins Feuer.

»Sei vorsichtig«, sagte sie so leise, dass ich sie kaum verstehen konnte. »Bitte, Jette. Pass auf!«

*

»Du hast *was*?« Isa starrte ihn an, als hätte sie gerade Abgründe in seiner Seele erblickt. »Mit einer Scheckkarte? Wie willst du das dem Alten erklären?«

»Muss er das denn wissen?«

Sie hatte schöne Augen. Das war ihm vorher nicht aufgefallen. Sie drückten Verständnis aus und Mitgefühl. Beides konnte Bert gut brauchen.

»Und nun?«

»Ich werde an den Orten suchen, an denen ich am ehesten eine Antwort finde – da wäre das *St. Marien*, wo Jette arbeitet, das Tierheim, in dem Merle jobbt, und dann werde ich Marlene Kronmeyer befragen und Ben, diesen Jungen, der bei ihr lebt. Vielleicht wissen die ja etwas.«

»Oder die Eltern von Jette und Merle.«

»Das sind immer die schwersten Wege.«

»Wenn ich dir irgendwie helfen kann?« Isa hielt ihm eine knisternde Tüte hin.

»Lebkuchen? Jetzt schon? Der Herbst hat doch gerade erst angefangen.«

»Ich weiß.«

Zerknirscht zog Isa einen Lebkuchen heraus.

»Ich bin süchtig nach all diesen Weihnachtsgewürzen. Reib mir ein bisschen Zimt unter die Nase und ich zerfließe vor Wonne.«

Andächtig biss sie hinein und schloss beim Kauen die Augen.

»Ich werde auf dein Angebot zurückkommen«, sagte Bert und stand auf. »Falls es einen Täter geben sollte ...«

»... machen wir uns Gedanken zu einem Täterprofil.« Sie klaubte einen Krümel aus dem Mundwinkel. »Jederzeit. Sag mir einfach Bescheid, wenn du so weit bist.«

Zehn Minuten später saß Bert im Auto und gab die Adresse des *St. Marien* in das mobile Navigationssystem ein, das er sich vor Kurzem zugelegt hatte. Staus blieben ihm diesmal erspart, und er war dankbar dafür, wenn er auch nicht verstand, warum an manchen Tagen sämtliche Straßen verstopft waren, während an anderen die Fahrt ohne den geringsten Engpass ablief. Er kam schneller voran, als er gehofft hatte, und da das Navigationssystem ihn sicher leitete, konnte er in aller Ruhe nachdenken.

Natürlich hätten die Mädchen das Telefonkabel auch selbst aus der Wand gerissen haben können, um ihn auf eine falsche Fährte zu lenken. Aber hätten sie auch ihre Handys dafür geopfert?

Nachdem er Tilo Baumgart weggeschickt hatte, hatte Bert sich die Wohnung vorgenommen und nach weiteren Spuren gesucht. Die Handys im Abfall hatten ihn endgültig davon überzeugt, dass es einen Eindringling gegeben haben musste. Nach dem, was Jette und Merle in der Vergangenheit erlebt hatten, würden sie niemals so vollständig die Verbindung zur Umwelt kappen.

Bert war sich sicher, dass jemand die Mädchen gezwungen hatte, die Wohnung zu verlassen, und es sprach einiges dafür, dass dieser Jemand aus Minas Umgebung stammte. Das Mädchen war in beide Mordfälle verwickelt. Wenn sie nicht die Täterin war, dann gab es einen anderen Täter.

Vielleicht hatte sie ihn gesehen.

Und dann befanden sich die Mädchen in größter Gefahr.

»Verdammt! Verdammt! Verdammt!«

Bert gab Gas. Er hatte keine Sekunde zu verlieren.

*

Wie sehr sie Ben vermisst hatte. Es tat so gut, wieder in seiner Nähe zu sein.

Aber er traute ihr nicht.

Wie denn auch? Die andern hatten sich durchgesetzt. Sie hatten ihn verlassen. Die Mutter verlassen. Das Haus. Sogar die Gemeinschaft der *Wahren Anbeter Gottes*, der sie alles, wirklich alles zu verdanken hatten.

Cleo. Marius. Und die verrückte *Gastgeberin*, die vor lauter Angst die Flöhe husten hörte.

Kein Wunder, dass es so gekommen war.

Jetzt musste sie versuchen, die Kontrolle zu behalten. Vielleicht würde es ihr ja gelingen, die andern zu verdrängen. Dann könnte sie mit Ben nach Hause zurückkehren. Und den Vater betrauern.

Und sogar Max. Obwohl er ein Versager gewesen war. Hätte er seinen Job anständig gemacht, wäre dem Vater nichts passiert.

Alles wird gut, Papa. Deine Minouschka wird dafür sorgen.

*

Die Heimleiterin stand unter Stress. Ihre Wangen glühten, ihre Hände zupften rastlos an den Ärmeln ihres Pullis und in ihrer Stimme schwang unterdrückter Ärger mit.

»Sie hat nicht mal angerufen. Dabei sind bereits mehrere Mitarbeiter krank, und ich habe keinen Schimmer, wie ich die Arbeit mit dem kläglichen Rest der Truppe bewältigen soll.«

»Ist Jette schon häufiger nicht zum Dienst erschienen?«, fragte Bert.

»Eigentlich war sie immer sehr zuverlässig. Deshalb enttäuscht mich ihr Verhalten ja auch so. In letzter Zeit ist es tatsächlich wiederholt zu Unregelmäßigkeiten gekommen.«

Erst jetzt schien sie zu begreifen, dass ein Kriminalbeamter vor ihr stand.

»Warum fragen Sie? Ist das Mädchen in Schwierigkeiten?«

»Reine Routine.«

»Ist ihr etwas zugestoßen?«

Ihre Hartnäckigkeit entsprang einer Besorgnis, über die Bert sich freute.

»Sie scheint verschwunden zu sein und wir suchen sie. Sagen Sie, Frau Stein, mit wem hat Jette in diesem Haus Kontakt? Hat sie zu irgendwem eine engere Beziehung?«

»Da fällt mir vor allem Frau Sternberg ein. Die beiden haben sich immer gut verstanden. Sie waren ... Du liebe Güte!« Sie hielt sich die Hand vor den Mund. »Ich rede ja schon so, als ob Jette ...«

»Frau Sternberg.« Bert zückte sein Notizbuch. »Eine Heimbewohnerin?«

»Ja.« Sie hatte sich wieder gefasst. »Und eine besonders sympathische.«

»Ich würde Frau Sternberg gern kennenlernen.«

»Eben habe ich sie noch im Aufenthaltsraum gesehen. Aber Sie sollten keine großen Erwartungen hegen, Herr Kommissar. Frau Sternberg ist nur selten bei klarem Verstand.«

Bert folgte ihr über Treppen und Flure und hatte dabei Gelegenheit, sie ausgiebig zu betrachten.

Für eine Heimleiterin trug sie die falschen Schuhe, denn die Gummisohlen quietschten bei jedem Schritt auf dem hellen Fliesenboden. Obwohl es noch früh war, zog sie eine ordentliche Schweißfahne hinter sich her. Alles an ihr war tüchtig, barsch und rigoros, und Bert fragte sich, wie ein solcher Mensch überhaupt in einen solchen Beruf geraten war.

Als sie dann aber auf eine alte Frau zutrat, die auf einem Sofa saß und ein Fotoalbum in den Armen hielt, und als er ihren liebevollen Tonfall hörte, schämte er sich. Wann würde er endlich lernen, nicht nach dem ersten Anschein zu urteilen?

»Frau Sternberg«, sagte die Heimleiterin. »Dürfen wir Sie einen Moment stören?«

Die alte Dame sah mit einem Lächeln auf.

»Das ist Herr Melzig von der Kriminalpolizei. Er möchte Ihnen ein paar Fragen stellen.«

Jetzt galt das Lächeln Bert. Es war freundlich und warm und erzeugte ein Geflecht kleiner Runzeln auf ihrer Haut.

»Darf ich?« Bert wies auf den freien Platz.

Sie rutschte ein Stück zur Seite und legte das Album auf ihren Schoß.

»Wollen Sie Fotos angucken?«

Bert setzte sich und sie schlug das Album auf. Wortlos blätterte sie um. Das schützende Transparentpapier zwischen den einzelnen Seiten knisterte trocken. Es hatte Eselsohren und Risse und war knittrig und vergilbt.

»Haben Sie Jette die Bilder auch schon gezeigt?«, fragte Bert.

»Jette …«

Ihr Lächeln veränderte sich, wurde tief und leuchtend.

Menschen. Häuser. Gärten. Feste.

Der erste Schultag. Das erste Auto. Christbäume mit Engelshaar.

»Wann haben Sie zuletzt mit Jette gesprochen?«, probierte Bert es noch einmal.

Geburtstagstorten. Luftschlangen. Eine Hochzeitskutsche.

»Ich habe von Jette geträumt.«

Behutsam klappte Frau Sternberg das Album zu.

»Es war stockfinster. Und überall raschelte die Nacht. Aber Jette war bei mir. Und da hatte ich keine Angst.«

Bert schluckte die Enttäuschung hinunter. Die alte Dame war verwirrt. Es hatte keinen Sinn, sie mit weiteren Fragen zu belästigen.

»Danke, dass Sie mir Ihr Album gezeigt haben«, sagte er.

Sie gab ihm die Hand. Ihre Finger fühlten sich kühl an und rau.

»Auf Wiedersehen, Frau Sternberg.«

Wieder lächelte sie. Ihre Augen waren aufmerksam und klar.

*

Ben hatte keinen Plan. Er wusste nicht, was die nächste Stunde bringen würde. Das machte ihn verrückt. Der Schlafmangel griff seine Nerven an. Er war so überreizt, dass seine Haut bei der geringsten Berührung schmerzte.

Es verwirrte ihn, dass Mina plötzlich so vorbehaltlos auf seiner Seite stand. Wie passte das zu der kalten Überheblichkeit, mit der sie seine Liebe zurückgewiesen und ihn zu dem hier getrieben hatte?

Sie saßen im Wohnzimmer und froren. Es gab drei Öfen im Haus und in allen brannte ein Feuer, doch sie würden noch eine Weile brauchen, um die ausgekühlten Räume zu erwärmen.

Schon lange war kein Wort mehr gefallen. Nur die Geräusche des Feuers waren zu hören. Ben merkte, wie ihm die Augen schwer wurden. Er riss den Kopf hoch, der ihm auf die Brust sinken wollte. Aufstehen, dachte er. Rumlaufen.

Du darfst nicht schlafen.

Darauf lauerten sie nämlich, Jette und Merle. Darauf, dass er einschlief und wehrlos war. Er gab sich einen Ruck. Da konnten sie lange warten.

Er wanderte im Zimmer auf und ab. Versuchte nachzudenken. Aber er war zu erschöpft. Er brauchte Ruhe. Ein paar Stunden Schlaf. Oder wenigstens einige Minuten.

Doch vorher musste er die Mädchen trennen. Er hatte sich die Türschlösser angeschaut. Sie waren in Ordnung. Die Schlüssel steckten. Er könnte die Mädchen also einschließen. Aber wie konnte er verhindern, dass sie durchs Fenster flohen?

Lass dir was einfallen, dachte er. Damit hast du doch sonst keine Probleme.

Mina stand auf, um ein Holzscheit nachzulegen. Erst jetzt wurde Ben so richtig bewusst, wie sehr sie ihm gefehlt hatte in den vergangenen Wochen. Wie leer die Tage gewesen waren ohne sie. Er konnte sich nicht sattsehen an ihr, konnte nicht genug kriegen von ihrer Nähe, ihrer Stimme, ihrem Duft.

Wenn er ihr nur vertrauen könnte! So wie früher.

Aber das Damals gab es nicht mehr. Sie mussten ganz von vorn anfangen.

Auf der Fahrt hatte er Kopfschmerzen bekommen. Sie hatten sich hinter der Stirn festgesetzt und strahlten bis in die Augen aus. Ihm war auch übel. Dabei konnte er sich nicht einen Moment der Schwäche leisten.

Nicht einschlafen, hämmerte es in seinen Schläfen. Nicht die Kontrolle verlieren.

Er beschloss, sich nicht mehr hinzusetzen. So lange nicht, bis er wusste, wie er das Problem der Müdigkeit lösen könnte.

*

Tilo hatte es ihr so behutsam wie möglich mitgeteilt, aber wie konnte man einer Mutter schonend beibringen, dass ihr Kind verschwunden war? Imke hatte keine der Reaktionen gezeigt, auf die er gefasst gewesen war. Wortlos war sie auf ihren Schreibtischstuhl gesunken und hatte aus dem Fenster gestarrt. Seitdem hatte sie sich nicht bewegt.

Er hatte ein paarmal versucht, sie zum Reden zu bringen, aber sie hörte ihn nicht. Unter dem heftigen Schock hatte sie sich in sich selbst verkrochen. Den Computer hatte sie heruntergefahren. Der schwarze Bildschirm spiegelte ihr Gesicht, schmal, blass und voller Angst.

Nach einer Stunde etwa hatte Tilo diesen Zustand nicht mehr ausgehalten und die Nummer der Kronmeyers gewählt.

Minas Mutter musste auf einen Anruf gewartet haben, denn sie meldete sich bereits nach dem ersten Klingeln mit atemloser Stimme.

»Hallo?«

»Tilo Baumgart. Guten Morgen, Frau Kronmeyer.«

»Ja?«

Er konnte spüren, wie enttäuscht sie war. Auf was hatte sie gehofft? Auf wen? Erwartete sie immer noch bei jedem Klingeln, es wäre Mina, die aus heiterem Himmel Versöhnung suchte?

Tilo hatte sich vorgenommen, sehr vorsichtig vorzugehen, um Frau Kronmeyer nicht unnötig aufzuregen. Auf einmal war er nicht mehr sicher, ob es eine gute Idee gewesen war, sie anzurufen.

»Ich wollte mich erkundigen, ob Sie Nachricht von Mina haben«, sagte er.

»Nein.«

Ihre Stimme klang reserviert. Wahrscheinlich machte sie die Therapie dafür verantwortlich, dass sie ihre Tochter verloren hatte.

»Ich möchte Ihnen auch noch mein Beileid zum Tod Ihres Mannes aussprechen.«

»Danke.«

Sie kam ihm in keiner Weise entgegen, und Tilo musste daran denken, dass Minas Grundgefühl ihrer Mutter gegenüber immer eine tiefe Verlorenheit gewesen war. Jetzt konnte er das nachvollziehen. Er war nicht einmal überrascht, als er das Klicken hörte, mit dem sie das Gespräch beendete.

»Mit wem hast du telefoniert?«

Imke drehte sich nicht nach ihm um, als er ihr Zimmer betrat.

»Mit Minas Mutter.«

»Ah ja.«

»Ich wollte wissen, ob Mina vielleicht ...«

»Aber sie hat sich nicht bei ihr gemeldet, nicht wahr?«

»Nein.«

»Ist es nicht seltsam?« Imke hielt den Blick starr nach draußen gerichtet. »Seit ein paar Tagen habe ich meinen Bussard nicht gesehen. Und plötzlich verlieren drei Mütter ihre Töchter.«

»Nun übertreib doch nicht.«

Tilo suchte nach den richtigen Worten. Er fand sie nicht. Es wäre auch sinnlos gewesen. Imke hörte ihm nicht mehr zu.

*

Merle beobachtete, wie Ben krampfhaft versuchte, wach zu bleiben. Seine Lider waren so schwer, dass er die Augen kaum noch richtig öffnen konnte. Er lehnte an der Wand und schlief beinahe im Stehen.

Gut, dachte Merle. Wir brauchen nur zu warten.

Doch sie wusste auch, dass einem die Dinge normalerweise nicht in den Schoß fielen. Es wäre nicht schlecht, einen Plan zu entwickeln. Bei der Arbeit für den Tierschutz fiel ihr das leicht. Da war sie dafür bekannt, dass sie aus jeder Zwickmühle einen Ausweg fand. Aber hier?

Auf Jette konnte sie sich verlassen. Bei Mina sah das anders aus. Ihr hatten sie es zu verdanken, dass sie in der Falle saßen. Hätte sie das mit dem Ferienhaus nicht ausgeplaudert, wäre Ben nie auf den Einfall gekommen, sie zu verschleppen.

Was hätte er stattdessen getan?

Er hätte uns umgebracht, dachte Merle mit einer Klarheit, die sie selbst überraschte.

Das Messer steckte griffbereit in seiner Hosentasche. Dabei brauchte er es gar nicht, um sie in Schach zu halten. Der Gedanke an das Perlhuhn war Abschreckung genug.

»Bring mir noch einen Kaffee«, sagte Ben zu Mina.

Mina stand gehorsam auf und ging in die Küche. Dass der Kochbereich nur durch eine Theke vom Wohnraum abgetrennt war, erleichterte Ben die Kontrolle. Er konnte jede von ihnen zu jeder Zeit im Auge behalten.

Merle hatte die Tassen Kaffee nicht gezählt, die Ben schon in sich hineingeschüttet hatte. Bis jetzt hatte das Koffein gute Dienste geleistet, doch allmählich siegte die Müdigkeit. Bens Gesicht war blass. Er schwitzte stark und seine Augen waren rot umrändert. Nicht mehr lange und er würde brechen.

Wir brauchen nur zu warten, machte Merle sich Mut. Irgendwann wird ihn der Schlaf übermannen und dann schlagen wir zu.

Sie unterdrückte ein Gähnen. Niemand sollte bemerken, wie müde sie selber war. Beim Pokern und beim Schach durfte man keine Schwäche zeigen. Erst recht nicht bei dem Spiel, das Ben mit ihnen spielte.

Schlaf ein, dachte sie. Schlaf endlich ein.

*

Das Tierheim war eine Ansammlung flacher, schmuckloser Betonbauten. Auf den unbefestigten Wegen, die an den grauen Gebäuden entlangführten, standen vom letzten Regen noch Pfützen. Eine einzige Schlechtwetterwoche und man würde hier im Schlamm waten. Hunde aller Farben, Rassen und Größen sprangen an den Maschendrahtzäunen der Außengehege hoch und empfingen Bert mit hysterischem Gebell.

Das zweite Heim an diesem Tag, das wurde Bert plötzlich bewusst. Die Vielzahl solcher Institutionen war typisch für eine Gesellschaft, die sich hilfsbedürftiger Menschen und Tiere gern elegant entledigte. Es gab Heime für Alte und Heime für Kinder, Heime für psychisch Kranke und Heime für Schwererziehbare, es gab Pflegeheime und Heime für Tiere. Alles Störende wurde hübsch ordentlich weggepackt.

Bert wusste, dass sein Urteil einseitig war. Dass eine Gesellschaft besser so Verantwortung übernahm, als dass sie die Augen ganz vor dem Elend verschloss. Aber manchmal war der Zyniker in ihm stärker als der Menschenfreund.

Die zweite Heimleiterin an diesem Tag, auch das wurde Bert bewusst. Diese hier trug Gummistiefel, Jeans und eine wattierte Jacke. Ein kalter Wind pfiff um die Ecken, und es kam Bert so vor, als wäre es hier kälter als auf der anderen Seite des Tors.

In der nackten, ausgewaschenen Erde der Außengehege wuchs kein Grashalm, kein noch so unscheinbares Blümlein mehr. Das Fressgeschirr der Hunde, vor Kurzem zweifellos sauber hingestellt, war dreckverschmiert. Und wenn das Gebell der Wilderen unter ihnen erst aufgehört hätte, würde man das Winseln der Schüchternen hören.

Bert kämpfte gegen das dringende Bedürfnis an, sämtliche Tiere mit nach Hause zu nehmen. Er wandte den Blick ab, um sich auf keinen Augenkontakt einzulassen, der ihn wehrlos gemacht hätte. Die Hand der Heimleiterin war seine Rettung. Dankbar schüttelte er sie.

»Donkas«, sagte sie. »Angenehm. Trinken Sie einen Tee mit mir?«

Sie war ihm auf Anhieb sympathisch und er nahm ihr Angebot gern an.

»Dann folgen Sie mir doch bitte ins Büro.«

Die Hunde kläfften Bert nun nicht mehr an, sondern strichen unruhig am Zaun entlang, hungrig nach einem Wort oder gar einer Berührung der Heimleiterin.

»Daran gewöhnt man sich nie«, sagte Frau Donkas. »An diese Sehnsucht nach Zuwendung und Zärtlichkeit, die wir beim besten Willen nicht stillen können. Ebenso wenig gewöhnt man sich daran, dass es Menschen gibt, die Tiere vernachlässigen, aussetzen und auf perfideste Weise quälen.«

Das Büro platzte aus allen Nähten. Verwohnte, zusammengesuchte Möbel verschwanden beinah unter Bergen von Papier. Zwischen den Akten standen benutzte Kaffeetassen, lagen

Geldscheine, Hundehalsbänder und Katzenspielzeug. Auf der Fensterbank saß ein grauer Kater, so reglos, als sei er gar nicht echt.

»Das ist Smoky.«

Frau Donkas schaufelte den Besucherstuhl frei und holte saubere Becher aus einem Hängeschrank ohne Türen.

»Er gehört mehr oder weniger zum Inventar. Eigentlich sollten Sie *ihn* befragen, denn er ist Merles engster Vertrauter.«

Beim Klang seines Namens hatte der Kater den Kopf gedreht. Bert sah ihm in die Augen und erschrak.

»Smoky muss schon hundertmal in seinem Leben gestorben sein.«

Frau Donkas machte sich an dem elektrischen Wasserkocher zu schaffen und stellte eine Packung mit Würfelzucker auf den Schreibtisch.

»In seinen Augen ist alles Leid der Welt zu lesen.«

In diesem Moment machte der Kater einen Satz auf den Boden und jagte voller Elan einer Fliege hinterher.

Frau Donkas schmunzelte.

»Aber auch alle Freude.«

Sie goss kochendes Wasser in die Becher und warf je einen Beutel Tee hinein. Dann nahm sie auf dem Schreibtischstuhl Platz.

»Sie wollten mit mir über Merle sprechen.«

Bert nickte. »Wann haben Sie sie zuletzt gesehen?«

»Vor drei, vier Tagen vielleicht. Wissen Sie, ich muss immer viele Außentermine wahrnehmen. Manche Mitarbeiter treffe ich nur einmal die Woche.«

»Außentermine?«

»Das klingt vornehmer, als es ist.« Sie lächelte. »Schauen Sie sich um. Die Büroarbeit wird quasi nebenher erledigt. Wichtig sind vor allem die praktischen Dinge. Konkrete Straßenarbeit. Und da muss jeder mit anpacken, auch ich.«

»Was ist mit Ihren Mitarbeitern? Wann hatten die das letzte Mal mit Merle zu tun?«

Frau Donkas holte den Tee und setzte sich wieder.

»Sie haben ja schon am Telefon angedeutet, dass es um Merle geht, deshalb habe ich alle gefragt. Merle hatte vorgestern Dienst, und das war auch der letzte Tag, an dem die anderen sie gesehen haben.«

Eine Weile schwiegen sie. Irgendwo klingelte ein Telefon. Siebenmal, achtmal. Ein Pferd wieherte. Frau Donkas beantwortete Berts stumme Frage mit einem Schulterzucken, das so viel bedeutete wie: Selbstverständlich haben wir auch Pferde. Ein junger Mann steckte den Kopf ins Zimmer, sah den Besucher und zog sich gleich wieder zurück.

»Merle ist etwas zugestoßen, nicht wahr?«

Sie hatte die Hände im Schoß gefaltet, der einzige Hinweis darauf, dass sie sich gegen die Antwort zu wappnen versuchte.

Eine beeindruckende Frau, dachte Bert. Jemand, der gelernt hat, den Blick nicht abzuwenden, sondern hinzugucken. Er ahnte, dass sie schon eine Menge hatte verkraften müssen. Und genau das verband sie mit einem Mädchen wie Merle, der es nicht mehr ausreichte, im gesellschaftlich erlaubten Rahmen Tierschutz zu betreiben, die schnurstracks den Weg in die Radikalität gegangen war.

So eine hatte die Wahrheit verdient, und Bert beschloss, keine ausweichenden Floskeln zu verwenden.

»Ich fürchte, ja.«

Sie presste ihre Finger so stark zusammen, dass die Knöchel weiß und spitz hervortraten.

»Merle, ihre Mitbewohnerin und eine Freundin haben ihre Wohnung überstürzt und offenbar unter Druck verlassen.«

»Dann gibt es aber doch noch Hoffnung.«

Ihre Finger entspannten sich. In ihrem Beruf gab man nicht auf, solange noch ein Funke Hoffnung am Horizont zu erkennen war.

»Wir werden alles tun, um sie zu finden«, versprach Bert, bedankte sich für den Tee und stand auf.

»Ach, Frau Donkas. Jemand müsste sich um

die beiden Katzen der Mädchen kümmern. Sie sind sehr scheu. Würden Sie ...«

»Selbstverständlich.«

»Danke. Ich werde einen Beamten vorbeischicken, der sie Ihnen bringt.«

Wieder empfingen ihn die Hunde mit ohrenbetäubendem Bellen. Bert senkte den Kopf. Er verließ das Gelände des Tierheims mit schnellen Schritten. Die Stimmen der Tiere verfolgten ihn bis zu seinem Wagen. Genauso wie sein schlechtes Gewissen.

Er ließ den Motor an, suchte nach einem Sender, der Musik brachte, und drehte den Ton so weit auf, dass nichts anderes mehr seine Ohren erreichte.

22

»Denk dran, dass ich deine Freundinnen habe«, hatte Ben gesagt. Dann hatte er sie in das kleine Zimmer geschubst und die Tür von außen abgeschlossen.

Es roch nach Nässe und Schimmel.

Kein Laut war zu hören.

Und sie war eingesperrt.

Mina öffnete den Mund und schrie. Erschrak vor ihrer eigenen Stimme. Kauerte sich auf dem Sofa zusammen.

Und ging fort.

*

Imke wartete auf der Terrasse. Ein frostiger Wind trieb die toten Blätter vor sich her. Das Tuch, das Imke sich um die Schultern gelegt hatte, reichte nicht aus. Ihr war kalt und ihr war elend zumute. Der Bussard war noch immer nicht zurückgekommen.

Sie wusste, was das bedeutete. Ihre Tochter war in Gefahr. Da konnten die Skeptiker, Tilo allen voran, die Nase rümpfen, so viel sie wollten – es bestand eine Verbindung zwischen dem

Vogel und Jette. Früher hatten die Menschen so etwas erkannt.

Lange her, dachte sie. Die Menschen haben ihr Wissen um diese Dinge verloren. Sie können nicht mehr glauben. Akzeptieren nur noch, was für sie erklärbar ist. Sie wickelte sich das Tuch fester um die Schultern. Blinzelte in den grauen Himmel.

Komm zurück!

Als sie den Wagen des Kommissars hörte, ging sie langsam ums Haus herum. Er hätte sich die Mühe nicht zu machen brauchen, jetzt wo es sowieso zu spät war. Aber natürlich war er nicht zu ihr herausgefahren, um sie über Jettes Verschwinden zu informieren. Er sammelte selbst Informationen. Es gehörte zu seiner Routine.

Und dann stand er vor ihr und nahm ihre Hand.

»Es tut mir so leid.«

Sie versuchte, die Tränen zurückzuhalten, aber es gelang ihr nicht.

»Entschuldigung. Es ist nur … ich …«

Ohne ein Wort zog er sie in seine Arme und hielt sie fest. Ihre Hände irrten über seine Brust und fanden dann Halt am Kragen seiner Jacke. Ihre Tränen versickerten in dem dunklen, weichen Stoff.

Mikrofaser, dachte sie und war entsetzt über sich selbst, weil sie noch in einem solchen Moment Beobachterin war.

Er bewegte sich nicht, stand nur still da und hielt sie. Vielleicht merkte er, wie sich die Verzweiflung in ihr sammelte, aber er zeigte es nicht. Und als sie ihn fester am Kragen packte und ihn schüttelte, da ließ er es einfach geschehen.

»Warum haben Sie nicht auf meine Tochter aufgepasst?«, schrie sie ihn an. »Warum haben Sie Mina nicht woanders untergebracht? Warum?«

Er zog ein Taschentuch hervor und tupfte ihr behutsam die Tränen ab.

»Ich werde die Mädchen finden«, sagte er leise. »Ich verspreche es.«

Imke ließ ihn los. Er war Polizist, kein Seelentröster. Wie hatte sie so die Fassung verlieren können? Und obwohl sie sich danach sehnte, sich wieder an ihn zu lehnen, wich sie zurück.

»Bestimmt haben Sie Fragen«, sagte sie distanziert. »Darf ich Ihnen etwas zu trinken anbieten?«

*

Er hatte uns von Mina getrennt, ein geschickter Schachzug, um uns ruhig zu halten. Sehr wirkungsvoll hatte er wieder mit dem Messer gespielt. Doch die Müdigkeit hatte wie eine Maske auf seinem Gesicht gelegen. Und das Grinsen, mit dem er Gelassenheit demonstrieren wollte, war ihm nicht gelungen.

»Hände weg vom Fenster«, hatte er gesagt. »Wenn ihr abhaut, wird Mina es ausbaden.«

Doppelbett, Schrank, Tisch und zwei Stühle. Weiß gestrichene Wände mit einer Zierleiste aus fleißig gepinselten Efeuranken. Das Fenster war mit einer schmuddeligen Gardine verhängt. Ein hoher Baum draußen nahm dem Raum alles Licht.

Merle saß im Schneidersitz auf dem Bett. Sie hatte schon eine ganze Weile nichts mehr gesagt. Ich sah ihr an, dass sie grübelte. Wenn jemand einen Ausweg aus diesem Wahnsinn fand, dann sie.

»Er ist nicht der Typ, der leere Drohungen ausstößt«, sagte ich.

»Eben.« Merle nagte an der Unterlippe. »Das macht es so schwierig.«

»Aber er liebt sie doch.«

»Er liebt *Mina*.« Merle betupfte ihre Lippe und betrachtete abwesend den kleinen Blutstropfen auf ihrer Fingerkuppe. »Ich bezweifle, dass er für den Rest des *Teams* auch nur einen Funken Sympathie aufbringen würde.«

Darüber hatte ich mir auf der ganzen Fahrt den Kopf zerbrochen. Dass Ben seine Kindheit mit Mina verbracht hatte, ohne zu merken, was mit ihr los war. Wahrscheinlich hatte er jeden *Switch* als Launenhaftigkeit interpretiert. Oder als eine weitere faszinierende Seite des Mädchens, in das er sich verliebt hatte.

»Wenn ich an Cleos letzten Auftritt denke...« Merle lutschte das Blut von ihrem Finger. »Du weißt doch, wie nah Liebe und Hass beieinanderliegen. Kann es nicht sein, dass er sich an Mina rächen will? Dafür, dass sie ihn verlassen hat? Für die Zurückweisung? Für den großen Schmerz, den sie ihm zugefügt hat?«

Ich hatte mir geschworen, die Angst nicht an mich heranzulassen. Das war nicht leicht, wenn man in der Falle saß.

»Ich glaube, er schwankt zwischen seinen Gefühlen hin und her«, überlegte Merle. »Er hat sich noch nicht entschieden.«

»Weil er zu erschöpft ist.«

Ich setzte mich zu Merle aufs Bett. Ihre Nähe zu spüren, half mir in meinem Kampf gegen die Panik.

»Er kann im Augenblick keinen klaren Gedanken fassen.«

»Da geht es ihm wie mir.« Merle gähnte. »Ist es nicht komisch, dass man in der größten Gefahr stecken kann und nur einen Wunsch hat – nämlich endlich zu schlafen?«

»Nein. Finde ich nicht.«

Ich hob die Wolldecke vom Fußende auf und faltete sie auseinander. Sie roch nach nassem Hund und war steif von Schmutz, aber sie würde uns wärmen. Und trösten vielleicht.

»Schlaf ein bisschen. Ich pass auf dich auf.«

Merle legte sich hin und machte die Augen zu.

Ich breitete die Decke über uns aus. Schmiegte mich an meine Freundin und hielt Wache.

*

Auf dem Weg zu Marlene Kronmeyer hielt Bert an einem Café an und bestellte sich einen Cappuccino. Die Begegnung mit Imke Thalheim steckte ihm noch in den Knochen. Er hatte ihren Schmerz gespürt, als wäre es sein eigener gewesen. Und er hatte sich schuldig gefühlt. Es hätte nicht so weit kommen dürfen.

Imke Thalheim hatte ihm keinen brauchbaren Hinweis geben können. Insgeheim hatte Bert auch gar nicht damit gerechnet. Er versprach sich ebenso wenig von den bevorstehenden Unterhaltungen mit Minas Mutter und Ben. Dennoch war seine ganze Hoffnung darauf gerichtet.

Im Kopf listete er auf, was noch zu tun und was bereits erledigt war. Es gab in den Reihen der *Wahren Anbeter Gottes* einige, die er sich nach der veränderten Lage der Dinge gründlicher vornehmen wollte. Die Suchaktion nach den Mädchen hatte er eingeleitet. Das Kennzeichen von Jettes Wagen war bundesweit an sämtliche Polizeidienststellen durchgegeben worden. Ebenso Fotos der Mädchen, die Bert bei der Durchsuchung ihrer Wohnung aus einer Fotocollage an der Wand im Flur entfernt hatte. Auch die Presse war informiert.

Nach dem Gespräch mit Marlene Kronmeyer

und Ben Bischop würde Bert noch Merles Eltern anrufen, die zu weit entfernt wohnten für einen Besuch. Danach konnte er sich mit Isa zusammensetzen, um die neue Entwicklung zu besprechen. So unterschiedlich ihr Blick auf die Dinge auch sein mochte – in der Summe ergaben die Schlüsse, die sie zogen, womöglich ein komplettes Bild.

Er schaute sich in dem Café um. Vier alte Damen beim Kaffeeklatsch, andächtig über ihr Stück Torte gebeugt. Zwei Mädchen, die kichernd ihre ersten Zigaretten rauchten. Ein junger Mann vor einem Laptop, dem es gelang, ein überbackenes Baguette zu essen, während er nebenher tippte und telefonierte. Zwei Vertreter, die bei einem schnellen Salat Verkaufsstrategien zu diskutieren schienen.

Das alltägliche Leben. Warum konnten Jette und Merle sich damit nicht zufriedengeben? Was reizte sie so sehr an der Gefahr?

Bert zahlte und fuhr weiter, lauter Fragen im Kopf. Sie gehörten zu seinem Job wie das Klinkenputzen, die Morgenbesprechungen und die Presseschelte. Es war sein Los, ständig auf der Suche nach Antworten zu sein. Und nach der Wahrheit.

Nur wenn er seine Sache sehr gut machte und das nötige Quäntchen Glück hinzukam, fand er sie. Die Wahrheit. Um die sein Leben kreiste.

*

Marlene Kronmeyer nahm die Nachricht vom erneuten Verschwinden ihrer Tochter erstaunlich gefasst auf. Sie machte Bert keine Vorwürfe, brach nicht in Tränen aus, schrie ihn nicht an. Sie hatte wochenlang in Sorge gelebt und daran hatte sich im Grunde nichts geändert.

Etwas anderes schien sie zu beschäftigen. Sie wirkte übernächtigt und nervös und blickte bei jedem Geräusch, das von draußen hereindrang, zum Fenster. Als ob sie auf jemanden wartete.

Bert versprach ihr, alles zu tun, um Mina zu finden.

»Und jetzt«, sagte er, »würde ich gern Ben zu unserem Gespräch bitten.«

Ihre Wangen, die sich während der Unterhaltung leicht gerötet hatten, verloren jäh die Farbe. Ihr Blick kehrte unwillkürlich zum Fenster zurück, und Bert begriff, auf wen sie wartete. So sehnsüchtig, so verzweifelt, dass es nur eine Erklärung gab.

»Er ist fort?«

Sie nickte. Ihr Kinn bebte. Doch es kamen keine Tränen.

Bert wusste, dass es einen Kummer gab, der zu gewaltig war für Tränen. Aber er konnte Marlene Kronmeyer nicht schonen. Noch nicht.

»Wohin ist er gegangen?«

»Ich weiß es nicht.« Ihre Stimme klang brüchig und matt. »Er hat gepackt und ist mit dem Lieferwagen auf und davon.«

Bert zog sein Notizbuch aus der Tasche.

»Wagentyp? Farbe? Kennzeichen?«

Mit großen Augen sah sie ihn an.

»Warum? Ben hat den Wagen nicht gestohlen. Er darf ihn benutzen, wann immer er will.«

»Reine Routine«, beruhigte Bert sie, wie er das auch schon bei Frau Stein getan hatte. Wie leicht ihm der Polizeijargon über die Lippen kam, wenn er sich davor drücken wollte, unbequeme Wahrheiten zu verkünden.

Marlene Kronmeyer gab bereitwillig Auskunft, und Bert erfuhr, dass Ben schon seit dem vergangenen Abend verschwunden war. Er habe nur ein paar Sachen mitgenommen.

»Er war sehr zornig«, sagte sie.

»Hatten Sie Streit?«

»Nein. Wir haben nie gestritten. Er war immer ein guter Junge.«

So positiv hatte sie sich über ihre Tochter nicht geäußert. Bert registrierte das ebenso, wie er bemerkte, dass sie unter der Trennung von Ben mehr zu leiden schien als unter der von Mina.

Armes Mädchen, dachte er und fragte sich, ob Marlene Kronmeyer auch ihre Zuneigung so ungleich zwischen den Kindern aufgeteilt hatte.

»Dann wissen Sie nicht, warum er zornig war?«

»Dieses Mädchen hat ihn gereizt.«

Bert wurde hellhörig.

»Welches Mädchen?«

»Eine Freundin von Mina. Sie ... hat mir ihren Namen genannt, aber ich habe ihn vergessen.«

»Jette?« Er wagte die Namen kaum auszusprechen. »Merle?«

»Jette.« Sie lächelte erleichtert. »Ja. So hieß sie.«

»Was wollte sie?«

»Sie hat mir Grüße von Mina ausgerichtet. Und dann ist Ben dazugekommen.«

Marlene Kronmeyer stand auf und ging zum Fenster. Sie schaute auf den Hof.

»Er hat sie hinausgeworfen.«

»Aus welchem Grund?«

Sie knipste ein welkes Blatt von dem russischen Wein ab, der über die Fensterbank rankte, und zerbröselte es zwischen den Fingern.

»Eifersucht?« Sie drehte sich zu Bert um. »Ich weiß es nicht.«

Teilchen des zerriebenen Blatts rieselten zu Boden.

»Er hat gesagt, er will Minas Namen nie wieder hören.«

»Er hat ...«

»Nein. Er hat es *geschrien*.« Sie betrachtete ihre Hände, als wunderte sie sich darüber, dass sie jetzt leer waren. »Was hat Mina ihm bloß getan?«

Das fragte Bert sich auch. Was hatte Mina

dem Jungen, mit dem sie aufgewachsen war, angetan? Was konnte so schlimm sein, dass er nicht mal mehr ihren Namen hören wollte?

Plötzlich hatte er es eilig, sich zu verabschieden. Er musste eine Weile mit sich und seinen Gedanken allein sein.

*

Ben war schon immer mit wenig Schlaf ausgekommen. Eine Stunde, und er fühlte sich wie neugeboren. Er hatte früh gelernt, sich nicht zu tief in den Schlaf fallen zu lassen. Die Fähigkeit, beim kleinsten Geräusch sofort aufzuwachen, hatte ihn oft vor bösen Überraschungen bewahrt.

Er schlug die Decke zurück und setzte sich auf. Es fiel ihm immer noch schwer, an die nächtlichen Strafaktionen zurückzudenken, vor allem an Max mit seinem grausamen Erfindungsreichtum.

»Ich bin der Arm Gottes«, hatte Dietmar gepredigt, »und Max ist mein Schwert.«

Niemand hatte daran gezweifelt. Jeder hatte sich unterworfen.

Auch Ben.

Er besaß nicht die Stärke, die er gebraucht hätte, um sich zu wehren. Und nicht den Mut. Dennoch geriet er wieder und wieder mit dem zehn Jahre älteren Max aneinander.

Max hatte es auf Mina abgesehen, von Anfang an. Es kümmerte ihn nicht, dass er verheiratet war und Kinder hatte. Er stellte Mina nach. Begrapschte und beleidigte sie.

Ben konnte nichts dagegen tun.

Das änderte sich, als er Karate lernte. Heimlich. Die Stunden verschlangen das bisschen Geld, das er sich nebenher verdiente, doch das war es ihm wert. Sein Selbstbewusstsein wuchs. Seine Körperhaltung veränderte sich.

Von da an hielt er Max in Schach, brauchte nicht einmal mit ihm zu kämpfen. Das Schwert Gottes hatte von ganz allein seine Schärfe verloren.

Mina hatte sich, ebenfalls heimlich, für Tai Chi Chuan entschieden. Die sanften, schönen Bewegungen waren wie geschaffen für sie. Meditation verlieh ihr Stärke und Ausgeglichenheit. Zumindest für einige Zeit.

Manchmal hatte Ben den Eindruck gehabt, sie entwickle sich zu einer richtigen Kämpferin. Doch immer wieder war sie in ihre alten Verhaltensmuster zurückgefallen.

»Und wenn ich verrückt werde, Ben?«

Wie oft hatte sie ihn das gefragt.

»Du wirst nicht verrückt«, hatte er sie getröstet. »Du bist manchmal ein bisschen durch den Wind. Das ist alles.«

»Durch den Wind.« Sie hatte matt gelächelt. »Wie lustig das klingt. Dabei ist es furchtbar, Ben. Ich denke komische Sachen. Ich tue Dinge, an die ich mich später nicht erinnern kann. Und manchmal finde ich fremde Kleider in meinem Schrank.«

Vielleicht ist sie schizophren, hatte er mit einem leisen Schrecken gedacht. Und sich gleich darauf selbst beruhigt. Na und? Das war kein Todesurteil. Wenn man Astronauten auf den Mond schießen konnte, würde man doch auch Mina helfen können.

Aber sie hatte sich geweigert, zum Arzt zu gehen. Erst vor zwei Jahren hatte sie sich an Tilo Baumgart gewandt. Von ihrer Therapie hatte sie Ben nichts erzählt. Ihre Stimmungen waren weiterhin nach oben geschnellt und abgestürzt. Himmelhoch jauchzend. Zu Tode betrübt.

Für Ben und seine Gefühle war kein Raum geblieben. Er hatte sich nicht beklagt. Hauptsache, es ging ihr besser, hatte er gedacht. Irgendwann. Irgendwie. Er hatte Zeit. Er würde warten.

Ben streckte sich, gähnte und stand auf. Er hatte sich vollständig angezogen hingelegt, um sofort bereit zu sein, wenn es notwendig sein sollte. Es war absolut still. So still, dass es ihn fast beunruhigte. Aber er ließ das Gefühl nicht zu. Solange die Mädchen voneinander getrennt waren, würden sie es nicht wagen zu fliehen.

In der Küche trank er ein Glas Leitungswasser. Es schmeckte nach Chlor, doch das machte ihm nichts aus. Er beschloss, sich draußen ein bisschen umzusehen. Sicher war sicher.

Der Wagen war vom Weg aus nicht zu erkennen. Die zurückgeklappten Fensterläden und der Rauch, der aus dem Schornstein stieg, waren ein Problem, aber kein schwerwiegendes. Das Haus war ein Ferienhaus. Niemand würde sich darüber wundern, wenn es auch mal genutzt wurde. Sollte jemand Fragen stellen, konnte Ben behaupten, es gemietet zu haben.

Von einem Garten wie diesem hatte er als Kind geträumt. Groß, verwunschen und voller versteckter Schätze. Da war ein kleiner, fast zugewachsener Teich. Eine verwilderte Rosenhecke. Unter Grasnarben versteckt, lagen gepflasterte Wege. Ben stieß auf steinerne Figuren, auf eine von Efeu überwucherte Laterne.

Ein Garten, wie geschaffen für ein Liebespaar, einsam gelegen, fast wie in einer anderen Welt.

Ben setzte sich auf die moosige Steinbank. Er fühlte sich frisch und ausgeruht. Jetzt endlich konnte er nachdenken. Die Situation hatte ihn überrumpelt. Er hatte nicht vorgehabt, sich mit drei Mädchen in einem fremden Haus zu verschanzen. Er hatte nur Mina gewollt. Er musste sich darüber klar werden, was nun zu tun war.

Mina.

»Wer bist du?«, murmelte er. »Und wie stehst du zu mir?«

Er hatte nie gedacht, dass er jemals an ihr zweifeln würde.

*

Merles Eltern hatten ihre Tochter schon seit Monaten nicht mehr zu Gesicht bekommen.

»Wir haben kaum noch Kontakt«, hatte ihr Vater am Telefon gesagt. »Das Mädchen hat sich in eine Richtung entwickelt, die uns nicht gefällt.«

Bereits nach den ersten Sätzen war Bert klar geworden, dass Merle niemals Rat oder Hilfe bei ihren Eltern suchen und ihnen niemals etwas anvertrauen würde. Und dass dieses Gespräch deshalb keine seiner Fragen beantworten würde. Er hatte sich bemüht, es möglichst rasch zu beenden, ohne unhöflich zu wirken.

Danach hatte er sich mit Isa zusammengesetzt. Sie hatten sich für die Kantine entschieden, weil Isa den ganzen Tag noch nichts gegessen hatte. Bert trank nur einen Kaffee und sah ihr dabei zu, wie sie heißhungrig ein riesiges Stück Schokoladentorte vertilgte. Zur Kaffeezeit war die Kantine immer gut besucht. Der Mittagstisch war nicht berauschend, aber die selbst gebackenen Kuchen und Torten waren erstklassig.

»Und du willst nichts?«

»Nachher vielleicht. Im Augenblick würde Essen mich zu sehr ablenken.«

»Beneidenswert.« Isa leckte sich genüsslich braune Sahne von den Lippen. »Mir hilft es beim Denken. Nicht gerade Balsam für die Hüften und das Selbstwertgefühl.«

»Oh ja. Seit ich mit dem Rauchen aufgehört habe ...«

»Du bist vollkommen in Ordnung.«

Sie schnalzte mit der Zunge, und es war für Bert nicht zu erkennen, ob das eine Äußerung der Bewunderung sein sollte oder ob es lediglich der Zahnpflege diente.

»Gleichfalls.«

Isa grinste, und Bert dachte, dass es schön wäre, mit ihr befreundet zu sein. Unter all seinen Kollegen war sie die Einzige, deren Nähe ihn nicht erdrückte. Das war nicht immer so gewesen.

»Aber wir sitzen nicht hier, um Komplimente auszutauschen.« Sie sah ihm aufmerksam ins Gesicht. »Bist du weitergekommen?«

Bert schilderte ihr kurz, was er unternommen hatte. Sie hörte zu, stellte hier und da eine Zwischenfrage, präzise und klug, und nach einer Weile gelang es Bert, die Geräusche ringsum auszublenden und ganz bei der Sache zu sein.

»Was kann einen Menschen dazu bringen, abrupt den Kontakt zu jemandem abzubrechen, den er sein Leben lang kennt?«, fragte er schließlich.

»Kommt auf das Verhältnis an. War es eng? Vertrauensvoll? Hat sich in letzter Zeit etwas verändert?«

»Ben hat Mina beschützt. Vor den Gewalttaten ihres Vaters und vor den Nachstellungen dieses Max Gaspar. Er war ihr großer Bruder. Ihr einziger Vertrauter, denn die Mutter besaß nicht die Kraft, ihrer Tochter beizustehen. Sie besaß nicht einmal die Kraft, sie bedingungslos zu lieben.«

»Und wenn er *zu* viel für das Mädchen getan hat?«

Isa verschränkte die Hände ineinander. Ihre kunstvoll zweifarbig lackierten Nägel waren so lang, dass Bert sich fragte, wie sie damit tippen mochte.

»Vielleicht hat er ihr die Luft abgeschnürt mit seinem Bedürfnis, sie zu beschützen. Oder er hat eine Gegenleistung erwartet, die sie ihm verweigert hat. Da gibt es tausend Möglichkeiten. Es könnte zum Beispiel auch sein, dass ...«

»Moment mal. Was hast du da gesagt?«

»Dass er es mit seinem Bedürfnis, sie zu beschützen ...«

»Nein. Das mit der Gegenleistung.«

»Dass er möglicherweise eine Gegenleistung erwartet hat. Die wenigsten Menschen sind die Wiedergeburt Jesu. Die meisten haben das Bedürfnis, für eine gute Tat etwas zurückzubekommen.«

»Und Ben wollte *was*?«

Sie hob die Schultern. »Anerkennung. Respekt. Freundschaft. Liebe.«

»Er hatte Minas Anerkennung. Er hatte ihren Respekt und ihre Freundschaft. Das Einzige, was er nicht besaß, war ihre Liebe. *Bruder und Schwester.* Das waren Marlene Kronmeyers Worte. Was, wenn Ben das Mädchen all die Jahre heimlich geliebt hat? Nicht als Schwester, sondern als Frau?«

»Und dann hat sie ihn verlassen.«

Bert nickte. »Und nun hat er sie sich zurückgeholt.«

»Warte! Er wusste doch nicht, wo sie sich aufhielt.«

»Er wusste von ihrer Therapie. Er könnte über Tilo Baumgart an Mina herangekommen sein.«

»Das sind Spekulationen, Bert.«

»Ich habe schon weitaus weniger in der Hand gehabt.«

Er griff nach seinem Handy und wählte Tilo Baumgarts Nummer.

»Melzig hier. Herr Baumgart, eine Frage: Wissen Sie, ob Ben und Mina miteinander Kontakt hatten, seitdem Mina von zu Hause weg ist?«

Während er zuhörte, wurden ihm die Hände feucht. Sein linkes Augenlid begann zu zucken. Er stand unter Strom.

»Und das war am Tag vor dem Verschwinden der Mädchen?«

»Ja. An dem Tag, an dem Sie Mina befragt haben. Etwa eine Stunde, bevor Sie gekommen sind.«

»Und Sie hielten es nicht für nötig, mir das zu erzählen?«

»Ich habe nicht daran gedacht.«

Es gelang Bert mit Mühe, das Gespräch zu beenden, ohne ausfallend zu werden. Er ging zur Theke, um zwei weitere Tassen Kaffee zu holen. Als er zum Tisch zurückkam, zitterten seine Hände.

»Was hat dich so aufgebracht?«

»Dein Kollege Tilo Baumgart. Er ist wirklich unglaublich.«

»Ein guter Mann«, sagte sie vorsichtig.

»Aber sehr verschwiegen.«

»Was hat er dir denn verschwiegen?«

»Dass Ben Bischop Mina seine Liebe gestanden und nichts als Hohn und Spott geerntet hat.«

»Und nun glaubst du, dass er sie mit Gewalt aus der Wohnung der Mädchen geholt hat?«

»Wäre das so unwahrscheinlich?«

»Und ihre Freundinnen hat er auch gleich mitgenommen?«

Ratlos rührte Bert in seiner Tasse, obwohl er weder Zucker noch Milch hineingetan hatte.

»Ich weiß. Das ergibt im ersten Moment wenig Sinn.«

Und doch sagte ihm sein Instinkt, dass er diesen Gedanken weiterverfolgen musste.

Sie tranken ihren Kaffee aus und Bert verkroch sich wieder in sein Büro. Er setzte sich an den Schreibtisch und starrte auf die Pinnwand, die von Zeitungsartikeln, Notizzetteln und Fotos allmählich überquoll. Auf sein logisches Denkvermögen und seinen Instinkt hatte er sich immer verlassen können. Er brauchte nur ein bisschen Ruhe.

Und Zeit.

Dabei war Zeit genau das, was ihm fehlte.

Schließlich musste ich doch eingeschlafen sein. Als ich wach wurde, war es dunkel. Ich brauchte eine Weile, bis ich mich orientiert hatte. Jetzt konnte ich auch das Geräusch einordnen, von dem ich geweckt worden war – der Baum vorm Fenster strich mit seinen Zweigen unablässig über das Glas.

Neben mir regte sich Merle, seufzte, noch halb im Schlaf. Dann fuhr sie auf.

»Jette?«

»Ich bin hier«, flüsterte ich und streichelte ihre Schulter. »Tut mir leid. Ich bin eingeschlafen.«

»Tolle Wächterin«, grummelte sie, gähnte und fuhr sich mit gespreizten Fingern durchs Haar.

Es tat so gut, ihre Stimme zu hören. Und nicht allein zu sein.

Sie stand auf und schob die Gardine ein Stück zur Seite.

»Wie kalt das Mondlicht ist. Als gäbe es nur dich und mich, den Himmel und das ganze trostlose Land.«

»Und Mina«, sagte ich. »Und Ben.«

Merle ließ sich wieder aufs Bett fallen. Die Matratze knarrte laut.

»Pscht!«

Ich hielt den Atem an. Aber draußen rührte sich nichts. War das nicht eigenartig?

»Glaubst du, er ist weg?«, fragte ich.

»Das wär zu schön, um wahr zu sein.«

»Mit Mina?«

»Sie war doch die Ursache für diesen ganzen Mist!« Merle griff nach einem Zipfel der Decke und zerknautschte ihn voller Wut. »Wieso schlittern wir dauernd in so was rein? Kannst du mir das sagen? Ziehen wir die Irren an wie der Honig die Wespen oder was? Ich kapier das einfach nicht.«

»Das bringt uns jetzt nicht weiter, Merle. Wir müssen gucken, wie wir da wieder rauskommen.«

»Aber wie? Das mit der Trennung war eine geniale Idee. So hat er uns alle in der Hand.«

»Stimmt. Im Augenblick sind uns die Hände gebunden.«

»Wir können nur hoffen, dass Cleo sich nicht wieder einmischt«, sagte Merle. »Ihretwegen ist er ausgerastet. Wer weiß, zu was er fähig ist, wenn sie ihn ein zweites Mal abweist.«

Beim ersten Mal hatte Ben sich einfach genommen, was er wollte. Was er beim nächsten Mal tun würde, wagte ich mir gar nicht erst vorzustellen.

»Ist dir eigentlich klar, dass uns hier niemand suchen wird?«, fragte Merle.

Genau das hatten wir gewollt. Unser Plan war perfekt gewesen. Jetzt würde er uns zum Verhängnis werden.

*

Sie hörte Kinderstimmen.

Lachen. Flüstern.

Komm doch! Komm!

Aber sie wusste den Weg nicht.

Komm spielen!

Sie summte ein Lied für sie. Und für eine Weile waren die Kleinen still.

*

Es war dunkel geworden. Gut. Denn in der Nacht sind alle Katzen grau. Sagte man nicht so?

Haus und Garten waren sicher, davon hatte Ben sich überzeugt. Nun wollte er im Schutz der Dunkelheit die Umgebung erkunden. Sie konnten sich nicht ewig von den paar Lebensmitteln ernähren, die sie mitgebracht hatten.

Ben hatte beschlossen, eine Weile hierzubleiben. Vielleicht sogar bis zum Frühjahr. Es wäre wirklich Wahnsinn, den Winter auf der Straße zu verbringen. Außerdem hatte er noch nicht entschieden, was mit Jette und Merle geschehen sollte. Mina war mit ihnen befreundet. Sie hatte sie gern. Er musste sich ihrer Liebe erst vollkommen sicher sein, bevor er sich der Mädchen entledigte.

Eine kleine Tour wäre ganz angebracht. Keiner würde sie misstrauisch beäugen. Vier junge Leute fuhren irgendwohin. Vielleicht auf eine Party. Oder sie hingen einfach nur rum. Wenn er vorsichtig war, würde nichts passieren.

Pfeifend ging er zu dem Zimmer, in dem er Mina eingesperrt hatte. Mit der Kraft war auch sein Optimismus wieder zurückgekehrt. Alles würde sich zum Guten wenden. Und hatten sie das nicht verdient, Mina und er?

*

Imke saß untätig an ihrem Schreibtisch. Der Monitor hatte sich abgemeldet, der Computer war auf Stand-by gegangen, nur das grüne Licht erinnerte daran, dass Imke ihn irgendwann eingeschaltet hatte. Sie hatte gehofft, die Leere, die sie verspürte, mit Worten füllen zu können. Aber da waren keine Worte, und es gab keinen Zylinder, kein schwarzes Tuch und keinen Hokuspokus, um welche hervorzuzaubern.

Tilo hatte Ruth gebeten, seine Termine für den nächsten Tag abzusagen. Ruth hatte Imke ausrichten lassen, sie sei in Gedanken bei ihr und wünsche ihr von Herzen, dass Jette bald wieder wohlbehalten zurückkehre. Sie hatte selbst eine Tochter. Sie konnte sich vorstellen, wie Imke zumute sein musste.

»Hast du Lust auf einen Spaziergang?«

Imke zuckte zusammen. Sie hatte Tilo nicht hereinkommen hören. Sie schüttelte den Kopf.

»Wenn Jette sich meldet ...«

»Ike ...«

Imke schluckte an dem Kloß in ihrem Hals. Jette konnte sich gar nicht melden. Jemand, wahrscheinlich dieser Ben, hatte ihr das Handy abgenommen. Auch Merle und Mina hatten kein Handy mehr.

»Vielleicht finden die Mädchen ja eine andere Möglichkeit, um zu telefonieren. Und vielleicht wählen sie zuerst die Festnetznummer. Dann muss ich doch hier sein. Wer weiß, ob sie die Chance haben, es ein zweites Mal ...«

Ihre Stimme ließ sie kläglich im Stich. Nicht weinen. Nicht weinen. Das würde alles noch schlimmer machen.

»Dann komm wenigstens mit nach unten. Du machst dich doch nur selbst verrückt.«

Sie sollte ihre Mutter anrufen. Sie hatte nicht das Recht, ihr zu verheimlichen, dass Jette verschwunden war. Aber sie konnte jetzt mit niemandem sprechen. Sie fuhr den Computer herunter und folgte Tilo in den Wintergarten.

Er behandelte sie wie ein rohes Ei. Zerfloss vor Schuldgefühlen. Doch die konnte sie ihm nicht nehmen. Sie wollte es auch nicht.

Nur weil Mina seine Patientin war, hatte Jette sie im Garten auflesen können.

Hätte er Mina nicht in der Wohnung der Mädchen weitertherapiert, hätte er diesen Ben nicht zu ihnen geführt.

Weshalb wohl sollte sie Tilo die Absolution erteilen?

»Sieh mich nicht so an«, sagte er. »So ... verletzt und enttäuscht.«

Imke wusste, dass sie jetzt etwas sagen sollte, das ihn entlastete. Aber sie konnte es nicht.

Sie wandte den Blick ab.

*

Tilo empfand ihre stumme Abweisung als gerechte Strafe. Er hatte sie verdient. Seine Unvorsichtigkeit hatte Ben zu den Mädchen geführt. Und obwohl er wusste, dass in einem Mordfall jede Kleinigkeit wichtig sein konnte, hatte er nicht daran gedacht, dem Kommissar von Bens Besuch zu erzählen.

Noch wusste er nicht genau, ob der Kommissar Ben für den Eindringling hielt, doch das kurze Telefongespräch ließ eigentlich keine andere Deutung zu.

Ben. Wie oft hatte Tilo Mina diesen Namen nennen hören. Nichts hatte darauf hingedeutet, dass Ben in irgendeiner Weise gefährlich sein könnte. Aber vielleicht war er das ja auch gar nicht. Vielleicht war er einfach nur eine Spur unter anderen.

Tilo war nicht der Typ, der sich selbst beschwichtigte. Er war fähig, sich einem Problem zu stellen, und er war nicht so vermessen zu glauben, er sei unfehlbar. Es gehörte jedoch zu seinen Grundsätzen, sich mit einem Problem erst dann zu befassen, wenn es akut war. Im Augenblick beschäftigte ihn erst einmal die Sorge um seine Patientin.

Mina war noch nicht stabil genug, um eine solche Situation zu bewältigen. Sie steckte nicht nur mitten in einer schwierigen Therapie, sondern war auch in zwei Mordfälle verwickelt. Ihre Persönlichkeiten hatten angefangen, einander wahrzunehmen. Es würde sich eine Hierarchie herausbilden und das würde nicht ohne Kämpfe abgehen. Vor allem aber wusste niemand, wie viele Persönlichkeiten sich noch zeigen würden.

Tilo blickte auf die Fensterfront des Wintergartens. Ein Mann und eine Frau spiegelten sich in dem schwarzen Glas. Nah beieinander und doch weit voneinander entfernt.

*

Sie saß da und starrte ins Leere. So hatte er sie schon oft gesehen. Es hatte ihn verwirrt, nicht zu wissen, wo sie sich befand, wenn sie in einem solchen Zustand war. Ein paarmal hatte er versucht, sie da rauszuholen, doch es war ihm nicht gelungen. Sie war nur noch weiter hineingerutscht.

»Hallo, Mina«, sagte er leise und setzte sich neben sie auf den Boden.

Sie reagierte nicht. Er wusste nicht, ob sie sein Erscheinen überhaupt zur Kenntnis genommen hatte. Gut. Würde er eine Weile neben ihr sitzen bleiben und ihre Nähe spüren. Das war ein Anfang. Er lehnte sich gegen die Wand und schloss die Augen.

»Ben?«

Er hob den Kopf, überrascht und erfreut. »Ja?«

»Machst du das Licht an, Ben? Es ist so dunkel.«

Manchmal hatte sie Angst vor der Dunkelheit, manchmal vorm Licht. Bei Mina wusste man nie, woran man war. Er streckte die Hand aus und reckte sich nach dem Lichtschalter. Die trübe Funzel, die genau in der Mitte des Zimmers hing, gab allerdings nicht viel her. Der Raum war jetzt voller Schatten.

»Ich will nach Hause, Ben.«

Jetzt redete sie wieder wie ein kleines Kind. Auch das war etwas, an das er sich allmählich gewöhnt hatte.

Ihre Stimme veränderte sich von einem Moment auf den andern. Er hatte sie nie darauf angesprochen. Sie hatte schon genug Angst vor sich selbst.

»Wir haben kein Zuhause mehr, Mina.«

Ihre Hand schob sich langsam in seine. Sie

war kalt. Er presste sie an seine Wange, um sie zu wärmen. Abrupt zog Mina sie weg.

Ben schaute ihr ins Gesicht. Sie war rot geworden. Verlegen wich sie seinem Blick aus.

»Hab ich sowieso nicht ernst gemeint, Mann! Keine zehn Pferde bringen mich dahin zurück.«

Sie spielte ein Spiel, dessen Regeln Ben nicht kannte. Sie hatte es immer schon gespielt und Ben hatte nie nach dem Grund gefragt. Es machte einen Teil ihres Reizes für ihn aus, dass sie anders war als andere Mädchen. Dass sie ihn immer aufs Neue überraschte.

Nie war sie dieselbe wie am Tag vorher.

Ihr ruppiger Tonfall ließ darauf schließen, dass sie sich wieder gefangen hatte. Ben atmete auf. Er hatte genug um die Ohren, da konnte er gut darauf verzichten, auch noch jedes Wort auf die Goldwaage legen zu müssen.

»Mich auch nicht«, sagte er. »Das Kapitel unseres Lebens ist abgeschlossen.«

Sie nickte. Strich sich ungelenk das Haar aus der Stirn. »Genau.« Sie schob die Lippen vor und bewegte Kopf und Oberkörper zu einer unhörbaren Musik.

Das war auch eine von Minas Seiten, das Mädchen, mit dem man jeden Unsinn machen und die Welt aus den Angeln heben konnte.

»Für immer zusammen«, sagte Ben und hielt ihr die Hand hin.

»Für immer zusammen.« Mina drückte ihre

Handfläche gegen seine. »Du kennst ihn noch, unsern alten Schwur?«

»Meinst du, ich könnte ihn vergessen?«

Sie senkte den Kopf. Ben hörte, wie sie tief einatmete. Sie wandte ihm das Gesicht zu und sah ihn an.

»Was willst du von mir, Ben?«

Verwirrt sah er ihr in die Augen. Ihr Spiel wurde langsam anstrengend. Das Haar war ihr wieder in die Stirn gefallen. Sie sah weich aus und sehr verletzlich.

»Dich«, sagte er. »Das weißt du doch.«

Das war kein Spiel mehr. Diese Fassungslosigkeit auf ihrem Gesicht war echt. Als hätte die schreckliche Unterhaltung in der Wohnung der Mädchen überhaupt nicht stattgefunden.

Ben starrte sie an. Ihre Augenlider flatterten, und Mina sank wieder zurück in die Haltung, in der er sie beim Betreten des Zimmers angetroffen hatte.

»Oh nein!« Er packte sie bei den Schultern und schüttelte sie. »Hör auf damit! Ich will endlich wissen, woran ich bin!«

*

Sie fuhren über Land. Lange, dunkle, gerade Straßen. Hier und da ein Bauernhof mit gelbem Licht in den Fenstern. Jette lenkte den Wagen. Ben neben ihr hatte sich halb herumgedreht. So behielt er alles im Auge.

Mina traute sich kaum, ihn anzugucken. Etwas an ihm machte ihr Angst, und das war nicht das Messer, das er in der Hand hielt. War es schon immer so gewesen, dass sie Angst vor ihm hatte? Sie wusste es nicht.

Wenn ihre Blicke sich trafen, lächelte er. Es war ein Lächeln voller Zuversicht. Mühsam erwiderte sie es. Wieso fürchtete sie sich vor ihm?

Kleine Orte. Rote Backsteinhäuser. Kein Mensch draußen. Als hätte sich jeder in seinem Haus verkrochen.

Und dann das Meer. Das Meer!

Ben erlaubte ihnen nicht auszusteigen. Jette durfte nicht einmal anhalten. Sie durfte nur ein bisschen langsamer fahren. Mina drückte die Stirn gegen die kalte Fensterscheibe. Sie würde nicht weinen. Nicht betteln. Nein.

»Setz dich richtig hin«, sagte Ben, »damit ich dich sehen kann.«

Er wollte die Kontrolle behalten. Wie der Vater. Auch der hatte sie ständig überwacht.

Mina setzte sich gerade hin. Schaute an Ben vorbei. Die weißen Striche in der Mitte der Straße schossen auf sie zu. Die Schatten der Bäume rasten vorbei. Die Lichter in den Höfen waren so weit weg.

»Nicht so schnell«, sagte Ben.

Er konnte nur in Befehlen reden. Wie der Vater.

Die Striche kamen jetzt langsamer auf sie zu.

Aber die Lichter waren immer noch unerreichbar fern.

※

Margot war schon ins Bett gegangen. Bert hatte sich mit einem Glas Rotwein ins Wohnzimmer gesetzt, um die Ereignisse des Tages in Ruhe sacken zu lassen. Schlaf würde er sowieso nicht finden, dazu war sein Kopf zu wach.

»Ich wünschte, du würdest aufhören, deine Arbeit mit nach Hause zu bringen«, hatte Margot sich beim Abendessen beklagt.

Wie lange war es her, dass sie zum letzten Mal Verständnis gezeigt hatte? Wann hatte sie ihn zum letzten Mal voller Überschwang geküsst? Margot war eine völlig andere Person geworden. Unbegreiflich. Fremd.

Vielleicht war das so in einer Ehe. Dass die Liebe weniger wurde mit der Zeit. Wie Wasser, das verdunstet. War es bei ihnen so weit? War von der Liebe nichts übrig geblieben?

Bert fragte sich, ob er bestimmte Anzeichen übersehen hatte. Es musste doch einen Zeitpunkt gegeben haben, an dem sie das Verkümmern ihrer Gefühle füreinander hätten aufhalten können.

Er saß da und wartete auf die Nacht. Irgendwo da draußen waren drei Mädchen, die er finden musste, es gab zwei Morde, die aufzuklären waren, und beides hatte wahrscheinlich miteinander zu tun. Es gelang ihm noch nicht, die Fäden zu entwirren, aber die Reihenfolge war klar – er würde alle Hebel in Bewegung setzen, um die Mädchen in Sicherheit zu bringen.

Seit der Lieferwagen der Werkstatt Kronmeyer in der Nähe von Jettes und Merles Wohnung entdeckt worden war, stand für Bert fest, dass Ben der Eindringling gewesen sein musste. Und es war mehr als wahrscheinlich, dass die Mädchen ihn nicht freiwillig begleitet hatten.

Aber warum hatte er, wenn er nur an Mina interessiert war, auch Jette und Merle in seine Gewalt gebracht? Weil er keine Zeuginnen zurücklassen wollte? Um sie als Geiseln zu benutzen?

Da es Ben offenbar nicht wichtig gewesen war, den Lieferwagen verschwinden zu lassen, um seine Spur zu verwischen, ging Bert davon aus, dass er die Freundinnen als Geiseln genommen hatte.

Er schüttelte den Kopf. Der Junge musste völlig überstürzt gehandelt haben, denn das ergab überhaupt keinen Sinn. Jette und Merle waren doch nur eine Last für ihn. Mina allein hätte nach außen ebenso gut als Geisel dienen können.

»Es ist schwierig, sich in die Geisteswelt eines Psychopathen zu versetzen«, hatte Isa gesagt, denn dass es sich bei Ben um einen solchen handelte, war für sie vollkommen klar. »Er ist unter der Dominanz religiöser Fanatiker aufgewachsen und wurde jahrelang misshandelt und terrorisiert. Das ist ein idealer Nährboden für Psychopathie.«

»Was macht für dich einen Psychopathen aus?«, hatte Bert sie gefragt.

Sie hatte nicht gezögert. »Er ist charmant, gewissenlos und manipulativ, mit einem übersteigerten Selbstwertgefühl ausgestattet und einem unerschütterlichen Glauben an die eigene Allmacht.«

So oder ähnlich hätte Bert es auch formuliert. Er hatte dieses Bild mit den Psychopathen verglichen, denen er im Laufe seines Berufslebens begegnet war. Und dann mit seinem Eindruck von Ben. Es passte.

Der Junge hatte sich von Minas Abweisung nicht beeindrucken lassen. Er hatte sich bedenkenlos geholt, was sie ihm verweigern wollte. Er hatte sich in Marlenes Herz geschlichen und Mina daraus vertrieben. Und es war ihm mühelos gelungen, sogar Berts Sympathie zu gewinnen.

»Unnötig, dich zu fragen, für wie gefährlich du Ben Bischop hältst?«

»Er ist überaus gefährlich, Bert. Du solltest ihn schnell finden.«

Genau das hatte er vor. Die Fahndung lief auf vollen Touren. Der Chef stand kurz vor einem Infarkt. Die Presse überschlug sich förmlich. Der Bürgermeister und andere hochrangige Mitglieder der *Wahren Anbeter Gottes* übten enormen Druck aus, damit der religiöse Zirkel endlich aus den Schlagzeilen verschwand.

In der Küche schenkte Bert sich noch ein Glas Wein ein und beschloss dann, die Flasche mit ins Wohnzimmer zu nehmen. Er fragte sich, wie Ben drei Mädchen unter Kontrolle halten wollte. Auf der Straße wäre das unmöglich. Also musste er einen Unterschlupf gefunden haben. Was eignete sich dazu?

Eine Wohnung, dachte Bert. Ein Haus. Eine Scheune. Ein Stall. Vielleicht war er bei einem Freund untergekommen? Oder er hatte ein unbewohntes Haus entdeckt.

Ein Haus. Eine Wohnung. Aber wo? Bert spürte, wie der Alkohol zu wirken begann. Er wünschte sich einen ruhigen, erholsamen, traumlosen Schlaf. Und später einen Geistesblitz. Den vor allem.

*

Ben versuchte, sich die Gegend einzuprägen. Das taten wir auch, Merle und ich. Ab und zu verständigten wir uns im Rückspiegel mit einem kurzen Blick. Es war wichtig, die Entfernungen abzuschätzen. Wie weit war es bis zum nächsten Ort? Wo gab es Nachbarn?

Der nächste Ort hieß Blietmoor und bestand aus einer überschaubaren Ansammlung von

Häusern, die sich um eine Kirche scharten, als hätten sie Angst davor, allein in der Landschaft zu stehen. Es gab einen kleinen Edeka-Laden und einen Briefkasten, sonst nichts. Niemand hielt sich draußen auf, aber das wäre tagsüber sicherlich anders. In der Nähe eines Ladens war doch immer was los.

Auf dem Weg nach Blietmoor lag, ein gutes Stück abseits der Hauptstraße, ein Bauernhof. Davon abgesehen befanden wir uns auf dem platten Land, ohne jegliche Nachbarschaft. Eine niederschmetternde Erkenntnis.

»Das hat doch alles keinen Sinn«, sagte Merle. »Lass uns gehen, Ben. Wir werden behaupten, wir hätten nur einen kleinen Trip mit dir unternommen, ganz freiwillig und ohne Zwang, dann wirst du nicht bestraft.«

»Bestraft!« Das klang halb verächtlich und halb amüsiert. »Mich wird keiner mehr bestrafen. Auch Mina nicht. Wir sind endlich frei.«

»Frei?« Merle gab nicht auf. »Mach dir doch nichts vor, Ben. Über kurz oder lang wird die Polizei dich finden und dann gnade dir Gott. Mit Entführern gehen die nicht zimperlich um.«

»Lass Gott aus dem Spiel!« Er sagte das gefährlich leise. »Mit dem bin ich fertig.«

Aus den Augenwinkeln beobachtete ich, wie er anfing, mit dem Messer zu spielen.

Ich schaute in den Rückspiegel und versuchte, Merle mit einem Stirnrunzeln zu warnen.

»So was darfst du nicht sagen«, mischte sich auf einmal Mina ein. »Du darfst den Herrn nicht verleugnen.«

Das war keine der Persönlichkeiten, die wir kannten. Ich hatte diese Stimme erst einmal gehört, gestern Nacht.

Wie würde dir ein Haus am Meer gefallen?

»Die kleine Minouschka«, sagte Ben spöttisch. »Immer folgsam, immer brav, erkennt die Wünsche ihres Vaters schon, bevor er sie ausgesprochen hat.«

»Er war ein Diener Gottes. Keiner von uns war seiner Liebe würdig.«

»Wie praktisch.« Ben lachte auf. »Denn er war gar nicht fähig zu lieben.«

Minouschka? War das ein Kosename, den Minas Vater für seine Tochter benutzt hatte?

»Er hatte dich auserwählt, Ben. Er wollte, dass du sein Nachfolger wirst. Deshalb hat er dich in sein Haus geholt. Du solltest sein Abbild werden.«

Ben war bei ihren Worten unruhig geworden. Es hielt ihn kaum noch auf seinem Sitz.

»Das glaubst du? Immer noch?«

»Ja. Das glaube ich.«

Ben fuchtelte mit dem Messer herum, das er überhaupt nicht mehr wahrzunehmen schien.

»Er brauchte Opfer, die ihm ganz und gar ausgeliefert waren. Er hatte Spaß daran, sie zu quälen. Alles andere war bloße Verschleierung.«

»Es waren Prüfungen, Ben. Um unsere Gottesfürchtigkeit zu testen. Er musste von uns mehr verlangen als von anderen.«

Ben drehte sich so weit zu Mina herum, wie es ging.

»Diese Seite an dir habe ich immer verabscheut. Deine Demut. Deine verdammte Unterwürfigkeit. Vaters gehorsame Minouschka. Ich dachte, du hättest in der Zeit, die du weg warst, etwas gelernt.«

»Freiwillig hätte ich meinen Vater nie verlassen.«

»Ach! Und wer hat dich dazu gezwungen?«

»Die andern.«

Ben sah erst mich an, dann Merle. Er wusste nicht, dass Mina multipel war, hatte noch nie etwas von dem *Team* gehört. Klar, dass er Mina falsch verstehen musste.

»Die andern. So.«

»Vor allem Cleo. Und Marius.«

Bevor die Eifersucht Ben womöglich zu einer Kurzschlusshandlung verführen konnte, lenkte ich ihn ab. »Da ist eine Kreuzung. Wie soll ich fahren?«

Ben orientierte sich mit einem raschen Blick auf die Schilder. »Links«, sagte er. Und dann: »Wer ist Marius?«

Minouschka musste eine Persönlichkeit sein, die sich mit dem Vater arrangiert hatte. Sie musste diejenige sein, die für das Überleben in der religiösen Welt der *Wahren Anbeter Gottes* zuständig gewesen war. Und sie war diejenige, die sich von Anfang an auf Bens Seite gestellt hatte.

Sie war ein Stück von Merle abgerutscht. Als wollte sie noch deutlicher machen, zu wem sie gehörte und mit wem sie nichts gemein hatte.

»Lass uns nach Hause fahren, Ben. Lass uns alles vergessen und von vorn anfangen.«

»Halt an«, sagte Ben zu mir, und ich fuhr an den Straßenrand. Es war still und einsam, und ich betete, dass die Situation nicht eskalieren möge.

»Gestern hätte ich das noch mehr gewollt als alles andere.« Ben betrachtete diese Minouschka aus zusammengekniffenen Augen. »Aber dann hast du mich weggeschickt. Und jetzt weiß ich nicht mehr, ob ich dir trauen kann.«

»Du kannst mir trauen, Ben. Wirklich. Sag mir, wie ich es dir beweisen kann.«

Er überlegte. Trommelte mit den Fingern der freien Hand auf dem Armaturenbrett. Seine Augen wurden noch schmaler.

»Würdest du für mich einen Mord begehen?«

»Ja.«

Sie hatte ihm ohne das leiseste Zögern geantwortet.

Ich trat aufs Gaspedal, dass die Reifen aufheulten. Hörte, wie er mich anschrie. Und raste weiter durch die Dunkelheit.

Er war krank. Krank und gefährlich. Das Spiel, das er mit dieser Minouschka spielte, versetzte mich in Todesangst.

Wenn Merle und ich heil aus der Sache herauskommen wollten, brauchten wir die Hilfe einer anderen Persönlichkeit.

Ich hätte es nicht für möglich gehalten, aber ich sehnte mich danach, Cleos Stimme zu hören.

24

Ein karges Frühstück. Das Brot zu hart, der Käse alt und der Kaffee war auch nicht nach Bens Geschmack. Aber das Schlimmste war, dass der Wagen am Ende ihrer Spritztour den Geist aufgegeben hatte. Etwa einen Kilometer vorm Ziel hatte er gestreikt und sie hatten ihn den Rest des Wegs schieben müssen.

Ben verstand nichts von Autos und Motoren. Für diese Arbeiten war immer Max zuständig gewesen. Pralle Muskeln, wenig Hirn, ein grober Klotz, der ein Kaninchen beim Streicheln totgedrückt hätte, wenn er jemals auf die Idee gekommen wäre, Zärtlichkeit an ein Kaninchen zu verschwenden.

Jetzt wünschte Ben, er hätte seinen Widerwillen gegen Max ein paarmal überwunden, um ihm bei der Arbeit zuzugucken. Der Blick unter die Motorhaube hatte ihn keinen Schritt weitergebracht. Sie waren in diesem Haus gefangen.

Sie saßen um den Wohnzimmertisch. In der Küche herrschte ein einziges Chaos. Niemand hatte bisher auch nur einen Finger gerührt, um mal ein bisschen aufzuräumen oder sauber zu machen. Wie denn auch? Wie ein Schafhirt musste er die Mädchen beisammenhalten. Keiner von ihnen durfte er auch nur für eine Sekunde den Rücken kehren.

»Wir brauchen was Anständiges zu essen.«

Angeekelt warf er das Stück Käse, das er in der Hand gehalten hatte, auf den Teller zurück.

Sie schauten ihn an, erwartungsvoll. Er wusste, dass sie nur auf eine Gelegenheit lauerten, ihn außer Gefecht zu setzen. Eine winzige Unachtsamkeit, und sie würden sie sich zunutze machen.

Auch Mina. Er würde sich von ihrer plötzlichen Nachgiebigkeit nicht blenden lassen. Und ihr nie wieder gestatten, ihn zu verletzen.

Einen Teil der Nacht hatte er wach gelegen und nachgedacht. Zu viert konnten sie nicht in den Ort laufen, um einzukaufen, das wäre zu auffällig. Außerdem konnte er die Mädchen nicht kontrollieren, sobald sie in der Öffentlichkeit waren. Er musste eine auswählen und sie damit unter Druck setzen, dass er die andern in seiner Gewalt behielt.

Mina kam nicht infrage. Dazu war sie in manchen Momenten viel zu verwirrt. Nicht auszudenken, wenn sie im Laden einen ihrer Anfälle bekäme.

Merle war zu aufbrausend. Sie hatte sich schon einige Male mit ihm angelegt. Er konnte sich vorstellen, dass sie sich zu einer Kurzschlusshandlung hinreißen ließ.

Blieb Jette. Sie war die Vernünftigste. Vielleicht war sie sogar die Einzige, die den Ernst ihrer Lage begriff.

Doch zuerst musste er überlegen, wie viel Zeit sie für den Fußmarsch und den Einkauf benötigte. Er würde eine exakte Uhrzeit mit ihr ausmachen. War sie dann nicht wieder zurück, würde ihre Freundin dafür bezahlen. Dann konnte Mina beweisen, wie viel sie für ihn zu tun bereit war.

*

Tilo war auf Imkes Drängen hin doch in die Praxis gefahren, um ein bisschen zu arbeiten, und auch Imke hatte sich an den Schreibtisch gesetzt. Doch statt sich von den quälenden Gedanken abzulenken, hatte sie sich immer weiter hineingesteigert.

Nach dem Frühstück hatte sie mit ihrer Mutter telefoniert und es doch nicht fertiggebracht, ihr die Wahrheit zu sagen. Danach hatte sie den Kommissar angerufen. Es gab nichts Neues und er hatte nicht um den heißen Brei herumgeredet.

»Wir tun, was wir können«, hatte er gesagt.

Und wenn das nicht ausreichte?

Ihr fiel eine Geschichte ein, die Frau Bergerhausen ihr einmal erzählt hatte. Eine ihrer Nachbarinnen war eines Nachts plötzlich aus dem Schlaf geschreckt und hatte weinend gerufen: »Ich kann dir nicht helfen, mein Junge! Ich kann dir nicht helfen!«

Ihr Mann hatte sie getröstet und beruhigt. Sie habe bloß einen bösen Traum gehabt, hatte er ihr gesagt. Aber sie hatte sich an keinen Traum erinnern können.

Am folgenden Morgen hatten sie erfahren, dass ihr Sohn, der in einer Stadt am anderen Ende Deutschlands studierte, in dieser Nacht an einer Hirnblutung gestorben war.

An diese Frau musste Imke jetzt denken. Hör auf, befahl sie sich selbst. Frau Bergerhausen liebt Katastrophen. Ihre Geschichten sind nicht deine. Geh ein paar Schritte. Lauf vor den Gedanken davon.

Es war kalt draußen und sie fror trotz ihrer dicken Jacke. Sie vergrub die Hände in den Ärmeln und schaute sich um. Diese Landschaft übte noch immer ihren Zauber auf sie aus. Hier war sie angekommen. Endlich.

Imke war auf halbem Weg zur Scheune, als sie ihn hörte.

Den Bussard.

Seinen Ruf hoch oben in der Luft und seinen Flügelschlag.

Elegant landete er auf einem Zaunpfahl. Es lagen höchstens zehn, zwölf Meter zwischen ihnen. So nah war er noch nie herangekommen. Imke bewegte sich nicht. Sie stand ganz still und schaute zu ihm hinüber. Er erwiderte ihren Blick reglos und stumm.

Eine Weile blieben sie so, dann drehte Imke sich langsam um und ging zum Haus zurück. Er war wieder da. Er würde wie früher Wache halten. Und nicht zulassen, dass Jette etwas zustieß.

*

Merle ließ Wasser für den Abwasch einlaufen. Ben hatte sich über den Schmutz und die Unordnung aufgeregt. Erleichtert hatte sie sich mit Jette in die Arbeit gestürzt. Alles war besser, als herumzusitzen, Ben beim Grübeln zuzusehen und auf seine Ausfälle zu warten.

Der altersschwache Boiler funktionierte nicht richtig. Das Wasser war nur lauwarm. Spülmittel hatten sie nicht gefunden. Deshalb hatte Merle Shampoo genommen. Es gab keinen Schwamm, nur ein paar alte Trockentücher voller Löcher, als hätten sich Motten an ihnen gütlich getan.

Unter anderen Umständen hätte Merle die Situation komisch gefunden.

Mina saß auf dem Sofa, den Kopf zur Seite geneigt, als horche sie auf etwas, das nur ihre Ohren erreichte. Ben schien nicht damit zurechtzukommen. Immer wieder warf er ihr finstere Blicke zu. Von Stunde zu Stunde wurde er fahriger. Er zerbiss sich die Unterlippe und kaute an den Nägeln.

»Da braut sich was zusammen«, flüsterte Merle.

»Vorsicht!« Jette faltete ein rot-grün kariertes Tuch auseinander. Eine tote Spinne fiel heraus und sie ließ das Tuch angewidert fallen.

Jette hatte recht. Es war gefährlich, Ben zu reizen. Er suchte nur einen Sündenbock, an dem er seine Frustration abreagieren konnte. Wie sehr er sich in der kurzen Zeit verändert hatte.

Merle erinnerte sich an ihren ersten Eindruck. Er hatte ihr gefallen. Mehr als das. Sie hatte Mina um seine tiefe Liebe zu ihr beneidet. Woran lag es nur, dass sie immer auf die kaputten Typen abfuhr?

»Was flüstert ihr denn da?«

Ben war aufgestanden und kam nun um die Theke herum.

Merle hielt mitten in der Bewegung inne. Bunt glitzernde Seifenbläschen zerplatzten auf ihren Handrücken. Sie konnte den Schaum knistern hören.

»Schmiedet ihr Fluchtpläne?«

Auch Jette bewegte sich nicht. Als wäre totale Reglosigkeit ein wirksamer Schutz.

Ben hielt Merle das Messer an den Hals. Sie spürte die Kälte der Klinge. In ihren Ohren rauschte es.

Seine sanfte Art, seine Fürsorglichkeit, alles nur Maske. Darunter war er kalt und besessen.

Er würde sie töten.

Merle zog den Kopf zurück, so weit sie konnte. Ben setzte ihr die Spitze des Messers auf die Haut und drückte sanft, beinah liebevoll zu. Etwas rollte langsam über ihren Hals.

»Ben! Nicht!«

Mit der freien Hand schob er Jette beiseite.

»Mina«, sagte er leise. »Komm her!«

Merle hörte zögernde Schritte, dann konnte sie am Rand ihres Gesichtsfelds Mina erkennen. Etwas an Bens Stimme hatte ihren Herzschlag stolpern lassen. Ihr Mund war trocken geworden und ihre Augen brannten.

»Jetzt kannst du zeigen, ob du auf meiner Seite bist.« Er zog Mina näher heran. »Nimm das Messer.«

»Warum?«

Mina hatte das ganz ruhig gefragt, doch Merle bemerkte die Angst in ihrer Stimme.

»Um sie zu bestrafen.«

Er drückte ein bisschen fester zu. Merle hielt den Atem an.

»Aber sie hat nichts getan, Ben.«

»Nichts getan!« Er zog das Messer zurück und wandte sich Mina zu. »Die warten doch bloß darauf, dass ich einen Fehler mache! Und du sagst, sie haben nichts getan?«

»Bitte, Ben! Wir sind doch nicht wie ... Max. Oder wie der Vater.«

»Bist du dir da ...«, Ben hob Minas Kinn an

und küsste sie flüchtig auf den Mund, »... so sicher?«

Merle beobachtete, wie Mina die Augen aufriss. Wie ihre Unterlippe zu zittern begann. Wie sie kaum merklich den Kopf schüttelte.

»Nein«, flüsterte sie. »Glaubst du, Gott wird mir vergeben?«

Verwirrt starrte Ben sie an.

»Vergeben? Was soll er dir vergeben?«

»Dass ich eine ... Mörderin bin.«

»Eine ...«

»Ich habe den Vater ermordet, Ben.«

Es dauerte eine Weile, bis Ben begriff, was sie da gesagt hatte. Der Ausdruck ungläubigen Erstaunens verschwand von seinem Gesicht. Für einen Moment war es vollkommen leer. Dann steckte Ben das Messer weg und fing an zu lachen.

»Du?«

Sein Lachen war so unerwartet und so schrecklich, dass Merle sich am liebsten die Ohren zugehalten hätte. Bens ganzer Körper bebte unter diesem Lachen. Nur seine Augen blieben davon unberührt. Ganz plötzlich wurde er wieder ernst.

»*Ich* hab den Alten umgebracht! Ja! Schau mich nur an mit deinen großen Kinderaugen! Ich hab's für dich getan! Damit er aufhörte, dich zu quälen! Und damit du wieder nach Hause kommen konntest!«

Mina wich vor ihm zurück, bis sie mit dem Rücken gegen die Theke stieß.

»Er hatte den Tod verdient! Genau wie Max!«

Aus Minas Gesicht war alle Farbe gewichen. Ihre Augen spiegelten das Grauen, das sie empfand.

»Habe ich dich nicht immer beschützt? Immer, immer und immer?«

»Du hast ...«

Minas Stimme war leiser als ein Wispern.

»Es war ganz leicht, Mina. Ganz leicht. Bei beiden. Es ging fast von allein.«

Merle griff sich unwillkürlich an den Hals. Und obwohl sie auf den Anblick vorbereitet war, erschrak sie, als sie das Blut an ihren Fingern sah.

Ganz leicht, hallte es in ihrem Kopf nach, *fast von allein.*

Wieder fing Ben an zu lachen. Niemals, das wusste Merle, niemals in ihrem ganzen Leben würde sie dieses Lachen vergessen. Falls sie je hier herauskämen.

*

Aus der einen Flasche Rotwein waren schließlich zwei geworden, und jetzt bezahlte Bert dafür mit einem Brummschädel, der bei der kleinsten Bewegung höllische Schmerzen produzierte. Die Morgenbesprechung hatte er schweigend über sich ergehen lassen, was nicht schwierig gewesen war, weil der Chef sich selbst ganz gern reden hörte. Anschließend hatte er sich in sein Büro zurückgezogen und sich noch einmal die Pinnwand vorgenommen.

Irgendwo unter all diesen Notizen, Zeitungsausschnitten, Fotos und Skizzen musste der Hinweis verborgen sein, den er suchte. Es lag alles offen da, er brauchte nur zuzugreifen.

Der Gedanke machte ihn verrückt. Die Lösung vor der Nase zu haben und nicht darauf zu kommen, das war der reine Hohn. Als machte sich der große Puppenspieler da oben, der alle Fäden in den Händen hielt, über ihn lustig.

Namen. Orte. Alles war irgendwie miteinander verflochten. Wenn er nur die Zusammenhänge erkennen könnte! Die Mädchen waren in Gefahr, und er war gezwungen, langsam und bedächtig einen Schritt nach dem andern zu tun. Ein einziger vorschneller Schluss, und er würde das Wesentliche übersehen.

Sein Blick überflog die Namen, blieb kurz bei *St. Marien* hängen und wanderte weiter. Zwei Mordfälle. Ein und derselbe Täter, das war inzwischen sicher. Ein multiples Mädchen, tief in die Morde verstrickt.

Ein religiöser Zirkel, der seine Tentakel weit ausstreckte, bis hin zum Bürgermeister. Eine Kindheit mit Misshandlungen physischer und psychischer Art. Eine Liebe und eine Zurückweisung. Eine Entführung mit Geiselnahme.

Auf der anderen Seite Jette und Merle. Tilo Baumgart, Minas Psychotherapeut. Imke Thalheim, seine Lebensgefährtin und gleichzeitig Jettes Mutter.

Jette hatte Kontakt zum *St. Marien*. Merle zu Claudio und seinem Pizzaservice, dem Tierheim und den militanten Tierschützern.

Wo lag der Schlüssel zum Aufenthaltsort der Mädchen?

Bert nahm einen Rotstift und umkreiste *St. Marien. Claudio. Tierheim. Tierschützer.* Er schaute auf die Uhr. So früh am Morgen würde er am ehesten im *St. Marien* jemanden antreffen.

Also gut, dachte er. Fange ich damit an. Die Aspirin, die er genommen hatte, wirkten endlich. Er setzte sich in den Wagen und fuhr los.

*

Eine Katze. Am Fenster. Saß da und guckte herein. So ein weiches Fell. Und die Schnurrhaare lang und weiß.

Lauf weg, Kätzchen. Lauf.

Sie war noch jung. Die Ohren ganz rosig und spitz. Sie maunzte. Und dann fing sie an, sich zu putzen.

Husch, husch. Du kannst hier nicht bleiben.

Clarissa steckte den Daumen in den Mund und wiegte sich vor und zurück. Das half manchmal, wenn die Traurigkeit in ihrem Bauch aufquoll und dann alles überschwemmte.

Aber manchmal half es nicht. Dann verkroch sie sich in der Höhle.

Bisher war ihr die Angst noch nie bis dorthin gefolgt.

*

Ben beobachtete verwundert, wie Mina sich in die hinterste Ecke des Sofas kauerte und am Daumen nuckelte wie ein kleines Kind. Er ging vor ihr in die Hocke und legte ihr die Hand aufs Knie.

»Hab keine Angst«, sagte er. »Ich werde nicht zulassen, dass dir irgendwer was tut.«

Ihre Reaktion erschütterte ihn. Sie schüttelte seine Hand ab, sprang auf und drückte sich mit dem Rücken gegen die Wand. Ihr Atem ging in kurzen Stößen. Mit weit aufgerissenen Augen starrte sie ihn an. Und dann über seine Schulter.

Er nahm eine Bewegung am Fenster wahr.

»Nicht!«

Wimmernd lief Mina zum Fenster und schlug mit beiden Händen gegen das Glas. Die Katze, die sich auf der Fensterbank geputzt hatte, machte einen panischen Satz und verschwand. Im nächsten Moment war Jette bei Mina und zog sie in ihre Arme.

»Lass sie los!«

Jette gehorchte widerstrebend.

Mina schluchzte leise. Tränen liefen ihr über die Wangen.

Ben schob Jette beiseite. Er konnte es nicht ertragen, Mina so zu sehen.

»Hör doch auf zu weinen«, sagte er.

Doch plötzlich ging eine verblüffende Veränderung mit ihr vor. Sie hob den Kopf, stand ganz aufrecht und wischte sich mit einer raschen Bewegung über das Gesicht. In ihren Augen las er ein Staunen, in das sich langsam Grauen mischte.

»Es war nicht Max«, sagte sie. »Es war auch nicht der Befehl des Vaters. *Du* hast meine Katze getötet.«

Er mochte ihre Stimme nicht. Er wollte ihre Worte nicht hören. Sie machte ihn wütend. Wusste sie das nicht?

»Warum, Ben?«

Die Traurigkeit in ihren Augen war unerträglich. Was gab ihr das Recht, ihn anzuklagen?

»Sie war doch noch ein Baby. Was hatte sie dir getan?«

»Sie war dein Ein und Alles. Du hattest nur noch Augen für sie.«

»Eifersucht?« Ihre Augen füllten sich wieder mit Tränen. »Du hast sie getötet, weil du *eifersüchtig* warst?«

»Nein.« Er streckte die Hand aus. »Weil ich dich geliebt habe. Damals schon.«

»Das nennst du Liebe?«

Sie drehte sich um. Sah zum Fenster. Dorthin, wo die Katze gesessen hatte.

»Treibe mich nicht zum Äußersten«, sagte er leise. »Ich warne dich.«

Er setzte sich an den Tisch und versuchte, einen klaren Kopf zu bekommen. Er durfte sich nicht provozieren lassen. Wie, zum Teufel, schaffte sie es immer wieder, ihn so in Rage zu bringen?

*

Frau Stein stand noch immer unter Hochdruck. Sie arbeiteten mit halber Besetzung und das war bei einem Heim wie dem *St. Marien* eigentlich gar nicht zu verantworten.

»Sie können einem Demenzkranken nicht erklären, dass Sie keine Zeit für ihn haben«, sagte sie. »Abgesehen davon hat er ein Recht darauf, dass sein Wohlergehen im Vordergrund steht.«

Bert wünschte sich mehr Menschen wie Frau Stein auf der Welt. Er wünschte sich, dennoch niemals in einem solchen Haus leben zu müssen. Und er wünschte sich, möglichst rasch einen Hinweis zu finden, der ihn zu den Mädchen führen würde. Drei Wünsche, dachte er. Fehlt nur noch die Fee, die sie mir erfüllt.

»Schauen Sie sich um«, sagte Frau Stein. »Sprechen Sie, mit wem Sie wollen. Sollten Sie meine Hilfe benötigen, melden Sie sich bitte bei mir.«

Bert schlenderte über den Flur im Erdgeschoss und durch den Speisesaal. Er stieg die Treppen hinauf und wieder hinunter. Niemand war zu sehen. Anscheinend hielten sich alle Bewohner in ihren Zimmern auf.

Wieso war er noch einmal hierhergekommen? Wonach suchte er?

Ich sollte hier abbrechen, dachte er, und ins Büro zurückfahren. Aber er hatte dieses Gefühl, das den Chef schon mehrmals an den Rand des Wahnsinns getrieben hatte, eine durch nichts zu begründende Sicherheit, zum richtigen Zeitpunkt am rechten Ort zu sein.

Also drehte er weiter die Runde und bewunderte aufs Neue die verständnisvolle Umsicht, mit der hier alles eingerichtet war. Die alten Möbel. Die Zierdecken auf den Tischen und Kommoden. Die porzellangesichtigen Puppen auf den Konsolen. Die Bücher, in stockfleckiges Leinen gebunden. Er konnte sich Jette gut vorstellen in dieser Umgebung, und er war sich sicher, dass die Heimbewohner sie mochten.

»Besuch! Wie schön!«

Bert drehte sich nach der dünnen, freundlichen Stimme um und erkannte die alte Dame wieder, mit der er sich bei seinem ersten Besuch kurz unterhalten hatte. Wieder schleppte sie das Album mit sich herum.

»Guten Tag, Frau Sternberg. Wie geht es Ihnen?«

Mit der linken Hand hielt sie das Album,

mit der rechten strich sie über den Einband. Es machte ein trockenes Geräusch.

»Die Nächte sind so lang«, sagte sie.

»Schlafen Sie denn schlecht?«

Sie lächelte und steuerte ein Sofa an. »Ich schlafe nie.« Ächzend ließ sie sich auf dem abgescheuerten moosgrünen Polster nieder und klopfte auf den Sitz neben sich. »Kommen Sie, junger Mann.«

Es war lange her, dass jemand Bert als jungen Mann bezeichnet hatte. Er folgte ihrer Einladung und sie schlug das Album auf.

»Hier ist mein Leben. Wollen Sie es sehen?«

*

»Ich gebe dir eine Dreiviertelstunde«, sagte Ben und schaute auf seine Uhr. »Nicht eine Minute länger. Solltest du auf dumme Gedanken kommen, werde ich mir Merle vorknöpfen. Hast du verstanden?«

»Ich bin keine gute Läuferin, Ben. Das war schon in der Schule so.«

»Hab ich gesagt, du sollst laufen?« Er wurde ärgerlich. »Ich hab's ausgerechnet. Mit einem normalen Schritttempo ist es zu schaffen.«

»Und wenn ich durch irgendwas aufgehalten werde?«

»Du gehst in den Ort, kaufst die Sachen, die ich aufgeschrieben habe, und kommst zurück. Was soll dich da aufhalten?«

»Bitte, Ben! Du kannst nicht Merles Leben davon abhängig machen, ob ich es schaffe, rechtzeitig zurück zu sein.«

»Ich kann noch viel mehr.«

Er packte mich grob am Arm.

»Haust du ab oder rufst du die Bullen, dann werde ich dich finden. Irgendwann. Irgendwo. Und dann wirst du dir wünschen, du hättest mir gehorcht.«

Er schob mich hinaus und schaute noch einmal auf die Uhr.

»Schritttempo. Damit du nicht auffällst. Ich beobachte dich.«

*

Merle machte Feuer. Ben wollte es so. Er schien sich erkältet zu haben, denn er fror, obwohl es nach dem Heizen gestern so kalt gar nicht mehr war. Sie war froh, etwas zu tun zu haben. Solange sie sich an den Öfen zu schaffen machte, musste sie sich nicht zwanghaft vorstellen, was Jette unterwegs alles zustoßen konnte.

Doch dann loderte das Feuer hinter den Glastüren, und Merle saß mit Mina auf dem Sofa im Wohnzimmer, während Ben am Küchenfenster stand und den Weg beobachtete. Bitte, Jette, dachte sie, sei vorsichtig. Stolpere nicht. Brich dir nicht den Fuß. Komm heil und gesund und vor allem pünktlich zurück!

Sie wusste nicht, welche der Persönlichkeiten gerade neben ihr saß. Sie hoffte nur, Minouschka würde bleiben, wo der Pfeffer wuchs. Das Letzte, was ihr jetzt noch fehlte, wäre jemand, der mit Ben gemeinsame Sache machte.

Merle schaute zur Seite und begegnete Cleos kühlem, beherrschtem Blick. Erschrocken spähte sie zu Ben hinüber. Es war Cleo gewesen, die ihnen diese Suppe eingebrockt hatte. Sie würde sich doch nicht noch einmal mit Ben anlegen?

25

An der Wegbiegung begann ich zu laufen. Hier konnte Ben mich nicht mehr sehen. Ich musste so viel Zeit herausholen wie möglich. Doch nach einigen Hundert Metern bereits hatten mich meine Kräfte verlassen und ich lehnte schnaufend an einem schiefen Zaunpfahl.

Was hatte unser Sportlehrer uns eingebläut? Gleichmäßig laufen, gleichmäßig atmen und mit den Kräften haushalten. Ich stopfte den Leinenbeutel mit dem Einkaufszettel und dem Geld unter meine Jacke, damit er mich nicht behinderte, und lief weiter. Einatmen. Ausatmen. Ein. Aus.

Alles hing jetzt von mir ab. Das hier war vielleicht die einzige Chance, die wir bekommen würden. Die Situation spitzte sich immer weiter zu und Ben war nicht besonders belastbar. Ebenso wenig Mina. Wir saßen auf einem Pulverfass.

Das unbefestigte Stück Weg ging in den asphaltierten Teil über. Bald würde ich die Landstraße erreichen. Ich versuchte, das Seitenstechen zu ignorieren, aber es gelang mir nicht.

Unter den ausladenden Zweigen einer schrumpeligen, alten Ölweide mit silbrigen Blättern blieb ich stehen, beugte mich vor und schnappte nach Luft.

Eine Minute nur, dann lief ich weiter. Ich hörte mich keuchen. Jeder Atemzug tat mir weh. Die Schmerzen in meinen Beinen waren kaum auszuhalten.

Es war ein Fehler gewesen, Ben keinen Widerstand entgegenzusetzen. Ich hätte Hilfe rufen sollen, als ich die Schlüssel aus Frau Sternbergs Zimmer holte. Hätte mich von seinen Drohungen nicht einschüchtern lassen dürfen.

Da war die Landstraße und ich hatte noch immer keinen Plan. Mein Kopf war leer. Die Panik hielt meine Gedanken in Schach. Ich sah auf die Uhr. Die Ziffern tanzten vor meinen Augen. Meine Hände zitterten.

Lauf weiter.

Wieso fuhren auf dieser Straße keine Autos? Wo waren die Traktoren, die hier durch die Gegend tuckern sollten? Schon ein einsamer Fahrradfahrer hätte mich glücklich gemacht.

Jetzt fing ich auch noch an zu heulen. Und dann vertrat ich mir den rechten Fuß. Ich hockte mich hin und rieb mir den Knöchel. Die Tränen vermischten sich mit dem Schleim, der mir aus der Nase lief. Ich schniefte, fand kein Taschentuch und benutzte den Ärmel, um mir das Gesicht abzuwischen.

Vorsichtig kam ich wieder auf die Füße. Schritt für Schritt bewegte ich mich vorwärts, spürte neben dem stechenden Brennen ein Knacken und Knirschen im Knöchel. Ich hinkte, zog den Fuß nach. Bilder vom Glöckner von Notre-Dame schossen mir durch den Kopf. Die Sehnsucht nach einem geschützten Ort überfiel mich mit einer Heftigkeit, die mich aufs Neue zum Weinen brachte.

Weit abseits der Straße konnte ich den Bauernhof erkennen. Hatte es Sinn, dorthin zu laufen und um Hilfe zu bitten? Es gab doch in jedem Haus die Möglichkeit zu telefonieren. Aber was, wenn die Bewohner unterwegs waren? Dann hätte ich kostbare Zeit verloren.

Denk nach!

Ich beschloss, weiterzulaufen, im Ort die Polizei zu informieren, schnell die Einkäufe zu erledigen und zurückzukehren.

Reiß dich zusammen! Hör auf zu flennen! Lauf!

Ich lief, so schnell ich konnte. Bis ich meinen Knöchel, meine Füße, meine Beine nicht mehr spürte.

*

»Dieser Mann kommt mich manchmal besuchen.« Frau Sternberg sah von dem Foto auf, das einen weißhaarigen, betagten Herrn mit Schnurrbart zeigte. »Er behauptet, ich wäre seine Frau.« Sie lachte leise. »Dabei ist mein Mann jung. Und stark.«

Bert fragte sich, warum er immer wieder in solche Zwickmühlen geriet. Die Zeit drängte und er saß hier herum und lauschte den Phantasien einer verwirrten alten Frau. Vielleicht sollte er einen dieser Kurse besuchen, die heutzutage überall angeboten wurden. In denen man lernte, NEIN zu sagen.

Tante Sophie. Tante Mariechen. Onkel Karl. Verblasste Bilder aus einer Zeit, an die Frau Sternberg sich besser erinnerte als an das, was in den vergangenen Wochen geschehen war. Generationen von Hunden, die im Garten tollten. Senta. Asta. Zarah. Arco. Kinder in Sommerkleidchen, in Schneeanzügen, am ersten Schultag, beim Auspusten von Geburtstagskerzen.

»Bald gehe ich wieder heim.«

Zärtlich berührte Frau Sternberg mit den Fingerkuppen ein Foto, das ein Haus und ein Stück Garten zeigte.

»Ich bin nämlich nur zur Erholung hier. Bis der Krieg vorbei ist. Verstehen Sie?«

Bert nickte. Er überlegte, wie er sich verabschieden könnte, ohne sie zu verletzen. Er fragte sich, ob überhaupt irgendetwas den Weg in dieses vom Alter zerstörte Gehirn finden konnte. Er entschloss sich zur Wahrheit.

»Ich muss aufbrechen, Frau Sternberg. Jette ist verschwunden und ich muss sie suchen.«

Sie neigte den Kopf zur Seite und lächelte ihn an. Ihre Augen waren immer noch schön. Obwohl die Jahre ihre Spuren hinterlassen hatten.

»Jette?« Ihr Lächeln vertiefte sich. »Ich würde niemals erlauben, dass ihr etwas geschieht.«

»Davon bin ich überzeugt.« Bert stand auf.

»Sie hat einen Schutzengel. Wir alle haben einen. Auch Sie, junger Mann.«

Bert fühlte, wie mit spitzen Fingern die Traurigkeit nach ihm griff. Weisheit und Verwirrung, wie nah das beieinanderlag.

»Engel lieben das Meer.«

Frau Sternberg zeigte auf das Foto einer kleinen Bauernkate.

»Genau wie Jette und ich. Schauen Sie nur, wie schön es dort ist.«

Wie Jette. Das Meer.

Vorsichtig setzte Bert sich wieder hin. Er vermied jedes Geräusch und jede Bewegung, um den Gedankenfluss der alten Dame nicht zu stören. Etwas passierte. Er spürte es von den Haarwurzeln bis in die Zehenspitzen.

»Wenn die Bauern pflügen, sind die Felder weiß von Möwen«, erzählte Frau Sternberg. »Die picken in dem aufgewühlten Boden nach Würmern und ziehen sie mit dem Schnabel heraus.«

Wollte er sich ernsthaft auf die Worte einer demenzkranken alten Frau verlassen? Ja. Das wollte er. Weil sein Instinkt ihm sagte, dass es richtig war.

»Ein kleines Haus für die Ferien«, sagte Frau Sternberg träumerisch. »So einsam gelegen, dass man die Stille hören kann.«

*

Auch der Ort war menschenleer. Keiner putzte Fenster, harkte Laub zusammen oder brachte den Müll nach draußen. Ein Lieferwagen fuhr vorbei, jetzt wo ich ihn nicht mehr brauchte, wo der Edeka-Laden schon in Sichtweite war.

Ich beschleunigte das Tempo. Stieß die Ladentür auf. Wich einem Einkaufswagen aus. Nahm die Gerüche und Geräusche wahr wie etwas, das zu einer anderen Welt gehörte.

»Darf ich bitte …« Ich rang nach Luft. »… telefonieren?«

»Moment.«

Die Kassiererin ließ sich nicht aus der Ruhe bringen. Sie zog eine Tüte Nudeln über den Scanner, eine Tube Tomatenmark, eine Tüte mit Äpfeln. Der Piepton, der jedes Mal ertönte, zerrte an meinen Nerven. Die Kundin, die gerade an der Reihe war, bedachte mich mit einem vernichtenden Blick und wandte sich dann ab. Mit Vordränglern machte man hier kurzen Prozess. Die ließ man einfach stehen.

»Bitte! Das ist ein Notfall! Ich muss die Polizei anrufen!«

Endlich drehte die Kassiererin sich nach mir um. Ich musste einen schrecklichen Anblick bieten. Ihre Augen verrieten es mir. Sie betrachtete mich von oben bis unten, stellte keine Fragen, nestelte in ihrer Kitteltasche nach einem Handy und hielt es mir hin.

Da lag es in meiner Hand. Klein. Schwarz. Und es konnte uns das Leben retten. Ich verschluckte mich an meiner Aufregung und bekam einen Hustenanfall. Kostbare Sekunden gingen verloren.

Die Nummer des Kommissars fiel mir nicht ein. In meinem Kopf war nichts als Angst. Aber der Kommissar konnte uns sowieso nicht helfen. Er war vierhundert Kilometer von hier entfernt. Meine Hände zitterten so heftig, dass ich die Tasten nicht drücken konnte.

Die Kassiererin nahm mir das Handy ab.

»Die Polizei?«

Ich nickte.

Sie wählte für mich und gab mir das Handy zurück.

Die Stimme, die sich meldete, klang ein bisschen müde und ein bisschen gelangweilt. Ich hätte gern Zeit gehabt, um meine Worte mit Bedacht zu wählen, aber ich hatte keine Zeit, und so klang das, was ich zu sagen hatte, wie ein Auszug aus einem Buch meiner Mutter. An der Kasse bildete sich allmählich eine Schlange und alle hörten zu.

»Langsam«, sagte der Polizeibeamte. »Zuerst mal Ihren Name, bitte.«

»Jette Weingärtner.«

»Und wie heißen Ihre Freundinnen?«

Da konnte ich ja gleich ein Formular ausfüllen. Mein Blick fiel auf die große Uhr an der Wand. Hoffentlich ging sie vor!

»Hören Sie. Ich muss zurück. Er hat mir fünfundvierzig Minuten gegeben. Wenn ich mich verspäte, wird er meine Freundin ...«

»Nun beruhigen Sie sich doch erst einmal.«

»Ich will mich nicht beruhigen!« Meine Stimme schnellte eine Oktave höher. »Rufen Sie Hauptkommissar Bert Melzig an. Der wird Ihnen alles ...«

»Welches Kommissariat?«

Ich sagte es ihm und beschrieb nochmals die Lage des Ferienhauses. Dann gab ich das Handy zurück. Ich kramte Bens Zettel hervor und erledigte im Laufschritt die Einkäufe. An der Kasse machten die Leute mir schweigend Platz. Sie hielten vorsichtig Abstand. Als hätte der Kontakt mit einem Verbrechen mich unberührbar gemacht.

»Lass mal, Mädchen«, sagte die Kassiererin, als ich die Ware auf das Band legen wollte. »Sieh zu, dass du loskommst.«

Sie half mir, die Sachen in dem Leinenbeutel zu verstauen.

»Viel Glück!«, rief sie mir hinterher.

Glück. Das hatten wir dringend nötig. Ich hatte getan, was in meiner Macht stand. Nun konnten wir nur noch hoffen.

Es brannte und pochte in meinem Knöchel. Die Tragegriffe des schweren Einkaufsbeutels schnitten mir in die Hand. Ich konzentrierte mich auf meine Schritte und lief und lief.

*

So einsam gelegen, dass man die Stille hören kann.

»Und die Nachbarn?«, fragte Bert scheinheilig. »Sind sie nett?«

Frau Sternberg, von seiner Frage aus ihren Erinnerungen gerissen, runzelte nachdenklich die Stirn.

»Es gibt keine Nachbarn. Nur Wiesen, Weiden und Felder.«

Bert versuchte, sich die Erregung nicht anmerken zu lassen. Eine Frage zu viel oder auch nur ein übereiltes Wort, und die alte Dame würde wieder in die Welt hinübergleiten, zu der er keinen Zugang hatte.

Sie war in den Anblick des Fotos versunken. Ein Ausdruck von Wehmut lag auf ihrem Gesicht.

»Aber es gibt einen Ort in der Nähe«, tastete Bert sich behutsam vor.

Verwundert hob sie den Kopf.

»Ja?«

Guter Gott. Ihr Gedächtnis würde sie doch nicht ausgerechnet jetzt im Stich lassen!

»Mit einem kleinen Laden«, fabulierte er, »in dem man alles kaufen kann, was man zum Leben ...«

Sie unterbrach ihn, hatte ihm gar nicht zugehört.

»Ich bin lange nicht mehr dort gewesen.«

Bert beugte sich vor, versuchte, ihren Blick festzuhalten. Doch obwohl sie ihn anschaute, sah sie ihn nicht. Ihre Hände klappten das Album zu. Langsam stand sie auf und schlurfte davon.

»Verflucht!«

Was hatte er falsch gemacht? Was hätte er sagen können, um sie zu halten?

»Gespräche mit Demenzkranken sind eine Gratwanderung«, sagte Frau Stein da hinter ihm. »Man muss sich immer beider Ebenen bewusst sein, der objektiven und der subjektiven Wirklichkeit. Bei unseren Heimbewohnern verschieben sie sich.«

»Wie auf einem dieser Städtebilder von Ernst Ludwig Kirchner«, sagte Bert.

Frau Stein nickte. »Ein Gedanke überlagert den anderen, eine Wahrnehmung geht in die andere über.«

»Was bedeutet das für das Ergebnis einer Unterhaltung?«, fragte Bert.

»Wenn es so etwas gäbe wie einen Schlüssel, dann hätten wir wesentlich weniger Probleme bei unserer Arbeit.« Sie lächelte. »Hatte das Gespräch mit Frau Sternberg denn ein Ergebnis?«

»Sie zeigte mir das Foto von einem Ferienhaus. Wissen Sie, ob es noch in ihrem Besitz ist?«

Frau Stein hob die Schultern. »Da bin ich überfragt. Aber wir können ihren Mann anrufen.«

Wieso war Bert davon ausgegangen, dass es diesen Mann nicht mehr gab? Seit wann neigte er zu vorschnellen Schlüssen?

»Kommen Sie.« Frau Stein war eine Frau der Tat. »Gehen wir in mein Büro.«

*

Cleo saß sehr aufrecht und beobachtete Ben, der gereizt umherlief und immer wieder aus dem Fenster spähte. Sie hatte ihren Kopf und ihren Körper mit Ruhe gefüllt. Nur so konnte Kraft entstehen.

Neben ihr hatte Merle sich in einer Sofaecke niedergelassen. Sie war blass und still, hatte jedoch noch kein einziges Mal auf ihre Uhr geblickt. Cleo bewunderte Menschen, die keine Schwäche zeigten. Sie wusste nur zu gut, wie schwer das war.

Noch sechzehn Minuten. Wenn Jette dann nicht zurück war, würde sich Bens ganze aufgestaute Wut über Merle entladen. Einige aus dem

Team erinnerten sich an Situationen, in denen Ben ausgerastet war.

Nachdem sie erfahren hatten, dass Ben den Vater und Max ermordet hatte, war ein Damm gebrochen. Der *Scherbensammler* hatte ihnen Bilder gezeigt. Erinnerungen. Sie hatten den Tod der kleinen Katze gesehen.

Clarissa hatte sich in ihren Kummer ergeben.

Marius hatte geschworen, kein Wort mehr mit Ben zu wechseln.

Minouschka trauerte um den Vater.

Cleo aber hatte sich von allen Gefühlen frei gemacht und sich der Situation gestellt. Sie fragte sich nicht, wohin das verschwunden war, was sie all die Jahre mit Ben verbunden hatte. Sie bedauerte weder ihn noch die Toten noch sich selbst. Sie versuchte, nicht an Merle zu denken. Sie brauchte ihre ganze Kraft, um für den Notfall gerüstet zu sein.

*

Kurz vor der Wegbiegung verschnaufte ich. Es wäre unklug, zu früh anzukommen, denn dann würde Ben wissen, dass ich gelaufen war. Aber erkannte man das nicht schon an meinen nassen Haaren und den verschwitzten Klamotten?

Einen Teil des Geldes, das Ben mir mitgegeben hatte, warf ich ins Gebüsch. Er sollte glauben, ich hätte im Laden bezahlt. Ich rubbelte mir die Haare an Stirn und Schläfen und im Nacken mit einem der Taschentücher, die ich gekauft hatte, trocken und zog die Jacke aus. Der kühle Wind war wohltuend. Für einen winzigen Moment legte ich den Kopf in den Nacken und bildete mir ein, hier Urlaub zu machen. Unbeschwert und fröhlich und ohneAngst.

Dann zog ich die Jacke wieder an, kämmte mich mit den Fingerspitzen und marschierte los.

*

Herrn Sternberg hatte Bert nicht erreicht, doch er hatte mit einer Tochter der Sternbergs telefoniert. Die hatte bestätigt, dass sich die Bauernkate noch im Besitz der Familie befand, jedoch seit Jahren nicht mehr genutzt wurde.

»Niemand außer meiner Mutter interessiert sich dafür«, hatte sie gesagt. »Aber mein Vater hat es bisher nicht übers Herz gebracht, das Haus zu verkaufen. Die Schlüssel liegen, soweit ich weiß, immer noch in irgendeiner Schublade im Zimmer meiner Mutter.«

Blietmoor, hatte Bert notiert, doch außer Norddeutschland hatte er mit dem Namen nichts in Verbindung gebracht. Er hatte das Gespräch rasch beendet und war Frau Stein zum Zimmer der alten Dame gefolgt, um nach den Schlüsseln zu fragen.

Frau Sternberg lag angekleidet auf dem Bett, das Album neben sich. Ihre Augen waren geöffnet, doch sie schienen nichts zu sehen.

»Wenn sie in dieser Verfassung ist, reagiert sie nicht«, erklärte Frau Stein. »Aber sie hängt sehr an dem Mädchen und hätte bestimmt nichts dagegen, wenn Sie ohne ihre Erlaubnis nach den Schlüsseln suchen.«

Während Bert sich im Zimmer umschaute, zog sie eine Wolldecke aus dem Schrank und deckte die alte Dame damit zu.

»Und?«, fragte sie leise.

Bert schüttelte den Kopf. Es gab nicht viele Möbel in diesem Raum und er hatte sie sich alle vorgenommen. Nichts. Das bedeutete nicht zwangsläufig, dass Jette die Schlüssel an sich genommen hatte, machte es jedoch wahrscheinlich.

Was hatte das Mädchen sich bloß dabei gedacht? Fluchend stürmte Bert auf die Straße hinaus, warf sich in den Wagen und raste los. Das würde wieder ein Wettlauf mit der Zeit werden. Falls die Zeit nicht bereits gewonnen hatte.

*

Erst als Jette ins Zimmer kam, merkte Merle, wie groß die Angst gewesen war, die sie ausgestanden hatte. Am liebsten wäre sie aufgesprungen und der Freundin um den Hals gefallen, aber Ben hinderte sie mit einem eisigen Blick daran. Wortlos nahm er Jette den Beutel mit den Einkäufen ab und durchsuchte ihn.

Merle sah Jette die Erschöpfung an. Sie musste unbedingt ein paar Worte mit ihr wechseln. Aber wie? Ben hatte die Kontrolle beendet und wieder Position am Fenster bezogen. Grimmig starrte er auf den Weg hinaus. Er traute Jette nicht. Er traute niemandem. Wahrscheinlich nicht einmal sich selbst.

Schon lange hatte er nichts mehr gesagt. Sein Schweigen war schlimmer als jede Drohung. Er legte sich einen Plan zurecht. Merle wagte nicht, sich vorzustellen, welche Rolle Jette und sie darin spielen würden.

*

Die Kollegen, die für Blietmoor und Umgebung zuständig waren, machten am Telefon einen kompetenten und sympathischen Eindruck. Trotzdem hätte Bert wer weiß was dafür gegeben, an Ort und Stelle zu sein und die Fäden in der Hand behalten zu dürfen.

Doch das war unmöglich. Der Zugriff musste so schnell wie möglich erfolgen, denn die Mädchen waren nicht nur einem Entführer ausgeliefert, sondern, wie Jette bei ihrem Anruf voller Entsetzen ausgesagt hatte, auch einem zweifachen Mörder.

Erinnerungen schoben sich in Berts Gedanken. Bilder, die er lange vergeblich zu verdrängen versucht hatte. Immer wieder zeigten Jette und Merle ihm seine Grenzen auf. Immer wieder musste er begreifen, dass er weit davon entfernt war, unfehlbar zu sein.

Ein langsamer Ermittler ist ein schlechter Ermittler.

Wie oft hatte der Chef ihm das schon unter die Nase gerieben. Zu Recht. Vielleicht sollte Bert sich diese Weisheit in goldenen Lettern an die Wand seines Büros malen lassen. Vielleicht hatte er tatsächlich nicht das, was der Chef *Biss* nannte.

Vielleicht sollte er sich nach einem anderen Job umsehen.

Er bestätigte die Angaben, die Jette gemacht hatte, und beschwor die Kollegen, unverzüglich einzugreifen. Zehn Minuten später preschte er über die Autobahn Richtung Norden.

*

»Wie ist es passiert?«, unterbrach Mina ihr Schweigen.

Wir drehten uns nach ihr um. Jeder von uns wusste sofort, wovon sie sprach.

Ben zuckte mit den Schultern.

»Das ist doch Schnee von gestern.«

»Nicht für mich.«

Er musterte sie nachdenklich. Als wollte er abschätzen, ob sie die Wahrheit vertragen würde. Mina hielt seinem Blick stand. Sie brauchte die Wahrheit. Um weiterzuleben.

»Okay«, sagte Ben. »Okay.«

Eine erwartungsvolle Spannung lag in der Luft. Und eine Stille, die beinah schmerzhaft war.

»Dein Vater hat mich fertiggemacht. Wieder mal. Wegen einer Kleinigkeit. Wir wollten uns in der Fabrik treffen, um den Gottesdienst vorzubereiten. Ich kam zu spät, weil ich noch eine Lieferung vorbereiten musste.«

Ben warf einen nervösen Blick aus dem Fenster. Mein Herzschlag setzte aus. Ich hoffte, dass der Polizist mir geglaubt hatte. Ich hoffte, dass er mit dem Kommissar telefoniert hatte. Und ich betete, dass er nicht auf die Idee käme, einfach eine Streife vorbeizuschicken, um meine Angaben zu überprüfen.

Das würde das Ende bedeuten.

Dreh dich um, dachte ich. Bitte! Dreh dich um!

»Er war in der Küche. Hatte Teewasser aufgesetzt. Und schnaubte vor Wut, weil ich ihn hatte warten lassen. Ich hatte kaum die Wohnung betreten, als er auch schon anfing, mich zu beschimpfen.«

Es fiel Ben schwer, sich zu konzentrieren. Anscheinend befürchtete er immer noch, dass ich ihn verraten hatte. Er ließ das Fenster nicht aus den Augen.

Dreh dich doch um!

»Nachdem er mit mir fertig war, hat er Marlene beleidigt. Und dann die wüstesten Drohungen gegen dich ausgestoßen. Das volle Programm. Ich habe ihn angeguckt und gedacht, wie schön das sein müsste, wenn er still wäre, endlich still.«

Mina hörte ihm mit offenem Mund zu. Ich konnte ihren Gesichtsausdruck nicht deuten. Es war zu viel darin zu lesen – Schmerz, Entsetzen, Ohnmacht, Fassungslosigkeit. Ihre Hände lagen weiß und schmal auf ihren Knien, Kinderhände, so hilflos, dass ich den Blick abwenden musste.

»Aber er war nicht still. Er dachte gar nicht daran. Er ließ seine ganze perverse Wut an mir aus. Nie würde ich an seine Stelle treten, brüllte er. Und bevor er mir erlauben würde, dich anzufassen, würde er mich lieber erschlagen wie einen räudigen Hund.«

Ben vergaß seine Vorsicht. Er wandte dem Fenster den Rücken zu.

»Alles, woran ich geglaubt, worauf ich gehofft hatte, das Einzige, was mich am Leben erhielt, zertrümmerte er mit ein paar brutalen Sätzen. Und dann fing er an, Witze zu machen. Zotige Bemerkungen über meine Gefühle für dich.«

Ben warf den Kopf in den Nacken. Er hatte nicht die Absicht, die Fassung zu verlieren. Nicht vor unseren Augen, denn das hätte ihm nur zwei Möglichkeiten gelassen: wehrlos zu sein oder grausam.

»Er hat es gewusst! Verstehst du? Dieser Mistkerl hat es gewusst! Obwohl ich nie gezeigt habe, was in mir vorging, nie.«

Bens Stimme hörte sich an, als wäre er erkältet. Er räusperte sich, doch das half nicht viel.

»Und dann lachte er über meine Liebe zu dir. Er hörte gar nicht mehr auf zu lachen. Schließlich bekam er vor Lachen einen Hustenanfall. Und selbst dabei lachte er weiter.«

Minas Hände hatten sich zu Fäusten geballt. Ich sah, wie verkrampft ihre Schultern waren. Obwohl sie Bens Worte kaum zu ertragen schien, saugte sie sie förmlich in sich auf.

»Auf der Fensterbank stand der schwere Kerzenleuchter aus Messing. Ich nahm ihn, hob ihn hoch über meinen Kopf und schlug zu. Er wollte fliehen, doch auf der Türschwelle knickten ihm die Beine weg.«

Mina riss die Augen auf. Sie war kreideweiß.

»Er war immer noch nicht still. Sein Körper zuckte. Er stöhnte. Und er hatte noch nicht genug gelitten. Nicht so, wie wir gelitten haben, du und ich. All die Jahre.«

»Und dann hast du auf ihn eingestochen.«

Mina hatte ihre Haltung nicht verändert. Ihre Stimme war heiser und nicht viel lauter als ein Flüstern.

»Wieder. Wieder. Und wieder.«

Ben nickte. Er zog das Messer aus der Tasche und betrachtete es gedankenverloren.

»Nicht mit diesem Messer. Mit einem anderen. Erst als mein Arm schwer geworden ist und ich ihn nicht mehr heben konnte, habe ich aufgehört.«

Auf seiner Stirn stand Schweiß. Er atmete

mühsam. Als hätte er Minas Vater ein zweites Mal getötet. Mit Worten.

»Ich habe mich umgezogen. Und bin in die Werkstatt zurück. Die blutbespritzten Klamotten habe ich verbrannt. Marlene hat nichts bemerkt. Sie hatte es sich wieder in ihrer Welt gemütlich gemacht, abseits von jeder Wirklichkeit.«

Mina sah starr geradeaus. Sie hielt den Kopf geneigt, als lauschte sie einer inneren Stimme. Was sie dann sagte, klang verwundert, als könne sie es selbst nicht glauben.

»Ich bin in die Wohnung gekomm en, um mir das Geld zu holen, das der Vater mir bei der letzten Bestrafung weggenommen hatte. Er hatte kein Recht dazu und ich brauchte es. Ich wusste, wo er es aufbewahrte.

Um diese Zeit war er normalerweise in der Werkstatt. Aber nicht an diesem Tag. Und ... und als ich in die Wohnung kam ... lag er da. Überall ... überall war Blut.

Ich bin darauf ausgerutscht. Und hingefallen. Sein Kopf war ganz nah neben meinem. Seine ... seine Augen waren offen. Und tot. Er starrte mit diesen ... toten Augen an die Zimmerdecke. Ich ... hab mich in der Küche versteckt. Ich hatte solche Angst.«

»Du hast ihn *gesehen*?«

Ben wandte sich wieder dem Fenster zu. Diesmal, um sein Erschrecken zu verbergen.

»Und ... Max?«

Ich konnte erkennen, welche Überwindung es Mina kostete, weiter zuzuhören.

»Er wollte deine Verwirrung ausnutzen. Dich mit seinen dreckigen Fingern begrapschen. Er hat dich abgepasst. Wochenlang auf diesen Augenblick gewartet. Dieses miese Schwein!«

Bens Gesicht verzog sich vor Abscheu.

»Du warst stärker als er. Du hättest ihn stoppen können.«

»Er hatte den Tod verdient. Wie dein Vater. Ich habe nur getan, was getan werden musste.«

Mina senkte den Kopf. Und zog sich wieder in ihr Schweigen zurück.

Aber sie hatte sich erinnert.

Sich erinnert!

Wie Tilo sich darüber freuen würde.

Vielleicht wird er es nie erfahren, dachte ich, und das bedauerte ich im Augenblick mehr als alles andere.

Seltsamerweise musste Merle an Smoky denken. Sie hatte ein solches Bedürfnis danach, die Finger in seinem dünnen grauen Fell zu vergraben und bei ihm Trost zu suchen, dass es sie selbst verblüffte. Wenn sie hier jemals heil wieder rauskämen, schwor sie sich, würde sie den Kater zu sich holen.

Mit diesem Gedanken kehrte ihr Überlebenswille zurück. Sie setzte sich gerade hin und dachte nach.

Ben hatte sich darauf eingerichtet, länger hierzubleiben. Aber er besaß nicht das Durchhaltevermögen, das er brauchen würde, um drei Mädchen unter Kontrolle zu halten.

Wie er da stand und aus dem Fenster starrte! Was erwartete er? Ein Einsatzkommando von der Polizei? Hubschrauber, Maschinengewehre und eine Stimme, die ihn über Megafon aufforderte, sich zu ergeben und mit erhobenen Händen herauszukommen?

Das hier war kein Film, in dem sich gegen Ende alles fein geordnet zusammenfügte. Niemand wusste, dass sie in diesem Haus gefangen waren. Niemand wusste, dass Ben ein Mörder war. Sie mussten sich selbst helfen, denn keiner sonst würde es tun.

Wenn sie nur mit Jette sprechen könnte!

»Ich habe Hunger«, sagte sie, stand auf und ging langsam auf die Küche zu. Ben hielt sie nicht auf und so holte sie Teller aus dem Schrank und stellte für jeden einen auf die Theke.

»Darf ich ihr helfen?«, fragte Jette.

Ben antwortete nicht. Sie nahm das als Zustimmung und wickelte das Brot aus dem Papier. Jeder würde sich ein Stück abbrechen müssen, denn Ben hatte vorsichtshalber sämtliche Messer und Gabeln aus den Schubladen verbannt.

»Möchtest du auch was essen, Mina?«, fragte Merle wie nebenbei.

Sie musste herausfinden, welche der Persönlichkeiten gerade die Oberhand hatte. Sie wünschte, es wäre Marius.

Mina erwachte aus ihrer Abwesenheit. Sie stand auf und kam zu ihnen herüber.

Ihre Schritte waren leicht und federnd. Sie hielt den Rücken sehr gerade und den Kopf hoch erhoben. Ihre Miene war unbewegt.

Merle warf Jette einen raschen Blick zu.

In diesem Moment sprang Ben vom Fenster weg und drückte sich an die Wand.

»Polizei!«

Er wies mit dem Messer auf Jette.

»Ich habe gewusst, dass du uns verraten würdest.«

Langsam, wie in Zeitlupe beinah, trat Cleo dazwischen.

»Gib auf, Ben«, sagte sie ruhig und streckte die Hand nach dem Messer aus.

*

Endlich erreichte sie ihn. Er meldete sich knapp. Atemlos.

»Ja? Melzig.«

An den Hintergrundgeräuschen erkannte sie, dass er im Auto unterwegs sein musste.

»Thalheim.«

Mehr brachte sie nicht über die Lippen. Sie spürte, dass etwas passiert sein musste, wollte es wissen und auch wieder nicht.

»Jette hat sich gemeldet«, sagte er. »Ich bin auf dem Weg zu ihr.«

Über den Tisch hinweg griff Imke nach Tilos Hand.

»Wo ist sie? Geht es ihr gut? Was macht Merle? Ist Mina bei ihnen?«

Plötzlich sprudelten die Worte nur so aus ihr heraus.

»Es wird alles gut«, sagte der Kommissar. »Geben Sie mir ein bisschen Zeit. Ich darf das Handy jetzt nicht blockieren.«

Sofort beendete sie das Gespräch. Sie wollte nichts tun, was seine Arbeit behindern würde.

Als sie aufsah, begegnete sie Tilos erwartungsvollem Blick.

»Alles wird gut«, wiederholte sie und fing an zu weinen.

*

»Aus dem Weg, Mina!«

Sie wich keinen Zentimeter von der Stelle.

»Einige von uns kannst du vielleicht einschüchtern, Ben, aber nicht mich. Ich bin Cleo. Und ich werde nicht zulassen, dass du Jette, Merle oder irgendeinem aus dem *Team* etwas antust.«

Er hörte ihr nicht zu. Hob den Arm, um sie beiseitezuschieben. Cleo duckte sich. Ihr rechtes Bein schnellte hoch und traf Ben am Handgelenk. Das Messer flog durch die Luft und landete klirrend irgendwo auf dem Boden.

Ben rieb sich die Hand. Er starrte Cleo an. Sein Gesicht wurde rot vor Wut.

Und dann griff er sie an.

»Lauft!«, rief Cleo uns zu. Sie glitt unter Bens Angriff weg und hob gleich wieder die Arme.

Merle und ich gehorchten ihr. An der Tür blieben wir stehen. Aber nur für einen kurzen Moment. Wir hatten keine Zeit zu verlieren. Wenn da draußen Polizisten waren, mussten sie eingreifen und Cleo helfen.

*

Bert konnte sich nicht erinnern, jemals so gerast zu sein. Er ging davon aus, dass bei seiner Ankunft alles vorbei sein würde. Aber man konnte nie wissen und er fühlte sich verantwortlich für die Mädchen.

Auch für Mina. Vor allem für sie. In ihrem Zustand musste sie die Hölle durchmachen.

Es war nicht allzu viel Verkehr. Und alle machten ihm Platz. Er kam gut voran, und er hoffte inständig, dass er die Mädchen heil und gesund antreffen würde.

*

Zuerst sah ich nur die beiden Polizisten rechts und links neben der Haustür. Der eine zog mich zur Seite, der andere Merle. Sie hielten Waffen in den Händen.

»Und das andere Mädchen?«, fragte der eine.

»Im Wohnzimmer.« Merles Zähne klapperten vor Erregung aufeinander. »Sie kämpfen.«

Ohne ein weiteres Wort drückten sie uns ins Gras und liefen geduckt ins Haus. Und dann sah ich die anderen Polizisten. Es wimmelte von ihnen.

*

Beide hörten die Bewegung bei der Tür, doch nur Ben drehte sich danach um.

Im nächsten Augenblick lag er benommen zu Cleos Füßen. Sie wandte sich von ihm ab und drückte sich an den Polizisten vorbei, die ihr schweigend Platz machten.

Draußen warteten Jette und Merle. Und jede Menge Polizei.

Cleo fühlte das Blut an ihrer Schläfe, aber sie kümmerte sich nicht darum. Das würde jemand anders tun. Einer aus dem *Team* fühlte sich bestimmt verantwortlich. Und das war gut so. Sie würden lernen, miteinander auszukommen. Mit Tilos Hilfe.

Im Lotus-Sitz setzte sie sich ins Gras.

Sie hatte ihre Aufgabe erfüllt.

Für den Moment konnte sie gehen.

*

Bert drückte die Klinke mit dem Ellbogen nieder und schob die Tür mit der Schulter auf. Sie saßen gemeinsam auf einem der drei Betten und sahen ihm entgegen. Blass um die Nasen und zerknirscht, Jette mit einem Verband ums Fußgelenk und Mina mit einem Pflaster auf der Stirn.

Oder Cleo.

Oder wer auch immer sie gerade sein mochte.

»Das ist nicht als Belohnung gedacht«, sagte Bert, als er jeder einen kleinen Biedermeierstrauß überreichte. »Es ist ein Gruß von Jettes Mutter. Sie hat mir das Versprechen abgenommen, die schönsten Blumen auszusuchen, die ich finden konnte.«

»Danke«, sagte Jette.

»Für alles«, sagte Merle.

Mina sah ihn nur an.

»Nie wieder.« Bert hob großväterlich den Zeigefinger. »Versprecht mir das.«

Sie versprachen es mit einem Lächeln, das auch ganz anders gemeint sein konnte. Bert beließ es dabei. Sie standen noch unter Schock. Das große Elend würde sie morgen einholen und lange nicht aus den Klauen lassen.

»Was ist mit Ben?«, fragte Jette.

»Er wird in die Psychiatrie eingewiesen«, sagte Bert. »Alles andere wird sich nach der Einschätzung der Gutachter richten.«

Er ist kein schlechter Mensch, sagten Jettes Augen. Aber sie presste die Lippen fest aufeinander.

Bert gab ihr das zweite Handy, das er für alle Fälle immer im Auto liegen hatte.

»Ihre Mutter wartet auf Ihren Anruf.«

Er hatte noch allerhand zu tun. Sich einen anderen Job zu suchen, gehörte nicht dazu.

Auf dem Weg zum Fahrstuhl pfiff er leise vor sich hin. Wie selten die Augenblicke waren, in denen er die ganze Welt hätte umarmen mögen. Und wie kostbar.

Monika Feth
Psychothriller der Extraklasse
Thriller

Monika Feth
Der Erdbeerpflücker
352 Seiten
ISBN 978-3-570-30258-3

Monika Feth
Der Mädchenmaler
384 Seiten
ISBN 978-3-570-30193-7

Monika Feth
Der Scherbensammler
384 Seiten
ISBN 978-3-570-30339-9

Monika Feth
Der Schattengänger
352 Seiten
ISBN 978-3-570-30393-1

Monika Feth
Der Sommerfänger
352 Seiten
ISBN 978-3-570-30721-2

Monika Feth
Teufelsengel
416 Seiten
ISBN 978-3-570-30752-6

www.cbt-jugendbuch.de

Monika Feth
Teufelsengel

416 Seiten, ISBN 978-3-570-30752-6

Mona Fries. Alice Kaufmann. Ingmar Berentz.
Thomas Dorau.
Vier Tote. Vier Morde. Vier Geheimnisse.
Niemand glaubt an einen Zusammenhang.

Niemand, außer Romy Berner, der jungen
Volontärin beim KölnJournal.
Sie beginnt, auf eigene Faust zu recherchieren –
und kommt einer gefährlichen Bruderschaft
auf die Spur ...

www.cbt-jugendbuch.de